Elizabeth Elliott

REMMINGTON II

Elizabeth Elliott

ENCADENADOS

RBA

Título original: *Betrothed*
Traducción: Raquel Duato García

Publicado por acuerdo con The Bantam Dell Publishing Group,
una división de Random House Inc.

Diseño de cubierta: Adland Comunicació

ISBN: 978-84-473-6406-0
Depósito legal: B-31887-2009

Impreso por PRINTER

Impreso en España - Printed in Spain

A Jennifer Pattison Hall, por su incansable cruzada en la lucha contra los horarios abusivos

Quiero agradecer especialmente a Mr. C. H. Ostfeld de Milán, por todas las frases en italiano que aparecen en este libro y por su heroico rescate de las canciones infantiles.

1

Norte de Inglaterra, 1288

El barón de Montague entró a caballo en el castillo de Lonsdale como si le perteneciera. Cabalgaba sobre un enorme corcel negro, y su armadura brillaba tanto bajo el sol de mediodía que aquellos que aclamaban su llegada tenían que protegerse los ojos a su paso. Una veintena de caballeros con sobrevestes azules y blancos marchaban tras él. Las lanzas de los guerreros descansaban en sus soportes cerca de los estribos, y sus puntas se elevaban hacia el cielo con un largo y ondeante banderín atado en el extremo, representando al lobo blanco de Montague sobre un campo azul oscuro.

Guy examinaba atentamente todo lo que alcanzaba a ver del castillo. La enorme torre de entrada con sus dos barbacanas y las puertas dobles parecían bien cuidadas, y las edificaciones anexas que se encontraban frente a él estaban recién pintadas. La torre del homenaje de seis alturas, que se asentaba sobre un elevado montículo en el centro de la fortificación, también se hallaba en buen estado. Guy no conocía al barón de Lonsdale, pero viendo sus propiedades podía asegurar que aquel hombre conocía el valor de una fortaleza bien administrada. Aparentemente, el dueño y señor de todo aquello conocía el valor de muchas cosas, incluido el del ruinoso castillo que pretendía venderle a cambio de una fortuna.

Evard de Cordray, el lugarteniente de Guy, cabalgaba junto a él. Se había quitado el yelmo dejando a la vista su pelo oscuro y sus ojos verdes, que también escrutaban el patio interior.

—Es una magnífica bienvenida, ¿no crees, milord?

—Un inicio prometedor, Evard. —El barón fijó la mirada en las altas murallas de piedra de Lonsdale, que bloqueaban el paso a la fría brisa estival. El sol golpeaba sin piedad sobre su armadura. Se quitó el yelmo y lo sujetó bajo el brazo, lo que provocó que la multitud estallara en un rugido de aprobación. En respuesta, Guy sacudió la cabeza y suspiró—. Actúan como si les obsequiara con un trofeo.

—Y así es. —Evard lanzó una cautelosa mirada a su alrededor a pesar de que resultaría casi imposible que alguien escuchara su conversación, apagada por el repiqueteo de cascos y armaduras y el bullicio de la propia multitud—. Su barón se convertirá en un hombre rico como resultado de tu visita. De una forma u otra todos sacarán provecho de la nueva riqueza de su señor.

Guy dirigió su mirada a los sonrientes rostros llenos de excitación de la muchedumbre, que bien podrían ser el reflejo de la codicia. Se sentía como un cerdo bien cebado al que llevaban al matadero.

—Por el precio que pide su barón, cualquiera diría que pretendo comprar el mismísimo Lonsdale.

—Posees un ejército lo bastante poderoso como para hacerte con Halford Hall —comentó Evard bajando la voz—. ¿Por qué negociar, entonces, con un hombre en el que no confías?

Guy negó con la cabeza.

—Una guerra no aliviará el sufrimiento de Halford. Prefiero lograr mi objetivo sin que haya derramamiento de sangre.

Su lugarteniente asintió, pero expresó otra preocupación.

—Aun así, sigo considerando un error entrar en Lonsdale con tan sólo una veintena de caballeros a tu espalda.

—He sopesado los riesgos, Evard. Lonsdale sabe que si me toma como prisionero, habrá guerra. Mi muerte sólo acarrearía derramamiento de sangre. A él, más que a nadie, le conviene ser un anfitrión agradable, ya que de esa forma conseguirá el oro que desea. —El negro corcel empezó a sacudir la cabeza, y Guy dejó de tirar con tanta fuerza de las riendas, consciente de que el animal podía sentir su tensión—. Incluso en el improbable caso de que empleara algún ardid para traicionarme, lo tendríamos todo a nuestro favor. No me cabe la más mínima duda de que nuestro espía sabe tanto sobre esta fortaleza como el propio barón de Lonsdale.

—Es una ventaja —acordó su lugarteniente sin mucho entusiasmo.

Guy volvió a dirigir su atención a las diversas construcciones que componían la fortaleza y observó con interés las vidrieras de colores de una gran capilla.

—Asegúrate de que alojan a todos nuestros hombres juntos —ordenó a Evard—. Tú permanecerás con ellos para asegurarte de que no acepten con excesiva generosidad la hospitalidad de Lonsdale. Nada de mujeres y no más de un pequeño trago de vino o cerveza.

—Se sentirán afligidos al oír eso, milord.

—También se sentirían afligidos si... —El barón perdió el hilo de lo que iba a decir cuando su mirada se dirigió a una de las puertas de la capilla. En el rincón más oscuro de la entrada le pareció vislumbrar el pálido óvalo del rostro de una joven suspendido entre las sombras. La aparición se adelantó un poco y él suspiró aliviado. La supuesta visión era, en realidad, una mujer que también lo miraba fijamente.

Guy observó cómo lo contemplaba, sorprendido de ser él quien despertara su interés, y no la ruidosa comitiva. Mantenía las manos sobre la cintura, y su expresión era tan serena que Guy sintió cómo su propia tensión empezaba a desaparecer. Al acercarse a la capilla, sus rasgos se volvieron más nítidos. Todavía estaba demasiado lejos como para saber de qué color eran sus ojos, pero por alguna razón que desconocía, le parecieron inquietantemente familiares. Estaba seguro de haberlos visto en alguna otra ocasión. De hecho, eran su único rasgo notable. Su pelo era de un color castaño oscuro bastante común; la inclinación de su nariz no tan refinada como a él le hubiera gustado, y sus pómulos eran demasiado altos y marcados para favorecer la redondez de su mentón.

La miró detenidamente, intentando encontrar una palabra para describirla. Pocos dirían que era atractiva o incluso bonita. Esos términos eran demasiado superficiales para describir un rostro como el suyo.

Adorable.

Esa palabra se acercaba mucho. «Deslumbrante» era una descripción más acertada. Se asombró de que el resto de los presentes en el patio interior no la miraran boquiabiertos, atónitos ante tal perfección. Aunque no hubiera podido decir si otros la miraban o no, pues no podía apartar los ojos de ella. No importaba lo comunes o imperfectos que fueran sus rasgos. De alguna forma, se combinaban para crear el rostro de un ángel.

La verja se cerró de un golpe tras la comitiva con un rotundo sonido metálico que quebró la extraña fascinación en la que se hallaba sumido. Roto el encanto, se obligó a bajar la mirada para seguir examinando a la joven. De un verde apagado, lo que su vestido cubría carecía de la inspiración religiosa de su rostro. Su cuerpo parecía hecho para el pecado. El escote alto realzaba las exuberantes curvas de sus pechos y los andrajosos lazos amarillos alrededor de su cintura le hacían desear posar sus manos allí para comprobar si podrían rodearla fácilmente. La falda caía hasta el suelo de forma interminable, lo que le hizo pensar que sus piernas serían largas y que probablemente estuvieran bien formadas. Después observó su gruesa trenza, que acababa en algún lugar por debajo de su cintura. Suelto, su pelo la cubriría como un manto.

Se alegró de encontrarse a lomos de un caballo. De pie, la oleada de deseo que lo había invadido le habría hecho caer de rodillas. La misteriosa mujer tenía el rostro de una Madonna, un cuerpo hecho para las manos de un hombre y un pelo que tentaría a un santo a pecar.

—¿Barón? —repitió por segunda vez Evard antes de que su señor le respondiera.

—Descubre quién es.

—¿Quién?

Cabalgaron dejando atrás la capilla y Guy se vio obligado a dirigir su atención al frente o todos los que se encontraban en el patio interior se percatarían de que se hallaba cautivado por el rostro de aquella misteriosa mujer. Las riendas se tensaron bajo su guante y el caballo sacudió la cabeza en señal de protesta. El porte regio y la elegante, aunque ajada, ropa de la joven indicaban que era una dama, probablemente la esposa de un caballero de Lonsdale. No importaba. Tenía que saber quién era.

—La mujer que había en la escalera de la capilla. Su pelo es oscuro y lleva un vestido de color verde. Averigua todo lo que puedas sobre ella.

Guy espoleó a su caballo para que continuara la marcha, pero ya no se sentía ansioso por encontrarse con su anfitrión. Deseaba llegar hasta la torre del homenaje, el lugar en el que los esperaba su espía, y donde Evard podría averiguar más cosas sobre la mujer de la capilla.

—¿No asistiréis a la misa que se ha organizado para celebrar la llegada del barón de Montague?

Claudia Chiavari arrancó otro hierbajo del macizo de hierbas aromáticas antes de alzar la mirada para sonreír al joven fraile.

—No, fray Thomas. Ya cumplí con mi deber religioso esta mañana. —Su suave voz conservaba el acento de su lengua nativa, el italiano.

Ésa no era la única razón por la que no asistiría a la liturgia especial, pero no pensaba decir más, a pesar de que fray Thomas parecía entenderla cuando hablaba con dificultad el idioma inglés lleno de palabras normandas. No ridiculizaba su acento ni la rechazaba como hacían muchos en Lonsdale. Los ingleses eran personas suspicaces que desconfiaban de cualquiera que fuese diferente a ellos. En los cinco años que llevaba viviendo en el castillo de Lonsdale, había aprendido a comprender sin dificultad la lengua del país. Pero sólo hablaba cuando se dirigían a ella, procurando que sus respuestas fueran lo más cortas posibles. La joven pensaba que hablaba con corrección, pero todos coincidían en que su acento hacía que fuera difícil comprenderla. Claudia odiaba tener que repetir las cosas más despacio o más alto, una y otra vez. Conseguían que se sintiera como una estúpida.

Fray Thomas nunca le hacía repetir sus palabras, y siempre parecía interesado en lo que ella tuviera que decir. No pasó mucho tiempo antes de que Claudia lo considerara un amigo, aunque sabía que su amistad sería breve. El amable fraile había llegado a Lonsdale hacía poco más de dos semanas, pero su destino era el santuario de Saint Andrew. Como muchos otros peregrinos, había decidido alargar su estancia y realizar algunos pequeños trabajos a cambio de la comida y las provisiones que necesitaba para continuar su viaje. Cada tarde, se dirigía a los jardines de la capilla para ayudarle a quitar la mala hierba.

—¿Y al banquete posterior? —preguntó Thomas. Se sacudió las manos y se quitó la capucha de su sencillo hábito, dejando a la vista un rostro poco agraciado—. El patio central parece una feria. Hay tiendas montadas alrededor de las mesas donde actuarán trovadores y artistas de toda clase. ¿Os veré en el banquete, milady?

Ella se inclinó aún más para ocultar su ceño fruncido.

—No, no iré. Debo acabar mis tareas en los jardines esta tarde.

—La mala hierba seguirá aquí después del banquete.

Claudia no dijo nada.

—¿Os ha prohibido vuestro tío que asistáis? —insistió él.

—Teme que lo avergüence ante sus invitados, que los Montague crean que está emparentado con una estúpida. —Mantuvo la cabeza agachada y se concentró en su tarea. A pesar de sus gruesos guantes de piel, trabajó con cuidado alrededor de un terco cardo para que sus espinas no arañaran sus brazos—. De todos modos, no deseaba asistir. El lugar del banquete estará repleto de gente, habrá mucho ruido, y casi todos los asistentes acabarán borrachos antes del anochecer. Prefiero la tranquilidad de los jardines, donde nadie me molestará.

—Se dice que Guy de Montague viaja a menudo al extranjero, milady. Dudo mucho que considere a alguien estúpido porque no sea inglés. Es una lástima que vuestro tío no tenga más amplitud de miras.

Claudia abrió aún más sus ojos ante la ira que se reflejaba en la suave voz del fraile. Antes de que pudiera hacer algún comentario al respecto, él le hizo una pequeña reverencia.

—Excusadme, milady. Debo asistir a la misa.

Claudia observó cómo rodeaba la pérgola de rosas que se encontraba en el centro de los jardines y se dirigía hacia la verja que había al otro lado. Con un suspiro, se giró hacia un macizo de romero y se inclinó para arrancar la inacabable cantidad de hierbajos. Era cierto que prefería los jardines. Nadie la molestaría en ese lugar. Aunque tampoco nadie lo haría en el banquete. La gente de Lonsdale la evitaba siempre que podía y, en realidad, ella lo prefería así. Sacudió la cabeza para espantar a una mosca que estaba decidida a dar vueltas a su alrededor. Estúpida mosca. Estúpida mosca inglesa.

Instantes después, apareció una abeja sobre la flor blanca del trébol que quería arrancar. Claudia juntó las manos en su espalda y esperó a que el insecto encontrara néctar en otra parte. Cualquier abeja sensata se uniría al zumbido de sus compañeras, que creaban un continuo murmullo en los manzanos que crecían a un lado de los jardines. Los árboles estaban tan cargados de flores que parecían enormes bolas de nieve junto a la alta muralla exterior del castillo. El poco común sol inglés brillaba sobre ella de tal manera, que cerró los ojos e inclinó la cabeza hacia atrás para dejar que calentara su rostro. El aroma de las hierbas y de las flores de los manzanos perfumaba el aire. No todo era malo en Inglaterra, decidió. Quizás pudiera casarse con un inglés algún día, un hombre como el que había entrado a caballo en Lonsdale esa mañana.

Abrió los ojos y volvió al trabajo con energías renovadas. Ella no era una doncella inglesa consentida que pudiera andar holgazaneando por el jardín, aunque su cabeza estuviera llena de fantasiosas ideas. Desde que había visto al barón de Montague entrando a caballo en la fortaleza, se había pasado una buena parte del día intentando olvidarlo. Su curiosidad la había metido en problemas otra vez. Sus pensamientos no la acosarían si esa mañana se hubiera ocupado de sus tareas como debería haber hecho. Pero había oído hablar tanto del barón de Montague que deseaba verlo aunque fuera sólo un momento.

Por todo lo que había oído explicar a su tío sobre el ilustre visitante, Claudia esperaba encontrarse con un hombre de mediana edad, gordo y lleno de joyas. Sin embargo, el barón de Montague no debía de tener más de treinta años. La armadura seguramente lo hacía parecer más imponente de lo que sería sin ella. Pero, cuando se quitó el yelmo, Claudia se dio cuenta de que la armadura no era más que el reflejo de lo que se escondía bajo ella. Incluso desde la distancia a la que se encontraba, sabía que era el hombre más apuesto que había visto en su vida. Su pelo castaño oscuro parecía salpicado de oro a la luz del sol; sus ojos también eran oscuros y rebosaban inteligencia mientras recorrían la multitud y, su rostro, compuesto por rasgos marcados y ángulos perfectos, parecía esculpido por un artista. Pensó que Dios debería sentirse orgulloso de su obra cuando mirara a Guy de Montague.

Incluso se engañó a sí misma pensando que él le había devuelto su atrevida mirada antes de darse cuenta de que podía estar mirando hacia cualquier cosa o persona que se encontrara en las inmediaciones. Había más de una veintena de personas delante de ella en las escaleras de la capilla, agitando los brazos y sus brillantes pañuelos. ¿Por qué tendría que fijarse en una mujer insignificante que permanecía de pie entre las sombras de una de las entradas a la capilla?

Ese razonamiento no afectó a la poderosa fuerza que la había arrastrado hacia delante, siguiendo un impulso irracional de hacer cualquier cosa que estuviera en sus manos para acercarse a él. El sonido de la verja al cerrarse de un golpe la había devuelto a la realidad, sólo unos segundos antes de que se hubiera puesto en ridículo. Sí, habría quedado como una verdadera tonta si hubiera salido corriendo dando saltos entre la muchedumbre para ir tras él, al igual que el grupo de muchachas que lo habían seguido sin dejar de soltar risitas. Unas pocas de las más atrevidas hicieron todo tipo de malabarismos para atraer su atención. Les había prestado tan poca atención como la que había dirigido hacia Claudia.

—*Sono belli questi giardini.*

Claudia, que se hallaba perdida en sus pensamientos, se sobresaltó ante el sonido de aquella profunda voz. Se puso de pie de un salto y giró sobre sí misma en busca de su propietario, mientras se preguntaba quién podía hablar un italiano tan fluido dentro del castillo de Lonsdale. Encontró la respuesta bajo uno de los manzanos. El barón de Montague estaba allí de pie, con un brazo apoyado sobre una rama baja. La boca de Claudia se abrió por un momento y luego volvió a cerrarse. Había hecho un comentario sobre la belleza de los jardines. No podía pensar en nada que pudiera decir, nada que no fuera admitir que su armadura no hacía justicia a su musculosa complexión. Su pose despreocupada mostraba a la perfección la altura y la fuerza de su cuerpo.

Claudia apretó los labios.

Él se alejó del manzano y dio varios pasos hacia ella. Sus ropas azul oscuro resaltaban las poderosas líneas de su cuerpo al igual que su riqueza. Llevaba botas altas y pantalones de piel teñidos del mismo tono que su túnica lujosamente guateada. Había perlas cosidas en cada cruce del guateado; un diseño que hacía que la tela pareciera un cielo nocturno salpicado de estrellas. Zafiros del mismo color azul oscuro que su ropa relucían a lo largo de la empuñadura y la funda de su daga y su espada. Sólo sus ojos eran de un tono azul diferente. Eran del color de un océano cálido del sur.

La banda de piel de leopardo que llevaba sobre su hombro representaba un adecuado emblema de su poder. Al igual que el enorme felino, había un aire exótico en él que sólo insinuaba ligeramente el peligroso animal que yacía bajo su elegante apariencia. Incluso los leonados mechones de oro en su pelo dotaban a su aspecto de una engañosa calidez.

—Muy hermoso —continuó, todavía hablando en italiano. Algo en sus ojos hacía pensar que hablaba de ella, y no del paisaje que los rodeaba. Su mirada se paseó por su cuerpo, y Claudia tuvo la impresión de que nada había escapado a esa rápida inspección. Manchas de hierba y tierra estropeaban su falda y, en el mejor de los casos, su vestido verde parecía vulgar si se comparaba con sus elegantes ropas. Se sintió como una niña a la que pillan jugando en un charco de barro.

Respondió en su propia lengua, encantada de tener la oportunidad de usarla en voz alta.

—¿Dónde aprendisteis italiano, barón?

Él sonrió, y Claudia supo que nunca había visto una sonrisa tan bella. Hizo que una oleada de calor recorriera el cuerpo femenino. Sus palabras tenían un mínimo rastro de acento normando, y su voz era grave y profunda.

—Visito vuestro país a menudo, pequeña. Aprendí el idioma hace tiempo. —Echó un vistazo alrededor evaluando el lugar—. ¿Qué hacéis aquí sola? El banquete empezará pronto, ¿no os uniréis a los demás?

¿Cómo sabía que era italiana? Claudia supuso que se debía a su apariencia latina, herencia de su padre, y que su tío lamentaba tan a menudo. Dirigió la mirada hacia la capilla. La misa no podía haber acabado tan pronto, aunque la posición del sol le indicó que habían pasado casi dos horas desde la marcha de fray Thomas.

—El banquete no empezará sin vos, milord. Y yo diría que en este momento deberíais estar acompañado del barón de Lonsdale y de su séquito. Como podéis ver, yo podría haceros las mismas preguntas a vos.

—Es descortés responder a un hombre con sus propias preguntas. ¿Os impresionaría con mis elegantes modales si os respondiera?

Claudia se oyó a sí misma soltar una risa en voz baja. Ella nunca reía de ese modo. ¿Qué le estaba pasando? Se obligó a sí misma a adoptar una expresión propia de una dama.

—Podríais intentarlo.

Él pareció divertido por su intento de mantener la compostura. Su sonrisa se amplió cuando la joven elevó el mentón en un gesto altivo.

—Le dije a vuestro tío que deseaba estar unos minutos a solas para reflexionar sobre el edificante mensaje del sermón del obispo Germaine. Pareció impresionado por mi inclinación hacia la meditación religiosa.

Claudia sintió que se quedaba sin aliento.

—¿Sabéis quién soy?

—Sí, milady. Sé que sois la sobrina del barón de Lonsdale. —Hizo un ademán hacia el banco de mármol que había bajo la pérgola de rosas—. ¿Os importaría sentaros conmigo?

Inconscientemente, Claudia dio un paso hacia atrás.

—Te... tengo trabajo que hacer.

—El barón de Lonsdale dio permiso a los habitantes del castillo para que abandonaran sus tareas con motivo del banquete. La comida no se servirá hasta que yo llegue, pero apostaría a que los festejos ya están en marcha. Según las palabras de vuestro propio tío, estáis liberada de vuestras obligaciones hasta mañana.

La joven inclinó la cabeza e intentó tomarse el máximo tiempo posible para quitarse los guantes mientras su mente buscaba otra excusa.

—No me gustaría interferir en vuestras meditaciones, barón. Debo irme.

—Habrá personas a las que les parecerá extraño veros abandonar los jardines justo en este momento.

—¿A qué os referís?

Él se encogió de hombros; un pequeño gesto de indiferencia que hizo que Claudia fuera consciente de la amplitud de su espalda.

—Nuestro encuentro podría parecer una cita concertada previamente entre nosotros.

—Entonces debo irme ya, antes de que alguien piense una cosa así. —Empezó a caminar alejándose—. Nadie pensará tal cosa si os dejo con vuestras meditaciones poco después de que hayáis entrado en los jardines.

—Llevo aquí más tiempo del que pensáis, milady.

Sus palabras la hicieron pararse en seco. Retorció los guantes entre sus manos y lanzó una mirada preocupada hacia la verja de entrada.

—Mi tío se pondrá furioso si descubre que he permanecido aquí con su invitado sin que nadie nos acompañe. Es indecoroso.

—Uno de mis hombres vigila la entrada para asegurarse de que nadie perturbe mi meditación. —Empezó a caminar hacia ella—. Venid a sentaros conmigo, milady. Os prometo que nadie sabrá de vuestra presencia.

Claudia empezó a retroceder alejándose de él hasta que Guy se detuvo y extendió su mano hacia ella.

—No estoy predispuesto para pensamientos religiosos y me gustaría disfrutar de vuestra compañía. Dedicadme unos minutos de vuestro tiempo. Luego os dejaré en paz sin que nadie se entere de nuestro encuentro casual.

Claudia se mordió el labio inferior y se quedó mirando su mano. Si el barón tenía a un hombre apostado en la entrada, significaba que su tío también tenía a otro. Estaba segura de que su tutor vigilaba cada movimiento del barón dentro de la fortaleza. Si salía del jardín antes que el barón, no le cabía la menor duda de que su tío sería informado de ello.

No tomó la mano que le ofrecía, pero sí se acercó al banco y se sentó. Nada bueno podría salir de todo aquello y, sin embargo, no era el miedo lo que hacía que su corazón latiera más deprisa, sino el hombre que caminaba hacia ella.

Se sentó a su lado sin pedir permiso con movimientos medidos y pausados.

—Me sorprendió no veros en la iglesia. Decidme que no sois una pagana o que no os han excomulgado por alguna espantosa razón.

—Ya asistí al servicio religioso esta mañana —le informó con tono remilgado. Luego, le preguntó frunciendo el ceño—: ¿Me buscasteis en la misa?

—Os busqué en todas partes. —Lo dijo con tanta naturalidad que estuvo segura de que se burlaba de ella. Guy estudió su rostro por un momento y pareció leer sus pensamientos—. ¿No me creéis?

La exagerada mirada de fingido enojo que le dirigió, hizo que Claudia sonriera, consciente de que sonreía al rostro del peligro; un rostro que podría encantar serpientes si se lo propusiera.

—No podéis buscar a alguien que no conocéis, barón.

—Sé más sobre vos de lo que creéis. Vuestro padre era italiano, y vuestra madre era la hermana del barón de Lonsdale. Hace cinco años, después de quedaros huérfanos, vos y vuestros dos hermanos vinisteis a Inglaterra. Ellos se fueron al poco tiempo, pero vos permanecisteis en Lonsdale ganándoos el sustento como costurera. Eso es todo lo que sé sobre vos por el momento, aunque me gustaría saber más. Mucho más.

Su mirada se paseó por su rostro y se detuvo en su boca. Probablemente porque la mantenía muy abierta. Al darse cuenta, Claudia la cerró de golpe.

—¿Cómo sabéis tanto sobre mí?

—Es mi propio interés lo que me mueve a averiguar todo lo que pueda sobre el barón de Lonsdale y su familia. Vine aquí para firmar un contrato con vuestro tío, y yo nunca llevo a cabo negociaciones sin saber todo lo posible sobre la persona con la que trato. —Apoyó el brazo en el borde del banco a su espalda y estiró las piernas, cruzándolas a la altura de los tobillos. Tenía todo el aire de un noble que disfrutaba de su tiempo libre—. ¿Qué os gustaría saber sobre mí?

—¿Qué me... ? —Tomó una profunda inspiración para relajarse—. No tengo necesidad de saber nada sobre vos, barón. Quizá deberíais mantener esta conversación con mi tío.

—Quizá, pero ahora estoy con vos. —Su sonrisa sagaz hizo que su pulso se acelerara—. ¿Acaso no tenéis la más mínima curiosidad? ¿No hay nada que deseéis saber sobre mí? Contestaré cualquier pregunta que me planteéis.

—¿Por qué pagar tanto por un castillo que vale tan poco? —La pregunta salió de sus labios antes de que pudiera pensárselo dos veces. No debería hacerle ninguna pregunta, pero ya que lo había hecho, quiso satisfacer su curiosidad por completo—. Se dice que mi tío os pidió una fortuna en oro y, aun así, aceptasteis el precio sin dudarlo. ¿Por qué estuvisteis de acuerdo con un trato así?

Él apartó la mirada de ella y estudió sus botas. Su expresión indicaba que su pregunta no le había gustado mucho pero, fiel a su palabra, respondió.

—Halford perteneció a Montague hace mucho tiempo. Mi padre se lo cedió a vuestro abuelo cuando yo todavía era un niño. Mi madre creció allí, y deseo que la propiedad vuelva a estar de nuevo bajo dominio de los Montague.

—¿Sentís nostalgia por el lugar donde vuestra madre pasó su infancia? —La idea de que aquel hombre tan poderoso albergara esos sentimientos parecía increíble, sin embargo, no podía pensar en ninguna otra razón que le hiciese desear un castillo tan insignificante—. ¿Deseáis honrar la memoria de vuestra madre reuniendo su patrimonio?

Claudia creyó ver un rastro de sombría diversión en sus ojos, pero esa impresión se desvaneció al instante.

—Deseo evitar que mis primos mueran de hambre. Todavía residen en Halford y nunca abandonarán su tierra. Vuestro tío reclama como impuesto y diezmo, no sólo todo lo que la propiedad puede producir, sino también los animales y sacos de grano que les enviamos para ayudarlos. Mi gente envejece cómodamente en Montague, mientras que la familia de mi madre muere de hambre cada invierno. Vuestro tío sabía que tarde o temprano yo querría solucionar la situación. Incluso envió un mensaje a Montague diciendo que estaba deseoso de desprenderse de

Halford Hall. En cuanto al precio, yo esperaba que pidiera el doble de lo que pidió. Y con tal de ver este asunto zanjado, lo habría pagado.

Claudia se asombró de que respondiera a su pregunta, pero sobre todo, de que le diera tanta información.

—No deberíais haberme contado vuestra verdadera intención, barón. Mi tío estaría encantado de saberlo. No os conviene sinceraros tanto con nadie en Lonsdale.

—Tengo la impresión de que puedo confiar en vos, milady. —Lo dijo mostrándose tan seguro que la joven sintió una extraña oleada de orgullo—. También sé que vos y vuestro tío no estáis muy unidos. ¿Cuál es la causa de que le desagradéis tanto?

La oleada de orgullo desapareció de súbito, y el nerviosismo hizo que Claudia empezara a frotar algunas manchas de suciedad de su vestido.

—Mi abuelo concertó el matrimonio de mi madre con un hombre que no era del agrado de mi tío. Afirma que soy el fiel reflejo de mi padre tanto en el aspecto como en el temperamento. —Se concentró en una mancha de hierba, incapaz de mirarle a los ojos, pero deseosa de corresponder a su sinceridad—. Yo no hablo vuestro idioma tan bien como debería después de vivir cinco años en este país. Mi tío afirma que se siente ofendido cuando hablo porque es como si oyera a mi padre. También dice que se lo recuerdo cada vez que entro en una habitación. «Desagrado» es una palabra muy suave para describir lo que mi tío siente por mí.

Guy se mantuvo en silencio durante un largo instante. Seguramente había hecho que se sintiera violento compartiendo con él sus problemas familiares.

—Vuestra vida aquí debe de ser muy difícil, lady Claudia.

Su voz era tan suave, tan llena de ternura, que sintió ganas de llorar. En lugar de eso, forzó una sonrisa y miró hacia los jardines.

—No es tan mala. Lonsdale es una gran fortaleza y puedo evitar la compañía de mi tío la mayor parte del tiempo. De hecho, hay días en los que creo que él olvida mi existencia.

—Pero debéis verlo cada día a la hora de la comida.

—Oh, no. A menudo, como en la cocina o en mi alcoba. —Su sonrisa se debilitó. Le estaba dando una impresión poco halagüeña de sí misma, y ella no deseaba su compasión—. Prefiero estar sola. Hay tanta gente en este castillo que me siento afortunada de tener una estancia que puedo considerar como mía. Además, me gusta trabajar en este jardín. Sólo el sacerdote y la familia más allegada pueden disfrutar de este refugio sin necesidad de un permiso. —Señaló la muralla que se alzaba a lo lejos—. Ayudé a plantar aquellas vides hace tres años. Pronto cubrirán toda la muralla. También planto y cuido de las parcelas de hierbas aromáticas cada año. El trabajo que hago aquí es muy gratificante.

—¿Pero preferiríais vivir en algún otro lugar?

Esa pregunta hizo que pensara en su hermano Dante, en el precioso castillo que había mencionado en su última misiva. Si a su hermano le salían bien las cosas, algún día tendría un jardín propio en un hogar donde podría volver a ser feliz.

—Sí, me gustaría vivir en otro lugar.

Guy la sorprendió cuando colocó las puntas de sus dedos bajo su barbilla e hizo que volviera su rostro hacia él.

—¿Tenéis un pretendiente, lady Claudia? ¿Algún hombre que anhele convertiros en su esposa?

Ella rió en voz alta.

—No, barón. Dudo que ningún hombre en Inglaterra anhele tener una esposa como yo. La mayoría no puede entender más que una palabra de cada tres que pronuncio, y supero la edad de la mayoría de las doncellas casaderas. —Negó con la cabeza y mantuvo las manos con las palmas hacia arriba mostrándolas vacías—. La mayoría de los hombres desean una heredera rica, pero lo que veis aquí es toda mi dote. Sólo un loco desearía una esposa así.

La expresión de Guy se volvió más intensa.

—Conozco a alguien así.

Claudia no supo cómo interpretar ese extraño comentario, ni qué hacer cuando él cambió de postura y se acercó a ella.

—¿Qué hacéis, barón?

—Me gustaría que me llamarais por mi nombre de pila.

Él se inclinó, acercándose aún más; sus ojos eran tan profundos y misteriosos como un mar insondable.

El pánico se adueñó al momento de Claudia y se alejó de él hasta que se encontró sentada en el borde del banco. Su corazón latía tan fuerte que tuvo que apoyar la palma de la mano sobre su pecho para contenerlo.

—¡No deberíais mirarme de esa forma, barón!

—Guy. —Él apresó su mano bajo la suya y se la llevó al corazón—. Mi nombre es Guy.

En el momento en que él tocó su mano, Claudia se olvidó de todo. Se sintió mareada y desorientada, incapaz de pensar en nada coherente. Guy continuó acercándose, pero la joven no se dio cuenta de sus intenciones hasta que sus labios tocaron los suyos. En total quietud, la observó con unos ojos que, de alguna manera, parecían haberse convertido en fuego azul.

Claudia no supo cómo reaccionar. Cerró los ojos, pero no ayudó. La sensación de mareo y el zumbido en sus oídos se hicieron más fuertes. Parecía no poder mantener el equilibrio y, sin embargo, tampoco podía abrir los ojos. Si el fuerte brazo de Guy no la hubiera rodeado, se habría caído al suelo. De pronto se vio envuelta por su calidez. Sus labios empezaron a acariciar y a tentar suavemente los suyos, sin abandonar nunca el contacto, apretándose más y más hasta que su boca se apoderó de la suya por completo. Se descubrió a sí misma entregándose totalmente a su beso, a los duros y masculinos labios que, de alguna forma, también le resultaban suaves. Ningún hombre la había besado nunca, aunque a veces se había preguntado qué se sentiría. Ahora ya lo sabía. Era como estar en las nubes. Deseaba que no se acabara nunca. De hecho, parecía que así sería. Deseaba...

¡Estaba sentada sobre su regazo!

Claudia se puso tensa e intentó alejarse. Claro que primero tendría que retirar sus propios brazos de alrededor de su cuello. ¿Cómo habían acabado así? Y sobre todo, ¿cómo había conseguido besarla? Apoyó las manos en sus hombros y se inclinó hacia atrás todo lo que los brazos del barón le permitieron.

—¡Milord! ¡Controlaos!

—Guy —murmuró, dándole un último y largo beso en los labios. Levantó la cabeza y la miró a los ojos, como si buscara algo. Finalmente sonrió—. Deberíais acostumbraros a llamarme Guy.

La joven intentó levantarse de su regazo, pero él la sujetó con más fuerza.

—Tranquilizaos, Claudia.
—Soltadme, barón.
Él negó con la cabeza.
—Nunca.
La joven intentó controlarse y no dejarse llevar por el pánico. El barón parecía enloquecido por el deseo. Ése era sin duda el origen de la extraña luz en sus ojos. Antes de besarse, esa luz la había fascinado. Ahora la asustaba. Claudia levantó la mano y lo abofeteó. No muy fuerte, pero sí lo suficiente para hacerle volver a la realidad.
Guy parpadeó muy despacio. Cuando volvió a abrir los ojos, ya no ardían de pasión. Parecía confundido.
—¿Por qué habéis hecho eso?
—¿Que por qué... ? —Claudia apretó su palma contra su propia mejilla y soltó un trémulo suspiro—. Pensé que así podría haceros entrar en razón, barón. No tenéis derecho a besarme.
Guy levantó una mano hacia su pelo, y capturo un mechón entre sus dedos.
—Sospechaba acertadamente que deseabais besarme. No había razón para retrasar el momento.
Claudia le arrebató el rizo cautivo de la mano y lo sujetó detrás de su oreja con un movimiento brusco. Él la miró como si le acabara de abofetear de nuevo.
—No sé por qué os he permitido besarme, pero no volverá a suceder. Lo que hemos hecho... Lo que estáis haciendo ahora es... es pecaminoso.
—Quizá. —No pareció preocupado por esa posibilidad—. Tenéis razón sobre Halford Hall. El trato parece inclinarse a favor de vuestro tío.
—¿Qué queréis decir?
El barón parecía incapaz de apartar su mirada de la boca femenina.
—Debo discutir el asunto con el barón de Lonsdale antes de poder deciros algo más. —Sacudió la cabeza como para aclararse las ideas—. De hecho, ya he hablado demasiado.
Una sensación de terror la invadió.
—Mi tío se pondrá furioso si os negáis a continuar adelante con el contrato de Halford Hall. Estáis en sus dominios, ba-

rón. Bajo su poder. Si pensáis rechazar su oferta, sería más inteligente por vuestra parte hacerlo desde la seguridad de Montague. Buscad cualquier pretexto para abandonar la fortaleza, pero no le digáis a nadie ni una sola palabra de lo que me habéis dicho a mí mientras os encontréis entre estas murallas.

—No temáis, milady. El barón de Lonsdale espera llegar a un acuerdo que lo convertirá en un hombre rico, y no se verá decepcionado a ese respecto. —Se levantó y dejó a Claudia en el suelo. Mantuvo las manos sobre sus caderas y, a pesar de que el gesto no era nada íntimo, su firme presión hizo que se estremeciera—. ¿Ha sido vuestro primer beso?

Él sabía demasiado bien cómo tratar a una mujer; podría incluso seducir a una santa. Lo más probable era que estuviera emparentado con el diablo. No tenía intención de responder a aquella pregunta, y sin embargo lo hizo.

—Sí.

Satisfecho, Guy alzó su mano y le dio otro perturbador beso en la muñeca.

—Bien. Esperaba ser el primero. —Miró hacia el camino que llevaba hasta el patio, y su boca se tensó—. Debo irme, Claudia. Dudo mucho que tengamos otra oportunidad de volver a hablar a solas antes de mañana.

Sus labios rozaron los de la joven en un beso tan breve que acabó casi antes de que ella se diera cuenta de que había empezado.

—No beséis a nadie más hasta entonces. Quiero que guardéis vuestros besos para mí.

Claudia supuso que debería haber protestado ante una orden tan grosera, o al menos, informarle de que no le permitiría besarla nunca más. Pero cuando intentó hablar, él ya se había dado la vuelta y se alejaba con paso firme.

2

—Debes decirme qué está pasando, milord. El barón de Lonsdale parecía furioso cuando abandonó el banquete. —Evard caminaba de un lado a otro de la alcoba de Guy mientras se frotaba la sien con los dedos, un hábito que sólo retomaba cuando estaba nervioso. Muy nervioso.

—*¿Debo?*

Evard se detuvo el tiempo suficiente para pasarse una mano por el pelo.

—¿He dicho «debes»? Bueno, en realidad, era una petición, por supuesto. Tu hermano me ordenó que te protegiera las espaldas, pero resulta una tarea imposible si nunca sé hacia dónde las diriges. Conseguirías que un hombre más débil se diera a la bebida, milord.

Guy inclinó la cabeza como si estuviera de acuerdo con Evard. Aunque ambos tenían la misma edad, a veces su segundo al mando tendía a tratarlo como si fuera su hermano pequeño, un hermano al que tuviera que proteger incluso de sí mismo. No importaba que Guy supiera exactamente lo que estaba haciendo en cada momento de su vida. Las órdenes de Evard venían de Kenric de Remmington, y Evard trataba una orden de Kenric como si procediera del mismísimo rey. Si Guy fuera un hombre menos respetuoso con la monarquía, habría dicho que su lugarteniente respetaba al barón de Remmington incluso más que al rey.

Era su hermanastro, Kenric, quien estaba preocupado por si el brazo con el que Guy blandía la espada se oxidaba mientras llevaba a cabo sus extrañas aventuras comerciales. Había enviado a Evard a Montague para que supervisara las defensas del castillo y pusiera a punto las habilidades guerreras de su hermano. Pero en los tres años que llevaba al servicio de Guy, había entrado en batalla en contadas ocasiones, y tampoco había supervisado las defensas del castillo de Montague, tal y como Kenric hubiera deseado. La mayor parte de las batallas del barón de Montague tenían lugar en mesas de negociaciones de tierras lejanas, y los poderosos comerciantes con los que trataba demostraron ser, a su modo, tan peligrosos como los más grandes guerreros. Pocos dudaban en ver cómo se rajaba una garganta o cómo un hombre sufría un sospechoso accidente si ganaban algo en el proceso. Un ejército entero de mercaderes saldría beneficiado con la muerte de Guy, y Evard había probado su valía y lealtad de formas que Kenric ni siquiera hubiera podido imaginar.

En lugar de responder a las preocupaciones de su caballero, Guy se movió sobre el baúl en el que estaba sentado para golpear con la mano el muro de piedra que tenía tras él.

—Mi espalda está protegida ahora por este muro, Evard. Puedes relajarte.

—Tu espalda está dentro del castillo de Lonsdale —replicó el caballero—. Y eso es suficiente para mí.

El barón cogió la copa de vino que acababa de servirse y la alzó hacia Evard en señal de saludo.

—Estoy seguro de que nuestro espía te habrá hablado lo suficiente de esta fortaleza como para que ahora mismo conozcas cada grieta de sus muros y cualquier punto débil de sus defensas. ¿Has trazado un plan con él?

—Sí, pero ponerlo en práctica sería una locura. Si tú... —Evard se detuvo en mitad de la frase dirigiendo la mirada hacia la mano de su señor—. ¿Probó Stephen tu vino antes de traerlo aquí esta noche?

—Ya sabes que sí —respondió Guy—. Mi escudero prueba toda mi comida y mi bebida.

Evard atravesó la habitación y abrió la puerta. Un muchacho rubio de unos catorce años yacía en un camastro extendido ante la puerta. Cuando vio a Evard, se irguió de repente y desapareció la somnolienta mirada de sus ojos.

—¿Has probado el vino del barón? —preguntó Evard.

Stephen asintió.

—Sí, milord. No hubo ningún problema con la bebida de mi señor. Ningún olor a almendras ni amargor en su sabor. Tampoco había ningún otro signo de envenenamiento de los que me enseñasteis a buscar.

—Sigue así, Stephen. Cumples bien con tu deber. —Evard recompensó al chico con una pequeña inclinación de cabeza antes de cerrar la puerta.

—No tienes por qué preocuparte. —Guy dejó la copa sobre el baúl después de beber un largo sorbo de vino—. Lonsdale no obtendrá el oro que quiere hasta que Halford esté a salvo en mis manos. Me necesita con vida para cumplir con su plan.

—Estamos en sus dominios —le recordó Evard—. Y no todos los venenos están hechos para matar. El esfuerzo que costaría tomarte como prisionero aquí es ridículo. Y, probablemente, la petición de rescate de Lonsdale no nos parecería muy divertida.

—Si lo hiciera, sólo conseguiría entrar en guerra —afirmó Guy—. Pronto se dará cuenta de que nadie podrá hacerme cambiar de opinión y de que conseguirá todo lo que quiera siempre que se amolde a mis planes.

—¿Y qué deseas, milord? ¿Qué dijiste para que el barón de Lonsdale abandonara el banquete de un humor de perros? —Evard planteó una posible respuesta antes de que Guy pudiera responder—. Tienes derecho a reclamar todos los animales y raciones de grano que enviamos a Halford durante los últimos años. ¿Es ésa tu intención? ¿Añadir algo a tu lista de exigencias además del castillo propiamente dicho?

—Sí, deseo algo más del barón de Lonsdale, aparte de Halford. —Su mirada se dirigió a un punto más allá de Evard y recordó la imagen del rostro de Claudia cuando la besó—. Esa mujer tiene los ojos del color de las esmeraldas.

—¿Una mujer? —El caballero pareció confuso por un momento. Después, sus ojos se agrandaron—. Milord, te ruego que no me digas que pretendes hacer de la sobrina de Lonsdale tu próxima amante.

—Muy bien. No te lo diré. —Sonrió ante la expresión horrorizada de Evard, pero no dejó que sufriera por mucho tiempo—. En realidad, he pensado que sería más adecuada como esposa.

Guy se preguntó si por fin había dejado a Evard sin habla. El caballero tenía los ojos abiertos como platos y su boca no dejaba de abrirse y cerrarse sin emitir sonidos.

—Tendré que casarme antes o después —continuó—. Siempre imaginé que lo haría con alguien como Tess, la esposa de Kenric, pero nunca consideré las ventajas de casarme con una mujer como lady Claudia. Nuestro negocio depende de los mercaderes italianos. Mis relaciones con ellos serán mucho más fluidas cuando sepan que he convertido en mi baronesa a una compatriota suya. Cuando viajen hasta Montague, ella hará que se sientan como en casa. Será la clave para que me acepten por completo en sus círculos cuando viajemos a Venecia.

Finalmente, Evard consiguió recuperar la voz.

—¡Has perdido el juicio! El barón de Lonsdale te arruinará cuando sepa que deseas concertar un matrimonio.

—Dudo que Lonsdale tenga idea de lo que costaría arruinarme —respondió—. No obstante, no importa la cantidad que exija para obtener su mano. Ella lo vale. Piénsalo bien, Evard. Su padre era italiano y eso la convierte en ciudadana italiana a los ojos de la ley. Los venecianos no permiten a los extranjeros atravesar sus rutas comerciales del sur. Con Claudia como mi esposa, podría comprar barcos en su nombre y multiplicar por diez nuestros negocios.

La idea de tener a Claudia como esposa trajo a su mente muchas imágenes, pero ninguna de ellas estaba relacionada con barcos o con mercaderes italianos. Intentó no sonreír.

—En este momento, Lonsdale sólo sabe que tengo intención de alargar las negociaciones. Ni siquiera le he mencionado a su sobrina. Mañana por la mañana, durante la cacería de ciervos, le diré que deseo a Claudia como compensación de la escandalosa suma que pide por Halford Hall. Él contraatacará con otra petición desorbitada como precio por concederme la mano de su sobrina y, finalmente, fijaremos una cantidad que lo hará más que feliz. Los esponsales pueden celebrarse mañana por la tarde.

—Apenas puedo creer que seas el mismo hombre que declaraba hace menos de dos semanas no tener ninguna prisa por casarse. ¿Ahora te atarías de por vida a una mujer cuyo tío es poco más que un chantajista? —Evard sacudió la cabeza—. Durante mis años de servicio contigo, has tramado muchos planes alocados, pero éste es el más absurdo de todos.

—¿Has visto fracasar alguno? —preguntó el barón.

—No, pero muchos estuvieron tan cerca que ya nos imaginaba a ambos amortajados.

Guy renunció a convencerle de las ventajas de su plan. Se levantó y le indicó que daba la conversación por finalizada.

—Comprueba si puedes concertar otra cita con nuestro espía esta noche y explícale lo que te he contado.

—Sí, milord. —El caballero empezó a caminar hacia la puerta, pero vaciló cuando lo llamó su señor.

—Sólo una cosa más, Evard. —Guy se desabrochó el cinturón de su espada y lo dejó cerca de la cama. También desenvainó su daga con la intención de dejarla bajo la almohada, pero antes dirigió su punta hacia su lugarteniente—. Vigila tu propia espalda, amigo mío. Lonsdale me necesita con vida. A ti, puede considerarte más útil muerto.

Horas más tarde, el sonido de un golpe despertó a Guy. Su mano alcanzó la daga casi antes de que sus ojos se abrieran, pero no podía ver nada a causa de la oscuridad que envolvía su alcoba. Se mantuvo atento para ver si oía otro sonido sospechoso, pero se sentía demasiado aturdido y desorientado como para concentrarse. Sus ojos se cerraron y el sueño lo reclamó de nuevo.

Una extraña pesadilla empezó a tomar forma. Lo transportaban de la misma manera que se hacía con los hombres heridos en el campo de batalla; un hombre sujetaba sus piernas mientras otro lo levantaba por los hombros. Era extraño que no sintiera ningún dolor, y más extraño aún que no estuvieran en un campo de batalla. Se encontraban en una especie de angosto pasillo que olía a humedad. Podía ver el perfil de un tercer hombre encabezando el extraño grupo y sosteniendo una antorcha de cañas en el aire para indicarles el camino. Sin embargo, no podía centrar su mirada en las llamas. Danzaban y se movían formando constantes y confusos dibujos. Miró hacia el techo abovedado y se sintió ligero, como si flotara, como si fuera capaz de volar si se lo propusiera. Los bloques de piedra que formaban la bóveda pasaban cada vez más rápido ante sus ojos hasta que se mareó y cerró los ojos.

—Quitadle la ropa.

La voz venía de muy lejos. El hombre volvió a hablar varias veces, pero no pudo descifrar las palabras. Luego, se produjo un largo silencio. Ya no se sentía ingrávido. Sus extremidades parecían hechas de plomo. No podía moverse ni deseaba hacerlo. Sin duda era el sueño más extraño que había tenido en su vida.

De repente mejoró cuando frotó su mejilla contra algo cálido y suave que olía a flores, y que se apretó contra él.

—Mmm.

Una mujer. Llevaba tanto tiempo sin una que ahora soñaba con ellas. Tendría que poner remedio pronto a esa situación. Su remedio tenía el pelo largo y oscuro, y unos maravillosos ojos verdes. Volvió a frotar su mejilla contra la suave superficie, con la esperanza de que se repitiera el dulce sonido que había oído. Sonrió cuando lo volvió a escuchar.

Sus párpados le pesaban como el plomo. Apenas podía abrirlos. Cuando, finalmente, consiguió llevar a cabo esa pequeña tarea, le sorprendió ver la luz gris del amanecer a través de la ventana. Era extraño, pero la ventana parecía estar en un lugar diferente al que había estado la noche anterior. No importaba, no mientras su cabeza descansara sobre la curva de los pechos de una mujer. Los pechos de Claudia. ¿A qué otra mujer conjuraría él en sus sueños?

Su corazón empezó a latir con más fuerza. Muy pocas cosas en su vida ocurrían sin ser planeadas y sin tener un objetivo claro. Incluso cuando los acontecimientos parecieran producirse por azar o ajenos a su voluntad, la razón por la que sucedían se volvía evidente con el tiempo. Los augurios eran señales que nunca ignoraba, y el sueño en el que se hallaba sumido era un claro augurio. Claudia era la verdadera razón por la cual había ido al castillo de Lonsdale. Pronto la convertiría en su esposa.

Sí, todo cobraba sentido; incluso su presencia en su sueño. Era una señal de que ella también conocía su destino y lo aceptaba. Claudia había sellado sus destinos aquella tarde cuando le devolvió sus besos con una pasión que incendió sus entrañas. Había deseado tomarla allí mismo. Ahora que sabía que sería suya, se contentaba sólo con abrazarla. Guy la estrechó con fuerza y apretó su cuerpo contra el suyo. Su mano recorrió la esbelta espalda, dándose cuenta de que estaba desnuda. Deliciosamente desnuda. Igual que él. No pudo evitar emitir un gemido de placer.

Se apoyó sobre un codo, asombrado de que le supusiera un esfuerzo tan grande y desconcertado porque la habitación pareciera inestable, como si se encontraran en la cubierta de un barco. Centró su mirada en el rostro de Claudia con bastante facilidad. Estaba dormida. Sus espesas pestañas parecían delicados abanicos contra sus mejillas. Sin poder resistirse, alargó una temblorosa mano hacia su rostro. Era suave como los pétalos de una rosa. Deslizó sus dedos hasta su cuello tan torpemente que no se aventuró más allá de su hombro. Deseaba impresionarla con sus artes amatorias, seducirla con técnicas que había aprendido a lo largo de años de experiencia, pero, por más que lo intentaba, su cuerpo no cooperaba con su mente. ¡Por amor de Dios! Ni siquiera estaba despierta.

—Claudia.

Sus pestañas se agitaron como si ella también tuviera problemas para abrir los ojos. Se movió acercándose a su calidez y frotó su rostro contra su pecho como lo haría un pequeño gatito.

—Mmm.

El seductor movimiento tuvo un efecto inmediato. El deseo avanzó con fuerza por sus venas, suavizado por una oleada de ternura.

—Claudia, despertad. —Nada de lo que intentaba parecía funcionar en el extraño sueño.

Descartó su preocupación cuando sintió que ella se giraba en sus brazos. Cuando levantó la vista hacia él, sus pupilas estaban dilatadas, pero aún así, se dio cuenta de que sus ojos eran de un intenso color verde, parecido al de las esmeraldas más puras. Era un pensamiento descabellado, pero imaginó que podía contemplar su alma en aquellos ojos. Era una criatura de las sombras en Lonsdale, siempre apartada de la multitud, que permanecía inmóvil en las puertas y bajo los ensombrecidos arcos, inalcanzable y casi invisible. Él la llevaría hasta la luz, la haría entrar en su vida con tanta facilidad como la había arrastrado hasta sus brazos esa noche. La haría sonreír.

Su dedo perfiló las líneas que dibujaban sus labios, pero no se curvaron formando la expresión que él deseaba. Tendría que esforzarse más para conseguir esa recompensa. Recorrió su mejilla con las puntas de sus dedos y se maravilló de la suavidad de su piel, al tiempo que descubrió algo inquietante. Parecía serena, pero no feliz. Juró que llenaría su vida de sonrisas.

Apretó sus labios contra su frente para sellar el juramento, y se echó unos centímetros hacia atrás para mirarla fijamente. Claudia levantó la mano hasta sus labios y los acarició, explorándolos lenta y minuciosamente, como si deseara memorizar la forma que tenían. Las puntas de sus dedos se deslizaron hacia su áspera mejilla y sus uñas emitieron un pequeño sonido al rozar su incipiente barba. Guy no podía respirar.

No. En realidad, había olvidado respirar. Llenó sus pulmones con aire y lo dejó escapar lentamente. La joven frunció el ceño, como si le desconcertara la reacción de él ante su caricia. Guy giró la cabeza y atrapó uno de sus dedos entre sus labios para besarlo de forma provocativa, lo que provocó que Claudia abriera aún más sus ojos en señal de asombro y que respirara hondo.

Antes de que ella pudiera retirarla, Guy apresó su mano y giró la palma hacia él para besar suavemente su sensible piel y los huesos de su muñeca, que parecían pequeños y frágiles en su poderosa mano. Sin poder resistirse, rozó con el dedo pulgar el lugar donde la piel se movía en un constante reflejo de los latidos de su corazón, fascinado por su ritmo. Besó su muñeca otra vez y pasó la lengua por el lugar donde latía su pulso, quedando satisfecho al sentir el estremecimiento que la recorrió. Un instante más tarde, colocó la palma de su mano contra el centro de su pecho para dejarle percibir los erráticos latidos de su propio corazón y se inclinó para capturar sus labios en un largo y profundo beso.

El beso empezó bien, pero algo fue mal. Ella no le respondió como lo había hecho en los jardines. Sus labios carecían de vida, de pasión. Levantó la cabeza y vio que sus ojos volvían a estar cerrados. Se había quedado dormida, la muy testaruda. Se trataba de su sueño. Como mínimo, podía colaborar.

Otro pensamiento le hizo fruncir el ceño. Quizá no podía hacer el amor a un sueño. La sangre golpeaba sus oídos con tanta fuerza que no podía concentrarse. En un intento de ordenar sus confusos pensamientos, cerró los ojos, lo que provocó que le sobreviniera un mareo tan fuerte que su estómago protestó con violencia. El ritmo de su corazón y de su respiración se aceleraron, pero esta vez a causa de la preocupación más que de la lujuria. Algo iba mal. Muy mal. ¿Qué era ese martilleo en sus oídos?

—¿Qué estáis... ? ¡Oh, mi cabeza!

Guy abrió los ojos y vio cómo Claudia se apoyaba una mano en la frente y cerraba los párpados con fuerza. Dejaba escapar pequeñas ráfagas de aire que despeinaban a Guy y parecía intentar apartar la niebla que nublaba sus pensamientos.

No era un sueño.

Se irguió sobresaltado, pero tuvo que detenerse y taparse los oídos con las manos. Una explosión de dolor atravesó su cráneo e hizo que surgieran puntos negros ante sus ojos. El sonido de sus latidos se convirtió en un estruendo ensordecedor en sus oídos. ¡El vino! ¡Dios mío, habían envenado su vino!

Pensó en Stephen, que también había bebido el contaminado brebaje, luego en Evard y en el resto de sus hombres, mientras murmuraba una breve y fervorosa plegaria por que estuvieran sanos y salvos. Si él moría...

A pesar del intranquilizador pensamiento que atravesaba su mente, el dolor en su cabeza empezó a suavizarse. Todavía se sentía mareado, pero no al borde de la muerte. O bien no había bebido suficiente veneno para que lo matara, o la finalidad del veneno era incapacitarlo más que acabar con su vida. Entornó los ojos cuando volvió a mirar a Claudia.

Ella se sentó con las sábanas sujetas bajo sus brazos, y sostuvo su cabeza entre las palmas de las manos. ¿También la habían drogado o estaba simulándolo para que él lo creyera así?

—¡Salid de mi cama!

—¿Vuestra cama? —Claudia intentó mirarle a los ojos, pero su cabeza se balanceaba de un lado a otro. Finalmente colocó una mano sobre sus ojos mientras sujetaba las sábanas con la otra.

—Barón, sois vos quien estáis en mi cama.

Guy recorrió con la mirada la habitación.

—¡Dios mío!

Tenía razón. Otro mareo lo cogió desprevenido y le obligó a cerrar los ojos en un esfuerzo por recuperar el sentido del equilibrio. El martilleo que le había atormentado desde que se había despertado cesó de repente cuando se dio cuenta de que se debía a que alguien estaba aporreando la puerta. El sonido de una voz apagada vino del otro lado.

—Echadla abajo.

Su primer instinto fue proteger a Claudia. Buscó automáticamente su espada, pero no estaba en el lugar donde habitualmente la dejaba, junto a la cama. Ésa no era su alcoba. ¿Por qué iba a estar ahí su espada? ¿Y por qué otra razón, además de para ser descubierto, estaría él en la cama con Claudia? Las piezas del rompecabezas empezaron a encajar en su mente con escalofriante facilidad. Soltando una maldición, buscó algo con lo que cubrirse. Encontró las prendas de ropa que había llevado la noche anterior en el suelo. Sólo llevaba un calzón cuando se fue a la cama la víspera. ¿Por qué estarían sus ropas allí y no en su alcoba con su maldita espada?

Más pruebas incriminatorias, fue la silenciosa respuesta. Nadie se creería que se había aventurado hasta allí casi desnudo. Cuando se puso los pantalones, notó que las ropas estaban desperdigadas como si se hubiera desvestido con gran precipitación. Astutos bastardos.

Sólo llevaba puestos los pantalones cuando la puerta se abrió de un golpe y media docena de hombres armados se precipitaron en la alcoba, seguidos por el barón de Lonsdale y el obispo Germaine. Los soldados llevaban túnicas representativas del señor al que servían y armaduras ligeras, mientras que el barón de Lonsdale y el obispo vestían largas camisas de dormir y batas oscuras.

—¡Así es como pagáis mi hospitalidad! —El barón de Lonsdale dirigió su mirada hacia la cama donde Claudia apretaba con fuerza las sábanas contra su cuerpo intentando cubrirse—. ¡Seducís a mi sobrina bajo mi propio techo! Pagaréis por esto, Montague. Os costará muy caro. —Se dio la vuelta y se dirigió al obispo—. Pensé que el centinela había cometido un error cuando me informó de que Montague había entrado en la alcoba de mi sobrina, sin embargo, este hombre me ha deshonrado en mi propio hogar. Lo único que me consuela es que vos sois testigo de esta infamia.

Guy sintió un impulso inmediato de defenderse físicamente de la injusticia del cargo, a pesar de que sabía que todo era parte de un complot tramado en su contra. Debía recordar su propia estrategia, zafarse del malestar que todavía atenazaba su mente y su cuerpo. Sus manos se cerraron formando puños y se concentró en respirar lenta y profundamente. Por suerte, tan sólo había bebido una copa de vino. Si hubiera tomado más, todavía estaría aturdido. Necesitaba su buen juicio para evitar cometer un error que podría costarle la vida.

—¿Dónde está mi escudero?

—Aquí estoy, milord. —Stephen se abrió paso entre los soldados y entró en la habitación. El joven mostraba una expresión de preocupación cuando se inclinó ante Guy—. Estos hombres vinieron a vuestra alcoba y me ordenaron que os despertara. Yo no sabía... Veréis...

—No importa, Stephen. ¿Viste entrar a alguien en mi alcoba ayer por la noche? ¿O abandonarla? —Frunció el ceño cuando el chico negó con la cabeza, aunque había esperado esa respuesta.

El escudero parecía despierto, pero probablemente todavía se hallaba bajo los efectos de la droga.

—Ve en busca de sir Evard y pídele que se reúna conmigo.

El barón de Lonsdale cogió al chico del hombro.

—No, no lo creo. No necesitáis a vuestro lugarteniente, barón. Vuestro escudero se queda aquí.

Guy se encogió de hombros como si no le preocupara. Cogió su camisa y continuó vistiéndose, sin dejar de mirar a Lonsdale. La habitación osciló hasta un peligroso ángulo mientras realizaba esa sencilla tarea, y concentró todos sus esfuerzos en no parecer aturdido. No podía permitirse ninguna muestra de debilidad.

—¿Qué droga habéis utilizado, Lonsdale? Yo no llegué hasta aquí por voluntad propia, y sé muy bien que una copa de vino no podría dejarme sin sentido.

—¿Intentáis negar la evidencia? —Mostrando incredulidad, Lonsdale se dirigió al obispo Germaine—. Vos sois testigo de estas mentiras, obispo. Es evidente que este hombre sedujo a una dama inocente con engaños y mentiras. Exijo un castigo. No obstante, como soy un hombre temeroso de Dios, permitiré que la Iglesia guíe mis acciones en este asunto.

Guy casi sonrió ante el esfuerzo del obispo por parecer sorprendido. Luego pensó en el papel que Claudia había interpretado en aquella traición, y el impulso por sonreír desapareció. Por suerte había conservado el suficiente juicio para mantener la boca cerrada y compartir sus precipitados planes sólo con Evard. ¿Realmente la había creído tan noble como para pensar que no lo traicionaría? ¿Una mujer lo bastante digna para ser su esposa?

Sonrió ante su propia estupidez. Se sintió engañado, traicionado por sus propios instintos equivocados. La furia del barón de Lonsdale palidecía al lado de la suya.

—Estos hechos no justifican ningún derramamiento de sangre —empezó el obispo. Cruzó los brazos sobre su generoso contorno y se acarició la barbilla—. Sólo el esposo de una mujer tiene el derecho de tomar su inocencia. —Su oscura mirada se centró en Guy—. Debéis resarcir a vuestro anfitrión, barón de Montague. Es mi decisión y también la de la Iglesia que la compensación sea el matrimonio.

Guy cruzó los brazos en un gesto que imitaba la postura del obispo, burlándose de él y retándolo al mismo tiempo.

—¿Y si no acepto vuestra decisión?

El obispo se encogió de hombros.

—Entonces, aceptaré la del barón de Lonsdale. Pensad bien lo que decidís, Montague. Como huésped de Lonsdale, estáis bajo su poder, y en este momento, vos sólo sois un hombre que ha ofendido a su sobrina. Estoy seguro de que encontraréis mi decisión más de vuestro agrado.

—Entiendo. —Su plan era simple y fácil de ejecutar, pero eran unos estúpidos si creían que él se iba a dejar atrapar—. ¿Cuánto tiempo tengo para decidirme?

—Tendréis que darnos vuestra respuesta mañana por la mañana —respondió el obispo—. Nadie podrá decir que habéis tomado una decisión precipitadamente.

Hizo una pausa, al igual que lo haría en un sermón para recalcar la importancia de sus palabras. Un matrimonio celebrado por un obispo, habiendo dado al novio un día y una noche para aceptar o rechazar a la novia, sería difícil de anular.

—Estoy seguro de que haréis lo que es mejor para todos, lord Guy.

—No habrá matrimonio sin un contrato de esponsales —le interrumpió Lonsdale—. No se me negará lo que me corresponde por dejar ir a mi sobrina. El matrimonio no podrá celebrarse hasta que la justa compensación esté en mis manos.

—¿Y qué dote ofreceréis vos por vuestra sobrina? —La voz de Guy rezumaba sarcasmo, pero Lonsdale no se dio por aludido.

—Halford Hall será su dote —replicó—. No ofreceré nada más. En cambio, vos deberéis compensarme por la pérdida de mi sobrina con el doble del oro que acordamos por la venta de Halford.

Guy miró hacia Claudia.

—De algún modo, sospechaba que sería algo así.

—Mañana me comunicaréis vuestra decisión. Si estáis de acuerdo se celebrarán los esponsales, y en unos días se llevará a cabo el matrimonio. —Después de pronunciar esas palabras, Lonsdale se dirigió al obispo—. Permanecerá confinado hasta entonces. De otro modo, sus hombres pensarían en algún plan para hacerlo desaparecer. De hecho, creo que sería prudente que sus soldados establecieran su campamento fuera de mis murallas.

—Esa decisión sólo os corresponde a vos tomarla, barón.

Lonsdale hizo señas a los guardias.

—Llevadlo a la torre norte y alojadlo en una celda. Aseguraos de que nuestro huésped esté cómodo y de que no lleve ningún arma. Un guardia permanecerá ante su puerta en todo momento. Despertad a sus hombres y echadlos fuera. Podrán volver después de la boda.

Guy dedicó otra breve mirada a Claudia. Unas lágrimas silenciosas se deslizaban por sus mejillas, y su cara estaba tan pálida como las sábanas. Si estaba actuando, era muy buena actriz.

—Si yo estuviera en vuestro lugar, informaría a mi segundo al mando de vuestra... decisión —comentó a Lonsdale—. Encontraréis que mis hombres son más proclives a colaborar si las órdenes las imparte Evard de Cordray.

—Como deseéis. Haré que busquen a vuestro lugarteniente para que se reúna con vos en la torre norte. —Lonsdale le hizo una burlona reverencia—. Esperaremos vuestra decisión, barón.

Paralizada por el temor, y sin poder salir de su asombro por todo lo que acababa de suceder, Claudia observó cómo cuatro soldados se llevaban a Guy. No es que deseara ir a ningún sitio completamente desnuda. De hecho, tenía un miedo terrible a que su tío pudiera ordenar precisamente eso. El aire se detuvo en su garganta cuando le oyó dirigirse a otro de sus soldados.

—Manda llamar a un carpintero para que arregle esta puerta y ponga un pestillo en el exterior. Encárgate también de que haya un guardia apostado en el pasillo que impida a mi sobrina abandonar esta habitación y de que se le traiga comida dos veces al día.

—Sí, milord. —El soldado se inclinó y se apresuró a cumplir sus órdenes.

Lonsdale se giró hacia Claudia y le dirigió una mirada inexpresiva.

—Permanecerás aquí hasta que el matrimonio pueda celebrarse, y no causarás problemas de ningún tipo. ¿Me comprendes?

Ella agachó la cabeza para que no pudiera ver su ira. Nunca le había gustado especialmente su tío, pero ahora lo odiaba. La había drogado con algún veneno la noche anterior, al igual que había hecho con Guy, y le estaba ordenando que fuera cómplice de la traición, que formara parte del sucio complot.

—Lo comprendo, milord. —Apenas pudo pronunciar las palabras.

—Excelente. —Se volvió hacia el obispo—. Debo comprobar que los hombres de Montague abandonan el castillo tal y como he ordenado. Si me disculpáis, obispo.

—Deberíamos hablar un poco más sobre este asunto —comentó el aludido.

—Muy bien. Nos reuniremos después de comer en mi solar, si os parece conveniente.

El tono de Lonsdale indicaba que la reunión no le entusiasmaba. El obispo pareció disgustado al ver que se le daban largas, pero, aun así, dirigió una brusca inclinación de cabeza al barón.

Por último, la dejaron sola al cuidado de un soldado que permaneció en el pasillo para montar guardia ante la puerta desvencijada. En vez de darle la espalda, se colocó en el umbral, frente a ella, con un brillo lascivo en los ojos que hizo que su piel se erizara. Claudia se ajustó aún más las sábanas y apartó la mirada de su guardián cuando éste empezó a escarbar con las uñas entre los pocos y sucios dientes que le quedaban. Su camisón estaba en el suelo, así que liberó con cuidado las sábanas del colchón y luego se envolvió firmemente con ellas. Otra de las muestras de amabilidad de su tío: dejarla desnuda con uno de sus hombres apostado en la puerta para vigilarla. Quizá ese mismo soldado fuera el responsable de que se encontrara sin vestir. Ese pensamiento hizo que se estremeciera de asco.

En lugar de recuperar su camisón, se acercó a un arcón y sacó una camisola y un vestido de color azafrán. Sujetaba las sábanas con tanta fuerza que se hacía daño, consciente de que la mirada del soldado seguía cada uno de sus movimientos. Por suerte, disponía de un guardarropa en su alcoba. La diminuta habitación le daría la intimidad que necesitaba para su aseo matutino y para recomponer los pocos jirones que quedaban de su dignidad, aunque dudaba que su orgullo pudiera recuperarse de lo sucedido esa mañana. Usó la camisola para secar la última de sus lágrimas y entró en la pequeña sala para vestirse.

Cuando salió del guardarropa se encontró con que un carpintero había empezado a arreglar la puerta. Una bandeja de comida que contenía pan y queso yacía sobre el arcón junto a una jarra de cerveza, a modo de desayuno. Acercó el banco de costurera al arcón y empezó a comer. Necesitaría fuerzas para lo que se avecinaba. Tratando de entretenerse, paseó su mirada del carpintero a la mampostería alrededor de la chimenea. La ausencia de argamasa a lo largo de las grietas de algunas de las piedras era casi imperceptible.

Al principio, cuando llegó a Lonsdale, sus hermanos se burlaban por las horas que dedicaba a explorar cada milímetro del castillo. Pero ella recordaba la historia que su madre les había contado de niños sobre que dentro de los muros de la fortaleza existían pasadizos secretos, cuya ubicación y entradas ocultas sólo se desvelaban al primogénito de la familia. Después de mucho buscar, Claudia los había encontrado.

Los pasadizos secretos eran el origen de sus problemas, el medio por el cual el barón de Lonsdale había podido llevar a cabo su complot. De eso estaba segura. Lo demás era confuso. No podía recordar más que retazos de imágenes de los hombres que habían traído a Guy hasta su cama, las borrosas e imprecisas figuras de unos soldados y la luz cegadora de una antorcha. Parecía una pesadilla hasta que se despertó con la grisácea luz del amanecer y las seductoras caricias de Guy. Él le había hecho olvidar que algo pudiera ir mal. Estar a su lado era algo maravilloso. Sus manos la acariciaron, reavivando emociones que se le habían negado durante los años que había pasado en Lonsdale. Sentimientos de ternura, de sentirse querida y respetada. Durante ese breve y mágico momento, había bajado la guardia y le había correspondido con todo el amor que mantenía encerrado en su interior, la parte de ella que nadie más deseaba. Pero Guy sí la deseaba y ella había querido entregársela.

Después, la ilusión se hizo añicos a su alrededor. Debería haberse dado cuenta antes de que lo que le estaba ocurriendo era demasiado bueno para ser verdad y también de que Guy no se había dado cuenta de que era ella la que estaba en la cama y, en el caso de que lo supiera, lo más probable es que le diera igual. Simplemente había respondido como lo habría hecho ante cualquier mujer desnuda lo bastante atrevida como para devolver sus besos. Sentía mucha lástima de sí misma. Luego, se enfadó.

¿Era ese breve atisbo de felicidad todo lo que tendría en la vida? Que se le ofreciera un pequeño anticipo de lo que podría ser y que luego se lo arrebataran para siempre, era una crueldad ante la que se rebelaba. Si no hacía nada, quedaría encadenada de por vida a un hombre que la despreciaba, que podría infligirle incluso crueldades mayores.

El vacío que sentía en su interior era un pozo sin fondo, tan negro y frío como abrumador. Sobreviviría, al igual que había sobrevivido a las numerosas muertes en su familia. Pero nunca volvería a ser la misma. Cada persona a la que amaba se llevaba una parte de su corazón cuando la abandonaba. Guy se había llevado una parte que ella nunca había sabido que existía.

Se forzó a sí misma a tragar la insípida comida y la acompañó con lo que quedaba de cerveza. El carpintero había acabado su trabajo y probó el pestillo varias veces para asegurarse de que funcionaba bien antes de marcharse. Entonces, Claudia llevó la bandeja hasta la puerta y se la dio a su guardián.

—Una sirvienta os traerá la cena cuando anochezca —le anunció él.

—Os ruego encarecidamente que le pidáis que traiga también un cubo de agua.

El soldado frunció el ceño ante la petición, pero hizo un breve gesto de asentimiento con la cabeza y cerró la puerta. Más calmada, Claudia escuchó cómo ponía el pestillo.

Horas más tarde, Claudia se introdujo en la grieta que había quedado al descubierto en la pared, segura de que el pasaje secreto tras el solar había sido diseñado por una mujer más pequeña que ella o un niño. Durante la larga mañana que había pasado sola en su alcoba había empezado a tomar forma un plan en su cabeza. Al principio, pensó en organizar su propia huida de la fortaleza. Si conseguía llegar hasta Londres, podría empezar con la búsqueda de su hermano Dante, pero debía tener en cuenta que una mujer no podía hacer ese viaje sola. Los bosques estaban llenos de bestias salvajes y los caminos eran peligrosos a causa de los ladrones.

Por otra parte, el barón de Montague disponía de muchos hombres armados en el exterior de las murallas de Lonsdale, y era muy probable que ellos intentaran dañarla si se los encontraba, pues estaba segura de que la consideraban responsable de la difícil situación en la que se encontraba su señor. En cambio, si ayudaba también a escapar a Guy, él le ofrecería la escolta que necesitaba para llegar hasta Londres. Sería mucho más difícil liberar a ambos, pero su conciencia se rebelaba al pensar en dejarlo a merced de su tío, y con su ayuda, podría encontrar a Dante. Tendría que esperar a que anocheciera, pero, mientras tanto, decidió descubrir todo lo que pudiera sobre el complot de su tío.

Se colocó de lado en el pasadizo y rezó. Aquél no sería un lugar agradable en el que quedarse atascada. Ni siquiera iba a pararse a pensar en la posibilidad de que hubiera ratas.

Los muros se estrecharon todavía más antes de desembocar en una pequeña cámara cuadrada iluminada por diminutas grietas a la altura de los ojos, en tres de sus laterales. Incluso desde ese lugar, podía oler el fuerte perfume que su tío utilizaba para encubrir el mal olor de sus ropas; una empalagosa mezcla de clavo molido y bálsamo que usaba por razones que sólo él conocía. El sonido de su voz resonó en la cámara, y Claudia se inclinó sobre una de las aperturas para mirar el interior del solar y poder escuchar mejor.

Su tío estaba de pie cerca de la chimenea con un brazo apoyado en la repisa. Su pelo rubio se había vuelto de un tono blanco amarillento con la edad, pero sus pálidos ojos azules todavía eran el reflejo de una mente alerta y astuta. Llevaba una larga túnica dorada y burdeos, los colores de Lonsdale, y apoyaba una jarra sobre la hebilla del cinturón de su espada.

El obispo Germaine estaba sentado en una silla de respaldo alto ante el hogar. Tan sólo podía ver la parte superior de su calva, pero oía sus palabras alto y claro.

—¿En qué me habéis metido, Lonsdale? Apostaría mi vida a que esta mañana no me lo habéis contado todo.

—No os inquietéis —respondió el aludido—. Os recompensaré muy bien por vuestra participación en esto.

—Sí, lo sé —asintió—. Pero quiero saberlo todo. No sólo la apresurada explicación que he recibido cuando estaba medio dormido tras haberme despertado al amanecer. Y deberíais dejar de insistir en que Montague sedujo a la chica. Ambos sabemos que no es verdad.

—Montague nos convertirá en hombres ricos —insistió Lonsdale—. Con el apoyo de la Iglesia al matrimonio, sabe que no tiene otra elección. Pagará lo que le pido y se casará con mi sobrina.

—Y a continuación estallará una guerra —añadió el obispo—. Sabéis muy bien que Montague tomará represalias por este engaño. ¿Qué os ha llevado a tramar esta farsa?

Lonsdale se pasó una mano por el cabello antes de responder con tono impaciente.

—Sabe que algo va mal con Halford Hall. Le mostré las escrituras ayer en el banquete, pero él deseaba más tiempo para considerar el asunto. Si no hubiera sospechado alguna artimaña, habría firmado el acuerdo en ese mismo momento. Lo perderé todo si descubre que no puedo vender esa maldita propiedad.

—¿De qué estáis hablando? —preguntó el obispo—. Halford no está vinculado a vuestro patrimonio. Sois libre de disponer de la propiedad como deseéis.

—No. Os equivocáis. Mi padre hizo que el viejo barón de Montague cediera Halford a mi hermana Catherine. Él deseaba mantener a su hija unida a suelo inglés de alguna manera, y Catherine a su vez, legó el castillo a su hija. Al ser el tutor de esa hija desnaturalizada que mi hermana crió, puedo disponer de Halford Hall a mi antojo, pero no venderlo. —Hizo una pausa para tomar un largo sorbo de su copa—. Las escrituras que mostré a Montague son una falsificación. Es el rey quien guarda las verdaderas escrituras de la propiedad. Aquellos en Lonsdale que conocían la verdad están muertos, e incluso si el rey llegara a enterarse de la venta de Halford, dudo que recordara a quién le pertenece realmente. No es una gran propiedad. No tiene importancia para nadie, excepto para Guy de Montague. Ni siquiera mi sobrina conoce sus derechos sobre el maldito castillo.

Claudia apoyó las manos contra los muros de la cámara para no caerse. Los tristes años pasados en Lonsdale desfilaron ante sus ojos, los desaires e insultos, las hirientes burlas sobre que no era más que una pariente pobre y molesta, una carga que debía trabajar durante largas horas para ganarse el sustento o pasar hambre. ¡Era una heredera! Y mientras ella trabajaba duramente, su tío se aprovechaba de las rentas de su herencia hasta conseguir convertir a los habitantes de sus tierras en mendigos. Si no estuvieran separados por un muro, se habría visto tentada de hundirle una daga en el corazón.

—Ha debido notar algo raro en las escrituras falsificadas —continuó Lonsdale en un tono enrabietado, más propio de un niño que de un hombre adulto—. Tenía que actuar antes de que Montague descubriera la verdad.

—Siempre habéis sido un imprudente —respondió el obispo—. En la batalla sois el primero en cargar sin tener la más mínima idea de lo que pasará cuando os enfrentéis al ejército enemigo. Yo os diré lo que sucederá esta vez. Montague tomará represalias en cuanto lo dejéis libre. La anulación será su primera prioridad. Luego volverá con su ejército y os asediará hasta que el hambre os obligue a salir de vuestro refugio. ¿No habéis pensado en eso?

—Quiero el oro que prometió —replicó el barón a la defensiva—. Con el doble de esa cantidad, podré reclutar un ejército de mercenarios que mantendrán a Montague a raya.

—Así que queréis contratar a unos cuantos villanos que tendrán muchas más ganas de hacerse con Lonsdale que de protegerlo. —El obispo sacudió la cabeza—. Deberíais aceptar mi consejo en este tema o sufrir las consecuencias. Si tenemos éxito, me quedaré con la mitad del oro que recibáis de Montague.

—¡La mitad! —protestó Lonsdale—. Os daré una parte generosa, por supuesto, pero ¡la mitad!

—Reconoced la realidad, barón. No obtendréis nada sin mi ayuda. —Esperó a que Lonsdale asintiera con la cabeza a regañadientes y, entonces, se recostó en la silla—. Bien, ahora lo primero que debemos hacer es convencer a Lord Guy de que yo no tomaré partido en este asunto, que estoy actuando única y exclusivamente en defensa del honor de la dama que ha sido mancillada. Ofreceré que se depositen el oro y las escrituras de Halford en mi monasterio para que estén a buen recaudo y le garantizaré que nada se distribuirá a ninguna de las partes hasta que todo haya quedado arreglado.

—¡Excelente! Haremos que Montague se sienta seguro. Estará mucho más dispuesto a seguir adelante con vuestra propuesta que con mi exigencia de entregarme el oro en mano. —La expresión esperanzada de Lonsdale se desvaneció—. Pero nada cambiará si al final se entera de nuestro plan. Incluso el matrimonio puede ser declarado nulo si descubre que vos formabais parte del complot y, en ese caso, lo perderíamos todo.

—Nunca lo descubrirá. No vivirá el tiempo suficiente para saber que nos repartimos su oro.

La clara intención del obispo de asesinar a Guy no pareció sorprender a Lonsdale.

—He pensado mucho en la posibilidad del asesinato, pero no soy tan imprudente como para no ver el dedo acusador de Kenric de Remmington señalándome claramente. Estoy seguro de que acabaría en la horca.

—No si lo hacemos parecer el trabajo de otro, alguien que parezca que tiene muchas razones para asesinar a su nuevo esposo.

—¿Claudia? —Lonsdale abrió aún más los ojos, incrédulo. Luego, su mirada brilló al comprenderlo todo—. ¡Claro! ¡Es perfecto!

—Sí —asintió el obispo—. Le daremos dos semanas para entregar la cantidad estipulada y después celebraré el matrimonio. Los hombres de Montague entrarán en la fortaleza al día siguiente. Les informaréis de que fuisteis testigo de la ceremonia de consumación y de que su señor está realmente casado. Haced lo que podáis para que crean que ha conseguido el mejor trato, que acepta a la novia y que la pareja se prepara en esos momentos para partir hacia el castillo de Montague. Enviaremos a uno de los hombres de confianza de Montague para que vaya a buscarlo a su alcoba. Allí encontrará al barón degollado, con la daga de vuestra sobrina a su lado.

Germaine emitió un oscuro sonido que podría haber sido una risita, mientras que el rostro de Lonsdale lucía una sonrisa que se iba ampliando a medida que el obispo desgranaba su plan.

—Se armará un gran revuelo y varios de vuestros hombres testificarán diciendo que Claudia había tramado un plan para seducir a Lord Guy y obligarle a casarse. Luego, les hablaré de su hermano muerto, Roberto, y los motivos que tiene para odiar a todos los Montague. Se la entregaremos a los hombres de Montague para que la ahorquen a la mañana siguiente.

—La interrogarán —señaló Lonsdale.

—Estarán furiosos. Dudo que aguante una hora en sus manos. No creerán nada de lo que balbucee en ese medio inglés que habla. Incluso en el improbable caso de que alguien sospechara que es inocente, la ahorcarían de todas formas para vengarse. Una vez que todo haya finalizado informaremos al rey de que los propios hombres de Montague hicieron justicia, y que ejecutaron a la asesina.

—Hay que tener en cuenta a ciertos vasallos de Montague y a su familia —apuntó Lonsdale—. Muy especialmente a su hermano. Kenric de Remmington no es un hombre que vaya a aceptar la muerte de su hermano fácilmente.

El obispo movió la mano de forma desdeñosa.

—Uno no cuestiona la palabra de un obispo sin pagar un alto precio, y su hermano bastardo no tendrá razones para interferir. Al no tener Montague un heredero, Remmington se quedará con las tierras y los bienes de su hermano, y nosotros con su oro.

Claudia sabía que tenía que abandonar la cámara antes de que las horribles palabras que había oído la obligaran a vomitar. Volvió a recorrer el pasadizo con las dos manos tapando su boca para no gritar, mientras se hacía una promesa que su tío y el malvado obispo nunca conocerían, una que cumpliría o moriría en el intento: ésas serían las últimas lágrimas que derramaría en el interior de Lonsdale.

3

Claudia apoyó la espalda contra el muro de la barbacana y contuvo la respiración. Miró hacia abajo y casi maldijo en voz alta. Las dos copas de latón que sostenía en las manos brillaban como piedras preciosas bajo la luz de la luna. Las escondió apresuradamente bajo su oscura capa y observó las vagas figuras de dos guardias que cruzaban lentamente el patio de armas. Pasaron a menos de una docena de pasos de su escondite mientras se dirigían a cumplir su guardia de medianoche en la torre oeste. Solamente los sonidos de los pasos de los guardias rompían el silencio del patio, y pronto se desvanecieron en la distancia. Deseosa de llegar pronto a su destino, se aventuró a salir una vez más.

Con las copas sostenidas en equilibrio en una mano y el pichel de vino sujeto con la parte interior del codo, alcanzó el pestillo del portón de la barbacana. Al abrir la puerta lo suficiente como para deslizarse dentro, las bisagras emitieron un pequeño crujido. La oscuridad le dio la bienvenida en el pasillo, junto al olor acre del alquitrán y la brea que se almacenaban en las entrañas de la barbacana, preparados para utilizarse en caso de un posible asedio. Su tío podría necesitar dentro de poco esas defensas si ella tenía éxito en su aventura nocturna.

Con su mano libre apoyada contra el muro para mantener el equilibrio en la oscuridad, fue encontrando el camino que buscaba a lo largo de las húmedas piedras, hasta que llegó al pie de las escaleras. Una antorcha de cañas situada en lo alto del muro proyectó su tenue y trémula luz a lo largo de los escalones. Claudia vaciló. Una vez subiera aquellos peldaños, no habría vuelta atrás.

Pero tenía que hacerlo, ella era la única esperanza de Guy.

Él también era su única esperanza. Esos pensamientos le dieron el coraje que necesitaba para subir las escaleras, girar la esquina y mirar hacia el desierto pasillo que se extendía ante ella. Ojalá hubiera descubierto un pasadizo secreto en aquella parte del castillo. Un pasaje oculto o dos serían de gran ayuda en ese momento.

Sus zapatos no hicieron ningún ruido mientras recorría por el pasillo de piedra la distancia que la separaba del siguiente tramo de escalones. Tras una de las puertas de madera que se alineaban en el pasillo podía oír a alguien roncando. Más de una veintena de soldados estaban asignados a la barbacana, y si su suerte continuaba como hasta ahora, todos estarían dormidos tras esas puertas. Si no fuera así, el vino que llevaba consigo debería hacerse cargo de los soldados encargados de vigilar al prisionero. Sólo había otro lugar donde podría encontrarse con algún obstáculo para cumplir su plan antes de llegar a la habitación ubicada en el piso superior. Había visitado la alcoba una vez y sabía que era una prisión lujosa, construida para alojar a nobles capturados en justas o batallas hasta que sus familias pagaran el rescate. Esa noche, alojaba a un hombre destinado a morir.

Siempre había sabido que el barón de Lonsdale era un hombre despreciable y codicioso. Pero hasta ese día, no se había dado cuenta de su ruindad. Su propio tío la había condenado a muerte sin pensárselo dos veces por un asesinato que todavía no se había cometido y, posiblemente, la ahorcaría con la misma facilidad si descubriera su plan de huida. Prefería arriesgarse con Guy de Montague. La humillación que la abrumaría al verlo de nuevo no era nada comparado con la culpabilidad que sentiría si él moría a manos de Lonsdale. Aun así, aunque consiguiera drogar a los guardias de Guy y liberarlo de su prisión, no podía estar segura de que estuviera de acuerdo con su plan para que ambos escaparan. Podría mostrarse reacio a llevar consigo a una mujer en un viaje tan peligroso o dudar de que ella le dijera la verdad sobre el despiadado complot de su tío. Nerviosa, se llevó la mano al cuello de la capa, donde pudo tocar los duros bultos ocultos bajo los pliegues de la capucha.

Después de que la criada le trajera la comida esa noche, se había pasado una preciosa hora cosiendo el collar de esmeraldas de su madre a la capa, la última pieza de valor que ella y sus hermanos habían sacado a escondidas de su hogar en Italia. El resto se había utilizado en la compra de las armaduras y los corceles que Dante y Roberto necesitaban para ejercer su oficio de mercenarios. Roberto también había querido vender el collar, pero Dante insistió en que Claudia lo guardara a buen recaudo, ya que debería conservar algo para poder ofrecerlo como dote en el caso de que ellos no pudieran recuperar su riqueza y patrimonio legítimos. Esa noche lo emplearía para comprar su libertad.

Dejó a un lado aquellos pensamientos cuando llegó al descansillo y giró la esquina. Las trémulas llamas de las antorchas a ambos lados del puesto de guardia mantenían las sombras en un misterioso y constante movimiento, pero no veía al guardián por ninguna parte y la puerta de la habitación se encontraba medio abierta. Claudia frunció el ceño. El centinela encargado de custodiar al prisionero debía estar en el interior de la alcoba. El motivo no lo sabía, pero ese inesperado giro podría jugar a su favor. Quizá pudiera acercarse al guardia a hurtadillas por detrás.

Con cuidado, sin hacer ningún ruido, dejó las copas y el vino a un lado del pasillo, y sacó la pequeña daga que llevaba en la cintura. Nunca tendría el valor de hacer realmente daño al guardia, pero afortunadamente, podría hacerle creer lo contrario. Se obligó a sí misma a avanzar con cautela hacia la alcoba, respiró hondo para tranquilizarse y entró en la prisión de Guy.

Sólo las antorchas del pasillo iluminaban la gran habitación, pero lo que podía alcanzar a ver de la estancia parecía vacío. Su corazón no redujo su enloquecido ritmo al darse cuenta de ello. Abrió la puerta aún más y dio otro paso hacia adelante. Cuando habló, su voz no fue más que un débil susurro.

—¿Barón?

Un movimiento que percibió por el rabillo del ojo la hizo girar hacia la derecha y dar un sorprendido paso hacia atrás. Guy estaba de pie entre las sombras del muro vestido con las mismas ropas que llevaba en los jardines y con una oscura capa.

Verlo de nuevo trajo consigo una avalancha de inesperados pensamientos. Su mirada recorrió la línea de su mandíbula y recordó el tacto de su mejilla, áspera por la barba de un día. Miró sus labios y recordó cómo los sintió bajo la punta de sus dedos, cómo él había arrastrado uno de ellos dentro de su boca para besarlo, logrando que un escalofrío recorriera su espalda.

Guy dio un paso hacia ella.

—Dadme el cuchillo, Claudia.

Ella bajó la vista hacia la olvidada daga que todavía sostenía en la mano. No le pareció importante en ese momento e ignoró la orden.

—¿Dónde está vuestro guardia?

—Ha muerto —respondió en voz baja—, como también moriréis vos si no me dais el cuchillo de inmediato.

Lo decía en serio. Intentó contener un escalofrío y evitó recorrer la habitación con la vista en busca de alguna evidencia del guardia muerto. Esa noche Guy no se parecía en nada al hombre que la había besado en los jardines, al dulce y burlón pretendiente que le había pedido que guardara sus besos para él. Ni tampoco parecía el tierno amante de sus confusos sueños. En ese momento, parecía capaz de ser muy violento. Su poderoso cuerpo estaba tenso y preparado para atacar. No albergaba la más mínima duda de que llevaría a cabo su amenaza si no le obedecía.

—¿Creéis que intentaría haceros daño con esta insignificante daga? —Quizá era el recuerdo del hombre que había conocido tras aquel aspecto frío lo que hacía que su voz sonara más valiente de lo que se sentía. Sacudió la cabeza y le entregó el puñal, ofreciéndoselo por la empuñadura—. He venido hasta aquí para rescataros, barón.

—¿En serio? —Todavía alerta, sujetó la daga en su cinturón y miró hacia el pasillo antes de añadir en tono sarcástico—: Supongo que vuestro tío y sus soldados están a la espera de capturar a los amantes mientras escapan.

—No es un truco. —Deseó que hubiera alguna forma de convencerle de que no mentía. Sólo contaba con la verdad para persuadirlo—. Sé que tenéis pocos motivos para creer lo que os digo, pero yo no tengo nada que ver con la traición de la que habéis sido objeto. Mi vida corre el mismo peligro que la vuestra. Debemos salir de aquí antes de que nos descubran.

—¿Debemos? —Sacudió la cabeza—. Sois una gatita muy astuta, siempre preparada para caer de pie. Si no fuerais parte de este complot, os habrían hecho prisionera. No os permitirían pasear por la barbacana en medio de la noche para hacerme una visita. Decidme dónde nos esperan los soldados.

—Nadie nos espera —insistió ella—. He venido sola. Después de que se os llevaran esta mañana, mi tío me encerró en mi alcoba. Cree que es el único que conoce dónde están los pasadizos secretos que le permitieron llevaros hasta mi alcoba anoche, a pesar de que yo cerré por dentro con pestillo. ¿No os preguntáis cómo os sacaron de vuestros aposentos sin que lo supiera vuestro escudero?

Guy encogió un hombro desdeñosamente.

—Probablemente también lo drogaron.

—No, os llevaron a través de los pasadizos. A mí también me drogaron. —Sintió cómo el rubor hacía arder sus mejillas al recordar cómo se había encontrado desnuda y en la cama con él. Sin embargo, no podía permitirse pensar en ello—. Esta tarde me abrí camino por esos mismos pasadizos hasta una mirilla tras el solar y escuché en qué consistían sus planes. Mi tío pensó que habíais cambiado de opinión sobre Halford, que no pretendíais seguir adelante con el trato. Tramó este plan para conseguir más oro de vos. El obispo Germaine cree que se ganará vuestra confianza si se ofrece a guardar las escrituras de la propiedad que deseáis y vuestro oro en su monasterio, pero insistirá en que se celebre el matrimonio. El día después de la boda, vuestros hombres os encontrarán muerto con pruebas de que yo os he asesinado. Mi tío y el obispo se dividirán entonces el oro entre ellos.

Guy no mostró la conmoción o el horror que ella esperaba. Se limitó a sonreír, pero su expresión carecía de cualquier rastro de calidez.

—Habéis tejido una encomiable historia, milady. ¿Creéis que soy un crédulo escudero para engañarme con tal estupidez?

—Es la verdad —insistió ella, pero su dura expresión no cambió. Explicarle más sobre la trama urdida contra ellos era malgastar fuerzas. Nunca la creería, nunca volvería a confiar en ella. No podía culparlo. Pero había una verdad que él no podría ignorar—. El propio obispo ha redactado un contrato de esponsales y lo ha hecho válido con su firma. La Iglesia no os permitirá casaros con nadie más mientras haya un contrato anterior. Aunque escaparais esta noche, podéis estar seguro de que mi tío presentará una demanda a la Iglesia y postergará cualquier esperanza que tengáis de un heredero hasta que no le paguéis. Es muy común chantajear a hombres ricos reclamando contratos anteriores y éste, además, tendrá el sello de un obispo. Si me lleváis con vos, juraré ante cualquier sacerdote o incluso ante el mismo rey que fuisteis engañado por mi tío. Si ambos nos presentáramos como testigos de los hechos, el contrato se consideraría nulo.

La mirada de Guy fue hacia la entrada y luego volvió a dirigirse hacia su rostro.

—No sé por qué, pero me cuesta creer que traicionéis a vuestra propia familia. Lo más seguro es que Lonsdale os dé una parte del oro si permanecéis callada sobre el asunto.

—¡Me entregará a vuestros hombres para que me ahorquen! —Frustrada porque no la creía, apretó los labios. La ira no le haría conseguir nada si con sólidos argumentos había tenido tan poco éxito. En un intento de tranquilizarse respiró profundamente—. Actualmente, la única familia que reconozco es a mi hermano Dante. Su última carta llegó desde Londres hace casi un año, pero si consigo encontrarle, sé que me acogerá.

—Creía que teníais dos hermanos. ¿Por qué buscar a ese tal Dante si es tan difícil encontrarlo? ¿Por qué no ir en busca del otro?

—Mi hermano mayor murió hace muchos años. Dante es todo lo que tengo. —Bajó la mirada hacia el suelo. Si Guy descubría el nombre de su hermano mayor, nunca la llevaría con él. Se apresuró a continuar antes de que pudiera hacerle más preguntas sobre Roberto—. Si me ayudáis a escapar, contrataré a una partida de vuestros hombres para que me ayuden a buscar a Dante. Tengo un collar que perteneció a mi madre. En Londres, puedo venderlo para pagar a vuestros soldados. Quizá haya suficiente también para compensaros por los problemas que os he causado. Os libraréis de mí muy pronto y también de cualquier reclamación que mi tío intente hacer. Lo que os propongo es la forma más fácil de deshaceros de mí para siempre.

—No, no es la forma más fácil —dijo mientras cruzaba los brazos sobre su pecho—. Muchos de los problemas que me planteáis desaparecerían si murierais.

La joven dio un paso hacia atrás, aunque dudaba que él pudiera llevar a cabo aquella terrible amenaza. Estaba mintiendo, ¿o no?

Guy continuó en un tono más firme.

—Si descubro que... —Una sombra se interpuso entre ellos y el barón se abalanzó sobre Claudia—. ¡No!

Ella intentó evitar el ataque, pero antes de que pudiera moverse, algo grande y sólido la golpeó detrás de la cabeza. El rostro alarmado de Guy dio vueltas ante sus ojos y luego todo se volvió negro.

—¡Dios! ¡Creí que pretendías partirla en dos!

—Ya me he disculpado dos veces, barón. Cuando volví de inspeccionar los alrededores, la vi de pie en la puerta de espaldas a mí. Sé que me habíais visto y confundí vuestras palabras con una orden de matarla. De hecho, si no hubierais gritado en el último momento, ahora estaría muerta. Tuvo suerte de que la golpeara con la hoja de la espada y no con el filo.

—Pretendía asustarla para que me contara la verdad, no matarla.

—Quizá hubiera sido mejor matarla. Ahora se ha convertido en un problema. Es un peso muerto. Nunca conseguiréis bajar por el muro con ella atada a vuestra espalda. Yo propongo que la tiremos por un lateral de la torre. A estas horas de la noche, nadie oirá caer el cuerpo.

Claudia se despertó a tiempo para escuchar aquella vil proposición. La voz masculina que hablaba en un murmullo le sonaba familiar. ¿O eran dos? Aturdida, tardó en orientarse y darse cuenta de que yacía desplomada en lo alto de una de las torres de la barbacana. Abrió los ojos de golpe cuando se percató de quién podría ser la principal candidata a ser lanzada desde allí.

—No cargaré en mi conciencia con la sangre de una mujer. De todas formas, ¿qué sucedería si se despertara a medio camino? Sus gritos despertarían a todos los soldados de la guarnición.

—Le cortaré el cuello antes. —Fue la impasible respuesta.

Claudia se llevó las manos a la garganta en un gesto protector.

—Maldita sea —añadió el dispuesto degollador—. Está despierta.

Una figura cubierta con una capa se inclinó sobre ella. Al tiempo que la joven se sentaba y apoyaba la espalda contra el muro de la torre, las nubes que habían ocultado la media luna se dispersaron. Claudia quería girarse hacia un lado, pero se sorprendió al encontrarse incapaz de moverse debido al asombro que le causó lo que la luz de la luna le reveló.

—¿Fray Thomas?

Darse cuenta de que un santo varón deseaba degollarla impresionó a la joven más de lo que pensaba que sería posible esa noche. Fray Thomas era un hombre amable y tenía una voz muy dulce. ¡Era su amigo!

El fraile ignoró su vana pregunta y miró hacia la derecha.

—¿Qué hacemos ahora?

La mirada de Claudia siguió a la del fraile y vio a Guy de pie a unos metros de distancia, con la atención puesta en una cuerda que había fijado alrededor de una de las almenas de la torre. Su rostro parecía duro y sombrío bajo la luz de la luna. Tras una rápida comprobación de la resistencia del nudo, lanzó la larga soga por el lateral y se giró para dirigirle una mirada tan amenazadora como la del fraile.

—Tendréis que elegir, milady. O me seguís por esta cuerda con una mordaza en la boca para asegurarnos de vuestro silencio, o nuestro buen fray Thomas os lanzará al vacío sin necesidad de mordaza o cuerda. La decisión es vuestra.

A Claudia le parecían inaceptables ambas opciones. Bajar por el muro significaba quedarse colgando de una cuerda a más de quince metros por encima de las escarpadas rocas que formaban la base del castillo, y ella apenas podía subir por una escalera de mano sin marearse. Las alturas la aterrorizaban. Claro que, por otro lado, también le aterrorizaba la idea de que fray Thomas la degollara.

—Ha... hay otra vía de escape. No es necesario que bajemos por el muro. —Apretó los dientes para evitar que le castañetearan.

—Sí —dijo con desdén Thomas en italiano—. Pero está custodiado por un soldado que lo vigila durante toda la noche. Aunque eso ya lo sabéis, ¿verdad?

Claudia se quedó mirando fijamente al fraile con la boca abierta al darse cuenta de otra cosa.

—Habláis mi lengua. Todo este tiempo...

Thomas hizo un gesto impaciente con la mano.

—Sólo alguien que conoce vuestro idioma puede entender lo que decís en el nuestro. —Se volvió hacia Guy—. El guardia volverá a pasar por aquí en menos de una hora. Es una locura considerar siquiera la posibilidad de llevárosla con vos. Dejadme que decida por ella.

—¡No causaré ningún problema! ¡Lo juro! —Se puso en pie y miró alternativamente a Guy y a fray Thomas. La larga daga que este último sostenía hizo que tomara una decisión en ese mismo instante—. ¡Bajaré por el muro!

Guy dio un paso hacia ella.

—Dadme la mano.

Ella inconscientemente dio un paso hacia atrás.

—¿Por... por qué?

Guy frunció el ceño.

—Nunca discutáis con hombres que preferirían cortaros el cuello a dejaros libre, milady. Dadme la mano.

Claudia no pudo evitar ocultar cómo temblaba, pero extendió la mano derecha. Justo cuando Guy se dispuso a cogérsela, ella la retiró y alargó la izquierda. Era diestra, así que no se vería tan impedida si él intentaba hacerle daño.

Guy emitió un gruñido de disgusto. Con un movimiento rápido, agarró la larga manga de su vestido y le dio un fuerte tirón. Arrancó la manga de su hombro y ésta quedó colgando en su mano.

—Daos la vuelta.

Claudia se quedó mirando la manga. ¿Qué pretendía arrancarle ahora?

Guy pareció leer sus pensamientos y emitió un gruñido de impaciencia.

—Voy a amordazaros. ¡Daos la vuelta!

Obedeció la orden, pero pronto se replanteó su dócil comportamiento. Si le daba la espalda al barón, sería fácil cortarle el cuello y, una vez la hubieran amordazado, ni siquiera podría emitir un sonido de protesta. Le fallaron las rodillas y se apoyó en el muro de la torre para recuperar el equilibrio. La mordaza se deslizó sobre su rostro. Ella la acomodó bajo su nariz justo cuando Guy hacía un fuerte nudo en la parte posterior de su cabeza. Luego, la hizo girar cogiéndola por los hombros para comprobar cómo había quedado. Ella supuso que el rápido gesto de asentimiento significaba que estaba satisfecho porque el trozo de tela la mantendría callada. En ese momento, Guy apresó su brazo con una mano y casi la arrastró hasta la almena donde había atado la cuerda. Miró por el lateral y, después, se volvió para observar su falda.

—Os romperéis el cuello —pronosticó.

Antes de que Claudia pudiera adivinar sus intenciones, sacó una daga y se arrodilló ante ella. Sujetó el dobladillo de su vestido y hundió la mortífera hoja en la tela cortándola hasta más arriba de sus rodillas. Volvió a envainar la daga justo en el momento en que ella se recuperaba lo suficiente de la impresión como para emitir un apagado gemido de protesta.

—Thomas os ayudará a sujetaros. Colocad la cuerda entre vuestras piernas antes de que él os suelte. —Se volvió hacia el fraile—. Mátala si duda, y si hace algún ruido mientras desciende, corta la cuerda.

Tras dar aquellas duras órdenes, cogió la cuerda e inició el descenso.

La mano de fray Thomas rodeó su brazo y se adelantó hacia la almena para observar los progresos del barón. Su voz sonó distante.

—Espero que seáis más fuerte de lo que parecéis, milady. Es un tramo muy largo, un enorme esfuerzo para los brazos de una dama que no han levantado nada más pesado que una aguja.

Si no hubiera sido por la mordaza, ella le habría informado de que era más fuerte de lo que creía, pues transportaba una docena de pesados cubos de agua cada noche al negarse a bañarse en agua ensuciada por otros. En esos momentos, parecía que su obsesión por la limpieza estaba a punto de resultar ser un rasgo muy valioso.

—Ya ha llegado al suelo. —Thomas la empujó hasta que estuvo de pie frente a la almena y luego le susurró en el oído—: Un sonido, milady. Un gimoteo o un movimiento en falso y cortaré la cuerda. ¿Lo comprendéis?

Claudia le contestó con un desesperado gesto de asentimiento. Se apoyó en la almena y subió a la muralla. La luz de la luna iluminaba las escarpadas rocas que yacían abajo y la imprecisa sombra de un hombre. El barón de Montague parecía del tamaño de una hormiga. Contuvo un gemido de terror en su garganta. La cuerda que colgaba sobre el muro yacía a sus pies, fuera de su alcance. ¿Cómo lo había logrado Guy? ¿Cómo lo conseguiría ella?

Thomas resolvió ese problema por ella. Una mano se cerró con fuerza alrededor de su brazo mientras la otra la empujaba hacia delante. En ese momento, supo por qué la habían amordazado. Fray Thomas pretendía lanzarla al vacío después de todo.

Esa vez no pudo contener un apagado grito de terror. Claudia se agarró a la almena de piedra con su mano libre, pero perdió el equilibrio, cayendo hacia delante en un movimiento lento que pareció durar eternamente y que acabó casi antes de empezar. El corazón golpeaba contra su pecho con una fuerza semejante a la que la empujaba para colocarla frente al muro exterior de la torre. Cuando ya daba todo por perdido, Thomas la sujetó rápidamente de la muñeca. Ella pronunció una precipitada oración de agradecimiento al darse cuenta de que él no pretendía matarla después de todo. La plegaria fue interrumpida rápidamente por un instinto primario de asegurar su oscilante peso.

El fraile la hizo descender lo suficiente para que cogiera la cuerda y la obligó a que bajara su mano izquierda hasta que pudo coger la delgada soga que representaba su salvación con ambas manos. Incluso continuó sujetándola por el brazo hasta que consiguió rodear la cuerda con sus rodillas y sus pies a través del salvaje corte en su vestido. Insegura por que Thomas pudiera cambiar de opinión sobre su destino, le hizo un gesto de asentimiento y él la soltó.

No podía moverse.

Sus manos parecían congeladas alrededor de la soga, al igual que sus piernas. Si se movía, caería. Si no se movía, Thomas cortaría la cuerda. Se preguntó si sería lo bastante afortunada como para desmayarse antes de que la caída la matara.

—Habéis llegado hasta aquí. —La voz de Thomas sonó sorprendentemente dulce. Sin embargo, no podía mirar hacia arriba para observar su expresión—. El resto es más fácil. Simplemente sujetad la cuerda con los pies y bajad moviendo una mano cada vez.

Claudia intentó tomar una profunda inspiración, pero incluso su pecho parecía estar intentando rodear la cuerda. Concentró toda su atención en el muro de piedra que tenía ante ella y en el movimiento de su mano izquierda mientras la deslizaba hacia abajo y obligaba a sus pies a deslizarse por la soga unos pocos milímetros. Soltó la mano derecha de la cuerda el tiempo suficiente para colocarla por debajo de la izquierda, luego repitió el movimiento, una y otra vez, hasta que pensó que nunca acabaría. Le dolían los brazos, le dolían las piernas, incluso le dolían los huesos por el enorme esfuerzo que estaba realizando. ¿Realmente creía que unos cuantos cubos de agua la prepararían para una tarea tan dura?

Estaba en el infierno. Thomas la había empujado y ella simplemente no recordaba la caída que la había matado. No importaban los pecados que hubiera cometido a lo largo de su vida, estaba condenada a deslizarse por esa cuerda durante toda la eternidad.

De pronto, alguien la cogió del tobillo. Un ahogado gemido de alivio emergió de la mordaza al darse cuenta de que era Guy. Sus fuerzas fallaron, se dejó caer, y él la atrapó, amortiguando su caída.

—¡Maldita sea, cómo pesáis! —Con un rápido movimiento la apartó y se levantó.

No parecía preocupado por la posibilidad de que ella intentara escapar. Sacó una daga de la cintura y cortó un trozo de cuerda de varios metros de largo, luego le dio dos fuertes tirones a lo que quedaba colgando y mantuvo centrada su atención por encima de su cabeza. Desde el suelo, Claudia vio cómo fray Thomas tiraba de la larga soga desde el interior de la torre hasta hacerla desaparecer. Deseaba permanecer allí durante un largo rato, incluso besar la sólida roca que había bajo ella. Dentro de una semana aproximadamente, podría volver a caminar. Pero había llegado hasta allí y no volvería a la fortaleza después de lo que le había costado escapar de ella. Se puso de pie y se balanceó antes de recuperar el equilibrio.

Guy se volvió hacia ella sujetando la cuerda que había cortado.

—Extended las manos.

Otra vez no, pensó Claudia, pero esta vez le ordenaba que le ofreciera ambas manos. Pretendía atárselas. Cuando ella obedeció la orden, Guy vaciló. Durante un largo momento, se quedó mirándola, luego rodeó sus muñecas con la cuerda y la ató. No apretó la soga tan fuerte como ella habría esperado. De hecho, parecía casi suelta alrededor de sus muñecas. Claudia bajó la mirada y comprobó la movilidad que tenían sus manos.

Él también lo había notado.

—Se acabó, milady. Ahora estáis a salvo.

¿A salvo? Sí, del peligro de caer quizá, pero ahora se enfrentaba a una amenaza igual de peligrosa. Se quedó mirando el rostro del barón y supo que él debía haberse dado cuenta de lo ridículas que habían sonado sus palabras. Guy frunció el ceño antes de ponerle la capucha.

—Mantened la cabeza agachada. La capa es oscura y se confundirá con las rocas, pero la luz de la luna puede reflejarse en vuestra cara el tiempo suficiente para que un centinela pueda verla.

Ella asintió e inclinó la cabeza. No podía mirarle a los ojos por más tiempo, no podía observar lo que la luz de la luna reflejaba en su rostro. La compasión y el rastro de pesar en sus ojos no eran algo que ella deseara ver. Una vez estuvieran lo bastante lejos del castillo, intentaría volver a aclarar aquel enorme malentendido con respecto a su carácter y se ofrecería a pagar para que una partida de sus soldados la escoltara hasta el lugar donde se hallara Dante. Tenía que conservar la fe en que las esmeraldas podrían comprar esa información también.

4

—Deja de moverte. —Los músculos del cuerpo de Guy se tensaron una vez más. Había alcanzado el límite de su paciencia. Claudia estaba sentada de lado sobre su regazo en lugar de montar a horcajadas sobre el caballo, con la capa colocada de forma que ocultaba el corte en su vestido, y no había dejado de moverse en todo momento desde que abandonaron Lonsdale. No podía soportarlo por más tiempo.

Cuando se reunieron con sus caballeros en los bosques, no pensó que le importaría compartir su montura. Después de intercambiar unas cuantas palabras con Evard, subió a Claudia a su caballo colocándola delante de él. Cuando la brillante luna que guiaba su huida dio paso a los tonos rosados del amanecer, la cadera que, en un principio, le había parecido suave y frágil, ahora le parecía dura como una roca contra su entrepierna.

—¿Acaso no puedes estarte quieta? —le preguntó cuando la joven cambió de posición una vez más.

—Se me han dormido las piernas.

Tardó en darse cuenta de que la mordaza debería impedirle responder. Con un rastro de sospecha, le bajó la capucha.

—¿Cuándo te la has quitado?

Un amplio bostezo retardó la respuesta. Alzó sus manos aún atadas para cubrirse la boca y luego las volvió a dejar caer sobre su regazo.

—Poco después de que me subieras sobre esta bestia. De todas formas, no hacía falta que me amordazas, milord. Yo sería la última persona que querría dar la voz de alarma.

No sabía por qué le molestaba que Claudia hablara en italiano, pero lo hacía.

—A partir de este momento, hablarás siempre en mi idioma. En caso contrario, guardarás silencio.

Claudia abrió la boca pero la cerró sin emitir palabra. Levantó la barbilla y apartó la mirada de él deliberadamente, antes de colocarse la capucha de nuevo.

Guy frunció el ceño a su espalda.

—Nunca aprenderás a pronunciar las palabras correctamente si no practicas el idioma en voz alta.

Claudia ladeó la cabeza como si sopesara su razonamiento, pero permaneció callada. Evard se adelantó hasta ponerse a su altura.

—Nuestros soldados esperan, barón.

Guy siguió la dirección del gesto de su lugarteniente. El amplio valle que se desplegaba ante sus ojos estaba cubierto por la neblina matutina y el aire transportaba el leve perfume de los prados recién empapados de rocío que se extendían por debajo de la niebla. El valle formaba parte de Halford y los montes que se extendían frente a ellos marcaban el límite de las tierras de Montague. Una delgada columna de humo se elevaba perezosamente de aquellas colinas por encima de las copas de los árboles.

—¿Y mis primos? —preguntó Guy.

—Envié un mensajero a Halford y otro a Montague antes de encontrarnos contigo en el exterior de Lonsdale. Cada uno tenía órdenes de cumplir con el deber del otro si uno de los dos no regresaba a esa colina al amanecer. La señal de humo significa que ambos lo han conseguido con éxito.

Como siempre, Evard dejaba poco al azar. Guy asintió en señal de aprobación.

—Cuando alcancemos la colina, los hombres y los caballos podrán descansar mientras me reúno con mis primos. Tú te quedarás con lady Claudia.

La fría expresión en los ojos de Evard cuando miró a la joven reveló lo que opinaba de ese deber. No había tenido oportunidad de intercambiar muchas palabras con su señor durante su huida y Evard no había preguntado si Claudia les acompañaba por voluntad propia o en contra de sus deseos. Guy se dio cuenta de que la consideraba una prisionera. Supuso que la cuerda que rodeaba sus muñecas era un buen indicador de ello.

—Asegúrate de que los hombres conozcan mis deseos.

—Sí, milord. —Evard conocía el tono que utilizaba su señor para dar por zanjada una conversación.

Guy avanzó para encabezar de nuevo la comitiva, estudiando la estrecha franja del camino que llevaba hasta el valle; se trataba más bien de una senda con el ancho suficiente para permitir el paso de carretas y que las lluvias de primavera convertirían en un pequeño río. Aflojó las riendas y dejó que el caballo escogiera su propio camino por la pendiente mientras reflexionaba sobre su «prisionera».

Casi podía creerse la disparatada historia que le había contado, porque, de hecho, él le había dado razones suficientes al barón de Lonsdale para que creyera que la venta de Halford estaba en peligro. También tenía que considerar el hecho de que no se habían encontrado con ninguna oposición en su escapada, exceptuando el guardia apostado en su puerta. O bien la joven decía la verdad, o bien Lonsdale deseaba que él escapara. La propia Claudia le había dado el motivo por el cual su tío le permitiría abandonar la fortaleza. Mientras Lonsdale dispusiera de un contrato de esponsales firmado por el obispo, Guy no podría casarse con nadie más. Ese contrato era un medio más seguro de chantaje para Lonsdale que un matrimonio forzoso. Sin embargo, ¿por qué permitiría Lonsdale a Claudia escapar con él? ¿O acaso el barón ignoraba lo que había hecho su sobrina?

Luchó contra el instinto que le hacía pensar que estaba diciendo la verdad. En el pasado, sus instintos nunca le habían fallado, pero era vulnerable en todo lo que a Claudia concernía. Deseaba demasiado creer en ella como para permitirse ese lujo. Nunca más se pondría a sí mismo en una posición que permitiera que le tomaran por un estúpido.

Claudia interrumpió sus pensamientos.

—¿Soy tu prisionera?

—¿Hablas conmigo o con mi caballo?

Ella se giró para mirarle.

—Yo no... —Tomó aire en un intento de tranquilizarse y retomó la frase en inglés—. Yo no hablo con caballos. ¿Soy tu prisionera o me permitirás marchar libremente?

Hablaba con voz pausada, haciendo un esfuerzo evidente por hacerse entender. Guy descubrió que le gustaba su sensual acento, aunque tuviera que concentrarse en lo que ella decía, más que en la forma en que lo hacía.

—Decidiré tu futuro cuando lleguemos al castillo de Montague.

Claudia no pareció satisfecha con la respuesta.

—¿Ya he sido juzgada y condenada?

Sus palabras arrastraban el ritmo de una caricia más que de una protesta. El efecto que tenían sobre él era asombroso. E inoportuno.

—Te aconsejo que no me presiones, milady. Ha sido una noche muy larga y no se puede decir que mi humor sea el más adecuado para viajar.

Claudia frunció los labios en lo que era el inicio de un mohín y miró hacia delante. El desaire molestó a Guy. No se comportaba como una mujer que hubiera conspirado contra él. O tenía hielo en las venas o una impresionante cantidad de coraje.

Empezaron a cruzar el valle y la niebla los envolvió, obligando a Guy a guiarse por su instinto. La niebla amortiguaba también los sonidos de los hombres y los caballos que cabalgaban tras ellos, haciendo que Guy tuviera la sensación de estar a solas con Claudia. Se descubrió a sí mismo pensando en lo que le haría si realmente lo estuvieran.

Su traición debería haber acabado con cualquier deseo que hubiera sentido por ella. Sin embargo, no había ocurrido así. Era consciente de cada milímetro del cuerpo de Claudia que se apoyaba contra el suyo. Su olor, mezclado con su perfume, lo estaba volviendo loco.

Bajó la cabeza hasta que su mejilla casi rozó el lateral de su capucha. Estaba obsesionado con ella. Cada pequeño roce con su cuerpo era una tortura. ¿Podía realmente ser tan suave como la recordaba? Tendría que estar desnuda para poder comprobarlo.

Levantó una mano para frotarse sus cansados ojos y le golpeó la cabeza con el brazo por accidente. Las manos de Claudia desaparecieron bajo su capucha y se quejó al tiempo que se desplomaba hacia delante. Guy tensó los brazos sosteniéndola incluso antes de que ella se recuperara.

—¿Te encuentras bien?

Claudia negó con la cabeza. Tenía las manos apoyadas sobre la frente.

—Me duele la parte de atrás de la cabeza, donde fray Thomas me golpeó. Fue él quien lo hizo, ¿verdad?

—Sí. —Guy sintió una oleada de culpa. Debería haberla examinado para asegurarse de que no tenía el cráneo fracturado. Con un brazo rodeando su cintura para sujetarla, tanteó con suavidad la parte posterior de su cabeza con la otra mano hasta que encontró el enorme chichón. Ella no pudo evitar gritar de dolor.

—Tranquila —murmuró él—. No volveré a tocarlo. —Intentó apartar el pelo que cubría la hinchazón—. ¿Has sangrado?

—No, sólo es un chichón y un dolor de cabeza. Se curará en unos pocos días.

Guy frunció el ceño. ¿Cómo demonios lo sabía? Además, no se había quejado por ello hasta ahora.

—¿Te duele la cabeza más que antes?

—Se me pasará.

Guy la presionó para que le diera una respuesta más precisa.

—¿Te has mareado a lo largo del viaje?

—Sí, sobre todo al principio, cuando nos pusimos en marcha. Ahora los mareos ya no son tan frecuentes.

Eso tenía que ser una buena señal, decidió Guy.

—Apóyate en mis brazos hasta que pase el mareo. —Buscó una excusa cuando ella pareció asombrada por la oferta—. No quiero que te caigas del caballo.

Claudia se recostó hasta que el poderoso brazo soportó el peso de sus frágiles hombros y su cabeza, luego cerró los ojos y Guy sintió cómo su cuerpo empezaba a relajarse. Yacía en sus brazos tan confiada como una niña. Una niña muy insensata. Cuando encogió las manos bajo la barbilla y se acurrucó aún más cerca de su pecho, se dio cuenta de que se había quedado dormida.

¿Cómo podía dormir?

Llevaba una mordaza alrededor del cuello y una cuerda rodeaba sus muñecas. Por lo que ella sabía, él podía cambiar de opinión en cualquier momento sobre cortarle el cuello. ¡Por Dios! Debería mantenerse alerta, no dormirse. Realmente era una estúpida. Una suave y cálida estúpida que, además, olía muy bien.

Guy puso los ojos en blanco. Llevaba demasiado tiempo sin una mujer. Ninguna otra cosa podía explicar su ridícula obsesión por Claudia. Por otra parte, supuso que el deseo de acabar lo que había empezado en la alcoba de ella era algo lógico. La había deseado más en ese momento de lo que había deseado ninguna otra cosa en su vida. Su cuerpo reaccionó inmediatamente al recordarlo. Apretó los dientes e intentó concentrarse en el camino.

El terreno empezó a elevarse de nuevo y, finalmente, emergieron de la niebla. La colina sin árboles que se alzaba ante ellos reveló las lejanas figuras de numerosos guerreros a caballo. Se trataba de sus hombres. Ahora ya estaban a salvo, en las tierras de Montague.

En algún momento, mientras Guy la sostenía en sus brazos, la tierra había despertado de su letargo nocturno. Podía oír a los pájaros con sus trinos y gorjeos, y el zumbido de algunos insectos. La niebla se disiparía cuando la luz del sol resplandeciera en el valle. Incluso los bosques que atravesaban parecían menos sobrecogedores que los que habían dejado atrás.

—Claudia, despierta. —De repente, recordó que alguien le había dicho hacía mucho tiempo que dormir profundamente después de recibir un golpe en la cabeza a veces resultaba fatal. Guy la agarró con más fuerza de los hombros—. ¡Claudia!

—Mmm. —Ella frotó su mejilla contra su pecho.

Guy se obligó a que su voz sonara severa.

—Claudia. Despierta de una vez.

Ella abrió los ojos de repente y su mirada se encontró con la suya. Sus labios se curvaron en una sonrisa aletargada que provocó que el corazón de Guy se paralizara en el interior de su pecho. Pero volvió a latir con normalidad cuando la sonrisa desapareció. Avergonzada, la joven se incorporó a duras penas.

—No pretendía dormirme.

Su disculpa no cambiaba lo que había hecho. Una prisionera que dormía en los brazos de su captor. ¿Qué pensaría el barón de Montague sobre eso?

—Alcanzaremos la partida principal de mis soldados dentro de unos minutos. Extiende las manos.

—¿Por qué?

—Extiéndelas.

Desató los nudos que la mantenían cautiva, notando que ella se esforzaba por sentarse más erguida. Cuando estuvo libre, Guy examinó sus muñecas en busca de signos de rozaduras.

—Bien —anunció—, no han quedado marcas.

—¿Puedo quitarme esto? —La joven levantó con un dedo la mordaza provisional que rodeaba su cuello.

El barón inclinó la cabeza en señal de conformidad.

Claudia levantó los brazos para desatar la tela, lo que provocó que su capa se abriera y se deslizara hacia los lados. Entonces, Guy pudo ver el delgado brazo desnudo desprovisto de la manga que había utilizado a modo de mordaza. Luego observó la tela marrón oscura del escote de su vestido que se ajustaba perfectamente a sus pechos mientras ella continuaba desatando la mordaza. No mostró ninguna reacción hasta la tercera vez que ella le dio accidentalmente un codazo, esta vez en la nariz.

—¡Ten cuidado!

—Lo siento —murmuró ella. La manga se soltó de su cuello y desapareció en uno de los bolsillos de su vestido. Después volvió a colocarse bien la capa hasta quedar envuelta en ella desde el cuello hasta los pies.

El camino se niveló y obligó al caballo a ir a medio galope. En el claro les esperaban casi un centenar de soldados. El barón obligó con desgana a su caballo a detenerse cerca de sus dos primos. No le entusiasmaba lo que debía decirles.

Cuando un escudero se adelantó para sujetar su montura, Guy saltó de la silla y ayudó a Claudia a bajar del caballo. Siguió sujetándola hasta que ella soltó sus brazos, indicándole que podía sostenerse por sí sola. Entretanto, Evard acercó su caballo hasta ellos y desmontó.

—Dile a los hombres que pueden desayunar —le ordenó Guy—. Nos quedaremos aquí una hora o más. Pídele a un escudero que prepare una bolsa de comida y la ate a mi silla. Cuando haya acabado con mis primos, comeré con lady Claudia. —Hizo un ademán con la cabeza señalándola—. Vigílala.

Se dio la vuelta y sin mirar una sola vez hacia atrás, se acercó a sus primos.

Claudia desvió la mirada de la figura de Guy alejándose y la dirigió hacia su lugarteniente. Evard de Cordray cruzó los brazos sobre el pecho y le devolvió la mirada. Su postura parecía desafiarla a que lo retara. La joven recorrió el claro con la mirada y se dio cuenta de que la mayoría de soldados también la miraban. ¿Acaso pensaban que quería escapar? ¿Adónde pensaban que iría? ¿Hacia el bosques, para probar suerte con los fieras que lo habitaban? Prefería arriesgarse con lo que ya conocía.

Evard llamó a un soldado y le transmitió las órdenes del barón, mientras Claudia buscaba con la mirada a su captor. Éste se hallaba cerca del borde de la colina con dos hombres que debían de ser los primos de los que había hablado con Evard. Desgraciadamente, estaban demasiado lejos para que pudiera escuchar su conversación. Ninguno de los dos hombres se parecía físicamente a Guy y aparentaban mucha más edad. Uno tenía el pelo color gris acero y una larga barba blanca, mientras que el otro tenía el pelo negro y no llevaba barba ni bigote. Tanto sus cuerpos como sus rostros hablaban de una vida dura.

Claudia dejó de observarlos, miró a su alrededor y descubrió un tentador lecho de hierba bajo un pequeño olmo.

—¿Puedo descansar bajo aquel árbol? —preguntó a Evard.

El caballero frunció el ceño, pero no respondió. Claudia repitió la pregunta.

Evard ladeó la cabeza, frunciendo todavía más el entrecejo.

—No os entiendo. Repetidlo más despacio.

La joven apretó los dientes. Primero se señaló a sí misma y luego al árbol.

—¡Yo sentar ahí!

Evard negó con la cabeza. Señaló hacia el suelo y respondió en un tono lo bastante fuerte como para asustar a su caballo.

—¡No, vos quedar aquí!

Claudia adoptó una mirada inexpresiva.

—*Parli piu forte per favore. Non ti sento bene.*

—Lo has oído perfectamente —dijo la voz de Guy a su espalda. Claudia se giró para encararlo, pero él ni siquiera la miró cuando volvió a montar—. Y los caballos echarán a correr si habla más alto.

Ella miró por encima del hombro para evaluar la reacción de Evard ante la traducción del barón. Un pálido rubor había encendido su rostro. La joven no se dio cuenta de que Guy había hecho avanzar a su caballo hasta que se inclinó y la subió sobre su regazo. Sobresaltada, intentó mantener los bordes de su capa unidos para que sus hombres no vieran su destrozado vestido. El largo corte delantero podría darles una impresión equivocada.

—Hablaré con la dama a solas —anunció Guy a su lugarteniente. Hizo un gesto con la cabeza hacia el camino que se dirigía al este y Claudia se dio cuenta de que pretendía volver al bosque—. Hay un viejo roble a unos trescientos metros de aquí. No quiero que se me moleste a no ser que los guardias descubran a los soldados de Lonsdale en el valle que se extiende a nuestros pies.

—Sí, milord. —Evard lanzó a la joven una mirada de lástima como si creyera la esperaba que algo funesto.

Guy espoleó al caballo para que avanzara y se adentró en el bosque. Los trozos de cielo azul se hacían cada vez más escasos a medida que cabalgaban adentrándose la espesura y, finalmente, desaparecieron por completo bajo ramas frondosas que se volvían cada vez más altas y espesas. El bosque debía tener miles de años, y estaba formado por robles tan gruesos como atalayas. Los árboles más jóvenes, que parecerían impresionantes en campo abierto, tenían que luchar por encontrar el sol entre sus gigantescos vecinos. Incluso la hierba había dejado de crecer y había sido sustituida por una alfombra de musgo que amortiguaba el ruido de los cascos del caballo del barón. Un olor a humedad, que no resultaba molesto, flotaba en el aire.

—¿Por qué nos alejamos? —preguntó Claudia.

Guy gruñó a modo de respuesta.

Ella levantó la mirada hacia él, pero los ojos de su captor continuaban recorriendo el bosque, buscando, probablemente, el roble que había mencionado a Evard. ¿Por qué quería estar a solas con ella? Seguramente, no había ninguna intención oculta en sus intenciones. Ella ni siquiera le gustaba. Si pretendía hacerle daño, no había razón para alejarse de sus soldados. Ellos no levantarían ni un dedo para defenderla. Quizá estaba buscando un lugar para abandonarla. Tal vez no se veía capaz de ordenar su muerte, pero dejarla sola en aquel bosque vendría a ser lo mismo.

—No me abandonarás aquí, ¿verdad?

—No, Claudia. No te abandonaré. —Su expresión era indescifrable, pero ella sintió que decía la verdad.

Las hojas iluminadas por el sol hacían que todo aquel mundo aislado adquiriera un brillante y hermoso color entre verde y dorado. Claudia extendió una mano para examinar el nuevo y extraño color de su piel, sabiendo que sólo era un truco creado por la luz, pero aun así, fascinada por ello.

Seguramente el bosque estaría poblado por todo tipo de duendes y hadas durante el día, mientras que por la noche, sería un lugar adecuado para fantasmas y gnomos traviesos. Con cuidado para que él no notara su gesto, se santiguó y rezó una oración silenciosa para protegerse del mal. Un cuervo graznó al mismo tiempo que echaba a volar, provocando que Claudia se agarrara a la túnica de Guy y se encogiera acercándose aún más a él.

—Te lo ruego, detengámonos ya. Aquí no podrán oírnos. —Un cuervo era el peor de los presagios. Nada bueno les esperaba allí. Sus manos se convirtieron en puños cuando él negó con la cabeza.

—Ya casi hemos llegado.

—¿Adónde? —preguntó—. ¡Todos los árboles de este lugar se parecen al que le describiste a tu lugarteniente!

—Allí. —Guy señaló frente a ellos.

Claudia siguió su mirada hasta un roble que parecía el padre de todos los árboles que les rodeaban. Se alzaba desde el suelo como una poderosa fortaleza; sus raíces parecían los senderos que llevaban hacia una imaginaria torre y, sus descontroladas ramas, un extraño cielo de nubes verdes. Claudia se sintió sobrecogida al acercarse. Si vivían criaturas mágicas en el bosque, sin duda aquél debía ser su hogar. Lo mejor sería no molestarlas.

—¿Qué es este lugar?

—Es sólo un árbol. Lo descubrí hace años, cuando era un niño. —Guy pareció notar su aprensión—. ¿Qué pensabas que era?

Ella sacudió la cabeza, con la atención centrada en un círculo negro que aparecía en el suelo, entre dos de sus enormes raíces.

—¡Algo encendió un fuego en su base!

—¿Algo? —Guy rió en voz alta—. ¿Crees que hay espíritus en este lugar?

—¿Tú no lo crees?

La sonrisa de Guy se desvaneció. Desmontó, la ayudó a bajar y sujetó las riendas de su montura.

—Ve junto al roble. Volveré tan pronto como me ocupe del caballo.

Claudia negó con la cabeza.

—Te ayudaré.

—No necesito ayuda para hacerme cargo de mi caballo —afirmó mientras le entregaba la bolsa con la comida—. Espérame aquí.

Claudia se dijo que debería obedecer aquella orden. No serviría de nada enfurecerlo. El barón se llevó al caballo, pero, de alguna forma, Claudia lo siguió en silencio, permaneciendo detrás de él mientras se encargaba del animal. Guy casi se tropezó con ella cuando se dio la vuelta.

Sus manos la sujetaron por los hombros para que no cayera, procurando guardar una distancia prudencial.

—¡Te he dicho que esperaras junto al árbol!

Ella miró por encima del hombro, reacia a darle la espalda a aquel gigantesco árbol.

—No tengo mucha hambre. ¿No podemos continuar el viaje?

—Hemos pasado toda la noche sobre la silla. Una hora... —Guy sujetó su barbilla con la mano para que no pudiera lanzar otra cautelosa mirada por encima del hombro—. Tienes miedo de este lugar, ¿verdad?

No le importaba que la considerara una cobarde. Los grandes nudos que formaban el tronco del árbol, parecían rostros retorcidos; las caras de las pobres almas que habían vagado demasiado cerca de algo de lo que deberían haberse alejado. Ella le respondió con un gesto desesperado de asentimiento.

Guy apresó su muñeca y se dirigió hacia una zona hundida entre dos de las enormes raíces del árbol ignorando el hecho de que ella tirara desesperada de su mano.

—Vamos, Claudia. Quiero enseñarte algo.

No le quedaba otra opción que seguirle, ya que Guy la sujetaba con fuerza. No la soltó hasta que llegaron a la base del tronco y recorrió con la mirada la corteza que se encontraba frente a ellos como si buscara algo.

—Aquí está. —Señaló una zona de distinto color al resto del tronco, que estaba a la altura de sus hombros. Alguien había arrancado una parte de la corteza y todavía podían leerse las iniciales G. M. en el desgastado tronco—. Guy de Montague. Creo que tallé estas letras cuando no tenía más de ocho o nueve años. —Su tono se volvió jactancioso—. Hice mío este árbol hace mucho tiempo, y los duendes y espíritus del bosque deben inclinarse ante mí, pues soy su señor.

Claudia esbozó una sonrisa a regañadientes.

—Te estás burlando de mí.

—Ésa era mi intención. ¿Funciona?

Su tono burlón la cogió desprevenida. Sin saber cómo reaccionar ante su inesperado cambio de humor, intentó cambiar de tema.

—¿Viniste solo a este bosque cuando eras tan pequeño?

—No. A mi padre le gustaba acampar en el claro cerca de la colina cuando cabalgaba hasta sus propiedades más alejadas. Me permitía explorar el bosque siempre que me acompañara un paje. La mayoría de las veces venía con Thomas.

Los ojos de Claudia se agrandaron.

—¿Acaso ese paje es ahora un humilde fraile?

—No, el humilde fraile es un respetado caballero a mi servicio. —Guy sonrió ante su expresión de sorpresa, y Claudia hizo un gran esfuerzo por mantener la boca cerrada—. No soy tan estúpido como para ir hasta Lonsdale sin saber nada del lugar o de sus gentes. Thomas me sirvió muy bien en su papel de fraile.

—Es un pecado hacerse pasar por un hombre de Dios. —Si Thomas se hubiera hecho pasar por un sacerdote, habría sido un asunto muy serio. Pero, ¿por un fraile? Tenía que reconocer que su plan había sido muy astuto—. Hiciste bien en contar con un espía en el interior de Lonsdale. Yo no sabía nada sobre el centinela apostado en el subterráneo. Mi plan habría fracasado.

La sombra de una sospecha cruzó el rostro de Guy. Luego, se giró para recoger la bolsa de comida. Se instalaron entre dos de las enormes raíces del árbol para compartir una comida a base de pan y cecina, acompañada de una ración de vino. Guy se sentó cruzando las piernas y apoyando la espalda en la raíz. Se había desabrochado el cinturón de su espada y dejado el arma a un lado. Claudia se instaló frente a él, colocando bien su destrozada falda para preservar su recato. No había pensado en llevar consigo su cesta de costura en su huida y esperaba que le pudieran dejar una cuando llegaran a Montague. No tenía dinero para comprarse un vestido nuevo.

—Antes me has preguntado sobre tu destino. —Guy hundió sus fuertes y blancos dientes en una tira de carne y partió un trozo. Ella lo observó mientras masticaba. Después de tragar, sus palabras sonaron amenazadoras—. Te seré sincero. No estoy seguro de qué hacer contigo.

Su mirada fija hizo que se sintiera cohibida. Intentó mostrarse remilgada mientras comía, en lugar de engullir la comida como le gustaría. Por alguna extraña razón, la larga cabalgada le había devuelto el apetito y estaba muerta de hambre. Le lanzó una nostálgica mirada al trozo de pan que sostenía en la mano y se obligó a hacer una propuesta.

—Si me lo permites, contrataré a una partida de tus hombres. No tienes que hacer nada más. Anoche te dije la verdad. Antes de dirigirme hacia Londres, declararé ante tu sacerdote sobre los hechos que tuvieron lugar en Lonsdale. Así te librarás de mí, barón.

—No estoy seguro de querer librarme de ti.

La mano de Claudia se detuvo a medio camino de su boca.

—¿Qué quieres decir?

—Puedes ir a ver a otro sacerdote y decir que te obligué a mentir. También está el hecho de que quieres que te envíe a Londres con una guarnición de mis hombres, cuando no tienes dinero para pagarles. —Encogió un hombro—. Tendrás que perdonarme si dudo que lo que ofreces sea un trato acertado.

—¡Soy una mujer de palabra! Pagaré a tus hombres.

—Todavía no he visto ese collar que pretendes canjear —insistió Guy—. Es poco probable que cualquier baratija pueda costear tu plan.

—Con el collar conseguiré lo suficiente para pagar a tus hombres, y ya te he dicho que lo he cosido al forro de mi capa. —Tiró de uno de los laterales de su capucha—. ¿Lo ves? Si me devuelves mi daga, cortaré los puntos y te mostraré el collar.

Guy hizo un pequeño ademán con la mano para rechazar su petición.

—Dudo que seas consciente de los gastos a los que te enfrentas. No confiaré la seguridad de una mujer a una guarnición que no esté formada, como mínimo, por un caballero, tres arqueros y dos hombres de armas. Los arqueros te costarán tres peniques al día, los soldados ocho y el caballero veinte. No cuentes con menos de diez peniques al día para la comida y el alojamiento en las posadas del camino, si es que eres lo bastante afortunada como para encontrar alguna cada noche, con cuadras y comida para los caballos. También tienes que llevar a una doncella para preservar tu reputación, que te costará medio penique al día. El viaje hasta Londres durará tres semanas, si el tiempo os acompaña. Luego tendrás que alojar a ese pequeño ejército de personas una vez llegues a la ciudad. En Londres, un alojamiento de un tamaño adecuado al de tu comitiva no cuesta menos de dieciséis peniques por noche, y ese dinero se duplica con las comidas y el coste de los establos. —Guy le lanzó una significativa mirada—. Y ahí es donde comienza tu búsqueda, ¿no es así?

—No tuve en cuenta los gastos diarios. —Claudia pellizcó el trozo de pan que sostenía en la mano—. Parece una pequeña fortuna.

—Sí, y nadie se presentará voluntario para acompañarte a no ser que yo garantice que se le pagará. Son mi gente, y tú estarás en deuda conmigo, no con ellos. ¿Cuánto conseguirás por tu collar?

—Nunca he vendido nada. —Había estado segura de que con las esmeraldas conseguiría el dinero suficiente para llevar a cabo su búsqueda. Sin embargo, el despliegue de números que le había planteado y los gastos que ella no había tenido en cuenta, hacían que cada vez dudara más de ello—. Mis hermanos me dijeron que el collar era valioso, pero no mencionaron su valor en oro o plata.

Guy sonrió y sacudió la cabeza.

—Un joyero de Londres pensaría seguramente que eres un regalo del cielo.

—¿Crees que un joyero intentaría engañarme?

—¿Has tratado alguna vez con mercaderes? —Guy puso los ojos en blanco cuando ella negó con la cabeza—. Te sacarán hasta los ojos si tienen oportunidad.

—Quizá podría pasar solamente con un soldado o dos, entonces...

—No.

—Pero yo...

—Ahora eres mi responsabilidad —la interrumpió Guy—. Te ofreceré un precio justo por el collar y enviaré a uno de mis caballeros en busca de tu hermano. También tengo pensado solicitar a la Iglesia que anule el edicto del obispo, pero eso llevará meses. No permitiré que dejes Montague hasta que se resuelva este asunto.

Claudia deseaba protestar ante sus arbitrarias decisiones sobre su propia vida, pero lo cierto es que eran razonables. Guy trataba con muchos mercaderes y conocería el valor del collar. Ella confiaba en que le ofrecería un intercambio mucho más justo por las esmeraldas que el que le plantearía un extraño en una ciudad desconocida.

—Enviar a un único hombre parece menos costoso que ir yo misma a Londres —reflexionó Claudia—. ¿Cuánto costará por día la comida y el alojamiento de un caballero?

—No te preocupes por eso —dijo Guy—. ¿En qué parte de Londres vive tu hermano?

—No estoy segura. No mencionó dónde se alojaba.

—¿A qué negocio se dedica en Londres? La mayoría de los mercaderes viven en los mismos barrios.

—Es un caballero, no un hombre de negocios —respondió la joven.

—¿Y quién es el señor de tu hermano?

—Bueno, no estoy segura de que llame a ningún hombre su señor. —Claudia dio un bocado al pan y se tomó su tiempo para masticarlo—. Tu rey contrató sus servicios, pero no creo que un caballero deba jurar lealtad ante tales circunstancias.

Guy inclinó la barbilla y arqueó las cejas.

—¿Tu hermano es un mercenario?

—Sí. Es una profesión noble para caballeros sin tierras que desean hacer algo con su vida —replicó Claudia a la defensiva. La dudosa expresión de Guy reflejaba que él pensaba de otra forma—. El rey de Inglaterra prometió a Dante un buen castillo en Gales a cambio de sus esfuerzos. Si no está en Londres, estoy segura de que lo encontraré en Gales.

—Es más probable que lo encuentres en un cementerio. —Guy apretó los labios—. No pretendía ser tan directo, pero es la verdad. Los mercenarios no viven mucho tiempo. Se les paga bien porque un noble no arriesga a sus propios caballeros en las misiones para las que son contratados. Es peligroso... —De pronto, se detuvo y miró directamente a los ojos de la joven—. ¡Oh, Dios!

Claudia dio un grito ahogado cuando Guy se inclinó hacia ella y la cogió con fuerza por los brazos.

—¿Qué... ?

—¡Por todos los santos, soy un estúpido! —Su mirada la recorrió por entero y luego volvió a fijarse en sus ojos—. Sabía que me recordabas a alguien. Tus ojos... Los he visto antes.

Guy la zarandeó ligeramente.

—Dime cuál es el nombre de tu hermano mayor.

—Roberto —respondió con la voz convertida en un susurro asustado. Sólo decir el nombre en voz alta hizo que la inundaran un torrente de recuerdos.

Le vino a la mente el hermano mayor al que ella siempre había admirado, y también el hombre amargado en que se había convertido tras la muerte de sus padres, y sobre todo, su deshonrosa muerte. Eso era lo que ella tanto había temido desde que conoció al barón de Montague, la terrible verdad de su parentesco que sabía que Guy conocería tarde o temprano. Tontamente, ella había esperado que fuera lo más tarde posible.

—Sí, Roberto de Ravenna. —La soltó con un movimiento brusco, como si no pudiera soportar tocarla—. Otro hermano mercenario, uno que aceptó el dinero manchado de sangre del rey de Escocia, ¿no es así? —Sus labios se curvaron en un gesto de disgusto—. Si hubiera sabido que eras la hermana de ese bastardo...

—¡Él no era un bastardo! —Sus manos se encogieron formando puños, aplastando en el proceso el pan que sostenía y convirtiéndolo en un bulto compacto—. Roberto pagó un alto precio por los errores que cometió en su vida, pero no era un bastardo.

—¿Errores? —Guy le lanzó una mirada incrédula—. ¡Era un asesino! Intentó matar a mi hermano y a su esposa, y lo peor es que fui yo quien lo hizo posible. Ese asqueroso gusano a quien tú llamas hermano buscó mi amistad en la corte, me explicó una historia rocambolesca sobre que había perdido sus tierras en Italia, y después me preguntó si podría conseguirle una plaza en el ejército de mi hermano. Y que Dios me ayude, porque hice lo que me pidió. —Entornó los ojos y se recostó, adoptando una postura aparentemente relajada—. ¿Sabes qué se siente al ver que tu propio hermano sospecha que has conspirado contra él?

—Seguro que tu hermano no...

Guy cerró los ojos.

—Silencio, Claudia.

La joven agachó la cabeza y obedeció. Él la odiaba. Antes no confiaba en ella, pero parecía aceptar la posibilidad de que le estuviera diciendo la verdad. Ahora la despreciaba. Siempre la despreciaría. Y era su prisionera. El futuro se le presentaba muy sombrío.

—Envenenadores, chantajistas, asesinos y mercenarios —murmuró él finalmente—. ¿Me he dejado a alguien de tu familia? ¿Quizá a un ladrón o a algún sacerdote excomulgado?

Claudia negó con la cabeza sin levantar la mirada. Las palabras la herían, tal y como él seguramente pretendía que lo hicieran. Había tenido la esperanza de que la abandonara, de que se levantara y se alejara sin mirar atrás. ¿Qué importaba si ella estaba sola y desarmada? Era un problema insignificante comparado con todos los demás.

—¿Estás llorando?

Claudia negó con la cabeza otra vez, provocando que dos gruesas lágrimas cayeran sobre su mano. Cuando vio que se acercaba a través de sus húmedas pestañas, le pidió:

—No me toques, te lo ruego. —La mano de Guy vaciló, pero no la tocó—. No me gusta llorar. Y sobre todo, no me gusta que nadie me vea comportarme de una manera tan infantil. —No sabía por qué intentaba explicarse. ¿Por qué habría de importarle? Se limpió las lágrimas que habían caído sobre su mano—. Si quieres dejarme aquí, lo entenderé.

El silbido del roce de acero contra acero hizo que su corazón perdiera el ritmo de sus latidos y que dejara de latir por completo cuando levantó la vista.

Guy había desenvainado su espada.

5

Claudia soltó un grito ahogado.

—Yo... yo no pretendía...

—¡Silencio! —siseó Guy. Su voz era poco más que un susurro cuando se puso de pie—. No estamos solos. Levántate, pero no hagas ningún movimiento brusco.

Guy extendió su mano hacia ella con la palma hacia arriba, con la atención centrada en algo que había más allá de Claudia.

—Usa mi mano izquierda como estribo. Voy a subirte a la rama que hay sobre mí. —Cuando ella vaciló, le explicó con urgencia—: Es un jabalí. Debo ir hasta mi caballo, Claudia. ¡Haz lo que te digo!

Siguió sus órdenes sin protestar. Guy se agachó para sostener su pie sobre la mano y la elevó sin ningún esfuerzo evidente. Ella, a duras penas, se puso a horcajadas sobre una gruesa rama que tan sólo unos instantes antes había estado a pocos centímetros de su cabeza. Una vez estuvo sobre el roble se aseguró de que su capa no colgara y le obstruyera la visión.

Guy empezó a dar pasos acompasados hacia su corcel, con la atención puesta en un árbol caído que yacía a unos treinta metros de allí. El tronco estaba astillado a causa de un rayo que debía haber caído hacía tiempo, y un grupo de nuevos brotes formaban en la base un alto arbusto, si es que se le podía llamar así. Sus ramas se movían de una forma que no podía deberse al viento en aquel tranquilo bosque. Justo en ese momento, el caballo relinchó; era un sonido nervioso y asustado. Las hojas de los arbustos se agitaron y, un instante después, Claudia escuchó un grave gruñido.

Guy habló en voz baja y firme, sin mirarla.

—No hagas ningún sonido a no ser que la bestia ataque antes de que yo consiga llegar al caballo. Si se abalanza antes de que consiga montar, grita con todas tus fuerzas.

Claudia sabía por qué le daba esa orden. Su tío y una partida de sus caballeros se habían tropezado con un jabalí cuando cazaban ciervos. Los caballeros repitieron la historia durante semanas. Esos animales eran bestias impredecibles que podían darse la vuelta y correr o bien quedarse y atacar. Si se le provocaba, un jabalí podía hacer caer a un caballero de su montura. Habían hecho falta media docena de jinetes armados con arpones para abatir a la bestia. La espada de Guy no los protegería.

El caballo volvió a relinchar; se trataba de un sonido aterrado que significaba que podía oler al jabalí. El ruido metálico provocado por la brida parecía imitar el sonido de una pequeña campana en el silencioso bosque. El arbusto crujió cuando el jabalí avanzó.

Lo que Claudia vio primero fue un hocico ganchudo con colmillos largos y curvados. Luego apareció la cabeza y, finalmente, la enorme bestia, cubierta de una gruesa pelambrera marrón, salió de los arbustos con una actitud desafiante. Su corazón golpeaba con fuerza contra su pecho. El jabalí parecía incluso más grande que el que su tío y sus hombres habían traído de la cacería. Sus pequeños ojos redondos y brillantes se movieron del caballo a Guy mientras gruñía.

Cuando el barón estaba a escasos pasos del caballo, el jabalí se adelantó trotando y se detuvo bruscamente. Sus torpes movimientos podían ser tanto una advertencia como un reto. Cuanto más se acercaba Guy a su caballo, más nervioso se mostraba el jabalí. Claudia se preguntó si la bestia no estaba esperando para poder atacar al caballo y a su dueño a la vez.

—Quieto. —El barón dio la orden en voz baja. Esa única palabra hizo que se detuvieran los nerviosos movimientos del corcel, y que éste permaneciera inmóvil y silencioso. Guy recorrió la distancia que le separaba del animal de una sola zancada y su espada cortó la cuerda que sujetaba al caballo con un solo golpe, justo cuando el jabalí iniciaba su embestida. Claudia se tapó la boca con una mano para amortiguar un grito involuntario.

El corcel no se movió hasta que su jinete saltó sobre su lomo. Después, Guy espoleó al caballo para que cargara contra el jabalí con la cabeza erguida. Un segundo antes de que los afilados colmillos alcanzaran a su montura, dio una orden sin palabras y el caballo saltó en el aire.

Pasaron por encima de la bestia, que levantó la cabeza e intentó alcanzar el pecho del caballo. Enfurecido por haber fallado por tan poco, el jabalí gruñó y giró para perseguirlos. Sorprendentemente, cuando la bestia alcanzó los arbustos, frenó patinando. Guy hizo que el caballo redujera la marcha hasta ponerlo al trote, luego giró para encarar al enemigo, obligando a su montura a que diera un amplio rodeo alrededor del árbol caído para dirigirse hacia el lugar donde estaba Claudia.

El jabalí observaba todos sus movimientos. Tan pronto como el barón acabó de rodear el arbusto, el jabalí empezó a golpear el suelo con la pata. Guy estaba a unos dieciocho metros del roble donde aguardaba Claudia cuando el jabalí se decidió a embestir de nuevo. Al ver las intenciones del animal, el barón hizo girar a su caballo y galopó hacia el camino que llevaba al lugar donde estaban sus hombres.

La joven lo vio alejarse sin dar crédito a lo que veía. Estaba segura de que daría la vuelta. No podía concebir que fuera tan cruel como para abandonarla. No en ese momento, con una bestia salvaje dispuesta a devorarla. Pero eso fue exactamente lo que hizo. Desapareció de su vista y, momentos después, dejó de oír el sonido de los cascos de su caballo.

Se había ido.

El jabalí contempló la marcha de Guy, se dio la vuelta y trotó hasta el árbol en el que se refugiaba la aterrorizada joven. Una vez allí, se detuvo a investigar los restos esparcidos de su desayuno, comiéndose todo lo que encontró. El animal estaba tan cerca que Claudia podía escuchar cada resoplido que daba, cada gruñido que emitía. Se vio obligada a hundir su nariz en la parte interior de su codo para librarse del repugnante olor a almizcle que desprendía la bestia. De vez en cuando, el jabalí dejaba de hurgar el tiempo suficiente para mirarla, como para recordarse a sí mismo su presencia. Cada mirada de esos ojos sin vida y carentes de emoción era una clara advertencia de que la mataría si tuviera la oportunidad.

Finalmente, el animal volvió a su refugio del árbol caído y empezó a escarbar alrededor de una de las ramas que había en el suelo. Fue entonces cuando el corazón de Claudia empezó a aminorar su frenético ritmo.

¿Cómo había podido abandonarla Guy? Estaba sola e indefensa, sin un caballo y sin comida. Cualquier esperanza que abrigara de que todavía podría volver a por ella moría un poco con cada momento que pasaba. Abatida, dejó de observar el lugar del bosque donde había desaparecido y apoyó la barbilla sobre sus brazos cruzados.

—Odio este árbol —murmuró. El jabalí miró hacia arriba al oír su voz, pero enseguida volvió a sus resoplidos. Tendría que esperar hasta que perdiera el interés y se alejara. Ojalá fuera pronto. Pero, luego, ¿qué haría? Una vez bajara de la rama, ¿adónde iría? ¿Con qué otros animales se encontraría?

Realmente, Guy la había abandonado. Mucho hablar del honor de un caballero, del deber de rescatar a una dama en apuros... Mucho hablar del valor de enfrentarse al peligro… El muy cobarde...

El retumbar de cascos golpeando el suelo interrumpió sus pensamientos. El sonido parecía venir de muy lejos, pero se acercaba con rapidez. Un solo caballo no podría hacer tanto ruido. El jabalí soltó una larga serie de gruñidos y resopló retrocediendo hacia su lugar junto a los arbustos.

El barón de Montague y su montura reaparecieron en el camino, seguidos de una docena de caballeros. Todos llevaban lanzas. La severa expresión en la cara de Guy no cambió cuando la miró. No le devolvió la sonrisa, pero eso daba igual.

¡Había vuelto a por ella!

Claudia miró al jabalí y su sonrisa desapareció. Golpeaba con una pezuña el manto de musgo que cubría la tierra y, a la vez que lo hacía, emitía un fuerte y amenazador gruñido. El peligro no había pasado en absoluto.

Los hombres se separaron formando un semicírculo, bajaron sus lanzas, avanzaron y se detuvieron cerca del enorme roble. Entonces, Guy miró hacia ella.

—Quédate donde estás, Claudia. No bajes hasta que yo te diga que es seguro.

Como si necesitara que se lo dijeran.

—Sí, barón. No tengo prisa por abandonar mi refugio.

Una débil sonrisa apareció en los labios de Guy, pero desapareció cuando centró su atención en los arbustos. El jabalí saltó hacia delante y se detuvo torpemente; estaba desafiando a aquellos que invadían su territorio.

—Preferiría que nos enfrentáramos al jabalí con arpones —dijo Guy a sus hombres—. No obstante, vuestras lanzas serán lo bastante útiles en campo abierto. Si arremete contra el lateral, subid las lanzas. Hacedlo también cuando giréis, para no hacer caer al hombre que esté a vuestro lado. Además debéis tener cuidado con las ramas que tenéis sobre vuestras cabezas. Si embiste hacia delante, los tres que estén más cerca usarán las lanzas. Todos los demás se acercaran utilizando las espadas. De otro modo, acabaremos ensartándonos a nosotros mismos. ¿Entendido?

Los hombres expresaron su acuerdo al unísono. Luego, siguieron el ejemplo de su señor y empezaron a avanzar de nuevo. Guy cabalgaba en el centro de la guarnición, más adelantado que los hombres que lo rodeaban. Claudia se mordió el labio inferior. Si cabalgaba por delante de sus hombres, él se convertiría en el objetivo más probable. ¿Acaso era ésa su intención?

Fuera planeado o no, ése fue el resultado. El jabalí cogió impulso e inició la embestida, al tiempo que los caballos iniciaban el galope. Claudia hundió dolorosamente las uñas en la corteza y centró su atención en Guy cuando el jabalí se dirigió sin vacilar hacia él.

El animal viró bruscamente en el último momento, y la punta de la larga lanza de Guy rebotó en su costado. La herida infligida por el arma no detuvo al jabalí; ni siquiera lo frenó. Continuó dirigiéndose directo hacia el barón y su corcel. Él tiró la lanza, y Claudia se dio cuenta de que sostenía una espada en la otra mano. En un movimiento confuso, Guy se inclinó en la silla con la espada extendida. Otra lanza rozó el costado izquierdo del animal. Pero fue la lanza del soldado de la derecha la que encontró un lugar vulnerable entre la caja torácica del jabalí y la grupa, un instante antes de que los colmillos de la bestia se clavaran en la montura del barón. El fuerte golpe hizo que el jabalí diera un traspié, provocando que la lanza se partiera. La bestia agitó sus cortas patas y recuperó el equilibrio. Seguía manteniendo su fiero aspecto y todavía concentraba su rabia en Guy.

—¡Evard, Simon! ¡Lanzas! —El barón dio la orden al tiempo que hacía girar a su caballo. El corcel corcoveó y arremetió con sus patas traseras en un destello de cascos. Una de las pezuñas dio en su objetivo y aturdió al jabalí, pero pagó un precio a cambio de ello. El caballo emitió un terrible sonido cuando un largo colmillo desgarró sus cuartos traseros. Dos lanzas más se hundieron en la bestia al mismo tiempo. Una de ellas consiguió acertar en su cuello y tirarlo al suelo. Una vez más luchó por levantarse, esta vez con menos vigor. Pero otra lanza apareció para clavarse justo en el centro de su pecho. En ese momento el animal emitió un largo y estridente grito, y cayó derrotado.

Claudia volvió la cabeza y respiró profundamente intentando borrar de su mente las sangrientas imágenes. No pudo evitar escuchar los gritos de los hombres al acercarse para darle muerte, ni los sobrecogedores gritos de muerte de la bestia que parecían casi humanos. Ella también quería gritar.

Por último, el jabalí se calló, y Claudia levantó la cabeza para buscar a Guy. Había desmontado y estaba evaluando los daños que había sufrido su caballo mientras un soldado sujetaba las riendas de su montura. Un reguero de brillante sangre roja salía de una herida en su grupa trasera, provocando que el animal se moviera inquieto intentando escapar del dolor. Por el rabillo del ojo, vio a los demás soldados encargarse de sus propios caballos y del jabalí caído, pero se negó a mirar en esa dirección.

—Ya podéis bajar, milady.

La voz asustó a Claudia. Miró de soslayo y vio a Evard, todavía montado. Su caballo permanecía bajo la rama del árbol mientras él se retorcía sobre la silla para poder verla.

—Bajad hasta el lomo de mi montura, luego os ayudaré a descender hasta el suelo. —Señaló la grupa del caballo y luego extendió una mano.

Claudia miró hacia Guy antes de dirigir su atención a Evard.

—El barón debe encargarse de su caballo —le dijo—. Y estoy seguro de que no queréis quedaros ahí.

Claudia negó con la cabeza. Siguiendo sus instrucciones, primero bajó las piernas de la rama y luego dejó caer su peso hasta que sus pies tocaron el amplio lomo del caballo. Se sintió sorprendida, aunque también agradecida, de que el animal permaneciera inmóvil. Evard la cogió del brazo para sujetarla mientras ella se deslizaba hasta el suelo.

—Gracias por venir a rescatarme —le dijo al caballero, teniendo cuidado en hablar despacio para que él pudiera entenderla.

—Debéis agradecérselo al barón, milady. —No la miró a los ojos. De hecho parecía evitar por todos los medios mirarla directamente—. Al menos por haber venido a rescataros.

No se paró a pensar demasiado en su extraña respuesta. Un mareo la cogió desprevenida, seguramente causado por permanecer recostada durante tanto tiempo en la rama y haberse puesto de pie de forma tan brusca. Se tapó los ojos con una mano y se apoyó en la grupa del caballo con la otra. Evard desmontó al instante y se colocó a su lado.

—Sentaos aquí un momento, lady Claudia. —Le hizo dar unos pasos alejándola del caballo, pero ella se negó a sentarse.

—Estaré bien dentro de un momento —le aseguró.

—¿Qué ocurre? —preguntó Guy, que se había acercado hasta ellos.

Evard lo encaró y dijo con voz acusadora:

—Se ha mareado a causa de la terrible experiencia que ha vivido. Me quedaré con ella.

Guy paseó la mirada de Evard a Claudia y luego la dirigió de nuevo hacia su lugarteniente.

—No, no creo que sea prudente. Envía a alguien en busca de los demás. Continuaremos el viaje desde aquí, pero primero quiero que Francis se encargue de mi caballo. Dile a Stephen que cabalgue junto a otro escudero. Yo tomaré su montura.

Evard hizo un breve gesto de asentimiento, pero no se movió de su lugar junto a Claudia.

—No creí que fueras de los que abusan de las mujeres indefensas —dijo en voz baja antes de darse la vuelta y alejarse.

Claudia se quedó mirándolo fijamente mientras se alejaba, asombrada porque hablara a su señor en un tono así, y perpleja porque no entendía cómo había llegado a esa conclusión.

—¿Estás bien? —preguntó Guy.

—¿Qué le... ? —La joven reconsideró la idea de hacerle preguntas cuando levantó la cabeza para mirarle y entrevió su ceño fruncido—. Sí. Los mareos no duran mucho. Ya se me ha pasado.

—Bien. —Pasó junto a ella y recuperó el cinturón de su espada que había dejado a un lado cuando apareció por primera vez el jabalí—. Cúbrete antes de que el resto de mis soldados lleguen.

Claudia recordó que se había colocado la capa sobre los hombros para evitar que la voluminosa prenda la hiciera tropezar. Dio un respingo y tiró de los lados hasta que cubrió su destrozado vestido. Guy la ignoró mientras examinaba el cinturón busca de algún posible daño antes de colocárselo en la cadera. Claudia recorrió la explanada con la vista y se dio cuenta de que eran el centro de atención de todos los hombres que allí había. Unos pocos desviaron la mirada para evitar la suya. Otros hablaron en voz baja entre ellos. Era evidente que su señor y ella eran el tema de conversación.

No era de extrañar que Evard actuara de un modo tan extraño. Su vestido estaba hecho jirones y Guy se había quitado el cinturón de la espada y las armas. No costaba mucho darse cuenta de la conclusión a la que habían llegado los soldados. Su rostro se encendió en llamas. Sintiéndose incómoda, Claudia dio la espalda a los soldados y alargó una mano para detener a Guy antes de que pasara de largo ante ella.

—Tus hombres... Ellos piensan...

—Ya sé lo que piensan.

—¡Debes decirles que no es verdad!

Guy parecía tristemente divertido por su angustia.

—¿Por qué debería hacerlo?

—¿Dejarás que tus propios hombres crean que cometiste un acto tan horrible? —Claudia sacudió la cabeza—. Me has salvado la vida, barón. No permitiré que nadie piense que eres menos noble de lo que realmente eres y, mucho menos, tus hombres.

—¿Y qué ocurre con tu propia reputación?

—¿Mi reputación?

—Muchos creerán que te he violado por mucho que yo afirme lo contrario. Dará igual que ordene a mis hombres guardar silencio. Habrá rumores entre ellos que se extenderán tarde o temprano, y cuando viajen a torneos o a la corte, la noticia cruzará las fronteras de Montague. —Cruzó los brazos sobre el pecho—. Tu reputación está acabada, Claudia, y no hay nada que yo pueda hacer para impedirlo. ¿No te preocupa más eso que lo que puedan pensar de mí?

—No —respondió con sinceridad—. En Lonsdale te expliqué las razones por las que no es probable que me case, y ésta sólo es una más. Cuando te pedí que me llevaras contigo en este viaje sabía que muchos me considerarían mancillada. Estoy completamente a tu merced sin un sirviente o una doncella para salvaguardar mi virtud. —Se encogió de hombros—. Es un precio muy bajo a cambio de la libertad. En realidad, a cambio de mi propia vida.

Guy bajó la mirada hacia ella y sacudió la cabeza.

—No sé si pensar que eres la mujer más astuta que he conocido nunca o la más ingenua.

Claudia soltó un suspiro impaciente.

—¿Les explicarás a tus hombres que están equivocados al pensar eso?

—Le contaré a Evard la verdad —cedió—. Pero, probablemente, él será el único que crea que no ha pasado nada. Las mentiras se extienden más rápido que la verdad. Cuanto más se niegan los rumores, más ciertos parecen en las mentes de algunas personas.

Guy tenía razón. Insistir en la verdad sólo haría que la mentira pareciera más creíble. Y sin duda, la historia se extendería más allá de Montague. A Claudia le daba igual lo que los ingleses pensaran de ella, pero había una opinión que sí le importaba. Si Dante oía los rumores, se enfurecería. No quería ni pensar en lo que sería capaz de hacer si llegaba a sus oídos aquella mentira antes de que conociera la verdad.

—Me preocupaba que algo así pudiera pasar, por eso he intentado mantener mi vestido oculto. —La joven miró hacia el suelo—. Lo lamento, barón, pero te agradezco que no me abandonaras después de todo.

—Créeme, Claudia, un pequeño chismorreo es lo que menos me preocupa. —Le levantó la barbilla con un dedo—. ¿Realmente creíste que te dejaría aquí?

Claudia bajó las pestañas. La suavidad de su tacto era casi como una caricia que la tentaba a acercarse más a su calidez, a la seguridad protectora de sus brazos. Tomó una profunda inspiración para librarse de aquellos descabellados pensamientos, pero, en lugar de eso, captó su aroma; el tenue y masculino olor que tanto había extrañado cuando se habían separado. Hasta ese momento, no se había dado cuenta de que lo mucho que lo había echado de menos.

—¿Claudia?

Ella dio un inseguro paso hacia atrás y mantuvo la mirada fija en el suelo.

—Sí, barón. Sé que me desprecias tanto como a mi familia, y además, fui yo quien te sugirió que me abandonaras. Creí que habías seguido mi sugerencia. —Se armó de valor para enfrentarse a su mirada. No fue tan duro. Sus ojos eran tan cálidos y atrayentes como su tacto. Podría seguir mirándolo durante horas. Recordó muy bien cómo se había sentido cuando creyó que no volvería a verlo nunca más—. Pero, en lugar de abandonarme, me has salvado la vida. Demostraré que soy digna de los esfuerzos que has hecho por mí.

—¿Lo harás? —Su voz carecía de cualquier rastro de sarcasmo. Parecía sentir curiosidad—. ¿Y cómo pretendes demostrarlo?

—Me aseguraré de que te libres de mí —respondió ella—. Y... y haré todo lo que esté en mi mano para que consigas Halford Hall a un precio justo.

Guy arqueó una ceja en señal de interrogación.

—¿Y cómo pretendes conseguirlo?

Había hablado demasiado e intentó replegarse a terrenos más seguros.

—Todavía no lo sé, pero haré todo lo posible.

—Los hombres están listos para marchar —anunció Evard por detrás de Claudia.

Ella se dio la vuelta y observó que los soldados estaban a pocos metros de distancia. Había estado tan concentrada en su conversación con Guy que no les había escuchado acercarse.

—Haz que media docena de hombres se encarguen del transporte del animal —ordenó Guy—. Mañana cenaremos jabalí asado. Pide a Stephen que haga sitio en una carreta de suministros para lady Claudia. Es un viaje demasiado largo para que lo haga a caballo.

Guy se volvió y pasó junto a la joven sin pronunciar una palabra más.

—Me encargaré de que os acomoden —dijo Evard, frunciendo el ceño mientras observaba cómo se alejaba su señor.

—Sois muy amable —murmuró Claudia. Sabía por qué fruncía el ceño, pero decidió que no debía inmiscuirse entre Guy y sus hombres. Evard conocería la verdad muy pronto de boca de su señor. Entonces, lo más probable es que volviera a fruncirle el ceño a ella.

Evard se dirigió hacia una carreta de dos ruedas que había avanzado hasta ellos, conducida por un escudero montado sobre un caballo castrado color gris.

—Habrá suficiente espacio cerca de las aljabas. —El caballero señaló hacia un montón de flechas en el centro del carro. Armaduras y armamento parecían ocupar cada milímetro disponible, pero Evard subió al carro dispuesto a hacerle un hueco—. Amontonaré los arcos en vertical para hacer sitio.

—¡Evard!

Claudia levantó la mirada y vio a Guy ordenar a su lugarteniente que avanzara hasta el frente de la expedición con un gesto de su mano.

—Tendréis que excusarme, milady. El joven Jack os ayudará a acomodaros. Nos detendremos para dar de beber a los caballos cuando lleguemos al arroyo que está al otro lado del bosque. Me aseguraré entonces de que estéis cómoda.

Claudia no se quejó por el poco espacio que tenía y consiguió hacerse el hueco suficiente para acurrucarse y dormir. No era cómodo. De hecho, creyó que sería imposible dormir en semejante posición hasta que se despertó ya avanzada la tarde y se dio cuenta de que sí lo había conseguido. Sintió que podría dormir eternamente. Le dolía cada músculo de su cuerpo, y sentía la cabeza como si el bueno de fray Thomas la hubiera golpeado con una maza. ¡Maldito fuera!

En lugar de un día, parecía que hubiera pasado toda una vida desde que Thomas y ella habían estado hablando en los jardines de la capilla. Su vida había dado un vuelco desde el momento en que había conocido a Guy. Pero lo más extraño era que también había cambiado la forma en que veía a las personas que la rodeaban. El dulce fraile era un espía y un caballero; su tío y un hombre de Dios la ahorcarían con tal de ganar unas pocas bolsas de oro, y el hombre con el que soñaría eternamente se olvidaría de su existencia en el mismo instante en que pudiera librarse de ella. Pero, por encima de todo, Guy había pronunciado en voz alta el temor que ella había albergado durante meses: existía más que una pequeña posibilidad de que Dante estuviera muerto.

Claudia desenredó su pierna de una ballesta y se esforzó por incorporarse. Compadeciéndose de sí misma no conseguiría nada, así que dejó a un lado aquellos sombríos pensamientos. Se había despertado a causa de las voces de los soldados ordenando que se abrieran las puertas y los gritos de bienvenida. Para cuando consiguió despejar sus sentidos medio dormidos, ya se encontraban en el interior de las murallas de una fortaleza. Dedujo que debía tratarse de Montague. El patio de armas que atravesaban parecía más grande que cualquiera de los de Lonsdale, y sus murallas estaban bien cuidadas, al igual que las construcciones anexas y las que se erigían por separado. A pesar de lo limpio que parecía el lugar, el aire estaba impregnado de un olor bastante desagradable. El vehículo en el que viajaba se detuvo y Claudia descubrió el origen de aquel repugnante olor. El carro se encontraba junto a las cuadras.

Tres jóvenes vestidos con túnicas coloridas permanecían de pie sujetando horquillas ante un montón de paja sucia. Le costó un momento comprender que estaban limpiando los establos con esas ropas tan elegantes. No cabía duda de que se trataba de un castigo por alguna travesura juvenil, pues iban demasiado bien vestidos para ser siervos.

Sintiendo curiosidad, se giró para inspeccionar a los demás habitantes del castillo que habían interrumpido sus tareas para contemplar la entrada de los soldados del barón de Montague. Todas las gentes que allí había vestían ropas demasiado elegantes para las tareas que habían dejado a un lado. Dos mujeres que permanecían de pie junto a una cuba de sebo hirviendo, vestían sencillos pero costosos vestidos de batista. Un hombre con un fardo de leña sobre su espalda lucía mallas de color verde oscuro y una túnica a juego de lino. Claudia miraba de una edificación a otra, observando a las decenas y decenas de personas que se habían congregado allí. Nadie vestía un sencillo blusón o una túnica hilada toscamente, y sus ropas reflejaban todos los colores del arco iris. ¿Dónde estaban los sirvientes y los siervos de la gleba? Ni siquiera los hombres libres podían permitirse las ropas que esas gentes lucían.

—Tenéis que acompañarme, milady.

Claudia se volvió buscando el origen de la voz. Un soldado permanecía de pie cerca de la parte trasera de la carreta. Le extendió una mano para ayudarla a descender, pero tuvo que esperar hasta que pudo abrirse camino alrededor de las flechas apiladas. Le cogió la mano el tiempo suficiente para sujetarla mientras bajaba del carro. Luego, se volvió y se dirigió hacia la entrada del castillo. La mayoría de los soldados guiaron a sus caballos hacia las cuadras o dieron instrucciones a los jóvenes que se apresuraban a sujetar las riendas de sus monturas. Los chicos no podían ser mozos de cuadra, pues sus ropas eran propias de un escudero. Sin embargo, era imposible que hubiera tantos escuderos en un castillo, y además, ¿qué escudero serviría a un simple soldado?

La joven olvidó todas las preguntas cuando vislumbró a Guy. Estaba evaluando la herida de su corcel junto con Evard y Francis. No le dirigió ningún gesto, pero su mirada no la abandonó ni un segundo mientras seguía al soldado hacia el castillo. No supo cómo interpretar la forma en que la miró tan fijamente. Durante unos momentos, Claudia le devolvió la mirada, hasta que casi chocó contra su escolta cuando éste se detuvo en los escalones de piedra que guiaban al interior del castillo. Entonces sintió como el rubor hacía arder sus mejillas y concentró sus esfuerzos en mirar dónde ponía los pies.

El soldado la guió por los escalones del enorme castillo hasta llegar a un gran salón. Recorrieron tan rápido la enorme estancia que sólo alcanzó a ver poco más que unas costosas vidrieras de colores y unos largos estandartes de seda que pendían de unas vigas transversales. Los muros estaban blanqueados y cubiertos por coloridos tapices, y cada arco y columnata estaba pintado con brillantes colores e intrincados dibujos que les daban el aspecto de mosaicos moriscos. Pero lo más asombroso de todo era que las mesas estaban cubiertas con piezas de lino de color crema. ¿Acaso Guy esperaba la visita de su rey?

—Por aquí, milady. —El soldado señaló hacia una escalera de caracol y la precedió mostrándole el camino.

Claudia mantenía una mano apoyada en el muro para sujetarse y así poder mirar sobre su hombro el gran salón hasta que desapareció de la vista. El soldado la guió hasta el final de un largo pasillo donde una puerta de sólido roble permanecía abierta. Una vez allí, le indicó que debía entrar.

—El barón desea que le esperéis aquí, milady. Se reunirá con vos después de que os hayáis refrescado del viaje.

Cuando el soldado cerró la puerta, Claudia se preguntó si la habitación era un cuarto para huéspedes o una prisión. No parecía ninguna de las dos cosas, pensó mientras giraba trazando un semicírculo para examinar la extraña estancia. El lugar parecía un nido de almohadas y cortinas. Grandes almohadones de satén azul con borlas doradas estaban apilados ante el hogar y un lecho inmenso dominaba la pared que había junto a la chimenea. Las cortinas eran de brocado azul y hacían juego con el cobertor y con más almohadas que se amontonaban en el lecho. También observó que la cabecera y los pies de la cama estaban tallados de forma que parecían olas. Nunca había visto algo parecido.

Apartó la mirada de la cama para dirigirla hacia un asiento empotrado junto a la ventana que estaba acolchado con cojines azules. Una mesa y dos sillas con amplios brazos estaban colocadas cerca del ventanal; eran de diseño sencillo en comparación con la cama, y varios baúles descansaban a lo largo de uno de los muros. A su izquierda, la habitación había sido dividida con cortinas de color azul oscuro tan finas, que parecían flotar con cada ligera brisa que entraba a través de la ventana. El sonido de agua al salpicar que Claudia oía parecía provenir de algún lugar tras esas cortinas. En ese momento, dos damas se abrieron camino a través de las telas; una morena ataviada con un vestido amarillo claro y una túnica color calabaza, y una rubia que lucía un vestido de tonos rosados. Ambas cargaban con cubos, y las dos hicieron una rápida reverencia a Claudia. Ella era la única dama que conocía que estaría dispuesta a cargar con un cubo de agua. Sin embargo, aquellas dos mujeres no parecían ofendidas en lo más mínimo por aquella humilde tarea.

—Bienvenida, milady —dijo la rubia—. Mi nombre es Lenore, y ella es Mary.

La muchacha dirigió a Claudia una mirada expectante sin recibir respuesta a cambio. En vista de eso, se volvió hacia Mary.

—Trae una bandeja de comida caliente de la cocina. Seguro que a la señora le apetecerá comer después del viaje.

—¿Sois sirvientas? —preguntó Claudia cuando Mary abandonó la habitación.

—Sí, milady. —Lenore pareció sorprendida de que no lo supiera y frunció el ceño—. El barón hizo que un jinete se adelantara para dar instrucciones de que todo estuviera dispuesto a vuestra llegada. El mayordomo me informó de que yo sería vuestra doncella si vos no teníais ninguna objeción.

Claudia no podía creer que Guy se hubiera tomado tantas molestias ni que Lenore fuera una doncella.

—Pero tus ropas... —La joven hizo un gesto indicando incredulidad con las manos—. Bueno, las ropas de todo el mundo... ¿Acaso es el barón tan rico que viste a sus sirvientes con ropas dignas de lores y damas?

—¿Ropas? —Lenore pareció confundida por un momento. Luego, sus oscuros ojos marrones recorrieron la silueta de Claudia envuelta en la capa y se le iluminó el rostro—. Oh, sí, el mayordomo me avisó de que también necesitaríais ropas. Si lo deseáis, podréis cambiaros de vestido después de vuestro baño.

Pareció evidente que Lenore no había entendido la pregunta de Claudia. Tendría que acordarse de hablar más despacio.

—El agua debe haberse templado ya. ¿Deseáis bañaros, milady? —preguntó Lenore mientras hacía un gesto hacia la vaporosa cortina azul.

—Sí. —Un baño sonaba muy bien. Claudia se sentía como si hubieran volcado un cubo de polvo sobre ella mientras dormía en la carreta. Podía sentía arena incluso en los dientes. Siguió a la muchacha a través de la cortina, pero se detuvo bruscamente ante lo que se presentó delante de sus ojos. En una esquina de aquella zona separada del resto de la habitación, se elevaba un enorme zócalo de mármol que disponía de dos escalones, también de mármol, que conducían hasta un gran agujero ovalado lleno de agua y del que surgía una nube de vapor. Se parecía mucho a un baño romano, pero, ¿en Inglaterra?

Lenore debió percibir su expresión de asombro.

—El barón hizo construir esto el año pasado. Observad. —Señaló dentro del agua—. Tiene un tapón de corcho en el fondo. Cuando se quita el tapón, una tubería lleva el agua al exterior del muro. Esto nos evita la molestia de tener que vaciar la bañera con cubos.

—Muy ingenioso —musitó Claudia, sin darse cuenta de que hablaba en italiano.

—Perdonadme, milady. —Lenore retorció sus delgadas manos, curtidas por el trabajo y que no podían ocultar su condición de sirvienta como lo había hecho su vestimenta—. El mayordomo no nos informó de que fuerais flamenca. Si lo preferís, puedo hacer que traigan a alguien que hable vuestro idioma.

—Soy italiana —aclaró la joven, lo bastante despacio como para que la comprendiera—. ¿Qué te ha hecho pensar que soy flamenca?

—Yo supuse... —Lenore frunció el ceño—. Todos los extranjeros de Montague son flamencos. El barón trajo a maestros tejedores y a sus familias de Flandes hace cinco años para que nos enseñaran su oficio. Muchos aprendieron su idioma a la vez que su oficio. —Pareció consternada—. Yo no puedo hacer poco más que contar hasta diez en su idioma, y por desgracia, no hablo italiano.

—No te preocupes —la tranquilizó Claudia. La chica se comportaba como si acabara de contarle algo inconfesable. Las gentes de Montague eran tan especiales en su forma de pensar como lo eran en su forma de vestir. Qué lugar tan asombroso—. Además, prefiero hablar vuestro idioma. Me han dicho que necesito practicarlo. Avísame cuando no entiendas lo que digo. A veces hablo demasiado rápido.

—Sí, milady. —La sirvienta volvió a sonreír, pero su sonrisa se desvaneció cuando Claudia se quitó la capa—. ¡Vuestro vestido! Está destrozado.

—Creo que podré coserlo, si puedes conseguirme una aguja e hilo. —Colgó la capa en una hilera de percheros que había cerca de la bañera antes de inclinarse para examinar el corte de su falda. Parecía bastante uniforme.

—No podéis volver a poneros ese vestido. Sólo puede aprovecharse su tela para hacer una colcha. —Lenore avanzó para desatar los lazos laterales del vestido de la joven, mientras señalaba con la cabeza un vestido azul oscuro que también colgaba de un perchero—. El vestido que os he traído puede que os quede un poco grande, pero ahora que he visto vuestra talla, haré que las costureras os arreglen unos cuantos más. Mañana ya podréis disponer de prendas que se ajusten a vuestra silueta. El barón se enojaría si os permitiéramos llevar este trapo.

—¿Los tejedores flamencos hacen ropa para los sirvientes de Montague? —preguntó Claudia.

—Oh, no, milady. La mayor parte de nuestras ropas provienen de los aprendices de tejedores y tintoreros. —La sirvienta señaló una zona casi imperceptible de su falda donde el tejido tenía un enganchón que se extendía a lo largo del vestido—. Hacemos nuestras ropas con tejidos que tienen algún tipo de imperfección. A menudo no es más que un punto irregular o un tinte que pierde color. El barón también podría venderlas, pero afirma que Montague debe tener fama de producir sólo telas de la mejor calidad. Nuestro señor sabe lo que hace, pues nobles de muchos países compiten por conseguir los brocados y estampados de Montague. Se dice que algunas personas en la corte se mofan de la afición del barón por el comercio, pero todos en Montague prosperamos gracias a ello.

Lenore había continuado con su tarea mientras hablaba y parecía esperar escuchar la opinión de la extraña visitante sobre los negocios del barón. Claudia se metió en el agua y se hundió en ella con un suspiro de cansancio. La bañera era tan grande que parecía como si flotara en un estanque calentado por el sol.

Cogió la esponja y el jabón perfumado que la sirvienta le ofreció y empezó a frotar su cansado y magullado cuerpo antes de perder la energía.

—Los que critican a tu señor deben estar celosos de su éxito. Pocos viven con tanto lujo. ¿Hay muchos aposentos con baños como éste?

Lenore hizo un gesto indicando confusión y pidió vacilante a Claudia que repitiera lo que había dicho. Escuchó con mucha atención la segunda vez y una expresión de comprensión iluminó sus rasgos. Entonces sonrió y negó con la cabeza.

—No, milady. Sólo la alcoba del barón tiene una bañera así.

—¿La alcoba del barón? —repitió Claudia asombrada, cuando al fin lo comprendió. Claro, ésos eran los aposentos de Guy. Los lujosos muebles, el baño... Trató de ponerse de pie en medio de una cascada de agua, pero casi se cayó en la resbaladiza bañera. Se quedó de rodillas y se sujetó al borde—. Debo vestirme, Lenore. Rápido.

6

Guy entró en su alcoba como un ladrón. Esa noche sentía cierta aprensión de ir hasta el único lugar en Montague que le ofrecía un grato refugio y un alivio de sus deberes y responsabilidades.

La habitación presentaba un aspecto bastante acogedor. Un pequeño fuego ardía en el hogar para ahuyentar el frío de la noche, y un par de velas proyectaban un resplandor dorado alrededor de la mesa. La agradable escena perdía calidez en la zona donde la fantasmal luz de la luna llena se derramaba a través de la ventana. La figura que permanecía de pie allí era una combinación de luces y sombras. Su vestido era del color de la noche y su rostro estaba bañado por la pálida luz de la luna. Claudia permanecía tan inmóvil que parecía una frágil y bella escultura.

En los últimos dos días había demostrado que distaba mucho de ser frágil, y había hecho alarde de un coraje digno de cualquier hombre. Aquella mujer era un misterio. Cuando reflexionaba sobre lo que sabía de ella de forma calmada y lógica, no le quedaba ninguna duda de que era tan astuta como el resto de su familia. Sin embargo, siempre que se encontraba en cualquier lugar cerca de ella, empezaba a recordar pequeños detalles que no tenían sentido, pequeñas piezas del rompecabezas que nunca cuadraban.

Sin duda, una parte de su indecisión se debía a la atracción física que sentía hacia ella. Un hombre tendría que estar muerto para permanecer impasible ante su belleza. La otra parte se debía al carácter indomable de aquella bella mujer. Había conocido a muchas damas maquinadoras y traidoras durante sus viajes, y ella no mostraba ninguno de sus rasgos. Claudia rezumaba inocencia y sinceridad, acompañadas de un inesperado aire de sofisticación, un conocimiento obtenido a duras penas de que los inocentes, en la mayoría de las ocasiones, no prosperaban en el mundo.

—¿Por qué me has instalado en tus aposentos, barón? —Habló sin mirarle, como si hubiera sido consciente de su presencia desde que entró en la alcoba.

Su serena actitud le irritó. Cualquier dama sensata estaría llorando o al punto de la histeria. Una mujer con iniciativa intentaría seducirlo para ganarse sus favores. Sin embargo, su enfoque frío y tranquilo era mucho más efectivo que las lágrimas o las miradas tímidas a la hora de hacerle sentir remordimientos. Santa Claudia era la última mujer a la que deseaba enfrentarse en ese momento. Él había ansiado a la Claudia sensual, apasionada, sensata, la Claudia razonable. No tenía paciencia para tratar con una santa esa noche. Debería haberla instalado en otros aposentos hasta que hubiera podido disfrutar de una noche de sueño decente.

—Creí que te gustaría disponer de un poco de intimidad para bañarte y comer. Los baños colectivos y el gran salón no ofrecen mucha.

Los ojos de Claudia se abrieron aún más ante la sorpresa. Luego se entornaron cuando lo recorrieron de pies a cabeza. Su pelo todavía estaba húmedo después de haber tomado su propio baño, y llevaba una camisa blanca y unos pantalones color habano que Evard le había prestado.

—Me cuesta creer que cedas los lujos de tus aposentos a un prisionero.

—Tienes la prueba de ello ante ti —respondió él—. Y tú no eres exactamente una prisionera.

—Entonces, ¿cómo me llamarías?

—Te llamé huésped en mi carta al rey. —La repentina incertidumbre en los ojos de ella le hizo sentir una oleada de satisfacción. Ambos eran capaces de interpretar el papel de santo—. También le pedí que diera a mi mensajero cualquier información que pudiera ser útil para localizar a tu hermano.

—¿Me ayudarás a encontrar a Dante?

—Sí, pero no hay razón para que te sientas esperanzada. —Guy se puso las manos en la espalda y miró más allá de ella a través de la jamba de la ventana. Briznas de una solitaria nube se enroscaban en la base de la luna, dándole el aspecto de una bola de cristal donde se podía leer el futuro—. Los mercenarios no viven mucho tiempo estando al servicio del rey. La mayoría son afortunados si sobreviven un año, y tú no ves a Dante desde hace cinco. Hay muchas posibilidades de que mi mensajero vuelva con malas noticias con respecto a tu hermano.

Esperó alguna reacción, algo que indicara que ella comprendía la situación. Su silencio hizo que se sintiera culpable por haber hablado de una forma tan directa.

—No pretendo alarmarte, pero creo que es prudente considerar todas las posibilidades. ¿Has pensado en lo que harás si tu hermano no está vivo?

—Dante está bien. —Claudia asintió con la cabeza para darle aún más fuerza a su afirmación, pero sus puños cerrados contradecían la seguridad de sus palabras—. Es un caballero magnífico y valiente, y nadie puede superarle en el campo del honor.

Guy no tenía la más mínima intención de comentar que los enemigos del rey rara vez aparecían en el campo del honor.

—Tu hermano Roberto también era un mercenario al servicio de un rey, y ya conoces cuál fue su destino.

—No es lo mismo —insistió ella—. Dante no tiene nada que ver con Roberto. Él nunca haría algo tan deshonroso.

—¿Crees que el rey de Inglaterra tiene menos enemigos que el rey escocés? ¿Que envía a sus mercenarios a cumplir misiones menos peligrosas?

—Lo único que digo es que está vivo. —Claudia le lanzó una mirada propia de una reina—. Regresará a buscarme.

Guy pudo ver entonces una grieta provocada por el miedo en su coraza, y la aprovechó para hacerle abrir los ojos a la verdad.

—¿Intentas convencerme a mí, o a ti misma?

La altiva expresión de Claudia flaqueó, y volvió bruscamente la cabeza para dirigir su mirada hacia la ventana. Un silencio opresivo invadió la habitación. Incluso el fuego dejó de crepitar, y las llamas de las velas bajaron de intensidad, como si sufrieran de una repentina falta de oxígeno.

Los rígidos hombros femeninos empezaron a relajarse y Guy notó un cambio en ella, como si un muro que hubiera intentado levantar a su alrededor se hubiera desmoronado de repente. Su voz llegó hasta él suave y baja; era el tono solemne de una confesión.

—Dante enviaba mensajes cada pocos meses con los mercaderes y trovadores que viajaban hasta Lonsdale, pero el verano pasado dejaron de llegar. —Levantó la barbilla para mirar hacia la luna, hablando más para sí misma que para Guy—. Me dije a mí misma que los caminos son peligrosos, y lo menos que puede decirse de las rutas que sus emisarios toman, es que son inseguras. Un mensaje o dos perdidos no era nada raro. Luego pensé que podría estar en Gales. Su último mensaje decía que el rey le había concedido el derecho de instalarse en aquellas tierras, que iría hasta allí en unos pocos meses para construir su fortaleza. Nadie viaja entre Lonsdale y Gales, lo que hacía imposible que me llegaran sus mensajes. Me aferré a esa esperanza, aunque, en el fondo de mi corazón, sabía que él no abandonaría Inglaterra sin decírmelo. Era incapaz de pensar en la posibilidad de que pudiera estar muerto. Cuando éramos niños, Dante siempre estuvo ahí cuando lo necesité. Me prometió que regresaría a buscarme.

Claudia levantó la mirada hacia él. Sus ojos eran un reflejo de su dolor.

—Ya debería saber que las promesas no son más que falsas esperanzas.

Se quedó callada, y Guy descubrió que se había ido acercando hasta ella, arrastrado por una necesidad casi física de consolarla. Se detuvo a tan sólo un paso de distancia, decidido a no revelar su debilidad hacia ella más de lo que ya lo había hecho. Sin embargo, estando a su lado, era difícil pensar en otra cosa que no fuera el perfume a sándalo que su propio jabón había dejado sobre su piel; un olor familiar que mezclado con el propio aroma femenino se convertía en algo nuevo y exótico. Era como si él ya hubiera dejado su marca en ella. Empezó a sentir un cosquilleo en las manos, pero resistió el deseo de alargarlas hacia Claudia.

—¿Y qué hay de la familia de tu padre? ¿Hay alguien en Italia que esté dispuesto a acogerte?

La joven negó con la cabeza.

—No seré bienvenida entre mis parientes paternos. Se inventaron muchas mentiras cuando nos quedamos huérfanos para poder reclamar las riquezas de mi padre. No podemos volver a no ser que Dante... —Su voz se fue apagando y respiró hondo—. No puedo regresar a Italia.

Guy sintió una punzada de culpa al saber que no tenía a nadie a quien recurrir; culpa, porque al descubrirlo le invadió una sensación de triunfo. Aparte de su traicionero tío y un hermano que probablemente estuviera muerto, casi había deseado escuchar que nadie más la reclamaría. Las cosas entre ellos resultarían mucho más sencillas de esa manera.

Apoyó las manos sobre sus hombros, obligándola a volverse hacia él. Las espesas medias lunas de sus pestañas se alzaron y Guy miró fijamente unos pozos verdes y plateados que poseían una extraña y misteriosa fuerza oculta; una fuerza que lo arrastraba hacia ella aunque no se moviera. Había estado pensando durante todo el día en lo que diría en ese momento, en la forma de decirlo. Ahora las palabras le parecían vacías. Aun así, se obligó a hablar.

—Deja que cuide de ti, Claudia. —Las puntas de sus dedos trazaron la curva de su mejilla y se deslizaron hasta su barbilla en una exquisita caricia—. Te daré lo que tu tío exigía por nuestro falso compromiso. Nunca te faltará nada.

La joven frunció el ceño en un gesto inseguro y dio un paso hacia atrás.

—No tienes por qué pagarme, barón. Te dije que te ayudaría a librarte de las exigencias de mi tío. Yo no vendo la verdad, la ofrezco de buen grado.

Sus palabras hicieron surgir en su mente una repentina imagen de Claudia entregándose a él de buen grado, no por dinero, sino porque seguía los dictados de su corazón. De repente, su lengua se volvió torpe y tuvo que concentrarse en lo que quería decir.

—No es por eso por lo que te daría el dinero, Claudia. Es cierto que ya no emplearé ese oro en comprar Halford Hall, pues ahora me haré con la propiedad como compensación por la traición de tu tío. Pero durante los meses que costará rebatir las afirmaciones de Lonsdale sobre mí, se extenderá la voz de que estás aquí sin un tutor o pariente para proteger tu virtud. Independientemente de lo que pase entre nosotros, tu reputación quedará empañada. —Su mirada descendió hasta las exuberantes curvas de sus labios—. Puede que el oro no compre la felicidad, pero hace que las cosas se olviden con mayor facilidad. La gente disculpará muchas cosas si dispones de riquezas propias.

Claudia dio un pequeño respingo y se alejó del contacto de sus manos.

—¿Me convertirás en tu amante?

No podía negar la verdad, pero intentó que no sonara tan dura.

—No te obligaré a que hagas nada, Claudia. Te protegeré mientras estés en Montague, sin importar lo que suceda entre nosotros.

—Pero tú preferirías que sucedieran muchas cosas entre nosotros, ¿no es así? —Cruzó los brazos sobre su pecho y lo fulminó con la mirada—. Sólo las prostitutas aceptan oro por sus favores, y eso es algo que yo no soy.

—No he dicho que lo seas. —Le costó un gran esfuerzo mantener un tono paciente y razonable y, aún así, no lo consiguió del todo—. ¡Por Dios! Estamos prometidos. Nadie que desee disfrutar de una larga vida osaría llamarte prostituta.

—Entonces, ¿cómo me llamarán cuando consigas que nuestro compromiso quede anulado?

Ella tenía razón. Aunque, por suerte, tenía una respuesta preparada para esa pregunta.

—Tú misma dijiste que no te importaba lo que la gente pensara de ti. ¿Has cambiado de opinión?

Claudia elevó la barbilla aún más.

—Lo único que me importa es lo que yo opino de mí misma, y mi honor me impide vender mi alma por una bolsa de oro.

—Las mujeres se venden a sí mismas en el matrimonio cada día. Me atrevería a decir que aceptarías de buen grado mi propuesta si estuviera pidiendo tu mano. —Guy cerró la boca demasiado tarde para frenar aquellas malditas palabras.

—Tu oro no puede comprar mi virtud, barón. —La joven entornó los ojos—. No me venderé por oro, al igual que no me vendería por el título de «esposa».

Guy había esperado cierto grado de renuencia, pero también algo de gratitud. En lugar de eso, Claudia despreciaba su generosa oferta y le hacía sentirse culpable por haberla hecho. Su paciencia tenía un límite.

—Todo el mundo tiene un precio, milady.

—Realmente crees lo que dices. —Sonó más asombrada que ofendida.

La mirada de lástima en sus ojos fue la gota que colmó el vaso. Claudia pensaba avergonzarlo porque él decía lo que pensaba.

—No, no creo que se pueda comprar a todo el mundo —respondió exasperado—. Lo sé, es un hecho. Llegará el día en que tú también aprenderás esa lección. Siendo la bestia egoísta que soy, prefiero que la aprendas de mí antes que de algún granuja que te echaría de su cama sin un penique a tu nombre.

Guy observó cómo abría aún más los ojos mientras lo escuchaba, pero parecía incapaz de detenerse a sí mismo.

—Quiero que seas mi amante. ¿Es eso lo que quieres oír? ¿Que soy culpable de lujuria?

Claudia dejó caer las manos a los lados, como si se hubiera dado cuenta de que lo había llevado al límite.

—No quiero oír nada más.

—Tú eres igual de culpable —la acusó—. Te habrías entregado a mí de buen grado la mañana que me desperté en tu alcoba.

Ella sacudió la cabeza negándolo frenéticamente y retrocediendo hasta que el asiento junto a la ventana detuvo su retirada. Guy, implacable, avanzó hacia ella.

—No puedes negar la atracción que existe entre nosotros, milady. La sentí desde la primera vez que mis ojos se posaron sobre tu persona.

Claudia se sentó con un movimiento brusco, y él se dejó caer sobre una rodilla frente a ella para bloquear cualquier intento de escapatoria y sentir más la cercanía de su cuerpo. Tomó sus manos con firmeza y suavidad, y su voz se convirtió en un seductor murmullo.

—No hay razón para negar lo que ambos deseamos, ni para eludir lo inevitable.

Claudia retiró sus manos como si su contacto le quemara.

—¡Yo estaba drogada cuando te pusieron en mi cama! No puedes hacerme responsable de la impresión que pude darte esa mañana.

—¿Y en el jardín? ¿Qué ocurre con la impresión que me causaste allí? —Sus manos se movieron hasta su cintura para sentir sus delicadas curvas—. Mírame a los ojos y dime que no disfrutaste estando entre mis brazos, o que mis besos te repugnaron.

Claudia se mordió el labio inferior y apartó la mirada. Su silencio era una respuesta en sí mismo. Guy supo entonces cuál era su precio. Pero también estuvo seguro de que era un precio que nunca estaría dispuesto a pagar. Dejó caer las manos a ambos lados del asiento donde ella descansaba.

—No me casaré contigo, Claudia.

—Nunca me he engañado pensando que me querías como esposa.

Guy no la creía. ¿Cómo no iba a saber que su intención era el matrimonio antes de que su propia familia lo ordenara? Había hecho de todo excepto ponerse de rodillas en los jardines de Lonsdale para pedir su mano. Si no hubiera sido por la interferencia de su tío, él habría hecho precisamente eso la siguiente vez que la hubiera visto. No, ella sabía que la había deseado como esposa en cuanto la vio. Lo mejor sería que supiera en ese mismo momento que lo que deseaba nunca podría ser. No le daría ninguna falsa esperanza, pero intentó que sus palabras no sonaran demasiado duras.

—Sabes que un matrimonio entre nosotros es imposible. No puedo unirme a un familiar de alguien que intentó matar a Kenric. Mi propia familia pensaría que estoy poseído si me casara con la hermana de Roberto de Ravenna. Mi hermano probablemente te cortaría el cuello en el mismo instante en que posara sus ojos sobre ti —exageró—. Kenric no es conocido por su capacidad de perdonar, y no creerá en tu inocencia en el complot que se urdió en mi contra en la fortaleza de tu tío. Podría aceptar que te hiciera mi amante, pero nunca te aceptaría como mi esposa.

Claudia le dirigió una dura mirada.

—Y tú, ¿crees en mi inocencia?

El corazón de Guy empezó a latir con más fuerza. Cualquier hombre en su sano juicio la creería culpable. Se reclinó sobre sus talones y se pasó una mano por el pelo.

—Sí, Claudia. Creo que eres inocente en más aspectos de los que me gustaría.

—¿Qué quieres decir?

—Quiero decir que no pareces comprender lo que puede pasarle a una mujer sin hogar y sin una familia que pueda reclamarla, sin dinero propio y con la reputación empañada. Tu inocencia no te protegerá del mundo, pero yo sí puedo.

La desilusión que vio reflejada en sus ojos le hizo vacilar. ¿Acaso lo creía demasiado noble como para no reclamarla? ¿Pensaba que la adoraría desde la distancia como si fuera un pobre cortesano enamorado? Estaba en sus dominios, tenía derecho a poseerla con o sin su permiso. Ella debería aceptar el hecho de que sería lo bastante noble como para desearla en su cama de buen grado, en lugar de poseerla por la fuerza. Nunca por la fuerza.

Pero, ¿qué sucedería si el matrimonio fuera el único precio que considerara? Intentó dejar a un lado ese pensamiento. Era algo imposible, una idea que sólo se le ocurriría a un loco perdidamente enamorado. Se obligó a sí mismo a pronunciar las palabras que era necesario decir, en lugar de otras que ambos lamentarían.

—No puedo darte mi nombre, pero puedo ofrecerte mi protección. Permíteme que cuide de ti.

Claudia inclinó la cabeza y permaneció en silencio. Guy escuchó el sonido de su propia respiración, lenta y regular, justo como él se obligaba a que fuera, y centró su atención en el pequeño latido que podía ver golpeando con fuerza en la sien femenina, y en el caprichoso rizo que siempre se escapaba de su trenza para descansar sobre su mejilla. Deseaba ver aquel pelo suelto, sentirlo sobre su piel. La deseaba no sólo por el placer que le daría en el lecho, sino por el placer de saber que poseía algo excepcional y exquisito, algo que ningún otro hombre había poseído jamás. De todos los acuerdos a los que había llegado en su vida, aquél parecía ser el más importante. ¿Por qué no le respondía?

Claudia alzó la mirada en ese mismo instante, como si hubiera leído su mente. Sus ojos resplandecían como joyas, brillantes por lágrimas no derramadas, pero su voz no traicionó ninguna de sus emociones.

—Tu oferta es muy generosa, barón, pero me temo que no puedo aceptarla. A no ser que tu mensajero regrese a Montague con noticias que lo contradigan, debo creer que mi hermano está vivo. Dios quiera que sea así. Si Dante descubriera que me has hecho tu amante, probablemente te cortaría el cuello en el mismo instante en que posara sus ojos sobre ti. —Le dedicó una forzada sonrisa—. Los hermanos pueden ser muy entrometidos, ¿no crees?

Guy quería rebatir su argumento, pero no pudo pensar en nada que sonara razonable.

—Mientras tanto —continuó ella—, creo tendré que ganarme el sustento en Montague del mismo modo que lo hacía en Lonsdale. Se me considera una buena costurera, y con toda la tela que tus tejedores producen, seguro que no me falta trabajo.

Guy contó mentalmente, sin atreverse a hablar hasta que hubiera llegado a diez.

—No te convertiré en una sirvienta.

—Y yo no permitiré que me conviertas en una meretriz.

—¡Dios! Yo no... —Apretó la mandíbula. Le había ofrecido seguridad para toda su vida, y le hacía sentirse como si fuera un monstruo despreciable. La deseaba con todas sus fuerzas, y apostaría su vida a que ella lo deseaba tanto como él. La forma en que lo tocó y la manera en que lo había besado así lo evidenciaban. Había veces en las que lo miraba como si no existiera nada en el mundo que le importara más que él.

De hecho, lo estaba mirando así en ese justo momento.

Guy retrocedió para reconsiderar su estrategia. Ella no se atendría a razones. Quizá fuera conveniente utilizar una forma diferente de persuasión. Se puso en pie, se dirigió hacia la cama y se sentó para quitarse las botas.

—¿Qué... qué estás haciendo? —preguntó ella.

—Llevo dos días sin descansar y no estoy de humor para discutir. Si deseas ser una sirvienta, que así sea. No te pediré que realices tareas que no puedas cumplir sin una aguja y un hilo.

Una bota golpeó contra el suelo. Empezó a estirar de la otra, manteniendo toda su atención centrada en la tarea que estaba desempeñando.

Claudia miró hacia la puerta.

—Me sentiría muy satisfecha ganándome el sustento de esa forma, barón. Si me dices dónde puedo encontrar los aposentos de los sirvientes, te dejaré para que descanses.

—Puedes dormir con los sirvientes —respondió, dirigiendo un gesto de desdén hacia la puerta—. Sin embargo, debo advertirte que las habladurías viajan más rápido que el viento en este castillo. Ahora mismo, mi gente ya debe haber escuchado la historia de lo que sucedió en Lonsdale y en nuestro viaje hasta aquí. Si abandonas esta estancia, asumirán que ya me he cansado de ti, que eres libre de ofrecerle tus favores a otro. Se enterarán muy pronto de que me obligaron a prometerme contigo, si es que no lo saben ya. —Su mirada la recorrió de pies a cabeza de forma intencionadamente insolente—. Cuanto más te resistas, más te perseguirán. Y no estoy seguro de que hagan más caso a la negativa de una sirvienta que a la de una dama.

Guy volvió a hacer un gesto hacia la puerta.

—Por supuesto, eres libre de comprobar la veracidad de mis palabras por ti misma.

Claudia frunció el ceño. No había considerado todas las implicaciones que tendría el ser etiquetada como sirvienta en Montague. No era de extrañar que la considerara una ingenua. De hecho, era inevitable que lo pensara, pues no había forma de que él supiera que ella no necesitaba su protección. Si Dante no iba en su busca, vendería Halford a Guy. El oro que le había ofrecido por ser su amante ya era suyo. ¡Qué sinvergüenza! No había perdido ni un minuto en aprovecharse de su situación. Y pensar que había tenido la intención de decirle la verdad sobre Halford, que el castillo sería suyo si simplemente se casaba con ella... Parecía desear lo suficiente Halford como para haberlo hecho. Ahora no se casaría con él ni aunque se lo suplicara. Lo único que deseaba de ella era un revolcón rápido, una aventura amorosa sin importancia. ¡Qué tonta había sido!

Guy señaló con la cabeza la pila de almohadas frente al hogar.

—Probablemente ése sea el lecho más seguro que encuentres en el castillo. Yo mismo he dormido ahí en alguna ocasión. La alfombra es mullida, las almohadas suaves, y hay mantas de sobra en ese arcón que hay junto a ti.

—¿Esperas que duerma aquí?

Emitió un gruñido evasivo mientras se quitaba la camisa.

—Te he dado mi palabra de que no exigiré más de ti que tareas de costurera, y te prometo que no te violaré mientras duermas. A no ser que dudes de mi palabra y de mi honor, te sugiero que te resignes a permanecer en estas dependencias.

—Pero yo no podría... —Las palabras de Claudia se desvanecieron en un débil susurro. Se quedó mirando su torso desnudo y el vello que se estrechaba a medida que descendía por la planicie de su estómago hasta desaparecer por debajo de sus pantalones. La boca se le secó de repente. Las desconocidas y masculinas formas de su pecho la cautivaron, provocando que sintiera el irracional impulso de recorrer la piel que había quedado al descubierto con las puntas de sus dedos.

—Ah, lo olvidaba.

Guy atravesó la estancia y abrió la puerta, ofreciéndole una generosa visión de su espalda. Era poderoso y elegante. Daba igual a qué parte de su cuerpo mirara. Haciendo un esfuerzo, se obligó a desviar la mirada hacia la entrada. Su escudero estaba sentado sobre un camastro en el pasillo, preparándose para dormir, pero se irguió cuando Guy le hizo un ademán a modo de saludo.

—Diles a Roland y Herbert que no es necesario que hagan guardia en la antigua alcoba de mi hermana ni en ninguna otra esta noche. Lady Claudia no dormirá allí.

—¡Pero yo lo preferiría! —protestó ella.

El chico ignoró su objeción y se apresuró a cumplir la orden. Guy cerró la puerta y se volvió para mirarla.

—Esa alcoba es para huéspedes, milady. Los sirvientes no tienen asignadas dependencias privadas, ni guardias para que garanticen su intimidad. Dos soldados ganan más en un día que una costurera en una semana.

Claudia apretó los labios. Si hubiera mantenido la boca cerrada, la hubieran llevado a unas dependencias privadas, donde habría una cama de verdad en lugar de un nido en el suelo.

Guy señaló un par de velas que había sobre la mesa mientras iba hacia su lecho.

—Apágalas antes de acostarte.

Sus manos se dirigieron hacia la cinturilla de sus pantalones y Claudia se dio cuenta de que pretendía desvestirse en su presencia. Se levantó de un salto y se apresuró a ir hacia la mesa, colocándose de espaldas a la cama mientras apagaba las velas. No se movió de su sitio ni siquiera cuando el humo de las llamas extinguidas quemó sus fosas nasales. Sus manos se aferraban tan fuerte al borde de la mesa que estaba segura de que sus uñas dejarían marcas. Cuando escuchó el sonido de la cama cediendo bajo su peso y el roce de las sábanas, dejó escapar el aire de sus pulmones en un lento suspiro y abrió los ojos.

La luz de la luna proyectaba pálidas sombras en la estancia, pero el fuego en la chimenea creaba un brillo acogedor cerca del lecho de Guy. Podía verlo claramente. Tenía los brazos apoyados detrás de la cabeza y los ojos cerrados. Ella se había pasado medio día durmiendo sobre la carreta de suministros, pero la fatiga hacía que sus huesos le pesaran como el plomo. Él no había dormido nada. No era de extrañar que fuera tan brusco. Si al menos pudiera echar la culpa de su desagradable oferta a algo tan simple como la falta de sueño....

Se quedó mirando el arcón que contenía la ropa de cama. ¿Realmente esperaba que consiguiera dormir algo en esa estancia? Se dirigió hacia el asiento junto a la ventana, resignándose a una larga vigilia.

Claudia se acurrucó aún más bajo aquellas sábanas que olían a sándalo, navegando a la deriva en un cálido mar de satén, cuando alguien sacudió su hombro.

—¿Milady?

La voz no era más que un susurro, pero Claudia se despertó y abrió los ojos para enfrentarse a un rostro que se encontraba a sólo unos centímetros del suyo y unos enormes ojos marrones enmarcados por varios mechones rubios. Asustada, gritó.

Lenore se echó hacia atrás a cuatro patas como un cangrejo asustado hasta que se golpeó la cabeza contra el pilar de la cama.

Claudia se incorporó y se colocó el pelo sobre un hombro, intentando orientarse. No podía recordar haberse quedado dormida la noche anterior, pero estaba segura de que no había abandonado el asiento junto a la ventana. Guy debía de haberla colocado sobre las almohadas y cubierto con el edredón de satén. Darse cuenta de ello le aportó un vago sentimiento de alivio. Como tenía el sueño ligero, se acordaría si él hubiera intentado violarla. Había mantenido su promesa.

Se quedó mirando a Lenore. Los ojos de la chica estaban abiertos de par en par por el miedo.

—El... el barón me pidió que os atendiera. —La muchacha se puso de pie y miró hacia la puerta—. Me marcharé si no deseáis mi presencia aquí.

Claudia negó con la cabeza.

—Discúlpame, Lenore. Me has asustado. —Dirigió a la doncella una sonrisa alentadora—. ¿Por qué estás aquí?

—Soy vuestra doncella, señora. El barón me pidió que os atendiera.

La sonrisa de Claudia se desvaneció.

—El barón no me informó de que los sirvientes dispusieran de doncellas propias.

—¿Milady?

—No importa. —Apartó un rizo suelto de su rostro y sopló para retirar otro de sus ojos—. Si me proporcionaras un peine, te estaría muy agradecida.

Se levantó y empezó a arreglar su camastro, amontonando los almohadones en una ordenada fila frente al hogar. La sirvienta se acercó apresuradamente antes de que empezara a doblar las mantas.

—¿Os caísteis de la cama? —Lenore apartó la vista cuando Claudia le dirigió una dura mirada—. Disculpadme, señora. No pensé que el barón os haría dormir en el suelo como a un humilde escudero.

—No me hizo dormir en el suelo —respondió indignada, antes de pensar mejor su respuesta. ¿Por qué se sentía obligada a defender a Guy? Lenore no tenía por qué enterarse de cómo habían acordado dormir.

La sirvienta guardó las mantas, y preguntó con un toque de entusiasmo en su voz:

—¿Envío a los soldados a buscar vuestro baúl?

—No he traído ningún equipaje —contestó Claudia, intentando alisar algunas de las arrugas del vestido azul con el que había dormido. El lino estaba completamente arrugado. Alzó la mirada y se encontró con una tímida sonrisa en el rostro de Lenore.

—Los vestidos de los que os hablé ayer ya han sido adaptados a vuestra talla, al igual que algunas camisolas y otras prendas. El barón pidió que me asegurara de que dispusierais de todo lo que necesitarais.

La muchacha atravesó la estancia y abrió un poco la puerta para intercambiar unas pocas palabras con alguien que permanecía al otro lado. Después, abrió la puerta de par en par, dejando paso a dos soldados que entraron en la habitación cargando un enorme baúl. Lenore les indicó dónde dejarlo y se volvió hacia Claudia cuando la puerta se cerró tras los soldados.

—Las costureras trabajaron hasta bien entrada la noche para hacer las modificaciones. Creo que estaréis satisfecha con sus esfuerzos, milady.

Levantó la tapa del baúl e inclinó la cabeza, invitando a su señora a mirar en su interior. Claudia atravesó la estancia con pasos lentos. El evidente entusiasmo de Lenore le provocó un sentimiento de terror. No deseaba estar más en deuda con Guy de lo que ya lo estaba. Sin embargo, no pudo reprimir la curiosidad.

Lo primero que atrajo su atención fue un exquisito conjunto de peines de plata a juego con un espejo. Se inclinó para acariciar con sus dedos el mango del espejo y la delicada filigrana de la parte posterior, tallada en forma de enredaderas entrelazadas en las que florecían rosas. También había flores y enredaderas sobre el lomo de los peines, haciendo juego con el espejo.

—Son preciosos —susurró Claudia, sacando el espejo del baúl. Le dio la vuelta para contemplar su imagen y frunció el ceño ante lo que vio—. Ojalá pudiera decir lo mismo de mi reflejo.

Lenore la estudió con ojo crítico.

—Haremos que parezcáis vos de nuevo muy pronto.

—Me temo que no supondrá una gran mejora.

La sirvienta ignoró su sarcasmo y se dispuso a vaciar el baúl, que parecía no tener fondo, para mostrarle los tesoros que había en su interior: camisolas, medias, vestidos, túnicas e incluso zapatos. Era mucho más de lo que había dejado atrás en Lonsdale. Observó en silencio mientras Lenore le mostraba una prenda de ropa tras otra.

—¿De dónde han salido todos estos vestidos? —preguntó Claudia.

—De las telas desechadas, por supuesto. —Colocó una túnica de color verde oscuro sobre la tapa del baúl, buscó hasta encontrar un vestido del color de la hierba en verano que combinaría con ella, y lo sostuvo a la altura de sus hombros para que Claudia lo revisara—. Las costureras usaron las medidas de vuestro vestido estropeado para hacer las modificaciones finales. Todos los tejidos tienen pequeños defectos de algún tipo, pero la mayoría son casi imperceptibles. Espero que no os importe.

—No, no me importa —murmuró.

—El barón también comentó que os gusta coser —continuó Lenore—. Me pidió que os llevara a los almacenes para que escogierais algunas telas en las que emplear vuestro tiempo. Luego visitaremos a las costureras para seleccionar hilos y agujas. El barón dijo que le gustaría mucho tener una o dos túnicas hechas con vuestras propias manos.

Pareció dispuesta a añadir algo más, pero cerró los labios con firmeza y se quedó mirando fijamente el suelo. Tras un momento de silencio, dirigió su mirada hacia la puerta, como si temiera que alguien pudiera estar escuchando a escondidas. Después, su voz se convirtió en un susurro de complicidad.

—Mucha gente está haciendo preguntas sobre vos, milady. ¿Son ciertos los rumores?

Claudia se encogió de hombros.

—No he escuchado los rumores, así que no puedo responder.

—Uno de los soldados me explicó que intentasteis engañar al barón para que se casara con vos. —El rostro de Lenore se volvió de un tono rojo intenso, pero se las arregló para continuar—. Dijo que el barón fue falsamente acusado de yacer con vos en el castillo de Lonsdale, que su venganza fue secuestraros y hacer realidad la acusación. —Lanzó una nerviosa mirada hacia la cama—. Ayer pensé que estabais aquí por voluntad propia, milady. No es propio del barón... —Se mordió el labio y se quedó callada.

Claudia contempló a la muchacha con expresión pensativa. El día anterior le había dicho a Guy que no le importaba lo que su gente pensara de ella. Ahora descubría que eso no era cierto. Sí que le importaba, y extrañamente, también le importaba lo que pudieran pensar de él. Su presencia en su alcoba hacía inútil proclamar su inocencia, pero al menos podía poner freno a parte de las habladurías.

—Estoy aquí por voluntad propia, Lenore.

En el rostro de la joven se dibujó una sonrisa.

—Les dije que el barón no podía ser tan cruel.

Claudia encontró amargamente divertido que la sirvienta prefiriera considerarla a ella una ramera a pensar que el barón fuera un violador.

—¿Puedes llevarme hasta los almacenes, Lenore? Estoy deseando ver más del castillo.

7

Guy se encaminó por el pasillo que llevaba hasta el solar, cargando con un montón de libros de contabilidad bajo el brazo. El solar era una estancia espaciosa y aireada que disponía de una hilera de grandes ventanales que daban a la muralla sur y que le proporcionaban a Guy luz suficiente para revisar sus cuentas; una tarea tediosa que nunca le entusiasmaba realizar, pero que en ese momento era una buena excusa para evitar su alcoba y a Claudia. Nunca se había considerado un cobarde, pero si seguía así, tendría que replantearse su opinión. Esa mañana prácticamente había salido huyendo de sus aposentos, batiéndose en retirada como un cobarde, no cabía duda de ello. Siempre había tenido una inquebrantable seguridad en sí mismo; confiaba plenamente en su capacidad de controlar todos los aspectos de su vida, pero la sola presencia de Claudia había trastornado sus creencias.

Lo que más le preocupaba era su propia indecisión. ¿Debía tratarla como a una prisionera? ¿Como a una inesperada huésped? ¿Como a una sirvienta? Lo que más deseaba era tratarla como a su amante. El problema era que ella no estaba en absoluto dispuesta a aceptar esa sencilla solución. Su propio deseo y el hecho de que todo el mundo ya los considerara amantes no influían en ella, como tampoco lo hacía la promesa de riqueza y seguridad para toda la vida. Por otra parte, era obvio que él tampoco había descubierto cuál era su precio, aquello que ella desearía tanto como para hacer que se entregara a él de buen grado. Desde luego, ya le había dejado claro que el matrimonio no era una opción. Entonces, ¿qué era lo que deseaba de él?

Abrió la puerta del solar con la cabeza baja, absorto en sus pensamientos, hasta que se topó con algo suave donde sólo debería haber losas.

—Esto quedará mejor como túnica que como alfombra.

Levantó la cabeza de golpe ante el sonido de la voz de Claudia. Estaba en el suelo, apoyada en sus rodillas, con unas tijeras en la mano, e inclinada sobre una pieza de brocado blanco que había extendido sobre una alfombra persa en el otro extremo de la estancia. La pose mostraba sus redondeadas nalgas a la perfección, lo que provocó que se le cayera uno de los libros que llevaba.

Guy apartó sus pies del brocado y se inclinó para recuperar el libro con la mirada fija en el suelo, como si se armara de valor para enfrentarse a otra seductora visión. Cuando volvió a alzar la vista, ella ya se había incorporado y se apoyaba sobre sus talones.

—¿Qué estás haciendo aquí, Claudia?

—Lenore me mostró las edificaciones donde trabajan tus costureras y sastres. Allí no había espacio para mí, y la luz es mejor aquí que en tu alcoba. Me pareció extraño que estuvieras de acuerdo en que Montague necesitaba otra costurera cuando ya dispone de tantas.

Claudia se inclinó sobre su labor de nuevo y Guy apretó con más fuerza los libros que sostenía bajo el brazo. Su vestido era del color de un selecto vino de Burdeos; una embriagadora bebida que ofrecía un agradable bouquet y ricas sutilezas en su sabor. Era perfecto para un hombre de gustos superiores a la media. Lo que su vestido contenía ofrecía lo mismo. Podría emborracharse sólo mirándola. Le costó una enorme fuerza de voluntad apartar su mirada de la tentación.

Finalmente, se dirigió hacia la larga mesa dispuesta bajo una de las ventanas y dejó los libros de contabilidad sobre ella.

—Deseabas ganarte el sustento, y yo apreciaré una túnica hecha con tus propias manos. —Sus palabras sonaron más duras de lo que había pretendido e intentó suavizarlas—. También puedes hacerte vestidos, si lo deseas.

Claudia le lanzó una mirada inescrutable por encima del hombro.

—Desde esta mañana, tengo más vestidos de los que nunca tuve en Lonsdale. No necesito más, barón.

¿Acaso estaba disgustada por su generosidad? Sí, otro error táctico por su parte. Finalmente, la había abrumado con tantos regalos.

—Como desees —murmuró Guy. Una retirada parecía la opción más prudente por el momento. Acercó un asiento a la mesa y abrió el primer volumen encuadernado en piel.

Pronto, todos los libros estuvieron abiertos y la superficie de la mesa de roble desapareció bajo un mar de pergaminos. Su pluma se movía con un ritmo constante sobre uno de ellos. Su poderosa mano era tan experta blandiendo una pluma como lo era con una espada. Entonces, Claudia empezó a tararear. Probablemente no era consciente de que lo estuviera haciendo, pero su voz, profunda y sensual, atravesaba la estancia como una caricia invisible. Guy reconoció la canción; era una de las favoritas entre los gondoleros de Venecia. Le recordó las noches que había pasado a la luz de la luna bajo un cálido cielo italiano.

Podía imaginarse perfectamente a sí mismo en una góndola una noche así, con Claudia entre sus brazos. Las largas listas de números se convirtieron en oscuros canales salpicados de estrellas. Casi podía escuchar el agua a su alrededor, percibir el suave balanceo de la embarcación, e incluso percibir el aroma de las rosas cuando ella le ofrecía sus labios. Cerró los ojos y la escena se hizo más nítida, las imaginadas caricias más reales.

La canción acabó y abrió los ojos. La punta de su pluma descansaba sobre la página de un libro abierto; parecía señalar el centro de un pequeño mar de tinta negro. Apartó la pluma soltando una maldición y cogió el secante, consciente de que el daño era irreparable.

—Oh, qué lástima. —Las suaves palabras pronunciadas tan cerca de su oído casi le hicieron saltar del asiento. Claudia apoyó una mano sobre su hombro como si deseara tranquilizarlo—. No pretendía asustarte, barón. Sólo me preguntaba qué te hacía fruncir tanto el ceño. Has estado poniendo mala cara a estos libros desde que los abriste.

Guy miró por encima del hombro y rápidamente volvió a dirigir su mirada a los libros. Ella no podía saber que sus pechos estaban en su campo visual más directo. Se sintió como un pervertido al haber reparado en ello. Sus dedos se humedecieron de repente y bajó la mirada. La tinta había atravesado la hoja de papel secante. Se limpió la tinta de los dedos lo mejor que pudo y apartó la hoja a un lado.

—¿Sabes leer?

—Sí, pero no pretendía espiarte.

—No hay grandes secretos aquí —le aseguró—. Sólo rompecabezas.

—¿Rompecabezas?

Guy extendió la mano hacia las pilas de libros.

—Grandes rompecabezas retorcidos dentro de otros rompecabezas. Estos son los registros de todas las ventas y operaciones realizadas por mis agentes durante los últimos tres meses. Aquí está relatada la historia de cada rollo de tela que abandonó Montague durante ese tiempo.

Claudia se inclinó aún más y Guy sintió cómo su aliento acariciaba su mejilla.

—¿Me contarás una de esas historias?

En ese momento, le hubiera dicho cualquier cosa que deseara escuchar. Apretó los dientes para evitar precisamente eso. En su lugar, Guy le enseñó la primera hoja del libro que yacía frente a él. Quizás se aburriera con los detalles de sus negocios y lo dejara tranquilo. O como mínimo, el vertiginoso despliegue de hechos y cifras la confundiría. Entonces lo dejaría en paz.

—Es una única historia, en realidad, formada por muchas partes. En abril, llegué a un acuerdo con un mercader de la familia Baldassare de Venecia para conseguir un envío de brocados, ciento ochenta rollos de encaje, cincuenta barriles de cuentas de cristal y doce kilos de azafrán molido. Todo ello me costó trescientos florines de oro.

Hojeó las páginas de otro libro de cuentas hasta su inicio.

—Aquí uno de mis agentes cambió cinco barriles de cuentas de cristal a un mercader nórdico por tres veintenas de pieles de armiño. Una veintena de las pieles se vendió a Alfred de Londres por veinte florines de oro, y el resto a un noble de Borgoña por cinco toneles de vino. El vino se vendió al conde de Marly por sesenta y tres florines. —Miró por encima del hombro para observar su reacción, pero no estaba seguro de si su expresión de interés era fingida o real. No podía apartar sus ojos de ella—. Ésta fue una operación bastante sencilla. Otras incluyen productos conseguidos en este envío junto a partidas de tejidos previas. El valor de esas operaciones es más difícil de establecer, pero yo asigno porciones del valor de cada operación de tal forma que siempre conoceré el precio final de cada rollo de tela en florines de oro.

Claudia apoyó una mano en el borde de la mesa para examinar más de cerca los libros.

—¿Por qué?

—Por muchas razones. Mis contables llevan las cuentas de todo el dinero gastado y yo me aseguro siempre de que el balance presentado por ellos se ajuste a la cantidad que mis agentes me presentan. Todos saben que yo mismo cuadro mis cuentas, y eso ayuda a que los hombres honrados sigan siendo honrados. —En lugar de continuar mirando fijamente su perfil, simuló interesarse por un punto de tinta en una de las puntas de sus dedos y la frotó contra su pulgar—. El beneficio de cada operación también me ayuda a decidir si deseo más o menos cantidad de esos productos en operaciones futuras.

Claudia pasó el brazo por encima de su hombro y señaló una entrada con uno de sus finos dedos.

—Ganaste veintitrés florines más en la venta de las pieles de armiño que canjeaste por vino que lo que obtuviste por las pieles de armiño solas. ¿Significa eso que aumentarás tus negocios con el noble de Borgoña?

Guy bajó la mirada hacia el libro, asombrado al darse cuenta de que había calculado correctamente la cantidad.

—Quizá, pero también debo calcular el coste de cada operación. Las pieles requieren muchos menos esfuerzos para transportarlas que los toneles de vino. No obstante, si un barco va casi vacío a su regreso de una travesía desde Italia, podría ser una carga rentable.

—Comprendo. —Claudia pareció absorta por algo que vio en uno de los pergaminos. Señaló una página de un libro que yacía aún más alejado de ella y Guy notó la suave turgencia de sus senos rozando su hombro. Su calidez penetró a través de su camisa e hizo arder su propio cuerpo, que reaccionó al instante ante aquel inocente contacto. Soltó una silenciosa exhalación e intentó concentrarse en sus palabras más que en su tentadora cercanía.

—Esa entrada debería ser de treinta y dos rollos de encaje en lugar de veintitrés, si no, la suma no sería de ciento ochenta. —Claudia le dirigió una aguda mirada que luego se volvió evasiva, como si la hubiera pillado haciendo algo que no debía—. Puede que me equivoque, por supuesto.

Guy echó un vistazo a los seis libros de cuentas de sus agentes y cogió la pluma para anotar cada referencia de los rollos de encaje. Había diecisiete referencias en total, y la suma evidenciaba que faltaban nueve rollos. Asombrado, se volvió para mirarla.

—¿Lo has calculado mentalmente?

Ella asintió insegura.

—¿Cómo has sabido que ésta es la entrada equivocada?

—Creerás que soy rara si te lo digo.

—Ponme a prueba.

—Es la única operación que no cuadra. —Claudia le dirigió una cautelosa mirada y luego señaló el primer libro de cuentas—. Aquí doce rollos formaron parte de tres operaciones que dieron un total de dieciséis florines. En esta otra, cuarenta y dos rollos dieron un beneficio de cincuenta y ocho florines.

Continuó enumerando los beneficios de otros rollos. Cuando su dedo se dirigió hacia la referencia en cuestión, una pequeña sonrisa de triunfo se dibujó en sus labios.

—Ésta está mal porque a los rollos se les da un valor de treinta y un florines. Si se hace una media de los beneficios obtenidos por los otros, se ve que esto es casi el valor exacto de treinta y dos rollos, no de veintitrés.

—Dios mío. —Y él que había pensado que la confundiría. No podía creer lo que estaba oyendo—. ¿Has calculado el valor medio de cada rollo mentalmente?

Claudia asintió.

—Deberías esperar un beneficio de cuatro florines por cada tres rollos de encaje.

Tenía razón. Guy ya había añadido esas cantidades en su libro de cuentas, pero el libro estaba ahora abierto en una página diferente. Decidió ponerla a prueba.

—¿Cuál es el beneficio que se obtiene por ciento ochenta rollos?

—Doscientos cuarenta florines, aproximadamente.

—Si recibiera cinco florines por cada tres rollos en lugar de cuatro, ¿qué beneficio obtendría?

—Trescientos florines, por supuesto.

Guy se recostó en la silla y tiró a un lado la pluma.

—Por supuesto.

—Sabía que no tendría que habértelo dicho. —Dejó escapar un pequeño suspiro—. Crees que soy rara.

—Creo que eres asombrosa. ¿Quién te enseñó matemáticas?

—Mi padre decía que tenía un don para los números. —Parecía que se había puesto a la defensiva—. Los tutores que contrató para mis hermanos también me instruían a mí.

—Supongo que sobresalías. —Guy estudió el juego de emociones que recorrieron su rostro mientras esperaba una respuesta. Era buena ocultando sus pensamientos, pero él había aprendido a leer en las caras de la gente hacía tiempo. En ese momento, Claudia estaba pensando que ya le había dicho demasiado y se cuestionaba cómo usaría él esa información en su contra. Se preguntó cómo había sido su vida en Lonsdale para llegar al punto de temer revelar algo tan inocente.

—Sí.

Guy tamborileó con los dedos la superficie de la mesa y luego se puso de pie.

—Toma asiento.

Los ojos de Claudia reflejaron su confusión.

—¿Por qué?

—Tenías razón cuando dijiste que no necesitaba otra costurera. —Señaló la silla con un gesto—. Si realmente deseas ganarte el sustento en Montague, prefiero que lo hagas con una pluma en lugar de con una aguja.

—¿Deseas que haga de contable? —Pareció horrorizada ante aquella posibilidad.

—¿Encuentras la posición de contable más inaceptable que la de costurera?

—No, no es eso. Disfrutaría desempeñando esa tarea, pero a las mujeres no se les permite actuar como contables.

—Pero tú no eres cualquier mujer, milady. Por el momento, eres mi prometida. —Rechazó su objeción encogiendo los hombros—. Nadie se opondrá.

—¿Ni siquiera tú? —Claudia arqueó una ceja—. Si cuadras personalmente tus cuentas para preservar la honradez, ¿por qué habrías de confiarme esa tarea?

—No tienes ninguna razón para estafarme. —Acercó otra silla y se sentó junto a ella. Luego, se inclinó sobre la mesa para coger un libro—. Trabajaremos juntos para que nadie pueda acusarme de eludir mi deber. El libro que tienes frente a ti es el mío, los otros pertenecen a cada uno de mis agentes. Localizaré las operaciones mientras tú las registras en mi libro. ¿Te parece un plan de trabajo razonable?

Claudia sonrió y cogió la pluma.

—Sí, barón. Muy razonable.

Tres horas más tarde, Claudia continuaba sonriendo, a pesar de que negaba con la cabeza.

—No, barón. No estás siendo razonable. —La expresión de Guy era la propia de un niño de cinco años a quien se le negara un dulce.

—No hay nada malo en permitir que un barco regrese vacío de vez en cuando. No es necesario sacar beneficio de todas las operaciones.

—Estoy segura de que eres consciente de que tus viajes a Flandes no son rentables —recalcó Claudia—. Es extraño que continúes yendo hasta allí. Nunca compras rollos de tela, lo que significa que prefieres asumir pérdidas a regresar a Inglaterra con una carga de sedas y brocados flamencos. ¿No te parece que eso no es muy razonable?

—No —insistió Guy—. Tú no conoces a esos mercaderes flamencos. Se apresuran a comprar los productos exóticos que llevamos de Venecia y de los puertos del sur, sabiendo que son productos que hemos canjeado por los rollos de tela de Montague. Sin embargo, siempre tienen que señalar que si no fuera por los tejedores flamencos que empleo, mi gente no produciría tejidos tan selectos. Me recuerdan constantemente el hecho de que nosotros no disponemos del conocimiento de novecientas generaciones de tejedores y que somos poco más que advenedizos. Me complace coger su oro, pero no cargaría con un solo rollo de sus telas en un barco mío ni aunque me pagaran.

—¿Novecientas? —Sabía que era una exageración, pero no pudo evitar provocarlo. Le asombraba la evidente inteligencia de Guy, que quedaba reflejada en la asombrosa cantidad de hechos y cifras relacionados con sus negocios. Sin embargo, se volvía hosco y seco siempre que en las operaciones estuvieran involucrados mercaderes flamencos. Era revelador que se refiriera a su gente como «nosotros», incluyéndose a sí mismo en el apelativo. Claudia sospechaba que él no se sentiría ni la mitad de ofendido si las burlas flamencas no incluyeran a sus vasallos. Y aquello lo convertía en un personaje poco común entre los nobles, un lord que ofrecía más que su espada en su juramento de proteger a sus vasallos. Los consideraba lo bastante dignos como para defender su reputación—. Los flamencos te dan la mitad del oro que recibirías si lo canjearas por rollos de sus telas y luego vendieras los tejidos flamencos en Inglaterra.

—¿Acaso te atreves a decirme cómo debo llevar mis negocios? —Guy cruzó los brazos sobre su pecho. Sus ojos azules brillaban desafiantes.

Claudia inclinó la cabeza en señal de sumisión, pero su sonrisa le daba un aire burlón al gesto.

—No, barón. Me atrevo a decirte cuándo estás siendo testarudo. Tus agentes trabajan a comisión y tú los castigas porque no te agradan los mercaderes flamencos. Eso es injusto.

La mano de Guy emitió un sonido áspero al frotar su barbilla. La oscura barba incipiente en su rostro resaltaba su mandíbula cuando fruncía el ceño.

—Pero no se quejan.

—Tampoco yo lo haría si creyera que al decírtelo me despedirías.

Las comisuras de sus labios se curvaron formando una débil sonrisa.

—Así que mis agentes temen que sea un tirano, pero tú crees que no despediría a nadie por una ofensa tan insignificante.

Claudia se encogió de hombros.

—Así es. De hecho, acabo de quejarme y tú no has tomado represalias.

—Tal vez te sorprenda descubrir que mis agentes tienen buenas razones para temer mi ira. —No añadió nada más a su explicación. En lugar de eso, dirigió su mirada hacia una de las ventanas—. Se ha hecho tarde. ¿Me acompañarás en la cena?

—¿Acompañarte? —repitió confundida. Nunca nadie le había pedido que le acompañara en una comida. No estaba segura de lo que significaba esa invitación.

—Sí. Acompáñame, haré que te sienten a mi lado.

No supo qué responder. Él quería que se sentara en la mesa principal, donde todo el mundo podría verla. De esa manera sabrían que realmente la consideraba una invitada.

—¿Por qué eres tan amable conmigo, barón? Creí que habíamos acordado que no sería más que una sirvienta en Montague. Sin embargo, me proporcionas un nuevo vestuario, una doncella propia, deberes que me gustan y un lugar de honor en tu mesa. —Claudia le dirigió una cautelosa mirada—. ¿Por qué?

Guy se llevó una mano al corazón, como si se sintiera ofendido por sus recelos.

—¿Acaso necesito una razón para ser amable contigo?

—La mayoría de la gente tiene una razón siempre que lo es —replicó. La noche anterior había temido que intentara seducirla para llevársela a su lecho. Hoy se comportaba como si nunca se le hubiera ocurrido esa idea. Todo él era cortesía y sonrisas. Aquello era peor que una seducción. La camaradería que había surgido entre ellos de forma natural durante las últimas horas había hecho que bajara la guardia. Ahora la ponía nerviosa. La atracción que sentía por él sería incluso mayor si se convertía en su amigo. Preferiría que no le gustara—. Si te acompaño en la cena, ¿me permitirás dormir en otra alcoba esta noche?

—Ah, quieres hacer un trato —reflexionó Guy—. Así que tú tienes tus propias razones para ser amable conmigo. ¿Será ésa la razón de que receles de mis motivos?

—Es una idea que se me acaba de ocurrir ahora mismo —respondió. Él tenía alguna razón oculta para concederle una señal de favor así, pero no podía verla a causa de su encanto—.

Te acompañaré esta noche en la cena sin poner ninguna condición, si tú tampoco pones ninguna a mi presencia allí.

—Tienes una mente muy suspicaz, milady. —Guy la estudió durante un momento antes de asentir—. Muy bien. Sin condiciones. Tienes mi palabra.

El barón de Montague apoyó el brazo en el respaldo de la silla de Claudia y se inclinó para susurrarle al oído.

—Te lo juro, no era esto lo que yo pretendía.

—¿No lo era? —A la joven le costaba mantener la sonrisa. Aquello era precisamente lo que él había pretendido al invitarla a la cena, estaba segura. Se forzó a no apartarse de él, a no mostrar ninguna reacción ante nada de lo que sucediera a su alrededor.

El gran salón se llenaba con los sonidos de la comida, las risas y las conversaciones, con los trovadores y los cantantes, con el aullido ocasional de un sabueso que se acercaba demasiado a la mesa en búsqueda de sobras y se llevaba un manotazo por sus esfuerzos. La comida olía muy bien. Los sirvientes y los escuderos servían una asombrosa variedad de carnes, frutas y salsas sazonadas con costosas especias. A Claudia le hubiera dado igual que toda la comida consistiera en unas simples gachas. De vez en cuando, recordaba que debía comer algo, pero no podía saborear nada.

Si quedaba alguna duda sobre su virtud, esa cena habría acabado con ella. Guy la exhibía ante su gente como un premio. El lugar de Claudia, que debería ocupar su esposa, no era más que una cruel parodia. Todo el mundo en el salón captó la mofa. Lo que molestaba a Claudia no era la frecuencia con que la gente de Guy se quedaba mirándola, sino cómo lo hacían. Los hombres la miraban fijamente y con dureza. Algunos con curiosidad, otros con lascivia. Las mujeres simulaban ignorarla y apartaban la vista siempre que las pillaba observándola.

Los habitantes de Lonsdale la habían despreciado desde que llegó a Inglaterra. Vigilaban sus movimientos y la acusaban de cualquier cosa extraña que pasara en la fortaleza. Había aprendido a ignorarlos, a refugiarse en su interior sin mostrar ningún signo exterior de cobardía. Ella no pertenecía a Lonsdale, y ahora se daba cuenta de que tampoco podría pertenecer nunca a Montague. Todo lo que aquellas personas daban por sentado, amigos y familia, un hogar y la seguridad que les aportaba, eran cosas tan desconocidas para Claudia como su idioma. Podría aprender a sobrevivir entre ellos, pero nunca encajaría realmente. Orgullosa de sí misma a pesar de todo, en lugar de bajar la cabeza para protegerse de las groseras miradas, levantó la barbilla y buscó algo en la estancia con lo que entretenerse.

Primero, escogió el azul, el color de Montague. Empezó contando cada cosa que luciera ese color en el gran salón. Llevaba un recuento mental de dónde lo había visto, en una joya, un vestido, un sombrero, un banderín, un arco pintado. Quizá debería dividir el recuento en...

—¿Me estás escuchando, Claudia?

Se volvió hacia Guy.

—¿Veintitrés?

El rubor encendió sus mejillas y se mordió la lengua. No era de extrañar que pareciera confundido. El número de túnicas azules no era la respuesta que él deseaba. ¿Qué le había preguntado?

—Discúlpame, barón. ¿Me has hecho una pregunta?

—Sí. —Guy soltó un suspiro de impaciencia—. Y acabas de responderla. Normalmente, prefiero hablar con alguien en vez de conmigo mismo.

La mirada de la joven volvió a desviarse hacia un hombre alto que llevaba una pluma azul en el sombrero.

—No pretendía ignorarte, milord.

—Sigues haciéndolo ahora. —Guy encontró su mano bajo la mesa y le dio un firme apretón—. ¿Qué estás haciendo?

El contacto de su mano la sorprendió y le dirigió una asombrada mirada.

—¿Decías?

—¿Qué estás haciendo? —repitió—. Respondes a mis preguntas con números, y he visto al rey contemplar porquerizas con más calidez que la que observo en las miradas que diriges a mi gente.

—Prefiero que me consideren fría a que... —Claudia apretó los labios.

Guy frunció aún más el ceño.

—Podríamos comer en el solar, o quizás en mi alcoba, si lo prefieres.

—¿Y renunciar a tus esfuerzos por exhibirme como tu amante? —Sonrió y negó con la cabeza—. Después de todas tus gentilezas, no desearía parecer tan poco sociable.

—No te invité a mi mesa para exhibirte. Te sentarías junto a mí esta noche si fueras mi prometida de verdad.

Claudia alzó su copa de vino y tomó un delicado sorbo, aunque hubiera preferido beberse hasta la última gota de un solo trago. Adormeciéndose con el vino no conseguiría más que parecer todavía más estúpida. Aun así, aquel pequeño sorbo de exquisito borgoña le soltó la lengua.

—Sé tan bien como ellos que yo sería la última mujer con la que te casarías. Al igual que saben que comparto contigo los aposentos de buen grado, si es que Lenore es tan chismosa como sospecho. Esta mañana he acabado con el inquietante rumor de que me forzaste a compartir tu lecho como venganza por formar parte de la traición de la que fuiste víctima en Lonsdale. —Su sonrisa se volvió demasiado empalagosa—. No quisiera que tus sirvientes pensaran mal de ti, o que tu reputación se viera empañada por mi causa.

El barón se levantó bruscamente. Un intenso fuego azul se reflejaba en sus ojos al mirarla. De pronto, en el salón, se hizo silencio.

—¿Qué estás haciendo? —susurró Claudia.

Guy no respondió. En lugar de eso, recorrió con la mirada el salón y levantó su copa.

—Desearía que alzarais vuestras copas y vuestras voces en un brindis. —Se volvió hacia ella, alzó su copa y gritó—: ¡Por lady Claudia, que arriesgó su vida en el castillo de Lonsdale para salvar la mía!

Su nombre resonó en los labios de todos los presentes en el gran salón. Ella no podría estar más asombrada si Guy la hubiera abofeteado.

—¿Por qué has hecho eso?

Cuando terminó su vino, alzó la mano de Claudia para posar un casto beso sobre sus fríos dedos. Sus ojos no se apartaron de ella.

—No permitiría que mi gente pensara mal de ti, o que tu reputación se viera empañada por mi causa. —Guy volvió a sentarse con expresión solemne—. En realidad, lo único que les he dicho es que si no te tratan con respeto, tendrán que responder ante mí.

—No es eso lo que yo he oído.

—Lo que se dice y lo que se escucha, a menudo, son dos cosas diferentes. —La observó atentamente, como si buscara algo en su rostro—. No permitiré que te ocultes entre las sombras de Montague como lo hacías en Lonsdale. Encontrarás amigos entre mi gente si les das la oportunidad de conocerte.

Claudia desvió la atención hacia su comida, cogió un cuenco de salsa de menta y untó la gelatina verde sobre un trozo de cordero.

—No se me da muy bien entablar nuevas amistades. La verdad es que no he hecho ningún amigo desde que dejé Italia. La mayoría de los ingleses me consideran rara porque no hablo como ellos y tienen dificultades para entender lo que digo.

—Yo puedo comprenderte bien. —Guy indicó a su escudero, Stephen, que se acercara y se sirvió de la bandeja de rosbif que el muchacho sostenía—. Te dije que te sería de gran ayuda hablar nuestro idioma más a menudo. Y mis gentes están más acostumbradas a tener extranjeros entre ellos que las de Lonsdale. No te verás condenada al ostracismo por no ser inglesa.

—Quizá. —Claudia se preguntó cómo sería volver a tener amigos. No es que pretendiera hacer ninguno en Montague, pues eso sólo haría su marcha más difícil. La vida era mucho más sencilla sin ataduras de ningún tipo. Su tío le había hecho un favor asegurándose de que no encontrara ningún amigo en Lonsdale. No había nadie a quien echara de menos, ni ninguna posesión que lamentara haber dejado atrás. Ni siquiera una mascota. Su marcha de Montague sería igual. Ningún amigo al que añorar, ninguna lamentación.

Miró a Guy y supo que se engañaba a sí misma. ¿Qué había llenado sus pensamientos antes de que él llegara a su vida? ¿Qué veía cuando cerraba los ojos?

No podía recordarlo. Él había entrado en su vida y ya nada sería lo mismo. Incluso esa noche se convertiría en un recuerdo; la expresión de sus ojos cuando brindó en su honor, el sonido de su profunda voz, la forma en que le sonreía. Pequeños recuerdos que guardar en su memoria. Pero, ¿serían recuerdos de un tiempo feliz, o momentos que preferiría olvidar?

Las señales no auguraban que esa época en Montague fuera a ser feliz, aunque sí marcaría un cambio en su vida. De eso no cabía duda. ¿Era demasiado esperar que, por una vez, un cambio en su vida fuera para mejor? Recordó de nuevo la oferta de Guy, y supo la respuesta a su pregunta. El dinero del barón de Montague no compraría su felicidad, al igual que vendiéndose a él no compraría su cariño.

Volvió a recorrer el gran salón con la mirada, asimilando todas las señales evidentes de su riqueza y poder. Para ser un hombre de mundo, podía parecer increíblemente ignorante en algunos momentos. ¿Por qué no podía comprender que su negativa no tenía nada que ver con los regalos y el dinero que le ofrecía? Era el precio que él exigía lo que siempre la haría alejarse aunque lo que más deseara fuera sentir sus brazos estrechándola, experimentar la magia de sus besos. Ella perdería parte de su corazón cuando Guy se cansara de ella, y le restaba ya muy poco que perder.

Todo el mundo tiene un precio, Claudia.

Esas palabras resonarían en su mente para siempre. Estaba equivocado. Era el precio que él exigía lo que era demasiado alto. El precio del placer de Guy sería su oro. El precio del placer de Claudia sería su alma.

Un murmullo recorrió la multitud, y la mirada de Claudia se dirigió hacia un doble arco de entrada por donde un caballero lujosamente ataviado hacía su entrada al gran salón, con su capa negra colocada sobre uno de sus amplios hombros dejando a la vista una túnica negra a juego y un par de botas altas que le llegaban hasta medio muslo. Iba armado hasta los dientes. Una mano descansaba sobre la empuñadura de su espada para evitar que su envainada punta golpeara contra el suelo mientras avanzaba decidido, y llevaba, no una, sino dos dagas mortíferas en la parte derecha del cinturón de su espada, además de otra más corta en su cintura. Sus largas zancadas revelaban la empuñadura de una quinta arma sujeta a su muslo, casi oculta por sus botas. Se trataba de un hombre que esperaba encontrarse con problemas.

Se detuvo frente a Guy y le hizo una profunda reverencia. Cuando se irguió, Claudia se fijó en su rostro para captar algo más que la vaga impresión de su pelo castaño y sus ojos oscuros. Se quedó boquiabierta.

—Fray Thomas.

—Lady Claudia. —El caballero sonrió y le dirigió una mirada más atrevida que cualquiera de las que le hubiera dirigido en Lonsdale; era la mirada de un hombre que podía estar intentando adivinar qué ocultaba bajo el vestido, no la furtiva mirada de un fraile devoto.

Sin embargo, estaba demasiado asombrada para sentirse ofendida. Exceptuando el color de su pelo y la forma de sus ojos, era difícil creer que aquel hombre y fray Thomas fueran la misma persona. Los hábitos habían conseguido que pareciera desgarbado y torpe. Volvió a fijarse en su complexión y no vio rastro de torpeza. Sólo el esbelto y ágil cuerpo de un hombre que sabía usar las armas que llevaba como si hubiera nacido con ellas. Incluso su cara parecía distinta; sus rasgos poco agraciados no importaban ante su tremenda confianza en sí mismo y su sonrisa de lobo.

Claudia miró a Guy y lo descubrió observándola con una sombría expresión en sus ojos.

—Hay ciertas cuestiones que debo discutir con Thomas. Haré que Evard te escolte hasta mi alcoba.

—Pero...

—Seguramente me retiraré tarde esta noche —la interrumpió—. No me esperes despierta.

Se volvió hacia Evard, que estaba sentado a su izquierda, y le dio instrucciones para que escoltara a Claudia hasta sus aposentos y apostara un guardia en su puerta. Ella se preguntó si consideraba al guardia necesario para mantener a los demás fuera o a ella dentro. Nadie sería tan estúpido como para entrar en la alcoba de su señor sin permiso, por lo que la respuesta parecía evidente. Elevó la barbilla y le deseó buenas noches con una forzada inclinación de cabeza.

Guy observó cómo Claudia abandonaba el salón, convencido de que se había ofendido por su brusca despedida. No le importaba. Deseaba escuchar el informe de Thomas en su ausencia, para decidir lo que le contaría sobre los acontecimientos que habían tenido lugar en Lonsdale después de su huida. Además, estaba molesto por las miradas de admiración que había dirigido a su caballero. Cuando desvió su mirada hacia el recién llegado, le molestó aún más comprobar que también observaba a la joven mientras se alejaba.

—Toma asiento, Thomas. —Hizo un gesto hacia la silla vacía que había ocupado Claudia y tomó un largo sorbo de vino mientras aguardaba a que rodeara la mesa.

—Es agradable volver a casa, milord. —El caballero tomó asiento e indicó a un sirviente que le acercara un plato de comida—. Estoy hambriento. Mi escudero y yo hemos cabalgado sin descanso desde Lonsdale y sólo nos detuvimos el tiempo suficiente para dar de beber a los caballos.

Se inclinó sobre la mesa para acercar a su plato varias bandejas de carne.

—Desearía que me informaras de la situación en Lonsdale antes de que te llenes la boca de comida.

El tono frío de la voz de Guy hizo que Thomas dejara a un lado su cuchillo. Dirigió una nostálgica mirada a su plato y luego desvió su atención hacia su señor.

—Estáis a punto de casaros, barón.

8

Claudia estaba dormida cuando Guy regresó a su alcoba, ya avanzada la noche. Le había dicho que no lo esperara despierta, pero, aun así, sintió una punzada de decepción. Yacía en medio de las almohadas frente a la chimenea y llevaba el mismo vestido azul oscuro con el que había dormido la noche anterior. La luz del fuego proyectaba un brillo rojizo sobre su pelo suelto, convirtiéndola en una tentadora visión que le hizo avanzar hacia ella. Su piel reflejaba los colores dorados de las llamas. Tenía una mano bajo la mejilla, mientras que la otra descansaba sobre una pieza de brocado verde esmeralda, sosteniendo todavía una aguja de plata.

Había intentado esperarle despierta. Guy sonrió y se desabrochó el cinturón de la espada para colocarlo junto a la cama, antes de arrodillarse a su lado.

No era menos hermosa dormida que despierta. La noche anterior se había pasado horas mirándola. Estaba tan cansado que sus ojos casi bizqueaban, aunque no lo suficiente como para negarles una vista tan maravillosa. Por alguna razón, no se había dado cuenta hasta ese momento de que sus pestañas eran tan largas que casi rozaban sus mejillas. Siguiendo un impulso irrefrenable, acarició con ternura su rostro, antes de vacilar.

Tenía derecho a tocarla. Thomas le había confirmado que la Iglesia había dado su bendición a su unión gracias a las dudosas acciones del obispo Germaine. Estaban prometidos, *encadenados* por lazos invisibles. Sin embargo, eso no era suficiente. No para Claudia. No, sabiendo que él pretendía romper su compromiso. En lugar de deslizar las puntas de los dedos por su mejilla, se inclinó para coger la aguja de su fláccida mano, acariciándola mientras seguía su contorno y luego girándola para recorrer las pequeñas durezas de su palma. No era la mano de una dama ociosa que esperara que los demás la atendieran, sino la de una mujer que podía escalar la muralla de un castillo cuando la ocasión lo justificara. O blandir una pluma con más habilidad que la mayor parte de contables a su servicio, o coser una túnica para un hombre que la forzaba a dormir ante su hogar como un perro sabueso común. No era de extrañar que sonriera con tan poca frecuencia.

Guy deseaba protegerla, cubrirla de regalos que la hicieran feliz. Sólo tenía que extender los brazos hacia él y la convertiría en una de las mujeres más ricas de Inglaterra. Había puesto mala cara ante sus regalos y, sin embargo, sonrió cuando insistió en que lo ayudara con las cuentas. Lo más mortificante era que parecía preferir ser una indigente. Su generosa oferta la había ofendido.

Podría admirar su determinación por conservar su virtud si no supiera el destino al que se enfrentaría sin ninguna riqueza propia. Y lo que era más importante, si no se sintiera dolido cada vez que la miraba. Claudia no deseaba sus regalos ni su oro.

No obstante, había veces en que la sorprendía mirándolo con un deseo tan evidente en sus ojos, que le hacía sentir fuego en la sangre. Aquellas miradas revelaban mucho más de sus pensamientos de lo que ella creía, y demasiado de su carácter para que Guy pudiera mantener la serenidad. Era una mujer apasionada; justo lo que él necesitaba en su alcoba cada noche.

Volvió a apoyarse sobre sus talones y se frotó la barbilla. A pesar de su negativa, no tenía ninguna duda de que el precio que ella exigiría sería el matrimonio. Pero, ¿era realmente algo tan inviable? Thomas le había explicado lo suficiente sobre los hechos acaecidos después de que abandonaran Lonsdale, para convencerle de que Claudia no era culpable de nada de lo que la había acusado. Si en realidad era tan inocente como parecía, ¿era justo hacerla responsable de las acciones de su tío y sus hermanos?

Su familia la odiaría, pero ellos no tendrían que vivir con ella. Con el tiempo la aceptarían. Aunque no le importaba si no lo hacían nunca. Su matrimonio era un asunto únicamente de su incumbencia. Sólo el rey podía poner alguna objeción a su elección de esposa, y con la Iglesia forzando la unión, era improbable que hubiera alguna por su parte.

Una vez resueltas esas cuestiones, sólo quedaba el dinero que debía dar a su tío por ella. Nevaría en el infierno antes de que él pagara al barón de Lonsdale una sola moneda de oro por casarse con Claudia. Tampoco le hacía ninguna gracia pagar al hermano, si es que Dante resultaba estar vivo, pues seguramente estaría cortado por el mismo patrón que Roberto. Solucionar ese problema le llevaría un poco más de tiempo.

Se puso en pie y caminó hacia su lecho sintiéndose un poco mareado. La idea de hacer a Claudia su esposa no era, ni con mucho, tan horrible como él había pensado. De hecho, la idea no era en absoluto horrible. Tenía mucho sentido. No necesitaba un matrimonio para forjar una alianza política, ni tampoco las tierras o el dinero de la dote de su prometida. Necesitaba herederos. Se imaginó a un niño con unos brillantes ojos verdes y luego puso los suyos en blanco.

Esa obsesión con Claudia tenía que acabar. ¿Por qué no podía ser razonable y aceptar ser su amante? Era lo más fácil para ambos. Sin ataduras, sin compromisos. De ese modo, cuando se cansaran el uno del otro, simplemente podrían tomar caminos diferentes.

Se metió en la cama y se tumbó de costado con la mirada puesta una vez más en ella. No podía ver su cara pues la tenía vuelta hacia el otro lado, pero estudió el dibujo que trazaban las ondas de su pelo y el reflejo de la luz del fuego iluminando los rizos que formaban un perfecto y aparentemente infinito mar de caoba. La mayoría de las mujeres se trenzaban el cabello para dormir, pero no era el caso de Claudia, para su deleite y consternación. En ese mismo instante, no había nada que deseara más que pasar sus dedos a través de esos sedosos mechones hasta quedar apresado por ellos.

Cerró los ojos en un intento de desterrar ese pensamiento, pero sólo consiguió que surgieran imágenes aún más intensas.

¿Cuántas noches sin reposo se vería forzado a soportar? Ella había dormido tranquila e intacta durante dos noches en su alcoba, aunque a él le parecieran doscientas. Pronto estaría dispuesto a prometerle cualquier cosa para tenerla en su lecho, no sólo por una o dos noches, sino por las doscientas que ya había imaginado.

Rodó sobre su espalda y miró al techo con el ceño fruncido. Parecía improbable que se cansara de ella tan pronto. Puede que no se saciara nunca.

Ésa era una idea estúpida. Por supuesto que se aburriría de ella. Ninguna mujer podía mantener su atención o interés durante más de unas pocas quincenas.

Sus ojos se cerraron y empezó a soñar con bebés de ojos verdes.

Claudia soñó con ratas.

Estaba en la embarcación que la había traído hasta Inglaterra, una corbeta que transportaba vino y especias, y tantos pasajeros como pudo embutir el capitán en las bodegas de carga. Y ratas. Muchas ratas. Roberto y Dante dormían a ambos lados de Claudia para protegerla de las criaturas que salían por la noche. No de las que se arrastraban, sino de las que andaban erguidas, pues era imposible proteger a nadie de las ratas.

Estaban por todas partes, correteando al aire libre como si el barco les perteneciera, arrastrándose alrededor o por encima de cualquier cosa que se interpusiera en su camino y hundiendo de vez en cuando sus afilados dientes en una mano o un tobillo al descubierto. Había sentido el cosquilleo de pequeñas garras saltando sobre sus mantas cada noche, pero nunca pudo acostumbrarse a su presencia como parecía que habían hecho los demás. Odiaba aquel barco. Y odiaba aún más a las ratas.

En su sueño, oía los repugnantes sonidos que emitían, sentía su olor a almizcle y humedad que había invadido las bodegas de carga, y notaba el inquieto peso de los pequeños animales recorriendo sus piernas. Incluso creyó notar a una tirando de su pelo. Era sólo un sueño, por supuesto. De alguna forma, estaba lo bastante consciente como para saber que se encontraba en los aposentos de Guy y que las ratas del barco no podían estar allí. Si tan sólo pudiera despertarse un poco más, las ratas desaparecerían.

Claudia abrió los ojos y soltó un suspiro de alivio cuando vislumbró el tenue perfil de la chimenea en la alcoba de Guy. Los sueños en los que te despiertas a medias son los peores, pensó, porque tienden a mezclar fantasía y realidad. Aun sabiendo que se encontraba en Montague, la presencia de las ratas imaginarias parecía persistir. Casi podía olerlas. Entonces, sintió que algo tiraba de su pelo, un tirón muy real que no tenía nada que ver con su sueño. Al mismo tiempo, vio la silueta de una rata contra el rescoldo del fuego como si correteara buscando su madriguera.

Guy se incorporó de golpe al escuchar el grito de Claudia y cogió su espada. Su mirada buscó los vagos bultos de almohadas frente a la chimenea, pero los chillidos parecían provenir de diferentes lugares de la oscura estancia. Luego escuchó el crujido de las cuerdas bajo el colchón cuando ella saltó sobre su lecho.

—*¡Santo cielo! ¡Via! ¡Vattene!*

Los gritos que vinieron a continuación hicieron casi imposible que Guy pudiera escuchar los sonidos de un intruso. Se acercó a la difusa figura femenina, pero continuó dándole la espalda para protegerla de la oculta amenaza. Sus adormecidos sentidos se esforzaban por encontrar las palabras con las que preguntar cuál era el problema.

—*¿Ma che ti prende?*

Su escudero irrumpió en la estancia antes de que Claudia pudiera responder, aunque no parecía dispuesta a hacer nada que no fuera gritar.

Al menos Stephen resultó ser más útil. Llevaba una espada en una mano y una antorcha de juncos en la otra. Guy pudo entonces revisar con la mirada los rincones de la habitación, encontrándola vacía.

—*¡Grazie a Dio! ¡Toglieti dai piedi!* —Claudia parecía haberse vuelto loca. Se aferraba al pilar de su cama con una mano y agitaba su largo pelo con la otra, mientras llevaba a cabo un baile salvaje sobre su colchón—. *¡Ho un topo nei capelli!*

Guy consiguió vislumbrar unos desesperados ojos verdes a través de la nube caoba de su pelo.

—*¡Un topo!*

—¿Una rata? —Sintió cómo una sonrisa curvaba sus labios hasta que ella soltó otro grito.

—¡*Toglimelo dai capelli!*

Guy dejó caer su espada, se arrodilló a su espalda sobre la cama y la obligó a sentarse. Siempre había querido hundir las manos en su pelo, pero no precisamente para buscar una rata. O lo que fuera que notaba enredado entre sus sedosos mechones. Claudia se calmó en el momento en que él la tocó, permaneciendo inmóvil y en silencio mientras Guy recorría su cabeza con las manos. Luego recogió su pelo en la nuca para que él pudiera pasar los dedos por toda la extensión de su larga melena. Guy repitió el proceso, no para buscar un roedor inexistente, sino porque parecía no poder evitarlo. Era como tocar un río de satén. Sintió que ella se estremecía y sólo entonces se acordó de tranquilizarla.

—No hay ninguna rata en tu pelo, cariño. —Luego se dirigió a su escudero—. Enciende las velas y retírate, Stephen.

—Sí, milord.

Continuó acariciando su pelo mientras el escudero cumplía su orden. Parecía que eso la tranquilizaba, aunque a él no le relajaba en absoluto. Su corazón empezó a latir con más fuerza, y cada vez le resultaba más difícil respirar. No podía dejar de acariciarla, de deslizar sus dedos entre la cálida seda.

—¿Has encontrado algo? —preguntó ella.

—No te muevas —murmuró él. Claudia movió una vez más las caderas entre sus rodillas y Guy frunció el ceño al fijarse en sus manos, feliz de que ella no pudiera verlas temblar. Continuó recorriendo su pelo, desenredándolo suavemente, arrastrando secretamente las puntas de sus mechones sobre sus piernas desnudas.

Estaba enfermo. ¿Qué tortura idearía a continuación? ¿Una camisa de crin? No, eso sería una incomodidad insignificante comparado con el roce de su pelo contra su piel. Tendría que ser algo más drástico para superar ese suplicio. El potro de tortura, quizá. Bajó una vez más la mirada hasta sus manos, sorprendido al darse cuenta de que se habían convertido en puños en su pelo. Se esforzó por extender los dedos.

—Te juro que he visto ratas en esta estancia. —Lo miró por encima del hombro con el rostro sonrojado por la vergüenza y por los esfuerzos que había hecho para librarse de los repugnantes animales. Él sintió una culpable ráfaga de deseo cuando observó cómo sus pechos se elevaban y descendían de forma tentadora bajo su vestido azul—. Vi una en la chimenea, y sentí a otra en mi pelo, que intentaba hacerse una madriguera en él. Y también estoy segura de que noté cómo otra corría por mis piernas.

Claudia se estremeció, y a Guy le pareció la cosa más natural del mundo hacer que se diera la vuelta, atraerla hacia su regazo y rodearla con sus brazos.

Claudia, en cambio, no pensó lo mismo. Apoyó ambas manos contra su pecho e intentó escabullirse.

—*¡Per l'amore del cielo!* —Abrió los ojos de par en par—. ¡Estás desnudo!

—No estoy desnudo. —Guy estrechó su cintura con más fuerza, aunque no había necesidad de sujetarla, pues se había quedado inmóvil como una estatua.

—A mí me parece que sí estás desnudo —insistió.

No tenía la más mínima intención de levantarse para permitirle examinar el calzón que llevaba. Seguramente la alarmaría más que pensar que estaba desnudo.

—No tienes nada que temer de mí, Claudia. Estás asustada y te consolaré si me lo permites. Nada más.

¿Pero qué estaba diciendo? Le estaba mintiendo de forma flagrante. Aquello rozaba la locura. Respiró profundamente varias veces y se preguntó si ella tenía idea de lo mucho que se estaba controlando, de que ese dominio podría escurrírsele entre los dedos tan fácilmente como lo había hecho su sedoso pelo.

Claudia le dirigió una cautelosa mirada.

—No necesito que me reconfortes, barón. Esas odiosas ratas simplemente me han sobresaltado. No me dan miedo.

Guy se descubrió a sí mismo sonriendo ante una mentira tan obvia.

—¿De verdad? Entonces, ¿forma parte de alguna clase de ritual italiano bailar alrededor del pilar de la cama y sacudirse el pelo cuando uno ve a una rata?

Claudia entornó los ojos.

—Quizá estaba un poco afectada por la idea de que una sucia rata estuviera enredada en mi pelo. Todo el mundo se sobresaltaría si se despertara de un profundo sueño y encontrara ratas arrastrándose por su cuerpo. —Asintió como para confirmar su opinión—. Sí, me sobresalté. Tu casa es tan magnífica que no esperaba que estuviera infestada de esos sucios animales. Ahora que pienso en ello, no recuerdo haber visto ningún gato en el interior del castillo. No me extraña en absoluto que las ratas vaguen tan libremente. Visitaré los establos de las vacas mañana en busca de un bonito gato atigrado para tus aposentos y estas ratas...

—No.

—... desaparecerán en un día o dos. —Claudia frunció el ceño desconcertada—. Aunque no cace nada, las ratas no se quedarán donde...

—Nada de gatos. No soporto a esas criaturas.

—Seguro que un gato es más tolerable que las ratas. Los gatos son limpios y silenciosos, y...

—He dicho que nada de gatos. Son criaturas arteras y maquinadoras que se encuentran la mayor parte de las veces en compañía de brujas. —Arqueó una oscura ceja—. Tú no eres una bruja, ¿verdad?

—¡Una bruja! ¿Cómo has podido... ? —Claudia estudió su rostro durante un largo momento—. ¿Te dan miedo los gatos?

—No tengo miedo de ningún escuálido felino.

—Sí, te asustan los gatos —insistió—. ¿Por qué, si no, vivirías con ratas?

Guy la fulminó con la mirada.

—No vivo con ratas. Las tolero. Si quieres saber la verdad, te diré que los gatos hacen que me ponga enfermo.

—Ya veo.

—Es la verdad. Me hacen estornudar. Los ojos me pican y luego se hinchan hasta ponerse como huevos.

Claudia se echó a reír. La expresión indignada de Guy hizo que se cubriera la boca para amortiguar su risa, pero eso no pareció aplacarlo.

—Lo lamento, milord. Es la idea de ver huevos donde deberían estar tus ojos... —Se le escaparon algunas risitas.

Guy dejó de arrugar el ceño para mostrar una avergonzada sonrisa.

—No debes repetir lo que te he contado a nadie. No permitiré que mis hombres sepan que se me puede debilitar con algo tan insignificante como un gato.

—Mis labios están sellados, barón.

Claudia trazó una línea sobre sus labios, y la mirada de Guy siguió el movimiento de sus dedos con una sombría expresión en los ojos.

—Sí, lo están.

Deseaba besarla. Esa revelación hizo que una aguda punzada de calor la atravesara. Ella también deseaba que la besara, sentir la misma ráfaga de deseo que había sentido en los jardines de Lonsdale cuando la sostuvo entre sus brazos y acarició por primera vez su boca. Pero en aquel entonces no se hallaban en su lecho, y él estaba vestido. Guy empezó a bajar la cabeza.

—¿Qué noticias ha traído Thomas?

Guy vaciló y frunció el ceño como si necesitara un momento para comprender su pregunta.

—Ninguna que no esperara. Estamos prometidos.

Su boca se acercaba de forma inexorable a la suya. Intentó encontrar algún tema que lo distrajera, pero sus propios pensamientos estaban confusos por sus evidentes intenciones.

—Yo, bueno. Yo... quiero decir... —Su cálido aliento era como una caricia en su rostro. En un instante, estaría besándola—. La costura. Sí, eso es. ¿Te he enseñado la tela que he escogido para hacer tu túnica? Necesitaré tomarte medidas para asegurarme de que te quede bien.

Sus manos se apretaron en su cintura. No pareció distraerse en lo más mínimo.

—Yo... yo también saqué el collar que había escondido en mi capa. ¿Estará seguro en el baúl de mi ropa o dispones de algún lugar donde pueda guardarlo a buen recaudo?

—El collar estará seguro en tu baúl.

—¿Quieres verlo?

Guy negó con la cabeza.

—Deseabas verlo cuando nos detuvimos en el bosque. Deberías examinarlo. —Claudia señaló el baúl con un gesto—. Está justo ahí. Quizá podrías decirme su valor en florines. Así podré hacer planes para el día en que abandone Montague. No tengo la más mínima idea de su valor, pero mis hermanos me insinuaron que me permitiría vivir con cierta holgura si ellos no pudieran velar por mis necesidades. Seguramente me proporcionará lo suficiente como para poder instalarme en algún alojamiento modesto en Londres, si consigo llegar hasta allí con algo menos que un ejército. Y ayer vi que tus agentes comercian con joyas de vez en cuando. Es probable que consigan un mejor trato con un comprador del que yo obtendría. ¿Crees que alguno aceptaría mi collar a comisión?

Guy soltó un largo suspiro y dejó caer las manos a sus costados.

—Bien. Veré tu collar, pero sólo puedo calcular su valor aproximadamente. El precio de cualquier cosa depende de cuánto desee poseerla el comprador.

Claudia se preguntó si había un doble sentido en esa afirmación, pero no se paró a considerarlo. Se apartó del regazo de Guy y se acercó al baúl para coger el collar. Mientras buscaba entre las capas de ropa, respiró hondo varias veces para calmar su acelerado corazón. Se había escapado por muy poco. Un minuto más en su regazo y lo hubiera besado sin tener en cuenta los deseos de él. Aunque posiblemente no hubiera protestado mucho. Claudia hubiera apostado todas y cada una de las esmeraldas de su collar a que Guy no habría puesto ninguna objeción. El muy sinvergüenza.

No, era ella la que debería avergonzarse, decidió Claudia. Al menos, él era honesto con respecto a lo que deseaba. No podía permitirse admitir que era la cobardía lo que la mantenía alejada de sus brazos, el convencimiento total de que él la abandonaría algún día.

—¿Y bien?

Claudia se sobresaltó sintiéndose culpable. Al fin encontró el collar y lo sacó del baúl. Sosteniéndolo cuidadosamente con ambas manos, se volvió para dirigirse hacia Guy. Cuando se dio cuenta de que se había puesto un par de pantalones mientras ella buscaba el collar, soltó un suspiro de alivio. No disminuyó en absoluto el efecto que su torso desnudo ejercía en sus sentidos, pero los pantalones ayudaban. No creía que hubiera conseguido mantener nada remotamente similar a una conversación si al darse la vuelta lo hubiera encontrado todavía desnudo. Guy permanecía sentado en el borde de la cama, y Claudia siguió con la mirada la línea de los tensos músculos de su cuello, para luego descender y estudiar sus anchos hombros. Su voz sonó distraída.

—Aquí está. No podía recordar dónde lo había puesto.

Guy observó el collar durante un largo y silencioso momento, antes de hacerle una señal indicándole que se acercara.

—Déjame que lo vea más de cerca.

Claudia atravesó la estancia para colocarse frente a él; las gemas colgaban entre sus manos como una centelleante telaraña verde. Las esmeraldas más pequeñas habían sido talladas formando cuadrados y colocadas en una hilera ininterrumpida en tres vueltas diferentes, y cada una de ellas estaba trenzada alrededor de la cadena que sujetaba hasta una veintena de enormes esmeraldas en forma de rectángulos.

Guy extendió la mano para levantar una parte del collar mientras sostenía entre los dedos una gema rectangular.

—Estas esmeraldas son muy grandes.

—Es una pieza demasiado recargada —admitió Claudia—. Quizá pudiera sacársele más provecho si se vendieran las piedras por separado. Seguro que puede obtenerse algo si se funden las cadenas de oro y los engarces. ¿O crees que podría atraer a un comprador tal y como está?

—Pocos podrían perm... —Su boca se transformó en una línea recta—. Sería más costoso soltar las piedras y fundir los engarces. Mi agente, Harold de Milroy, tiene buen ojo con las gemas. Le pediré su opinión la próxima vez que hable con él. —Tomó el collar entre sus manos y frunció el entrecejo—. No ha resultado ser la baratija que yo había imaginado, Claudia. Será mejor que lo guarde en mi arca bajo llave. —Le dirigió una intensa mirada—. Siempre que confíes en mí para mantener a salvo el collar.

—Tú no eres un ladrón, milord. Confiaría en ti para que guardaras a buen recaudo cualquier cosa que me perteneciera. Bueno, casi cualquier cosa —rectificó Claudia, pensando en que a su corazón no le iría tan bien entre sus manos como a las frías piedras sin vida. Extendió el brazo para coger el collar, pero Guy la agarró de la muñeca.

—Te he pedido más de una vez que utilices mi nombre de pila cuando estamos solos. Aceptaré encargarle la venta de este collar a uno de mis agentes, si tú aceptas llamarme «Guy» de vez en cuando.

Claudia se quedó mirando su muñeca, donde su pulgar rozaba el punto en que su pulso latía alocadamente.

—¿Acaso tienes que negociarlo todo... Guy?

—Sí. Es una costumbre arraigada en lo más hondo de mi ser, una costumbre que me es muy útil. —Giró su mano y colocó el collar sobre su palma abierta—. ¿Por qué no dejas esto en tu arcón por esta noche? Mañana lo guardaré a buen recaudo.

Había una misteriosa sombra en sus ojos, una mirada que aseguraba que no había olvidado su intención de besarla. Claudia fue hasta su baúl casi arrastrando los pies y devolvió el collar a su escondite, sabiendo que su mirada no se había apartado de ella ni un segundo. Después de cerrar la tapa del arcón, se dirigió hacia la chimenea, recogió la túnica que había empezado a coser y dio una lenta vuelta sobre sí misma buscando la aguja.

—Mira en la repisa —le indicó Guy.

Ella obedeció y vio un destello de plata y una hebra de hilo verde que colgaba de la repisa de la chimenea.

—Lamento haber perturbado tu sueño, barón. Puedes volver a la cama si lo deseas.

—¿Puedo? —Su voz tenía un acento grave y perezoso, como Claudia imaginaba que podría sonar un lobo hambriento si fuera capaz de hablar—. ¿Y qué pretendes hacer tú?

—Pensaba coser durante un rato, si no te molesta la luz de una vela en la mesa. No creo que pueda dormir esta noche sobre esas almohadas.

—Podrías dormir en mi cama.

—¡Ay! —Claudia retiró bruscamente la mano de la repisa y la aguja la siguió clavada en la punta de su dedo. Arrancó la aguja y presionó el dedo contra sus labios para chupar la pequeña herida.

Guy dio unas palmaditas a la cama.

—Es un colchón suave y de primera calidad. Te prometo que ninguna rata te molestará aquí.

Claudia arqueó una ceja.

—Ahora mismo veo algo mucho más peligroso que una rata sentado sobre tu lecho.

Él sonrió y Claudia tuvo que bajar la vista para evitar el efecto que su sonrisa causaba en ella.

—Sólo pretendo dormir. ¿En qué estás pensando tú?

La joven tomó asiento junto a la mesa, teniendo cuidado de colocar adecuadamente su arrugada falda.

—Pretendo coser hasta el amanecer. Luego, buscaré a Lenore y le pediré que me muestre en qué parte de los jardines están las hierbas aromáticas. Conozco muchas fórmulas que harán que las ratas desaparezcan.

—¿Una pócima de bruja para las ratas? —preguntó Guy, con una nota burlona en su voz.

Claudia ignoró la provocación.

—No, una simple combinación de tejo, semillas de manzano y ciertas flores. Mi madre me enseñó todo lo que sabía sobre hierbas y remedios. No había nada que ella no pudiera curar o matar.

—Seguramente lo aprendió de tu tío. —Su sonrisa se debilitó hasta que desapareció por completo—. Discúlpame, Claudia. Eso ha sido un comentario muy desconsiderado.

—En realidad, no te equivocas tanto. Mi madre me dijo que aprendió todo lo que pudo de mi tío para poder proteger a mi padre mientras estuvieran prometidos. Temía que su hermano intentara envenenarlo antes de que la boda pudiera celebrarse. —Claudia esperaba ver algún conato de asombro en el rostro de Guy, pero la escuchaba sin mostrar ninguna emoción. Su silencio la animó a continuar con el relato—. Después de su matrimonio, conoció a un alquimista contratado por mi padre que le enseñó incluso más sobre el arte del envenenamiento. Mi padre contaba con muchos enemigos; hombres famosos por usar venenos como medio para acabar con sus rivales. Mi madre insistió en que mis hermanos y yo aprendiéramos todo lo que sabía sobre venenos y sus antídotos.

Claudia miraba a través de la estancia, contemplando un lugar muy lejos de allí.

—Al final, no pudo salvarse ni a sí misma ni a mi padre. Mi tío dice que mi padre estaba maldito, y que todos nosotros hemos heredado esa maldición. A veces me pregunto si no estará en lo cierto.

No se sorprendió al sentir cómo Guy acariciaba su pelo, a pesar de que no había visto cómo atravesaba la habitación hasta colocarse junto a su silla. Su mano rozó su hombro y descendió por su brazo. Entonces, cogió su olvidada costura y la dejó a un lado. Apresó sus manos y, con suavidad, hizo que se levantara.

Claudia evitó su mirada durante el mayor tiempo posible, no deseando ver compasión en sus ojos. Pero cuando él le levantó la barbilla para forzarla a mirarlo, no vio compasión, sino algo más cercano a la ira.

—Tú no estás más maldita de lo que lo estoy yo, Claudia.

—Piensa en lo que ha pasado desde que me conociste, barón. Sólo te he traído problemas... ¿Cómo puedes... ?

Guy puso los dedos sobre sus labios.

—Te diré lo que ha pasado. He conocido a una mujer cuya belleza me deja sin aliento, que consigue parecer una visión incluso con un vestido manchado de hierba y una mejilla sucia. Cada día que pasa, me muestra una nueva parte de ella: su coraje, su agudeza, su asombrosa inteligencia y una honestidad tan poco común que aún me hace desconfiar a veces.

Se llevó su mano a la boca y apretó los labios contra la punta del dedo que se había pinchado con la aguja.

—No estás maldita. Sólo te estás compadeciendo un poco de ti misma. Lo cual está bien —añadió, cuando ella empezó a alejarse—. No lo has tenido muy fácil últimamente. Pero no permitas que la compasión te controle. El pasado, pasado está y no puede cambiarse. Olvídalo, Claudia. Hay que vivir el presente y el futuro.

—Haces que parezca tan sencillo.

—No. Es algo muy complicado. Pero pensar demasiado en las desgracias pasadas no hace la vida más fácil. —Su expresión se endureció—. Mi propio padre dejó que el pasado controlara su futuro. Él también se consideraba maldito y dejó que esa creencia destruyera su vida. Sólo veía la parte oscura de todos los que le rodeaban. Nunca vio lo bueno. Cuando alguien no espera nada más que desgracias, eso es precisamente lo que obtiene.

—Me has salvado de sentir lástima de mí misma —afirmó Claudia en voz baja.

Él le dedicó una sonrisa de disculpa.

—Debes creer que no hago otra cosa que soltarte aburridos discursos.

—Creo que eres paciente y amable. —*Y mucho más que eso*, añadió en silencio.

—¿Me dedicas cumplidos? —Volvió a brillar una luz divertida en sus ojos—. Eso me indica que estás exhausta. Necesitas dormir, no pasar en vela toda la noche. Las ratas deben estar demasiado asustadas por tus gritos. No creo que regresen. —Sus dedos se tensaron casi imperceptiblemente alrededor de su mano—. Ven a la cama, Claudia. Te juro que sólo estoy pensando en dormir. Tráete tu manta, si así lo deseas, y duerme sobre la colcha. No podré descansar si sé que tú permaneces despierta, sobresaltándote con cualquier pequeño ruido.

—No me asustaré con cada ruido. —Estaba mintiendo, pero esperaba que sonara convincente. Su última oferta era tan tentadora como todas las que le había hecho. Y siempre había mantenido su palabra. No haría otra cosa en su cama que no fuera dormir. Mirando hacia su poco atrayente lecho en el suelo, dijo—: No quisiera perturbar tu sueño más de lo que ya lo he hecho.

—Bien. —Guy le soltó la mano para coger su manta, poniéndola sobre la cama—. Ponte cómoda. Apagaré las velas una vez te hayas acostado.

Claudia vaciló. Aquella era una mala idea. Pero ahora no había forma de echarse atrás sin parecer cobarde o demostrar que desconfiaba de sus motivos. Se quedó mirando el lecho. Parecía enorme. Sus pies parecían estar hechos de plomo cuando se forzó a sí misma a caminar. Dobló la manta por la mitad y la colocó sobre un lado de la cama. Luego se metió entre las dos mitades, asegurándose de que su falda permaneciera recatadamente en su sitio. Frotó su mejilla contra la almohada e inhaló profundamente el masculino y limpio aroma de Guy que impregnaba la ropa de cama, antes de dejar escapar el aire con lentitud, saboreando el placer prohibido. El colchón era realmente blando, pero su cuerpo estaba más duro que una tabla.

Guy apagó las velas hasta que la estancia quedó envuelta en la oscuridad. Las brasas del fuego se habían convertido en ceniza mientras hablaban. A través de la ventana, las nubes oscurecían cualquier luz que pudiera proyectar una luna que había salido hacía horas. Claudia no podía ver nada en aquella habitación totalmente a oscuras, pero sus demás sentidos intentaban compensar esa pérdida. El latido de su corazón era ensordecedor, y su respiración, tan rápida y superficial como lo sería después de una dura carrera. En algún lugar en la distancia, se oyó el sonido de un perro o un lobo aullando. Fue un sonido solitario y lastimero que hizo que se estremeciera. El olor de las mechas recién apagadas se deslizó hasta ella en el mismo instante en que sintió cómo se movía la cama bajo el peso de Guy, seguido por el crujido de las sábanas al acomodarse a su lado.

Todos los nervios de su cuerpo se estremecieron, invadidos por una energía invisible y centrados en el hombre que yacía a su lado. Había entre ellos unos treinta centímetros de separación, sin embargo, Claudia percibía todos y cada uno de sus movimientos. Notaba cada respiración profunda y constante como si su oído estuviera apoyado contra su pecho. No creía que a Guy le resultara fácil dormir. Apostaría lo que fuera por ello y no lo perdería. El silencio entre ambos se volvió insoportable.

—No me dijiste que tenía la mejilla sucia.

En su voz no había ni rastro de somnolencia.

—¿Qué?

Claudia deseó poder verlo.

—Sabía que había manchas de hierba en mi vestido el día que nos conocimos, pero deberías haberme dicho que tenía la cara sucia.

—Ah, eso. —Su voz reflejaba una sonrisa que ella no podía ver, y le indicó que él yacía de costado hacia ella. Claudia se volvió también hacia él, sin ver nada más que una impenetrable oscuridad—. Era una mancha muy bien colocada, demasiado encantadora como para permitirte limpiarla. Cuando te besé, la hice desaparecer.

El recuerdo de sus besos hizo que una oleada de calor se extendiera por su interior y que sus palabras sonaran entrecortadas.

—Eso no lo recuerdo.

—¿No recuerdas mis besos? —Su voz era profunda y seductora—. ¿No recuerdas cómo te toqué? ¿Cómo te sostuve entre mis brazos y te acaricié... ?

—Lo recuerdo —susurró Claudia.

La voz de Guy bajó de intensidad hasta adquirir el tono de una confesión.

—Tu piel era tan suave como el pétalo de una rosa. También olías a rosas. Y a sándalo. Las rosas están en flor en Montague y cada vez que las huelo pienso en mí tocándote y besándote. En mi mente, te he besado cientos de veces, de cientos de formas diferentes.

Claudia contuvo el aliento, temerosa de romper el hechizo si hacía el más mínimo ruido. Sus revelaciones eran tan escandalosas como perturbadoras. Nunca había imaginado que ella llenara sus pensamientos al igual que él hacía con los suyos. Nunca imaginó los efectos que ese descubrimiento tendría sobre ella. Le costó un gran esfuerzo no moverse, resistirse a fundirse en sus brazos.

—Pocos hombres admitirían tener tales pensamientos —continuó Guy—. Sobre todo al objeto que los provoca. Ese tipo de información le dice a una mujer que tiene poder sobre un hombre. Y siempre he afirmado que no permitiría que ninguna mujer me controlara de ninguna forma. Sin embargo, nunca he pensado en ninguna tanto como pienso en ti, nunca he deseado a una mujer hasta el punto de soñar con ella con los ojos completamente abiertos.

La cama se movió cuando Guy rodó sobre su espalda.

—Controlo todo en mi vida con mano de hierro, Claudia. Todo, excepto a ti.

Ella esperó a que dijera algo más, a que le explicara cómo pretendía conseguir dominarla, pero él permaneció en silencio. ¿Significaba eso que ella realmente ejercía poder sobre Guy?

Podía estar jugando con ella, poniendo a prueba su resolución. En su mente, Claudia se repetía todo lo que Guy había dicho, pero no podía recordar ni una sola palabra que no sonara convincente. Sintió un irresistible impulso de tocarlo, de rendirse a sus besos de nuevo y admitir que no había nada que deseara más que estar entre sus brazos. Pero conocía el precio de sus besos. Le dolían los labios, y saboreó el rastro cobrizo de la sangre al habérselos mordido con demasiada fuerza. ¿Cómo podía aceptar sus condiciones sabiendo que la destruirían?

La sombra del perfil de Guy empezó a tomar forma cuando la neblinosa y grisácea luz del amanecer se filtró en la estancia. Se esforzó por ver su rostro, deseando contemplarlo mientras dormía, pero sus ojos se cerraron lentamente instantes antes de que pudiera darse cuenta de que Guy permanecía despierto.

Él había esperado escuchar alguna respuesta a sus declaraciones. Esperó durante lo que parecían haber sido horas, tal vez días. Tenía la esperanza de percibir alguna señal que le indicara que estaba dispuesta a poner fin a su sufrimiento. Pero Claudia permaneció desesperantemente callada. La estancia pasó de una penumbra gris a un alegre dorado cuando el sol se alzó sobre el horizonte y Guy se volvió para mirarla. Yacía con el rostro hacia él y los labios entreabiertos, profundamente dormida. ¿Cómo podía dormir cuando se encontraba justo al alcance de su mano, sabiendo cuánto la deseaba? Su cuerpo estaba tan tenso por el esfuerzo de evitar rozarla que dormir resultaba imposible. ¿En qué estaba pensando cuando la convenció para compartir su cama con la promesa de no tocarla? Estaba loco, pues todo aquello no era más que una auténtica locura, una tortura que no le desearía ni a su peor enemigo.

Dirigió una mirada hacia la pila de almohadas en el suelo preguntándose si podría dormir una o dos horas allí. Apartó las sábanas a un lado, pero Claudia empezó a agitarse ante sus movimientos y se quedó quieto. Una mano se deslizó sobre su pecho, como si deseara asegurarse de que todavía estaba allí. Él intentó alejarse con cuidado, pero ella se acercó aún más a su cuerpo, aferrándose a la cintura de Guy para arrastrarse hasta su lado.

Entonces, Claudia soltó un suave suspiro.

Guy gruñó. El peso de su brazo era como un hierro incandescente contra su vientre. Deseaba apartarlo de su cuerpo y, a su vez, envolverla entre sus brazos y aplastarla contra su pecho. Si se movía, aunque sólo fuera un dedo, estaría perdido.

—Claudia.

Ella no respondió. La manta estaba enredada entre sus piernas, pero, de alguna manera, consiguió poner su rodilla sobre el muslo de Guy, a la vez que su frente hacía presión contra su brazo como si estuviera intentando cobijarse bajo él.

—Claudia, despierta. —No era de extrañar que su voz sonara tensa. Reflejaba el estado de todos los músculos de su cuerpo. Ella respondió apretándose contra él una vez más. Sin saber cómo, su brazo acabó rodeándola y su hombro se convirtió en una almohada. Las suaves y cálidas ráfagas de su respiración se deslizaron por su pecho, provocando un cosquilleo entre su vello al igual que un incendio arrasaría un prado reseco. El cuerpo de Claudia conseguía encender su cuerpo como nada lo había hecho hasta ese momento.

—Dios Santo, Claudia. Despiértate de una vez.

Ella se despertó bruscamente. Sus brillantes ojos verdes parecían joyas que atrapaban y reflejaban la luz del sol de la mañana. Paseó la mirada por su rostro como si lo viera por primera vez, examinando cada rasgo. Cuando llegó a sus ojos y Guy pudo observar cómo la luz del sol se convertía en fuego verde, supo que estaba perdido.

Ella abrió la boca y él esperó oír las palabras que lo liberarían; un simple *tómame* sería suficiente.

—Yo... —Claudia se quedó callada y él casi no pudo resistir el impulso de gritar. Se humedeció los labios y Guy siguió el movimiento de su pequeña y rosada lengua de la misma forma que un halcón observaría a su presa—. Tú... puedes besarme, si lo deseas.

Guy hizo rechinar sus dientes y apretó la mandíbula. Oh, desde luego que lo deseaba.

—No.

—¿No? —repitió ella. Sus ojos se abrieron aún más.

En cualquier otro momento, Guy habría sonreído ante su evidente decepción. Pero se concentró en respirar despacio y profundamente, en conseguir que su voz sonara firme.

—Eres tú quien puede besarme, si lo deseas.

Ella se incorporó sobre un codo para poder verlo mejor. *Dios, iba a hacerlo*. El aire se le atragantó en la garganta.

—¿Por qué?

—¿Por qué qué?

—¿Por qué debo ser yo quien te bese?

Casi no podía respirar, y mucho menos pensar, ¿y creía que podría explicarle por qué debía ser ella quien diera el primer paso? Iba a volverlo loco.

—No quiero que digas después que te he seducido.

—Oh. —Frunció el ceño desconcertada—. ¿Después de qué?

—No puedes ser tan ingenua. Estás en mi cama, Claudia. ¿Qué crees que pasará si te beso?

Ella empezó a sonrojarse.

—¿No podrías limitarte a besarme?

—Dudo que tú lo permitieras. —Guy sacudió la cabeza, asombrado de verse capaz de pensar, y más aún de hacerlo con cierto grado de sensatez—. Empezarás a emitir pequeños suspiros, tu cuerpo se relajará por completo, se volverá cálido bajo el mío y me harás promesas sin pronunciar una sola palabra.

—Yo no haría eso. —Su jadeante negación carecía de fuerza de convicción. Fue incapaz de sostener su mirada y se concentró en su boca.

—Sí, Claudia. Lo harías. —Guy decidió darle una dosis de su propia medicina. Se humedeció los labios con un movimiento lento y seductor, y observó cómo los suyos se entreabrían para dejar escapar un corto suspiro—. Lo harías porque deseas que te toque, que te bese, que te acaricie, que te coja entre mis brazos y que te haga el amor. Yo deseo lo mismo, pero no decidiré por ti. Si me vuelves a pedir que te bese, tendrás que atenerte a las consecuencias.

Tomó aire profunda y entrecortadamente. *Dios, haz que me pida que la bese.*

—Así que o aceptas mis condiciones, o deberás abandonar mi lecho.

Sus ojos eran como espejos, reflejando todos sus pensamientos. La tentación, el deseo y... el miedo. ¿Por qué estaba tan asustada de él?

—Dijiste que podía dormir aquí.

Guy conocía el amargo sabor de la derrota. Ella había tomado una decisión. Podía verlo en sus ojos, pero eso sólo inflamó aún más su cuerpo, privado de lo que más deseaba.

—Entonces, me iré yo. Ha sido un error por mi parte invitarte a mi cama. —Dios, cómo la deseaba. Tenía que intentar convencerla una última vez—. Tú sabes que yo nunca haría nada que te hiciera daño, Claudia. Cuidaría de ti, si me lo permitieras.

El miedo en sus ojos desapareció, dejando sólo una tristeza tan profunda que Guy sintió su dolor como propio. Cuando habló, su voz fue apenas un susurro.

—¿Por cuánto tiempo?

Él no tenía una respuesta. Nunca nadie le había hecho una pregunta así. Pero ella tenía todo el derecho a preguntárselo.

Claudia bajó sus pestañas y se apartó, deslizando en el proceso su mano por su pecho como si le costara perder ese último contacto con su cuerpo. Él no intentó detenerla.

¿Por cuánto tiempo?

Guy empezó a preguntárselo a sí mismo. ¿Bastaría un mes para saciar su deseo por ella? ¿Un año? ¿Toda una vida? No, ninguna mujer podría mantener su interés durante tanto tiempo. Él no era ningún petimetre de la corte perdidamente enamorado que prometería lealtad eterna a su dama. Recordaba haber hecho precisamente eso el verano que cumplió dieciséis años, cuando conoció a lady Jennifer de Pattison Hall.

Se trataba de una viuda dos años mayor que él, con un aire de sofisticación que le resultaba irresistible. Guy llegó a pensar que era la criatura más hermosa de la tierra. Su esposo había fallecido en un torneo el año anterior y ella había viajado hasta la corte del rey Edward para encontrar un nuevo esposo. Guy tenía toda la intención de conseguir ese título. Le escribió sonetos y se los recitó cada noche. La seguía a todas partes y le encargaba recados tan absurdos que él sabía muy bien que sólo estaba jugando con sus sentimientos. No le importaba. Aparentemente, Guy era el único en la corte que no sabía que lady Jennifer nunca se casaría con un joven sin dinero y con pocas esperanzas de heredar un título. Su compromiso con el conde de Saint John se anunció mientras él estaba ocupado trenzando lazos en la crin de su caballo. Había hecho de sí mismo un auténtico bufón.

Ésa había sido la primera y última vez que se había creído enamorado de una mujer. Fue una lección humillante. Pero la había aprendido bien. Lo que él había pensado que era amor no era más que encaprichamiento. No importaba que lo que había sentido por lady Jennifer palideciera ante el deseo que ahora le quemaba por dentro. Con el tiempo, todos los encaprichamientos llegaban a su fin. ¿Acaso esperaba Claudia que mintiera y dijera que no sería así?

Supuso que así era. Ella rodó sobre su costado para mirar el muro opuesto. Se alejó tanto que él que se preguntó cómo podía mantener el equilibrio estando tal al borde del colchón. No se movió ni emitió ningún sonido, pero se jugaría la vida a que estaba llorando. Sí, si se inclinaba sobre ella, vería grandes lágrimas cristalinas deslizándose por sus mejillas en un río interminable.

Claudia miró por encima del hombro.

—Creí que habías dicho que te irías.

No estaba llorando. Ni siquiera parecía disgustada en lo más mínimo. ¿Acaso no merecía la pena llorar por él?

Lo había excitado hasta límites insoportables y ahora lo echaba de su propio lecho. La fulminó con la mirada mientras ella le daba la espalda.

La idea de que Claudia durmiera cuando él ni siquiera había podido pegar ojo le crispó los nervios. Se levantó con un único movimiento rápido y cogió la ropa que se había quitado la noche anterior.

—Hoy también me ayudarás con los libros. Reúnete conmigo en el solar dentro de cuatro horas.

Claudia contestó con la remilgada y angelical voz que Guy estaba empezando a odiar.

—Como desees, milord.

9

—Vuestras manos son demasiado delicadas para esta tarea, milady. —Thomas cogió la cesta del regazo de Claudia antes de que pudiera protestar.

Lenore soltó unas risitas.

Claudia lanzó a la chica una airada mirada, pero Lenore tenía la cabeza inclinada sobre una cesta de tejo, simulando que estaba ocupada en su tarea. Parecía que la muchacha encontraba una gran diversión en la constante intromisión de Thomas en su trabajo. A Claudia le parecían ambos un fastidio. Estaba sentada entre los dos sobre un largo banco de piedra en los extensos jardines de Montague, con cestas de coloridas flores esparcidas a su alrededor. La belleza de las flores era ciertamente engañosa, pues el veneno que Claudia elaboraría con ellas era uno de los más mortíferos que se conocían. Las ratas de Montague estaban a punto de enfrentarse a un prematuro final.

Se sentía casi agradecida por la plaga, pues eso le proporcionaba una tarea con la que ocupar su tiempo. Coser de forma mecánica permitía que sus pensamientos se centraran en Guy con demasiada frecuencia. Y ayudarle con sus libros de contabilidad era incluso peor. Temía las horas que pasaría con él en el solar, sabiendo que su cercanía era una droga tan potente como la que haría para las ratas. Las horas que pasó en su cama lo probaban.

Despertarse en los brazos de un hombre era un placer que nunca hubiera imaginado que pudiera existir. No en los brazos de cualquier hombre, se corrigió. En los brazos de Guy. Sólo en los de Guy. Ahora y siempre. Nunca habría otro. *Nun-*

ca podría haberlo. Ser consciente de ello sólo le hacía más difícil resistir la tentación, el impulso de rendirse ante su propia debilidad.

Él la utilizaría y luego la apartaría a un lado.

Eso era lo único que la alejaba del desastre. Las palabras de Guy la hacían flaquear, su contacto la tentaba y su lógica la hacía dudar de sus propias convicciones, pero, al final, nunca podía olvidar que era un hombre, y que estaba sujeto a sus efímeros deseos.

Durante años, había oído a sus hermanos decir a las mujeres todo tipo de hermosas mentiras para convencerlas de que compartieran su lecho. Las acciones de Roberto no la sorprendieron, porque siempre había hecho lo que había querido sin pararse a pensar en las consecuencias, pero la enorme cantidad de corazones rotos que Dante dejaba tras de sí le había hecho darse cuenta de que todos los hombres eran iguales en lo que se refería a mujeres. Saboreaban la emoción de la caza y, una vez salían victoriosos, perdían el interés por su premio y buscaban otro, haciendo más falsas promesas e inventando más mentiras.

Guy no la había engañado. De hecho, le advirtió de las mentiras que ella misma sería capaz de decir. Le había pedido un beso y él se lo había negado. No porque no estuviera deseando besarla, sino porque la conocía mejor de lo que Claudia se conocía a sí misma. Esa mañana había deseado con todas sus fuerzas ser poseída por él, conocer todos los secretos que un hombre y una mujer podían llegar a compartir. Después había aliviado la culpa que sentía en su conciencia diciéndose a sí misma que Guy había abrumado sus sentidos, que no le había dejado ninguna otra opción. Eso fue lo que le dio la fuerza que necesitaba para endurecer su corazón contra él, para protegerse del despreocupado dolor que le infligiría cuando llegara el día en que la rechazara.

¿Por qué no podía ser un hombre como los demás y dedicarse a mentirle?

—Hai delle belle mani, donna Claudia. —Thomas le dirigió una ardiente mirada. Sus atrevidas miradas hacían que se sintiese incómoda. Su amigo, el fraile, había desaparecido. Thomas, el caballero, era una persona completamente diferente, un

hombre cuya mirada la recorría con una desagradable familiaridad. Con sus sonrisas de complicidad y su seguridad en sí mismo, el nuevo Thomas la hacía desconfiar.

Bajó la mirada hacia sus manos y se preguntó cómo podía pensar que eran bonitas. La mano del caballero rodeó su muñeca con suavidad, le dio la vuelta a su mano y recorrió su palma con la punta de los dedos. Claudia cerró la mano convirtiéndola en un puño e intentó apartarla.

—Son manos normales y corrientes, sir Thomas. Bastante apropiadas para hacer esta tarea tan común.

Había respondido en inglés, pero él parecía decidido a conversar en italiano.

—*Invece sono belle, delicate e femminili.*

Una voz grave respondió al desvergonzado halago de Thomas.

—*Bugiardo.*

—¿Mentiroso? —espetó Thomas, dándose la vuelta bruscamente en busca de la persona que lo había insultado. Guy se hallaba de pie en el arco de piedra que formaba la entrada a los jardines. Tenía los brazos cruzados sobre el pecho y apoyaba un hombro contra el arco. Su pose relajada no encajaba con la peligrosa luz que brillaba en sus ojos. Thomas se estremeció y soltó la mano de Claudia.

Guy alzó una mano y la giró para estudiar sus uñas.

—¿Qué estás haciendo aquí, Thomas?

El avergonzado caballero se puso en pie y dirigió a su señor una profunda reverencia.

—Estoy ayudando a lady Claudia a recoger hierbas y plantas para una poción que desea hacer.

—A mí me da la impresión de que estás perdiendo el tiempo recogiendo flores. —Guy se frotó los nudillos sobre el hombro de su túnica azul oscura—. ¿Por qué no estás en el campo de prácticas?

—Me entrené esta mañana temprano con Evard y tengo que dirigir la patrulla del sur esta tarde. No pensé que se me echara de menos por unas horas. —Thomas cambió de posición dejando caer su peso sobre el otro pie—. Si me disculpáis, milord. Volveré al campo de prácticas.

Guy no lo disculpó. Su mirada silenciosa e inescrutable pareció poner nervioso al caballero. La tensión entre los dos hombres era más que evidente.

—Sólo pretendía reanudar mis relaciones con lady Claudia —continuó Thomas—. Trabajamos juntos en los jardines de Lonsdale en muchas ocasiones. No pensé que pondríais ninguna objeción a que me reuniera aquí con ella.

—¿Me has oído poner alguna objeción? —El tono de Guy era engañosamente amistoso; su sonrisa, peligrosa.

—Lenore ha estado con nosotros todo el tiempo. Nada de naturaleza indecorosa ha sucedido. —Thomas miró por encima del hombro—. ¿No es eso cierto, Lenore?

La sirvienta juntó sus manos con fuerza y le respondió con un incómodo gesto de asentimiento. Aquello ayudó poco a aliviar la preocupada expresión del rostro del caballero. Lenore parecía muy asustada. Claudia dio unas palmaditas sobre las temblorosas manos de la chica.

—Cálmate, Lenore. No tienes ninguna razón para temer la furia de tu señor.

Thomas y la sirvienta se quedaron mirando a Claudia como si hablara un idioma que no pudieran comprender. Quizá su acento había confundido a Lenore, pero, ¿por qué Thomas parecía tan perplejo?

—¿Estáis hablando del barón? —preguntó el caballero. Cerró la boca de golpe como si se le hubiera escapado algo que no debería haber dicho y se encogió ante el sonido de la suave risa de Guy.

—Lady Claudia sabe que poseo un temperamento afable, Thomas. —La expresión del barón de Montague perdió algo de su aire divertido cuando se centró en Claudia—. Sí, sabe que no estaría más que ligeramente molesto si le hubiera ordenado que se reuniera conmigo en el solar, y, en lugar de eso, la encontrara en los jardines.

—Recuerdo perfectamente que dijiste en cuatro horas —señaló Claudia—. Me queda tiempo de sobra antes de encontrarme contigo en el solar.

—Dije tres horas y llegas tarde.

—Dijiste cuatro.

Lenore cogió la mano de Claudia y le dio un apretón, pero ella ignoró la silenciosa advertencia. Se levantó, dejó a un lado la cesta que sostenía y se alisó las arrugas de la falda.

—Ya sabes lo que deseo que hagas con estas plantas, Lenore. Me reuniré contigo más tarde. —Se giró hacia Guy. Todavía permanecía en el arco de entrada y las líneas de su rostro estaban tan tensas que parecían esculpidas en piedra—. Estoy lista, milord.

Guy inclinó la cabeza en una reverencia burlona y extendió la mano. Mientras ella avanzaba, dio órdenes a Thomas.

—Puedes satisfacer tu recién descubierto amor por la jardinería ayudando a Lenore en ausencia de lady Claudia.

—Sí, milord. —La voz del caballero sonó abatida.

La mano de Guy se cerró alrededor de la de Claudia, no apretándola con fuerza como ella había anticipado, sino sosteniéndola casi con suavidad. Luego la hizo avanzar y rodeó su cintura con un brazo guiándola hacia el castillo de forma tierna y amorosa. Cuando ella menos se lo esperaba, Guy se inclinó y murmuró en su oído:

—Y no creo que estés lista para nada de lo que tengo preparado para ti, Claudia.

Un escalofrío de aprensión recorrió su espalda. Vislumbró un destello de fuego azul en sus ojos, pero él desvió la mirada para inspeccionar el camino que se extendía ante ellos. ¿Por qué estaba tan enfadado?

Una hilera de altas pérgolas separaba el camino de los parterres, formando un muro de vegetación que se veía interrumpido en ocasiones por arcos de entrada que conducían a diferentes secciones de los jardines. La muralla sur del castillo se erigía ante ellos, oscura e imponente. Justo antes de que alcanzaran sus enormes puertas de hierro, Guy giró y la guió a través de uno de aquellos arcos de entrada.

—¿Adónde me llevas?

—Quizá dije realmente cuatro horas. En ese caso, no es necesario que nos apresuremos a retomar nuestro trabajo con los libros.

Su pulgar rozaba su espalda con un movimiento rítmico y sus dedos extendidos parecían acariciar su cintura.

—Hay algo aquí que me gustaría mostrarte.

Guy continuó avanzando. Más pérgolas separaban aquella sección del jardín de las otras. El camino que se extendía con líneas precisas y rectas empezó a curvarse en perezosos y aleatorios círculos alrededor de enrejados de madera que creaban ingeniosas formas, elaboradas con macizos de rosales de diferentes colores. Finalmente, la guió por un pequeño puente levadizo de madera hacia una torre en miniatura.

Un banco de piedra les esperaba en el interior de la imitación de torre, colocado contra el muro exterior del jardín. Se adentraron en ella y Claudia se sintió como si acabara de entrar en una casa encantada. Por encima de sus cabezas, decenas y decenas de parras se entrelazaban para formar una espesa bóveda verde salpicada de rosas blancas y atravesada en algunos puntos por la dorada luz del sol. Guy permanecía de pie entre las sombras frente a ella, pero al dar un paso en su dirección, se colocó bajo un rayo de luz que bañó su apuesto rostro en un fulgor cálido y dorado tan brillante que estuvo tentada de proteger sus ojos de aquel resplandor.

—Esto es lo que me imagino cada vez que huelo las rosas. —Su voz no conservaba ni rastro de su anterior ira, y en sus ojos brillaba un fuego que Claudia había aprendido a reconocer. Era deseo.

Se alejó un poco cuando Guy se acercó a ella, pero se sintió estúpida cuando su mano hizo que se agitara la parra que tenía sobre su cabeza y volvió a surgir sosteniendo una única rosa perfecta del color de la nieve. Extendió la mano en un gesto automático para aceptar el obsequio, pero él la apartó de ella e hizo un gesto negativo con la cabeza.

—Pienso en estas flores siempre que te veo. —Alzó la rosa para aspirar profundamente su aroma, frotando su labio superior contra los pétalos. Luego sostuvo la flor para deslizar su aterciopelada superficie por su mejilla, su barbilla y sus labios—. Mis recuerdos me dicen que eres más suave que esta flor, pero hay veces que empiezo a dudar de ello.

Restregó los pétalos entre sus dedos hasta que cayeron al suelo como copos de nieve. El estropeado capullo siguió el mismo camino, pero su mano continuó extendida en el aire.

—¿Me dejarás comprobar si es cierto?

Claudia se encontró asintiendo, atrapada por el ardiente fuego de sus ojos. Las puntas de sus dedos se deslizaron por su mejilla en un gesto tan suave como el roce de los pétalos de una rosa, siguieron el mismo camino por debajo de su barbilla y también recorrieron sus labios. Se demoraron allí, comprobando la forma de sus labios. Claudia se resistió a un extraño impulso de acariciar sus dedos con la punta de la lengua, de degustar las rosas que todavía podía oler en su mano, de saborear a Guy.

Como si pudiera leer sus pensamientos, él arrastró un dedo por la línea que separaba sus labios. Su boca se abrió y pudo escuchar cómo Guy tomaba aire bruscamente. Su mano se detuvo y su mirada se intensificó al contemplar fijamente su boca, como si realizara una tarea que requiriera un gran valor.

Entonces la tentación fue demasiado grande. Claudia tocó su dedo con la punta de la lengua y se asombró de que Guy se tambaleara ligeramente. Sus miradas se encontraron y ella pudo contemplar una extraña expresión de impotencia en sus ojos. Ése era el poder al que él se había referido, el control que no cedía a ninguna otra mujer. Era una sensación embriagadora, que le hacía volverse más atrevida. Claudia arrastró la punta de su dedo hacia el interior de su boca y la acarició con su lengua, como si pudiera lamer dulce miel de su dedo en lugar del sabor de las rosas.

—Dios Santo.—Las palabras susurradas eran más una plegaria que una maldición. Los ojos de Guy se abrieron aún más, pero no se movió. No apartó su mirada de ella. *No podía hacerlo.* Claudia sintió cómo el fuego que había provocado en él, la hacía arder también a ella en una llama que giraba trazando perezosos círculos a través de sus venas, ensortijándose en una espiral que cada vez se tensaba más en la boca de su estómago.

Finalmente, Guy retiró su mano, gruñendo como si hacerlo le resultara doloroso. Su respiración era rápida y sonora, al igual que la de Claudia. Durante un largo momento, se limitó a mirarla, luego atrapó su mano y se la llevó a los labios. La invadió el miedo y también una agitada ráfaga de deseo cuando se dio cuenta de que pretendía infligirle el mismo tormento.

Guy sostuvo su pequeña mano entre las suyas casi con reverencia. Su voz sonaba ronca por el deseo.

—Thomas no mentía. Tus manos son realmente hermosas.

Acarició con los labios el dorso de su mano hasta llegar a las puntas de sus dedos. Fue besándolos uno a uno, tomando cada uno de ellos entre sus labios y acariciando las puntas con la lengua. Claudia sintió cómo empezaban a temblarle las piernas, y supo lo que era sentirse vencida. Oyó el quejido de un pequeño animal, y se dio cuenta sobresaltada de que el sonido había surgido de su interior.

—Oh, Guy.

Él le dirigió una oscura mirada antes de subirle la manga para trazar un errático sendero de besos en el interior de su brazo hasta llegar a su codo.

Sin saber cómo, se encontró rodeada por sus brazos. Los labios de Guy se movieron y Claudia tuvo que concentrarse en las palabras que formaron. Su boca era tan masculina, tan sensual...

—Aquí y ahora, lo único que te pido es un beso. —Él acunó su cara entre sus manos, transmitiéndole su deseo en ese tierno gesto. La llama de su interior se avivó, incluso cuando apartó su mano hasta que sólo las puntas de sus dedos rozaron su mejilla—. Un beso, Claudia. Concédeme ese favor y yo te daré...

Ella presionó sus labios con la punta de los dedos antes de que pudiera empezar a negociar. Aquella vez no habría tratos entre ellos, no habría promesas hechas ni rotas. Deslizó los dedos sobre su boca, maravillándose de que sus labios pudieran ser tan firmes y a la vez tan suaves.

—Bésame.

Guy inclinó la cabeza muy despacio, sosteniendo su mirada hasta que sus labios se encontraron. Entonces, Claudia cerró los ojos. Su cálido aliento hizo que su boca se abriera como si fuera una ráfaga de luz del sol y ella no pudiera sino jadear ante su resplandor. Sus músculos se relajaron y perdieron fuerza, pero no tembló ni perdió el equilibrio. La hacía sentirse a salvo. Sus brazos la rodeaban tan firmemente que sentía que nunca más volvería a pasarle nada malo. Podía sentir su fuerza, el poder que emanaba de él y que podría usar en su contra. Sin embargo, mantenía esa fuerza bajo control, acercándola a él, tentándola con la idea de que compartiría con ella esa parte de su ser.

Sus besos se transformaron en caricias cada vez más profundas. La rozaba con sus labios suave y repetidamente, haciéndole saber cuánto la deseaba. La punta de su lengua recorrió sus temblorosos labios, luego retrocedió y volvió de nuevo para atormentarla una vez más. Guy emitió un sonido desde lo más hondo de su pecho y Claudia finalmente reconoció la invitación. Rozó con la lengua la comisura de sus labios y después la deslizó con provocadora lentitud por su labio superior. Guy respondió estrechándola con fuerza y mostrándole lo duro que era en los lugares en los que ella era más suave. Claudia se estremeció, habiendo aprendido la lección.

Su boca le enseñó el significado del deseo. Guy la saboreó por completo, acariciándola y provocándola hasta que se sintió aturdida. Arrastró la punta de la lengua femenina hasta su propia boca y empezó a succionarla como lo había hecho con las puntas de sus dedos. Sintiéndose vencida, se desplomó contra él.

Estaban arrodillados sobre el suelo de la torre en miniatura y Claudia no podía recordar cómo habían llegado hasta esa posición. Había perdido todo control sobre sí misma. No, todavía continuaba perdiéndolo. Reuniendo los últimos resquicios de su fuerza de voluntad, inclinó la cabeza hacia atrás y luego hacia un lado, desesperada por escapar, por salvarse a sí misma.

—Guy —gimió. Él la estaba besando en el cuello, seduciéndola de una manera que jamás hubiera imaginado—. Te lo ruego. Dijiste... sólo...

Volvió a echar la cabeza hacia atrás, segura de que sus labios dejarían señales en su piel. Cuando mirara su reflejo en un espejo podría ver la marca que la señalaría como propiedad de Guy.

—Dijiste...

¿Qué había dicho? ¿De qué estaba hablando ella? Las manos femeninas se enredaron en su pelo olvidando sus palabras e intentando llegar a sus labios, pero él se apartó y apretó la cabeza contra su hombro. Los brazos de Claudia seguían rodeándolo y sus cuerpos permanecían unidos. Guy se sintió como un poderoso semental que se hubiera quedado sin resuello tras una larga carrera. Podía ser sólo su imaginación, pero, por un momento, a Claudia le pareció que Guy temblaba tanto como ella. Sus brazos se estrecharon aún más a su alrededor como si intentara demostrarle que estaba equivocada.

—No puedo besarte otra vez —murmuró él con voz ronca a causa del deseo. Después frotó su mejilla contra su oreja, en una caricia que intentaba suavizar la aspereza de sus palabras—. Dios, estoy perdido. No me permitas tocarte otra vez, Claudia. —Apoyó su mano extendida en la parte posterior de su cabeza y la acercó todavía más a su cuerpo, rebelándose en silencio contra sus propias órdenes—. No, a menos que...

Claudia no creía que fuera posible, pero el cuerpo de Guy se endureció aún más contra el suyo, como si fuera cálido y mortífero acero. Su propio cuerpo respondió de la misma manera e intentó alzar la cabeza, pero él se lo impidió sujetándola con fuerza. Su pregunta no pronunciada la asustó. En vista de su reacción ante los besos de Guy, también temía su propia respuesta.

—No contestes —susurró él—. Ya lo sé. Puedo sentirlo en ti con tanta claridad como puedo sentir tu pasión.

La mano que retenía su cabeza se curvó para transformar su gesto en una caricia.

—Rosas. Debería haberlo sabido. —Inspiró profundamente—. Vuelve con Lenore. Ahora, antes de que cambie de opinión. Antes de que intente hacerte cambiar también a ti de opinión.

—Yo...

—Dios Santo, Claudia. No discutas conmigo ahora. —La cogió por los hombros con firmeza y la alejó bruscamente de él, apartando la mirada de ella, incapaz de seguir contemplarla—. Vete.

Claudia se levantó con torpeza. Las lágrimas empañaban su visión, pero no lo suficiente como para no poder ver la mirada de repulsión en su rostro. Por ella o por sí mismo, no estaba segura. Por ella, se imaginó. Se dio la vuelta y salió corriendo.

—¿Dónde está?

Los dos soldados que permanecían de pie ante Guy dieron un paso hacia atrás. El más bajo recorrió el patio de armas con la mirada, como si buscara la mejor vía de escape.

—No... no la hemos visto, barón —consiguió responder el otro.

—¿Y Thomas? —Les preguntó—. Si ese bellaco...

—¡Milord! —Su segundo atravesaba a caballo los portones del patio inferior, levantando una mano a modo de saludo.

Cuando Evard llegó hasta él, Guy despidió a los dos soldados con un golpe de muñeca.

—¿La has encontrado?

—¿A lady Claudia? —preguntó el aludido—. ¿La has perdido?

—No me provoques —le advirtió Guy antes de empezar a caminar hacia las cuadras. Evard hizo girar a su caballo y lo siguió—. Tuvimos un... una discusión hace unas horas que la afectó. La he buscado pero ha sido en vano. No está en los jardines ni en mi alcoba. Y tampoco se encuentra en el solar ni en los talleres de las costureras. Es probable que malinterpretara algo que le dije y decidiera abandonar el castillo. Debemos formar una patrulla para...

—No ha abandonado el castillo, milord.

Guy se detuvo en seco.

—¿Sabes dónde está?

—Sí. —Evard deslizó la pierna por encima de la silla y desmontó. Después hizo una seña a un mozo que se encontraba entre un grupo de escuderos que permanecían cerca de las cuadras, observando la ira del barón desde una distancia suficientemente segura. El chico miró a sus amigos en busca de ánimos y avanzó.

—Quizá preferirías mantener esta conversación en un lugar más privado —sugirió el caballero.

—Desearía saber dónde está mi... —Guy apretó la mandíbula—. Quiero saber dónde está, maldita sea.

Evard entregó las riendas a su escudero y señaló hacia unas puertas.

—Te llevaré hasta ella, barón.

—¿Al patio superior? —preguntó Guy, al tiempo que acomodaba su paso al de Evard—. ¿Qué está haciendo allí?

—No está en el patio superior. Simplemente es el camino más rápido y discreto que hay para llegar hasta ella. —Lanzó a su señor una mirada de desaprobación—. Estás montando un gran alboroto por una pelea de enamorados, barón. Tu gente va a empezar a pensar que tu amante te ha hechizado.

—Al cuerno lo que ellos piensen —gruñó Guy—. Quizá a alguien debería ocurrírsele pensar que se trata de una valiosa prisionera y que mi futuro depende en gran medida de que consigamos mantenerla entre estas murallas.

—Sí, tienes razón —asintió Evard—. No obstante, algunos tienen curiosidad por saber por qué ella llora cuando el barón que la ha apresado, la aparta de su lado. Y por qué ese lord, más tarde, se muestra desesperado por encontrarla. Son buenos motivos para despertar habladurías.

—Eres tú el que tiene demasiada curiosidad por saberlo. —Guy le lanzó una mirada de soslayo—. ¿Ella estaba llorando?

Evard asintió con la cabeza.

—La encontré detrás de la capilla. Varios soldados la vieron correr hasta allí, pero temieron seguirla. Mejor dicho, pensaron en la reacción que podrías tener al enterarte de que la habían seguido, así que fueron en mi busca.

Las manos de Guy se cerraron formando puños.

—¿Estaba Thomas con ella?

—¿Thomas? —repitió Evard—. ¿Por qué tendría que estar Thomas con ella?

—Los encontré juntos en los jardines —espetó Guy—. Ese bellaco hijo de... Estaba intentando seducirla. Estaba cortejándola con halagos zalameros delante de mis narices. ¡Seduciéndola en mis propios jardines, maldita sea!

Evard se tomó tiempo para asimilar la información.

—Todos saben que lady Claudia es tu amante, barón. Nadie osaría intentar ocupar tu lugar. Pero ya he oído comentarios sobre que muchos pretenden competir por sus favores cuando ya no comparta tu lecho. Apostaría cualquier cosa a que Thomas no busca nada más que amistad por ahora, para que, de ese modo, acuda a él cuando tú te canses de ella.

—¡No me cansaré de ella! —exclamó, mientras agarraba amenazadoramente a Evard por la túnica. Las palabras impactaron a Guy más de lo que parecieron impresionar a su lugarteniente. Parecían sospechosamente sinceras. Sacudió enérgicamente la cabeza para deshacerse de aquel extraño e inquietante pensamiento.

La expresión de Evard continuó calmada y no respondió al arrebato de su señor.

Guy frunció el ceño y soltó la parte delantera de la túnica de su caballero.

—Cortaré la mano a cualquier hombre que ose tocarla.

—Nadie duda de ello, barón. —Evard se frotó la sien—. Aun así, me he preguntado qué será de ella cuando soluciones la disputa con su tío.

—Estará bien —replicó Guy—. Su tío no deseará que vuelva. Permanecerá en Montague todo el tiempo que desee. Cuando se vaya, si es que lo hace, tendrá riquezas a su nombre; las suficientes como para que no necesite entregarse a ningún hombre a cambio de nada.

La voz de su segundo al mando era poco más que un débil susurro.

—¿Como lo habrá hecho contigo?

—Te estás metiendo en aguas peligrosas, Evard.

—Sí, y soy lo bastante estúpido como para sumergirme aún más en ellas. La dejarás abandonar Montague con sólo tu oro para protegerla, y lo único que conseguirás será convertirla en un premio.

—¿Qué quieres decir?

—Quiero decir que no has considerado bien tu plan, a no ser que tengas intención de sacrificarla ante el primer hombre al que se le ocurra obligarla a ir hasta el altar. No tiene ninguna familia que proteja la fortuna que le darás. Hay caballeros por toda Inglaterra dispuestos a cortar una docena de cuellos por poner sus manos sobre una prometida así.

—Dispondrá de soldados a su servicio para protegerla.

—A los soldados se les puede comprar —señaló Evard—. Incluso es posible que a uno de ellos se le meta en la cabeza la idea del matrimonio. Si un hombre jura ante un sacerdote que ha intimado con ella, lady Claudia estará perdida.

Guy permaneció en silencio. Evard tenía razón. Una dama rica y sin ataduras era un premio con el que soñaban todos los caballeros empobrecidos. El oro que le diera a Claudia sería como una piedra alrededor de su cuello. Maldita sea, ella ya poseía una fortuna aún mayor de la que él pretendía otorgarle, y podía llevarla alrededor de su maldito cuello también. Sólo con las esmeraldas podría llevar una vida de derroche durante el resto de sus días, o proporcionar una vida desahogada a cualquier hombre que la obligara a tomarlo como esposo.

Guy arrugó aún más el ceño.

Evard pareció leer sus pensamientos.

—Ella necesitará un marido antes de abandonar Montague, milord. Un hombre que la proteja. Yo nunca he solicitado ninguna recompensa estando a tu servicio, pero ahora te pido que me concedas la mano de lady Claudia en matrimonio. No pido nada más —se apresuró a añadir—. Como caballero, he jurado defender el honor de cualquier dama. Ella lo es, y no sólo por nacimiento.

—¿Y yo no he hecho ese juramento? —La voz de Guy sonó baja y mortífera.

—Milord, todos saben que tu rango y tu título te impiden hacer lo que es correcto en lo que respecta a lady Claudia. Nadie espera que te cases con una mujer que te han impuesto. Yo la tomaré libremente, sin tener en cuenta su fortuna o su pasado.

—Lo harías, ¿verdad? —Guy cruzó los brazos sobre el pecho. ¿Quién lo habría dicho del fiel Evard? Si se hubiera tratado de cualquier otra mujer, se habría reído—. ¿Estás enamorado de ella?

Evard frunció el ceño.

—No he pasado suficiente tiempo en su compañía como para afirmarlo con seguridad.

—Lo sabrías —comentó Guy—. Con solo posar los ojos sobre ella, yo supe...

¿Qué supo? Cerró la boca de golpe y miró a su lugarteniente sin verlo. Si sólo deseaba su cuerpo, ¿por qué no se acostaba simplemente con ella y ambos ponían fin a su tormento? Podía sentir el deseo de Claudia por él en cada mirada. Ella lo deseaba, pero no aceptaba las condiciones que le imponía, la etiqueta de amante en lugar del título de esposa. ¿O acaso había algo más?

Se dio la vuelta y continuó caminando hacia el castillo, sumergido en sus propios pensamientos. Pensamientos sobre unos ojos tan poco comunes y misteriosos como sus esmeraldas. ¿Cómo había conseguido su madre una joya así? Había creído que sabía todo lo necesario sobre su familia, pero todavía quedaba mucho por descubrir. Tal vez su pasado podría arrojar luz sobre el presente, sobre por qué le permitía besarla y, sin embargo, se negaba a concederle más libertades. Seguramente se había dado cuenta de que ella significaba más para él que un capricho pasajero.

¿Por cuánto tiempo?

Sus palabras volvieron a su memoria para atormentarlo. Ella no sabía, del mismo modo que tampoco él lo había sabido hasta ese preciso instante, que deseaba algo más que placer físico de ella, que no deseaba un simple escarceo que llegaría a su fin en unos pocos meses. Por primera vez, se permitió a sí mismo pensar en el día en que se separaran, en lo que sería de ella. No podía imaginarse ni un solo día sin oír el suave y sensual sonido de su voz, sin oler a rosas y encontrarse a sí mismo totalmente trastornado por su aroma, por el dulce balanceo de sus caderas y el suave roce de su pelo contra su piel. Sólo sus sonrisas valían una fortuna.

La enviaría a un mundo en el que un centenar de hombres estarían ansiosos por hacerse con lo que él habría rechazado tan despreocupadamente. Les daría igual si sonreía alguna vez. Sí, sabía lo que sería de ella. Pero, ¿qué sería de él?

—¿Milord? —Evard puso una mano sobre su hombro—. No es por aquí.

—¿Qué? —Guy se detuvo y miró a su alrededor confundido. Se encontraba en el camino que llevaba hasta las puertas del castillo. ¿En qué otro lugar podía estar?

Evard señaló hacia el sendero que rodeaba la muralla este de la fortaleza.

—Lady Claudia está en las cocinas. Por aquí se llega más rápido.

—Oh. —Guy frunció el ceño—. ¿Qué está haciendo en las cocinas? ¿Es que ahora pretende convertirse en una sirvienta?

—No, milord. Dijo que prometió reunirse allí con Lenore para ayudarle a elaborar un veneno. —Una sonrisa vacilante apareció en el rostro de Evard—. No para ti, espero.

Guy le lanzó una mirada de disgusto.

—Es para las ratas. Me olvidé de que tenía entre manos esa tarea. Debería haber empezado por buscar a su doncella.

—Parecía realmente resuelta a ayudar a Lenore —comentó Evard—. Espero que el veneno resulte efectivo. Las ratas recorren a sus anchas este lugar. Se rumorea que incluso a ti te visitaron unas cuantas en tu alcoba la pasada noche.

—¿Hay algo de lo que no te hayas enterado?

—Pocas cosas pasan desapercibidas dentro de estos muros, sobre todo si tienen que ver contigo, barón. Como tú bien sabes.

—Entonces toma buena nota de esto, Evard. Haz que se difunda el rumor bien fundado de que cualquier hombre que dirija su mirada hacia lady Claudia con un atisbo de algo más que no sea la lealtad y la estima propias de un vasallo hacia su señora, se enfrentará a mi ira. En resumidas cuentas, haré de su vida un tormento. Cualquier hombre que la toque con lujuria conocerá en persona lo que es el infierno. Es mía por los derechos que me otorga el contrato de esponsales, y sólo mía. ¿Me he expresado con claridad?

—Sí, milord. —Evard sonrió—. Estaba convencido de que entrarías en razón.

—No he podido entrar en razón desde el momento en que conocí a esa mujer.

—Pero, ¿todavía pretendes casarte con ella?

Guy entornó los ojos.

—¿Así que era eso lo que pretendías, provocarme para que lo admitiera?

—Sí —reconoció el caballero alegremente, haciendo caso omiso de la cara de disgusto de su señor.

—Te mostraste contrario al matrimonio en Lonsdale, y comentaste que no debía permitir que me obligaran a casarme.

—Con unos argumentos muy poco consistentes, ¿no crees?

—Las razones de mi hermano tendrán más peso cuando sepa todo lo referente a su familia. —Guy había informado a su lugarteniente de la relación de Claudia con Roberto durante el viaje hacia Montague, y recordárselo borró la sonrisa del rostro de Evard—. Claudia no tiene nada que ver con los indeseables a los que se ve forzada a llamar parientes, y no permitiré que mi familia la rechace por ello. Kenric y sus soldados llegarán antes de una quincena para ayudarme en el asedio a Halford. Quiero que conozca a Claudia antes de que sepa que Roberto era su hermano.

Evard parecía inseguro.

—Es probable que la reconozca, igual que te pasó a ti. Muy poco se escapa al ojo de tu hermano.

—Quiero ser yo quien se lo diga. ¿Está claro?

—Sí, milord.

—Bien. —Guy giró sobre sus talones y empezó a caminar en dirección contraria a las cocinas.

Evard se apresuró tras él.

—Vuelves a tomar el camino equivocado, milord.

—No, éste es el camino correcto por el momento. Si la viera ahora... —Sacudió la cabeza para deshacerse de los pensamientos sobre lo que deseaba hacerle a Claudia en ese mismo momento—. Necesito reflexionar sobre mis planes antes de hablarle. Tiene la costumbre de tergiversar siempre mis palabras. Debo intentar por todos los medios tomar la decisión correcta.

—¡Barón! —Un jinete les hizo señas desde los portones del patio de armas y urgió a su corcel para que avanzara. El caballo se detuvo ante los dos hombres trazando largos y oscuros surcos sobre la hierba con sus potentes cascos—. Alfred acaba de regresar de la patrulla de la tarde con una flecha de ballesta en su espalda. No pudo decirnos nada antes de caer inconsciente, y el curandero alberga pocas esperanzas. Sir Thomas y el resto de los hombres todavía no han regresado.

10

Iba a dejarla.

Claudia observaba cómo el escudero de Guy lo vestía para la guerra, recordando otra ocasión en que contempló cómo sus hermanos hacían lo mismo antes de alejarse de ella.

Nunca volvieron.

Apretó ambas manos hasta que los nudillos se le pusieron blancos y mantuvo erguida la espalda contra la silla hasta el punto del dolor. Guy regresaría. Montague era su hogar. Era una estupidez pensar que se iría y no volvería nunca. Nada podría impedirle regresar a su fortaleza. Nada, excepto una flecha como la que había matado a su soldado, o una espada, o quizá una lanza.

Empezaron a temblarle las manos. ¿Por qué la sometía al suplicio de verlo partir? En las cocinas, no habría sabido de su marcha hasta que ya se hubiera ido. No se habría visto forzada a grabar las imágenes de su partida en su mente, temiendo la posibilidad de que pudieran ser las últimas. Después de la forma en que se habían separado en los jardines, ¿por qué la había hecho llamar?

Una gruesa lágrima cayó en el dorso de su mano. Claudia jadeó y la enjugó, decidida a que no la viera llorar. Aunque probablemente ya se hubiera dado cuenta, pues su mirada rara vez la abandonaba mientras Stephen recubría su cuerpo con una piel acolchada y la cota de malla. ¿Obtendría algún placer al saber que lloraba por él? Levantó el rostro para mirarlo a través de sus pestañas y se encontró con su ceño fruncido.

—Deja de llorar. Encontraré a Thomas y lo traeré de vuelta. Lo más probable es que esté buscando a quienquiera que los atacara.

Claudia parpadeó muy despacio. ¿Pensaba que lloraba por su caballero? Sintió una punzada de culpabilidad por haber olvidado todo lo referente a Thomas y el hecho de que él y el resto de la patrulla perdida eran la razón por la que Guy la dejaba. Desesperada, miró por la ventana.

—Casi ha anochecido. ¿No deberíais esperar hasta el amanecer para poder salir descansados?

—No, conozco la ruta que pretendían seguir, y la luna estará casi llena esta noche. Si mis hombres están heridos, no los dejaré en medio del bosque toda la noche.

Se imaginó a todos los animales que habitaban en los bosques. Nada convencería a su tío para dejar la seguridad de su fortaleza al anochecer. ¿Por qué debía ser Guy tan noble?

Su lealtad hacia los hombres que formaban la partida desaparecida era otro rasgo que deseaba odiar, pero no podía. Recordó cómo se había sentido mientras permaneció sola en aquel árbol, pensando que la había abandonado. Sus hombres no dudarían de él, estarían convencidos de que Guy los buscaría. Debía ser una sensación muy reconfortante.

—Asegúrate de que mi caballo está preparado, Stephen. Me reuniré contigo en las cuadras enseguida.

—Sí, milord.

El escudero se marchó y Claudia se obligó a mantener la mirada fija en el suelo. Estaban solos y sentía un irrefrenable deseo de arrojarse en sus brazos, de abrirle completamente su corazón antes de que fuera demasiado tarde.

Era un impulso ridículo. Probablemente volvería antes del amanecer. No había ninguna necesidad apremiante de decirle nada. Él no deseaba que ella lo tocara, o lo besara, o le mostrara ninguna otra señal de afecto. Esa mañana le había ordenado que se alejara de él. A pesar de lo que sintiera, debía permanecer sentada en un miserable silencio y verlo partir. ¿Acaso la estaba castigando de alguna manera?

Escuchó cómo se acercaba y se encontró mirándole las botas. Guy apresó sus manos e hizo que se levantara. Se quedó mirando su pecho, el lobo blanco de Montague bordado sobre su sobreveste azul. Si rodeara su cintura con los brazos, su cabeza reposaría sobre esa bestia de aspecto tan fiero. Parecía adecuado que el emblema cubriera su corazón; un implacable depredador sobre otro.

—Soy tu prometido, Claudia. Me molesta verte angustiada por otro.

¿A qué venía esa obsesión que tenía por sus sentimientos hacia Thomas? Sólo un hombre poseía su amor, y estaba de pie ante ella. ¿Acaso estaba ciego? Supuso que así debía de ser, pero no tenía la más mínima intención de explicárselo.

Guy deslizó los dedos bajo su barbilla y la forzó a mirarle a los ojos.

—Preferiría llevarme conmigo el recuerdo de tu sonrisa.

—Entonces, no te vayas —susurró Claudia—. Envía a otro en tu lugar.

Su mandíbula se tensó mientras estudiaba su rostro, buscando la verdad en las profundidades de sus ojos verdes.

—¿Tus lágrimas son por mí?

La inseguridad en su voz hizo que sus casi inexistentes defensas se desmoronaran. Claudia le rodeó la cintura con los brazos y apretó su mejilla contra el lobo; una criatura que podría devorarla por entero. Los afilados eslabones de metal de su cota de malla herían su piel, pero no le importaba. Deseaba escuchar el tranquilizador sonido de su corazón, pero su armadura lo hacía imposible y sólo pudo escuchar sus propios latidos fuertes e irregulares.

—Te lo ruego. No me dejes. —Lo estrechó más fuerte, pero las manos de Guy continuaron inermes. Su falta de respuesta sólo hizo que Claudia se desesperara más—. Aceptaré todas las condiciones que me impongas siempre que no me dejes. ¡No puedo soportarlo!

Oh, Dios, estaba comportándose como una tonta. Una auténtica y completa tonta. Guy permanecía inmóvil, sin duda impresionado por su histeria, y como mínimo, disgustado por ella. Antes de que pudiera responder a su ruego, Claudia se apartó de él y se dirigió corriendo hacia la puerta. La mano de Guy tiró de su manga, pero su repentina huida debió sorprenderle tanto que no pudo retenerla. La llamó justo en el momento en que la puerta se cerraba de golpe tras ella, cortando el sonido de su nombre.

Guy no regresó al amanecer ni tampoco a media mañana, cuando Lenore convenció a Claudia de que se acercara a las cocinas, con la intención acabar de preparar el veneno para las ratas que habían introducido en obleas azucaradas. Les llevó la mayor parte de la tarde meter las obleas en pequeñas grietas, en las altas cornisas y en cualquier otro lugar apartado que sólo una rata encontraría. Aun así, Claudia pidió a Lenore que avisara a todo el mundo del peligro. Los ojos de la chica se iluminaron ante la posibilidad de difundir esa información y, sin duda, unos pocos chismes más al mismo tiempo.

Sin la compañía de Lenore para distraerla, Claudia paseó por el castillo hasta los senderos que se extendían a lo largo de las murallas exteriores, deseando evitar la alcoba de Guy o el solar, pues sabía que el recuerdo de su presencia era demasiado fuerte en esos lugares como para permitirle hacer otra cosa que no fuera preocuparse por él. Sin darse cuenta, se encontró subiendo los escalones de piedra que llevaban al patio superior de la torre este.

Evard fue a su encuentro una hora más tarde.

—No me di cuenta de que ya no estabais en compañía de vuestra doncella, milady. ¿Os importa que os acompañe yo?

Claudia interpretó el educado comentario como una advertencia de que no debía permanecer sola en el castillo. No viendo ningún inconveniente en esa orden encubierta, se limitó a asentir con la cabeza.

—No, sir Evard. Me vendrá bien la compañía, de hecho, tenía la esperanza de poder hablar con vos hoy. —Claudia apoyaba los brazos sobre la suave piedra y su barbilla descansaba en sus manos. La campiña se extendía bajo ella como un tapiz bellamente elaborado, pero sólo tenía ojos para los caminos que llevaban hasta Montague, observándolos ávidamente en busca de cualquier movimiento o nube de polvo en el horizonte que anunciara la llegada de Guy. Parecía que hubiera pasado más de un día desde que partió y se puso en ridículo con estúpidas declaraciones de amor. La pasada noche había yacido en la gran cama vacía de Guy y había susurrado todas las cosas que hubiera deseado haberle dicho, ensayándolas en voz alta hasta conseguir que sonaran bien. Ahora se tragaría con gusto su orgullo si tuviera la oportunidad de decírselas en persona.

—¿Milady? —dijo Evard—. ¿Deseabais preguntarme alguna cosa?

—Ah, sí. —Volvió a enfocar su mirada hacia el camino que se adentraba en el bosque—. ¿Tiene vuestro barón un temperamento violento?

—¿Lord Guy? —Evard sonaba incrédulo—. ¡No, milady! ¿Qué podría haceros pensar semejante cosa?

—Lenore y sir Thomas actuaron de una forma muy extraña en los jardines ayer por la mañana cuando lord Guy se enfadó. —Claudia lanzó una mirada de soslayo al caballero—. Diría que parecían asustados de él.

Evard reflexionó durante un momento.

—Es probable que vierais recelo en lugar de miedo. El barón no es un señor cruel o injusto, pero sus castigos son contundentes y difíciles de olvidar.

—¿Qué queréis decir?

—Lord Guy conoce a cada uno de sus vasallos lo bastante bien como para saber qué castigos son los más efectivos dependiendo del caso —explicó Evard—. Hace unos meses, descubrió que uno de los fabricantes de velas había perdido en el juego las cuotas del gremio de sus aprendices. Ordenó que los aprendices cobraran las ganancias del maestro durante una quincena mientras este último permanecía destinado a los establos de las vacas durante el mismo período de tiempo realizando labores de lechero.

Claudia arrugó la nariz, nada impresionada por el relato.

—Eso no me parece un gran castigo. La mayoría de los barones azotarían a un hombre así para disuadirle de que jugara en un futuro.

—A ese hombre le aterrorizan las vacas, milady. —La sonrisa de Evard se amplió—. Lord Guy no golpea ni mutila a su gente, sin embargo, podréis ver los efectos de su temperamento por todas partes si sabéis qué buscar y qué no. Es raro encontrar a algún borracho en Montague, pues saben que se les despertará al amanecer del día siguiente para limpiar los retretes.

Evard se pasó una mano por el pelo, miró hacia el cielo y continuó.

—Una vez conocí a un joven caballero que se metió en una refriega con una banda de mercenarios, ansioso por probar su valía y su gallardía al barón. En su prisa por demostrarlo, dejó a sus hombres sin un líder. Durante el mes siguiente, sir Thomas fue despertado una hora antes cada mañana, se le ordenó que llegara con una hora de adelanto a cada comida y se le envió a la cama una hora antes cada noche. Es probable que Thomas recordara cada una de esas horas de tedio cuando se enfrentó a la ira del barón ayer. —Evard sacudió la cabeza—. No, lord Guy no es un hombre violento, pero muchos de los que cumplieron sus sentencias dirían que es astuto.

—No me extraña que sus contables no se quejen —reflexionó Claudia, intrigada por la visión de Evard del funcionamiento de la mente de Guy. Por lo que le había contado y lo que ella sabía, la palabra «astuto» se quedaba corta para definirlo—. Si el barón se disgustara conmigo, ¿cuál creéis que sería su castigo?

Evard pareció desconcertado y se encogió de hombros indeciso.

—No sabría qué decir, milady.

Claudia volvió a apoyar la barbilla sobre sus manos y miró hacia el bosque.

—Creo que retrasaría su vuelta a Montague todo un día, consciente de que me preocuparía por él durante cada minuto de ese día. —Su tono se volvió casi optimista—. Ésa podría ser la razón por la que todavía no ha regresado, ¿no creéis?

Se produjo un largo silencio entre ellos.

—Si vos lo decís, milady.

Tres días después, Claudia sabía que la prolongada ausencia de Guy de Montague no tenía nada que ver con un castigo imaginado. Nadie expresaba sus miedos en voz alta, pero podía ver la inquietud en todos los rostros.

—Volverá hoy —afirmó Evard mientras simulaba estudiar el ábaco que había en la mesa del solar de Guy, deslizando las cuentas de madera de un lado a otro—. Rara vez me equivoco con mis presentimientos, y tengo una fuerte corazonada de que hoy será el día de su regreso.

Claudia deseó que Evard encontrara otra cosa en la que ocupar su tiempo. Las cuentas del ábaco chocaban entre ellas en un molesto ritmo, logrando que deseara tirar el estúpido instrumento por la ventana. En lugar de eso, continuó cosiendo. Su aguja de plata se movía a un ritmo constante por el brocado blanco. Cuatro mil trescientas ochenta y siete puntadas, ochenta y ocho, ochenta y nueve. Unas pocas hileras más de bordado y la túnica estaría acabada; una túnica cosida con unas manos desesperadas por hacer cualquier cosa que las mantuviera ocupadas, confeccionada para un hombre que probablemente nunca se la pondría.

Se obligó a sí misma a expresar sus mayores temores en voz alta.

—Mi tío pediría un rescate si hubiera capturado a lord Guy. Ya habríamos recibido noticias si estuviera prisionero. No... no creo que vuelva, Evard.

—Podrían existir muchas razones para el retraso del barón —protestó Evard—. Lord Guy es un guerrero fuerte y hábil, y sabe defenderse en una batalla. No es probable que haya caído en una trampa, pues salió de Montague esperando encontrarse con problemas.

—Seguramente fue alguna argucia de mi tío lo que atrajo a Guy lejos de Montague —insistió ella—. Cada noche intento prepararme para lo peor, imaginar...

Claudia volvió a colocar la túnica en su regazo para ocultar lo mucho que temblaban sus manos.

—Las gentes en el interior de esta fortaleza me harán responsable.

—Estás dejando volar tu imaginación —la reprendió Evard con una dureza poco habitual en su voz—. Cumpliendo órdenes del propio lord Guy, te defenderé con mi vida. Nadie te hará daño aquí.

Claudia le dirigió una mirada de soslayo.

—¿Quién heredará la baronía cuando se conozca la muerte de Guy?

Evard frunció el ceño y apartó la mirada. Claudia se había preguntado si Guy habría hablado con alguien sobre su hermano Roberto. Ahora ya conocía la respuesta. Evard no podría protegerla si el hermano de Guy, Kenric, se convirtiera en barón de Montague.

—Tienes muy poca fe en la destreza de tu barón.

—No, te equivocas. Tengo una gran fe en la destreza de lord Guy. Pero fue él quien me hizo considerar todas las posibilidades cuando yo intentaba negar la verdad con falsas esperanzas. —Claudia agachó la cabeza—. Y no es mi barón, Evard. Sólo aquellos que le han prestado juramento pueden reclamar la protección de su nombre. Un contrato de esponsales falso no me protegerá.

—Esto es una locura, lady Claudia. Yo también estoy preocupado por la ausencia del barón, pero no estoy dispuesto a ordenar que se prepare su sudario. Lo conozco demasiado bien. —Una vez abandonado el ábaco, Evard empezó a caminar preocupado pasándose las manos por el pelo hasta quedar completamente despeinado—. Lord Guy es como un gato, siempre cae de pie.

Claudia sintió que una sonrisa forzada tiraba de sus labios.

—A Guy no le gustan los gatos.

Evard emitió un gruñido de impaciencia.

—Necesito aire fresco, milady. ¿Me acompañas a pasear por las murallas?

Claudia sabía por qué hacía esa sugerencia. Habían recorrido las murallas cada día al aproximarse el anochecer, usando ambos la excusa del aire fresco y de las bonitas vistas, y esforzándose por captar cualquier indicio de que Guy estaba de regreso. Ya no había necesidad de seguir esa rutina, pues no descubrirían ninguna señal ese día, ni ninguno de los que lo siguieran. Aun así, no podía renunciar a ese último resquicio de esperanza.

—Un paseo me parece una buena idea, Evard. Hay nubes en el horizonte. ¿Por qué no salimos ya, antes de que llueva? —preguntó dejando a un lado la costura.

—Preferiría que te quedaras.

El sonido de aquella profunda voz hizo que su corazón dejara de latir. Incluso mientras se volvía hacia la puerta, se decía a sí misma que no era más que su imaginación. Había imaginado que oía la voz de Guy porque deseaba escucharla con todas sus fuerzas. La noche anterior, habría jurado que le había escuchado llamarla, sin embargo, se despertó en una cama vacía, con los brazos aferrados a una almohada que todavía conservaba un tenue rastro de su aroma. Quizá era su fantasma llamándola, intentando responder a los llorosos ruegos en los que pedía cada noche que regresara junto a ella. Sí, ¿por qué no iba a asediarla en la muerte al igual que lo había hecho en vida? Respiró profundamente y levantó despacio la mirada del suelo.

Su imaginación también había evocado una imagen perfecta de él. Guy se hallaba de pie en la entrada del solar, apoyando su fuerte hombro contra la jamba y vestido con las mismas ropas que el día que se fue. Se suponía que los fantasmas no sonreían, pero éste sí lo hacía. Se alejó de la puerta y avanzó hacia ella con los brazos extendidos como si pretendiera estrecharla entre ellos.

Claudia se tambaleó y la estancia pareció temblar bajo sus pies. Intentó dar un pequeño paso hacia él, pero de repente todo se volvió negro a su alrededor y cayó al suelo desmayada.

—... nada más que preocuparse desde que te fuiste.

—¿Ha dormido? Parece...

Retazos de conversación penetraron en los confusos sentidos de Claudia. Unas pocas palabras aquí y allá, pero dejó de intentar buscarles sentido. Se desvanecían en el sonido ensordecedor de un torrente de agua. ¿O acaso se trataba del viento?

—Que suban una bandeja de comida. Algo consistente.

—Sí, milord.

Guy y Evard. ¿Por qué soñaba con ellos hablando de comida? De pronto, recordó su visión en el solar. Deseaba abrir los ojos para ver si la aparición seguía allí, pero sus párpados parecían estar hechos de piedra.

—¿Claudia?

Tenía ganas de llorar. ¿Cuántas veces había esperado oír su nombre en los labios de Guy una sola vez más? Sonaba tan real... Finalmente, sus pestañas se alzaron y sus ojos se abrieron de asombro al descubrirlo a su lado.

—¿Claudia? ¿Qué te ocurre?

Fue vagamente consciente de que estaba en la cama de Guy. Él estaba sentado en el borde y se inclinaba sobre ella, frunciendo el ceño mientras estudiaba su rostro.

—¿Por qué me miras así?

Sólo en ese instante pudo imaginarse su propia expresión. Intentando recobrar sus aturdidos sentidos junto a su coraje, extendió un dedo y le dio un golpecito en el hombro. Halló solidez en vez del aire que había esperado. Suspiró aliviada y rodeó su muñeca con los dedos, encontrándola firme y cálida.

—No estás muerto.

Su preocupada expresión se disolvió en una perezosa sonrisa.

—No es necesario que parezcas tan decepcionada.

Sus burlonas palabras la hirieron en lo más profundo.

—¿Encuentras divertido mi sufrimiento?

—Dios mío. —Su sonrisa desapareció—. ¿Realmente pensabas que estaba muerto?

La imagen de Guy se volvió borrosa a través de las lágrimas que llenaban sus ojos. Ésa pareció ser la única respuesta que él necesitaba. La tomó en sus brazos, acunándola tan dulcemente como a un niño. Guy se había despojado de su sobreveste y de su armadura en algún momento, y la cabeza de Claudia descansaba sobre la piel acolchada que se ponía debajo de la cota de malla, de tal manera que podía sentir el suave y cálido ante contra su mejilla. Olía a armadura y caballos, y por debajo de esos olores, le llegaba el reconfortante olor a sándalo que tanto había echado de menos.

—No llores, cariño. Ya estoy aquí. No hay razón para llorar. —Sus palabras sólo consiguieron intensificar su llanto, pero él no parecía darse cuenta de ello. Guy empezó a mecerla entre sus brazos como si no fuera consciente de lo que estaba haciendo, y su voz se convirtió en un ronco murmullo—. No llores, mi amor. Me rompes el corazón. ¿Cómo podías pensar que no volvería a tu lado?

Le contestó un sollozo entrecortado. Guy debía pensar que su reacción era exagerada, pero le daba igual. Lloraba no sólo por sus temores de los días anteriores, sino también por todas las personas a las que había querido y había perdido, por el abrumador alivio que sentía al no contar a Guy entre ellas. Se apretó aún más contra su pecho, deseando poder fundirse con él hasta que se convirtiera en parte de ella, una parte que siempre pudiera mantener a salvo.

—No eran más que una banda de mercenarios, ladrones y estafadores —le explicó cuando sus sollozos se redujeron a hipos y gimoteos—. Thomas no tenía ni idea de que habían asesinado a su emisario. Él y sus hombres se dirigieron tras ellos hacia el norte, creyendo que conocíamos sus planes. Nos llevó todo un día alcanzar a la patrulla, y otro más llevar a los forajidos que habían capturado hasta la prisión de Carlisle. Con cerca de una veintena de criminales bajo mi custodia, no deseaba reducir el número de mis hombres enviando a un mensajero de vuelta a Montague. Sospechaba que te preocuparías, pero no tenía idea de cuánto.

Claudia sintió sus labios sobre su sien; fue un beso y una caricia a la vez.

—Te juro que siempre regresaré junto a ti, Claudia. Siempre. Nunca lo dudes.

Deseaba creerle. Qué fácil sería. Incluso sabiendo que era una mentira llena de buenas intenciones, pero una mentira al fin y al cabo. Dante le había hecho la misma promesa.

Sin embargo, Guy estaba allí, a salvo. Se le había concedido el regalo del tiempo. Tiempo para enamorarse más profundamente de él, para entregarle su corazón por completo. Lo que había sentido en su ausencia sólo había sido una pequeña muestra del dolor que sentiría si le permitiera acercarse aún más a ella. Aun así, los últimos días le habían mostrado el amargo sabor del arrepentimiento. Guy le había dicho una vez que vivía demasiado en el pasado, pero estaba equivocado. Claudia vivía pensando en el futuro, guiándose por lo que pudiera pasar, más que por lo que ya había pasado. Ya no le quedaba ninguna duda de que estaba destinada a sus brazos. La suerte estaba echada. Ya fuera por un día o para toda una vida, su corazón le pertenecía.

Quizá el precio que él exigía no era tan alto después de todo. Claudia bajó la vista hacia el lugar donde una de las manos de Guy se apoyaba sobre su cadera y trazó su contorno con la punta del dedo. Él deslizó la otra mano sobre su pelo, tranquilizándola con largas y suaves caricias que la adormilaban. Saboreó cada una de ellas, la dolorosamente dulce suavidad de su contacto. Deseaba parar el tiempo de alguna forma, permanecer entre sus brazos en esa estancia para siempre. Solos, sin interferencias de ningún tipo.

Alguien llamó a la puerta.

Ninguno de los dos se movió, pero Guy soltó un profundo suspiro.

—Es nuestra comida. ¿Tienes hambre?

Claudia negó con la cabeza con la esperanza de que ignorara la llamada.

Guy depositó un beso en su frente, la colocó con cuidado en el lecho y se levantó.

—Pareces más delgada que cuando me fui. Creo que te sentirás mejor si comes algo.

La puerta se abrió en respuesta a la orden del barón y Stephen se adentró en la habitación llevando consigo una bandeja llena de comida.

—Eso será todo —le indicó al escudero cuando dejó la bandeja sobre la mesa—. Haz que calienten agua para mi baño. Cuando esté listo para tomarlo, te lo haré saber.

Stephen hizo una reverencia y se retiró.

Guy atravesó las cortinas que dividían la estancia y regresó un momento después con un pequeño pañuelo de lino que le ofreció a Claudia.

—Sécate los ojos, cariño, y disfrutemos de una comida juntos. Tenemos mucho de qué hablar.

La recorrió con la mirada, y la elocuente expresión de sus ojos le dio una clara idea a la joven de lo que deseaba discutir. Se limpió los ojos y la nariz, ansiosa de repente de evitar esa comida. No estaba preparada para expresar sus sentimientos con palabras, o para escuchar ningún nuevo trato que él pudiera intentar proponerle. En lo que a ella concernía, el trato ya estaba cerrado.

—Comeré en bata si no tienes ninguna objeción —dijo Guy, mientras se desabrochaba el gambesón, la negra túnica guateada que actuaba como acolchado bajo la cota de malla—. Estas ropas están impregnadas del olor de mi caballo, y estoy saturado de la compañía de esa bestia.

Tiró la túnica a un lado y empezó a desabrocharse también la camisa, pero se detuvo cuando se dio cuenta de que Claudia lo observaba. Una chispa de deseo iluminó sus ojos y dejó caer las manos a sus costados.

—Nuestra comida se enfría.

—Es jamón y pan de la comida de mediodía, milord. —Se levantó y dejó el pañuelo a un lado sin dejar de mirarle a los ojos, pero no hizo ningún ademán de acercarse a la mesa. La comida tenía poco interés para ella. Lo que ansiaba saborear estaba de pie a su lado—. Ya está fría.

—Entonces, no importa que comamos más tarde —comentó mientras la miraba. Ansiosa, Claudia se acercó a él y lo abrazó con fuerza. Guy la recibió gustoso, pero negó con la cabeza—. Hay cosas de las que debemos hablar.

Ella posó sus dedos sobre sus labios.

—Todavía debo darte el recibimiento apropiado, milord. Una vez dijiste que podía besarte si lo deseaba.

Los brazos de Guy se tensaron a su alrededor, sin embargo, permaneció callado hasta que sus dedos se apartaron de su boca.

—Guy —murmuró—. Ya te he dicho que me llames por... —Se detuvo en mitad de la frase y acunó su rostro entre las manos, mientras una sombra de duda cruzaba sus ojos—. ¿Eres consciente de lo que me estás diciendo?

Ella consiguió asentir.

—Dijiste que debía ser yo quien te besara, que no serías tú quien decidiera por mí. —Su mirada descendió hasta sus labios—. Ya he tomado una decisión, Guy.

—Estás alterada —replicó con voz vacilante—. No tengo intención de aprovecharme de ti.

Claudia giró la cabeza y le dio un beso en el centro de la palma de su mano, extrañamente complacida de oír cómo tomaba aire con violencia. El efecto que ejercía sobre él la hizo ser más atrevida. Se acercó aún más, convencida de que hacía lo correcto.

—¿Acaso me rechazarás?

Guy acarició su rostro con pasión contenida.

—¿Cómo podría? —susurró—. Tienes la cara de un ángel y, sin embargo, despiertas al pecador que hay en mí cada vez que te miro, cada vez que nos tocamos.

Fue él quien tomó finalmente la iniciativa. Cubrió su boca con la suya sin violencia ni excesiva fuerza, pero sí de forma posesiva. Su mano acunó la parte posterior de su cabeza mientras su beso se hacía más profundo, y Claudia dejó que arrasara su boca devolviéndole el beso con igual intensidad. Sus temores empezaron a desaparecer, siendo sustituidos por la ardiente marea de deseo que la invadía. Todas las sensaciones que Guy había despertado la primera vez que la tocó se reavivaron, intensificándose con cada beso y cada caricia que empezaban a desvelarle el verdadero significado de pertenecer a alguien. Una fuerza incontrolable en su interior ansiaba aprender más. Si aquello era pecado, entendía que hubiese tantos pecadores.

Un fuerte brazo rodeó su cintura obligándola a ser consciente de la rígida evidencia de la pasión de Guy. En ese momento lo supo: daría cualquier cosa por ese hombre. La envolvente protección de sus brazos era todo lo que le importaba en el mundo. El fuego que recorría su cuerpo haciéndola temblar era lo que sus ojos le prometían cada vez que la miraba; un fuego que ardería descontrolado cuando la hiciera suya.

Guy acarició la plenitud de su cadera y fue incapaz de reprimir un profundo sonido que surgió desde lo más hondo de su garganta y que le hizo abrazarla con más fuerza y levantarla hasta que sus pies dejaron de tocar suelo. Claudia apenas podía respirar. Instintivamente, levantó las piernas y rodeó su cintura con ellas para asegurar su oscilante peso. Su amplia falda facilitó el movimiento y le hizo ver lo indefensa que estaba ante su masculinidad.

Guy separó la boca de la suya, y Claudia sintió cómo lo recorría un estremecimiento. Dejó caer la frente sobre su hombro, como si fuera ella la que lo sostuviera y no al revés. Envuelta en una bruma de pasión, recorrió un sendero con sus besos hasta llegar a su oreja.

—Ten cuidado, Claudia. Me harás caer de rodillas.

Su profunda voz vibró atravesándola, convirtiéndose en una caricia que no había creído posible, un relámpago que la recorrió hasta alcanzar lo más profundo de su ser. Claudia enredó las manos en su pelo para acercarlo más hacia sí, dispuesta a perderse en lo que él le prometía, a entregarse sin condiciones. La estancia se inclinó y se dio cuenta de que Guy se había arrodillado sobre la cama para tenderla sobre las almohadas. Aun así, continuaban tan íntimamente unidos como lo habían estado de pie. Su mano se deslizó hacia su cadera, sujetándola con la suficiente fuerza como para mantenerla inmóvil.

—Calma, mi amor. No quisiera que esto acabara antes de empezar.

Claudia frunció el ceño.

—¿Estoy siendo demasiado atrevida? —Su voz era vacilante.

Insegura, intentó liberar sus piernas, pero Guy sujetó con fuerza su cadera con sus manos para impedir que se moviera. Eso sólo hizo que se aproximara aún más al cálido y suave centro de placer de Claudia. Las pocas capas de ropa que había entre ellos no eran ni con mucho suficientes para protegerlo de su calidez. No obstante, Claudia parecía preocupada, como si estuviera haciendo algo que no debiera.

Guy intentó dedicarle una sonrisa tranquilizadora sin mucho éxito.

—No, cariño. No hay nada demasiado atrevido en lo que haces.

Claudia empezó a retorcerse de nuevo, en otro intento tardío de adoptar una posición más recatada. El gruñido de Guy la hizo detenerse.

—Frunces el ceño cada vez que me muevo —susurró—. Si no es mi descaro lo que te disgusta, ¿qué es entonces?

Realmente no tenía ni idea del exquisito tormento al que lo estaba sometiendo. Guy deseaba reír pero se conformaría con poder volver a respirar.

—Me gusta tu descaro. —Acarició su mejilla con el dorso de un dedo, molesto al ver cómo le temblaba la mano—. Soy yo el que está demasiado impaciente. Quiero ser cuidadoso contigo, introducirte despacio en los placeres que vamos a compartir.

Claudia pareció reflexionar sobre ello mientras Guy sentía que su deseo por ella crecía hasta niveles insoportables. Pero eso no era nada nuevo. Se había pasado los últimos cuatro días en un estado casi constante de excitación. ¿Cuántas veces había soñado despierto en el momento en que la estrecharía en sus brazos de nuevo, en todas las cosas que deseaba hacerle? Las fantasías llenaron cada hora de las noches que había pasado separado de ella. Pero todo lo que había imaginado palidecía al lado de la realidad.

Si todavía quedaba alguna esperanza de hacer el amor suave y lentamente, Guy necesitaría recuperar el control de sí mismo. Eso no sucedería mientras lo acunara entre sus muslos. Decidió rodar para apartarse de ella; quizá debiera dar un par de vueltas por la estancia para enfriar su deseo, sin embargo, estaba cautivado por el contacto de su suave cuerpo bajo él, la visión de sus labios enrojecidos y temblorosos por los besos, y el fulgor verde de sus ojos. Claudia provocaba un efecto sobre sus sentidos que nunca había experimentado, una recién descubierta conciencia que se centraba totalmente en la mujer que estaba entre sus brazos. Su piel ardía en los lugares donde sus cuerpos entraban en contacto. Todos los colores parecían más intensos, desde el rosado intenso de sus labios al bruñido caoba de su pelo. Sus mejillas eran del color de las rosas, y el perfume de esas delicadas flores llegaba hasta él junto a otro tenue aroma que hacía que sus fosas nasales se dilataran. Tomó una profunda bocanada de aire para saborear el embriagador perfume de la excitación de Claudia.

Sin poder evitarlo, su mirada descendió hasta la tentadora turgencia de sus pechos. Frunció el ceño al darse cuenta de que el vestido debía desabrocharse por la espalda o por los laterales. Necesitaba desvestirla. Ojalá hubiera pensado en ello antes de ponerla sobre la cama. Quizá le pidiera que se desvistiera mientras él la observaba. Sólo pensar en ella desnuda hizo que le hirviera la sangre. Sus caderas se arquearon contra ella por iniciativa propia, haciendo que volviera a la realidad. El vestido podía esperar.

—Me gusta tocarte —confesó Claudia con su suave y sensual voz—. Hay veces en las que lo deseo tanto que me duele no hacerlo.

Llevó su mano hasta el rostro de Guy y deslizó la punta de los dedos por su mejilla. Cuando recorrieron sus labios y descendieron por su cuello hasta llegar a su pecho, Guy sintió que sus caricias lo marcaban con fuego. Intentó concentrarse, captar lo que Claudia estaba diciendo.

—A mí no me pareces impaciente. Creo que eres el hombre más paciente y dulce que conozco.

¿Paciente? ¿Dulce? Se sentía como un animal salvaje dispuesto a poseerla sin piedad, a marcarla para siempre como suya. Al infierno su vestido. Su boca descendió con firmeza para apresar su boca, intentando no hacerle daño ya que sus labios estaban magullados por sus besos. Su cuerpo se movió como si tuviera vida propia sobre el de ella. Una mano recorrió su pierna hasta introducirse por debajo de su falda, deslizándose por el sensible punto en el interior de su rodilla y por su torneado muslo, hasta llegar a la cadera. Deseaba verla, comprobar si sus piernas eran tan largas y esbeltas como parecían, pero no podía dejar de besarla. Su mano exploró la desnuda curva de su cadera, encontrándola más suave que cualquier cosa que hubiera imaginado.

Un gruñido llenó el aire, una advertencia de la bestia que Claudia hacía surgir en su interior y que pretendía reclamarla como su presa. Guy no había emitido un sonido así en su vida. Debería haberla aterrorizado, pero increíblemente, Claudia no protestó. Yacía indefensa bajo él, ofreciéndose sin condiciones, participando activamente en su propia seducción. Correspondía al beso de la única forma que sabía, la que él le había enseñado: tentando su lengua con la suya, haciendo que el control de Guy desapareciera, arqueándose contra su cuerpo. La dejó hacer hasta que no pudo soportar por más tiempo la provocadora invitación y volvió a tomar el mando. Las manos de Claudia se movían sobre sus hombros y su espalda como si buscara algo que no pudiera encontrar, aferrándose a su camisa como si pretendiera arrancársela. Guy se escuchó a sí mismo volver a gruñir. Sabía muy bien lo que buscaba y se propuso renunciar a sus propias necesidades hasta que ella encontrara ese mágico lugar. Su prometida era una criatura realmente apasionada.

Su mujer. Ahora realmente era suya, siempre sería suya. Tuvo la esperanza de que ese pensamiento le ayudara a enfriar su sangre, pero eso no ocurrió. Cuando Claudia empezó a tirar de su camisa de nuevo. Guy alargó una mano por detrás del cuello para poder tirar de la prenda y así conseguir sacársela por la cabeza, irritado por tener que interrumpir el beso para hacerlo.

Sus ojos se encontraron, y Guy vio un atisbo de inseguridad en sus ojos. Por un momento, temió que ella protestara por su desenfrenada urgencia, pero, en lugar de eso, Claudia se llevó las manos hasta los lazos en el lateral de su vestido, intentando torpemente deshacerlos con sus temblorosos dedos. Al no conseguirlo, emitió un pequeño gemido de frustración y se dio por vencida. Rodeó su cuello con los brazos, y lo atrajo hacia sus labios invitándole a que tomara de nuevo posesión de su boca.

Guy se había preparado para horas de cortejo y seducción, pero su apasionada respuesta lo había excitado más de lo que creía posible. Era él quien estaba siendo seducido. Claudia respondía a cada caricia con un suspiro o un pequeño gemido de placer. Con el último atisbo de cordura que le quedaba, se dio cuenta de que había sido privada durante años de la más mínima muestra de amor o cariño. No era de extrañar que ansiara su contacto, que su hambre se reflejara en su pasión. Aquella revelación sólo hizo que estuviera más decidido a compensarla por todos aquellos años de soledad, a cuidarla y protegerla. Tenía que recuperar el control de sus sentidos para poder conseguirlo. Sus labios se deslizaron hasta la esbelta columna que formaba su cuello, incapaz de resistirse a su propia necesidad de besarla una vez más antes de apartarse, apoyándose sobre los codos con el fin de liberarla de parte de su peso

—Claudia, yo...

Ella sacudió la cabeza reflejando desesperación en sus ojos.

—No me dejes.

Intentó por todos los medios contenerse. Tenía que reconfortarla y lo que él tenía en mente no era el consuelo que ella necesitaba. Claudia era virgen. Debía recordarlo y no confundir su necesidad de amor con su propia necesidad, su propia lujuria. Pero la joven susurró una súplica que puso fin a sus buenas intenciones:

—Te lo ruego.

La mano de Guy ya se estaba encargando del cierre de sus pantalones, antes siquiera de darse cuenta de lo que estaba haciendo. A pesar de que su mente ordenaba a su cuerpo que se detuviera, Guy los liberó a ambos de las prendas suficientes para que nada se interpusiera entre sus cuerpos.

Había pasado los últimos cuatro días planeando ese momento, convencido de que la conduciría por las sendas del placer de forma lenta y enloquecedora. Pero nada estaba saliendo como había planeado. Deseaba hundirse en ella, perderse en su interior. Su cuerpo temblaba por la pasión que Claudia había desencadenado en sus entrañas. Le abrió aún más las piernas y se colocó de forma que su dolorido miembro presionara contra la entrada de su cuerpo. Ella se movió y Guy sintió que su autocontrol se resquebrajaba. Dios Santo, no podía consentir que pasara. No su primera vez.

—Claudia. —Su nombre era casi una súplica. Pero sabía que ya nada podría detenerlo. No a menos que se pudiera morir de tanto placer. Parecía una posibilidad. Su corazón latía tan fuerte que pensó que estallaría en su pecho.

Consiguió centrar su mirada en Claudia y observar el miedo y el deseo que se reflejaban en su rostro, junto a la inocencia y la sorpresa. Se estaba preguntando si sus propios pensamientos eran tan transparentes, cuando la joven empezó a asentir. Quiso preguntarle lo que significaba ese gesto, pero ella arqueó sus caderas imitando sus movimientos y Guy sólo pudo susurrar su propia súplica final.

—Perdóname, mi amor.

Empezó a penetrarla con cuidado, con temor a hacerle daño. La sintió tensa y húmeda, y a la vez cálida y acogedora. Guy quería expresar a gritos su dicha. Deseaba murmurar dulces palabras de ternura, pero no podía pronunciar ningún sonido.

Las uñas de la joven se clavaron en sus hombros cuando la rígida extensión del miembro de Guy se encontró con la prueba de su inocencia. Claudia no pudo evitar gemir de dolor ante la intrusión de la dura carne en su interior. Perdidos los últimos jirones de su control, Guy la embistió con fuerza introduciéndose por completo y hundiéndose en su calidez, arrastrado por su deseo de poseerla, de hacerla suya por entero.

El suave y femenino grito femenino lo hizo arder. Estaba hecha para él. Se mantuvo tan quieto e inmóvil como una estatua, casi en el mismo borde de la locura en su temor de volver a hacerle daño. Claudia lo abrazaba, se aferraba a él mientras oleadas de pasión y calor la atravesaban logrando que se contrajera y se tensara a su alrededor. Pero cuando rodeó sus caderas con sus piernas y se arqueó contra él emitiendo un gemido, Guy perdió el control. Su mundo se desmoronó. Su cuerpo se movió fuera de control, embistiéndola una y otra vez hasta que cerró los ojos con fuerza y el placer estalló en su interior con tanta fuerza que pareció poder continuar eternamente.

Finalizó de forma tan abrupta que casi se desmayó encima de ella.

11

Guy abrió los ojos y descubrió a Claudia mirándole fijamente. De algún modo, había logrado rodar sobre su espalda, y ahora ella yacía sobre él. Sin embargo, en lugar de relajarse contra su pecho como esperaba que hiciera, ella se apoyaba sobre los brazos para poder mirarle, hundiendo los codos dolorosamente en sus costillas. Aunque lo más inquietante es que parecía horrorizada. Guy esperaba no haberle hecho daño. Era lo último que deseaba. Aun así, en ese momento, no tenía fuerzas para disculparse por nada, y menos por la rápida pérdida de su virginidad o el abrupto final al que habían llegado. Tan pronto como su corazón volviera a latir con normalidad, la tranquilizaría diciéndole que todo sería muy diferente la próxima vez, que sería capaz de ser paciente y tierno.

Claudia empezó a resbalarse hacia su costado y Guy la sujetó con más fuerza por las caderas.

—Dame un momento, amor. Ahora descansa.

—No puedo —respondió ella. Su voz sonaba extrañamente tensa—. Mi falda está atrapada debajo de ti.

Vio cómo Claudia se aferraba a la prenda y se dio cuenta de que tenía razón. Con la falda tirando de ella hacia un lado y sus manos y su cuerpo empujándola hacia el otro, no podía estar en absoluto cómoda. Guy se giró hacia un lado y separó con cuidado sus cuerpos. Ella bajó la mirada y empezó a recolocarse la falda. Esos pequeños y oscilantes movimientos trajeron consigo una oleada de comprensión.

—Dios. —Ni siquiera la había desvestido.

La rápida mirada femenina le hizo darse cuenta de que había hablado en voz alta. La expresión de dolor e inseguridad que llegó a vislumbrar en las profundidades esmeraldas de sus ojos le hizo fruncir el ceño. Esperó a que volviera a mirarlo, pero Claudia mantenía los ojos ocultos bajo sus espesas pestañas. Él había sentido más placer con Claudia de lo que había creído posible, pero ella parecía estar a punto de llorar.

Guy frunció el ceño mientras se recolocaba sus propias ropas. Había llevado a las suficientes mujeres hasta su lecho como para ser consciente de su destreza como amante y, sin embargo, no había sabido complacer a la mujer que más había deseado a lo largo de su vida. Ahora que pensaba en ello, no podía recordar haber fracasado nunca en algo que realmente le importara hasta ese momento. Nunca había perdido el control por completo. Pero, ¿por qué ahora sí? ¿Qué poder tenía ella sobre él?

—No ha ido como yo había planeado, Claudia. Por favor, perdóname.

Alzó la vista y le dirigió una mirada confundida.

—¿Te arrepientes de que hayamos hecho el amor?

—No, por supuesto que no. Sólo me arrepiento de... —Guy apretó los labios al darse cuenta de que ella no tenía ninguna experiencia con los hombres, así que no sabría por qué se disculpaba—. No importa. Hablaremos de ello en otro momento. Prefiero saber cómo te sientes. ¿Te he hecho daño?

Un profundo rubor tiñó sus mejillas.

—No ha sido tan malo.

Una sonrisa se formó en los labios masculinos mientras ponía la mano sobre su cintura a modo de pequeña caricia.

—Todo hombre vive esperando impaciente el día en que oiga decir a su prometida que no ha sido tan malo.

Claudia se tensó bajo su mano y el resplandor en sus mejillas desapareció.

—Preferiría que no bromearas sobre nuestro falso compromiso.

—No estaba bromeando. —Guy se dio un puntapié a sí mismo mentalmente. Nada había ido como lo había previsto desde que había vuelto. O mejor dicho, desde que la había conocido. Aun así, su voz se suavizó cuando pronunció las palabras que había querido decir antes de abandonar Montague—. Estamos verdaderamente prometidos, Claudia. No rechazaré nuestro compromiso ni te rechazaré a ti. Nos casaremos tan pronto como el sacerdote de Montague haga los preparativos.

Esperaba verla sonreír ante sus palabras. Ella había deseado casarse desde el principio. Sin duda, las noticias la harían sonreír durante una semana.

Claudia arrugó el ceño.

—¿Por qué?

—¿Por qué? —repitió Guy—. ¿Quieres una razón?

—Sí. —Claudia quería estar segura de que había escuchado bien. Estaba tan asombrada por su repentina declaración como por lo que había ocurrido entre ellos. Había sabido desde el principio que hacer el amor con Guy sólo intensificaría sus sentimientos hacia él, que reforzaría el vínculo entre ellos. Ahora sentía que él la poseía en cuerpo y alma. Ella le pertenecía como nunca pertenecería a nadie más. ¿Que la quisiera como esposa, significaba que él sentía lo mismo?

No, seguramente no era así. Algo en lo más hondo de su ser le decía que la decisión que Guy acababa de comunicarle no era fruto de la pasión. El recelo sustituyó rápidamente a la sorpresa.

—Dadas las circunstancias, pedir una razón por tu repentino cambio de opinión me parece algo razonable.

—No hay nada de repentino en mi decisión —replicó Guy poniéndose a la defensiva—. He estado pensando mucho en ello durante los últimos cuatro días. Nunca se me ocurrió que exigirías una explicación por mi decisión. —Enarcó una ceja—. Por ley, no tengo que rendirle cuentas a nadie, excepto a Dios y al rey.

—¿Y qué razón pretendes darle a Dios y a tu rey? —Claudia casi podía ver cómo su mente trabajaba rápida y vertiginosamente tras su máscara de arrogancia. Estaba intentando pensar en una buena mentira. Lo miró expectante y esperó.

—Pensé que te haría feliz. —Sonaba resentido—. Dejaste muy claro que preferías ser mi esposa a mi amante.

—También preferiría tener una hermosa cabellera rubia en lugar de ésta de un castaño tan desvaído, pero igualmente tendría una o dos preguntas que hacer si ese asombroso cambio tuviera lugar algún día.

—¿Quién osa decir que tu pelo tiene un color desvaído?

—Yo. —Claudia soltó un suspiro de impaciencia—. Estás intentando distraerme, barón.

—Guy —protestó él.

—Muy bien, Guy. ¿A qué viene este repentino deseo de desposar a una mujer que no era digna de llevar tu ilustre nombre hace sólo cuatro días? —Claudia se apoyó sobre un codo para poder mirarle—. ¿Y no has pensado que tal vez yo no quiera pertenecer a una familia que seguramente me odiará?

Guy también se apoyó en un codo.

—Te casarás conmigo. Las razones no importan. Tu tío me nombró tu prometido y eso me da el derecho a hacerte mi esposa. No cederé ese derecho a ningún hombre, ni permitiré que otro tome lo que es mío.

—No parece que haya ningún otro hombre que me desee —rebatió en voz baja.

—Yo te deseo. —Le lanzó una mirada que la desafiaba a discutir ese hecho—. Y dado que tiendo a tener buen gusto, puedes estar segura de que hay otros hombres en las mismas circunstancias.

La mirada de Claudia recorrió su rostro detenidamente desde el inflexible ángulo de su mandíbula hasta la arrugada tormenta de su frente. Se preguntó a cuánta gente habría aterrorizado con esa expresión. Tuvo el efecto contrario en ella. Qué extraño que su ira pudiera hacerle sentirse protegida y a salvo. Y más extraño aún que no deseara otra cosa que suavizar su fruncida frente con dulces besos. Claudia sacudió la cabeza. Guy podía distraerla incluso sin pronunciar una sola palabra.

—¿Entonces te casarás conmigo porque eres un hombre posesivo, y me ves como una propiedad?

—Yo no he dicho nada semejante —replicó él—. Siempre tergiversas mis palabras.

—Yo no tergiverso nada. No me has dado ninguna otra razón, aparte del hecho de ser posesivo —señaló Claudia. Luego calló en espera de que le diera alguna otra explicación, pero Guy seguía guardando un obstinado silencio. Le estaba ocultando algo. Algo importante. De pronto, se le ocurrió la única razón por la que él desearía casarse con ella.

—Has descubierto lo de Halford.

Guy le dirigió una cautelosa mirada.

—¿Qué es lo que he descubierto sobre Halford?

—Lo sabes muy bien. —Sentía como si algo muy pesado le oprimiera el pecho. Se preguntaba si habría recibido una misiva de su rey. A su tío le preocupaba que sólo fuera cuestión de tiempo que Guy descubriera la verdad. Y estaba segura de que lo había hecho. Un pequeño atisbo de esperanza cuya existencia desconocía murió en su interior—. Al igual que yo sé por qué de repente soy digna de ser tu esposa.

—¿De qué estás hablando?

Claudia estudió su rostro en busca de alguna señal que delatara la verdad. No le extrañaba que pudiera conseguir unos tratos tan provechosos. Se le daba muy bien ocultar cualquier rastro de culpabilidad que pudiera sentir al aprovecharse tan despiadadamente de sus sentimientos.

—¿Cómo lo has sabido?

—Estoy cansado de este acertijo, Claudia. —No levantó la voz, pero la amenaza que reflejaba era inconfundible—. Explícate. Ahora.

—Es por Halford Hall —dijo ella—. Has decidido casarte conmigo porque has descubierto que forma parte de mi dote.

Guy la miró fijamente sin decir una sola palabra durante largos minutos. Sus ojos eran del color del hielo. Por primera vez, Claudia sintió una punzada de miedo.

—¿Ibas a permitir que tu tío me vendiera algo que no era suyo?

—No sabía que era mío —protestó. Oh, Dios. Él no lo sabía. Y se lo había dicho en el peor momento posible—. Descubrí lo de mi dote el mismo día que oí a mi tío hablar de la conspiración para matarte. Mi abuelo concedió Halford a mi madre como parte de su dote, y ella, a su vez, me lo legó a mí. Mi tío esperaba conseguir tu oro antes de que descubrieras la verdad.

—Y tú has sabido la verdad desde que dejamos Lonsdale.

La acusación le dolió. Pero fue su silenciosa reprobación lo que la hizo sentirse avergonzada, el hecho de que Guy supiera que no había confiado en él.

—Me pareció mejor guardármelo para mí. Me habrías forzado a casarme si lo hubieras sabido.

—¿Tú crees? —Guy se echó hacia atrás y su mirada la recorrió rápida y desdeñosamente—. Pareces conocerme muy bien.

Claudia levantó la barbilla.

—Sé que eres un hombre decidido a conseguir lo que desea cueste lo que cueste. Los hechos hablan por sí mismos: pensabas pagar una fortuna por Halford cuando no podía valer ni la décima parte de esa cantidad y te niegas a vender rollos de tela flamencos porque no te gustan sus mercaderes. —Hizo una pausa, suspiró, y siguió hablando—. Rechacé la fortuna que me ofreciste a cambio de ser tu amante, ¿y ahora pretendes que crea que quieres casarte conmigo cuando estoy en tu lecho por voluntad propia? —Plantear sus razones en voz alta hizo que se sintiera todavía más segura de sus convicciones—. Te conozco bien, barón. Llegarías hasta límites insospechados para conseguir lo que deseas.

—Tienes razón, por supuesto. Si hubiera sabido lo de Halford Hall, te habría raptado y me habría casado contigo en el mismo instante en que hubiéramos atravesado las puertas de Montague. Es obvio que he demostrado ser un despiadado villano ante tus ojos desde entonces.

—Estás siendo sarcástico.

—¿Tú crees? —Su sonrisa hizo que un escalofrío recorriera la columna de Claudia; era una sonrisa perfectamente civilizada que lograba parecer la de un depredador al mismo tiempo—. En realidad, sólo estoy intentando imaginar qué razones te hicieron ocultarme esa información. ¿Por qué no me lo dijiste? ¿Fue por miedo a que te robara tu herencia? ¿Lo hiciste para vengarte por haberte sacado de tu cómodo y acogedor hogar en Lonsdale? ¿O era una agradable sorpresa que guardabas para cuando llegara el momento adecuado?

Claudia bajó la mirada.

—Pretendía venderte Halford a un precio justo.

—¿Y cuándo pensabas hacerlo?

¿Cuándo aprendería a mantener la boca cerrada? Al darse cuenta de que cualquier cosa que dijera sólo lo enfurecería más, se limitó a encogerse de hombros.

—No posees más que un trozo de papel, Claudia. —Guy sacudió la cabeza, como si ella ya debiera saber lo que él le decía. Curiosamente, las líneas alrededor de su boca reflejaban irritación más que ira—. Halford pertenece a quien controle sus murallas. Ahora lo hacen los hombres de tu tío, pero pronto serán sustituidos por mis soldados. ¿Acaso has creído que pagaría entonces por lo que ya habría conseguido conquistándolo?

¿Qué podía decir? ¿Que no había ido tan lejos en sus divagaciones? En medio del silencio que siguió, Guy pareció leer su mente y frunció más el ceño.

—¿Me exasperas a propósito o es un talento natural del que dispones?

Claudia, prudentemente, ignoró la pregunta.

—¿Me castigarás por no habértelo dicho?

—No. —Guy exasperado, se pasó una mano por el pelo—. Pero deberías habérmelo contado antes.

—Ahora me doy cuenta de ello —murmuró. Lo había juzgado mal y él lo sabía. La necesidad de reconfortarlo superó su cautela. Claudia extendió la mano y la apoyó sobre su mejilla—. ¿Estás muy furioso?

—No estoy furioso, pero sí enfadado. —Guy miró de soslayó su mano—. ¿Es esto un intento tuyo de aplacar mi ira?

—Sí. —Claudia deslizó los dedos por su frente en una tentadora caricia mientras sus labios se curvaban en una tímida sonrisa—. ¿Funciona?

Las comisuras de los labios de Guy se movieron hacia arriba.

—Sí.

Claudia recorrió su alto y anguloso pómulo y la línea de su mandíbula, y Guy la instó a que deslizara su mano por las tensas curvas de su cuello y su clavícula. El fuego acumulado en sus ojos ardió con más fuerza.

—Necesito que aplaques mucho más mi ira, o no respondo —amenazó—. Quiero saber qué otras «verdades» has decidido guardarte para ti misma.

Sus dedos trazaron pequeños círculos mientras se dirigían a su corazón. Claudia prefería explorar las interesantes colinas y valles de su torso que discutir.

—No puedo recordar ninguna.

—Háblame de tus padres.

Su mano se paralizó. ¿Qué había descubierto de sus padres? Prefirió tantear el terreno antes de contar algo de lo que pudiera arrepentirse.

—¿Mis padres?

—Sí, ¿cómo pudo llegar a poseer tu madre unas esmeraldas tan valiosas?

—Por los motivos habituales —murmuró—. Mi padre era un hombre rico y le gustaba hacerle regalos a mi madre.

Claudia estudió la forma de su esternón con la punta del dedo. Puede que no fuera tan horrible contarle el último de los secretos de su familia, aunque le costara trabajo hacerlo. Seguramente su pasado le parecería incluso más sórdido que todo lo referente a Roberto. Se mordió el labio inferior y permaneció en silencio.

—Si tu padre era tan rico, ¿cómo puede ser que tú y tus hermanos acabarais en una situación tan precaria?

—La familia de mi padre conspiró para arrebatarnos su fortuna cuando él murió. Mis hermanos y yo nos vimos obligados a huir de nuestro hogar sólo con lo que pudimos cargar. —Claudia deslizó la mano por su hombro—. ¿Estás seguro de que no estás enfadado por lo de Halford?

No conseguiría distraerlo tan fácilmente.

—¿Cómo murieron tus padres?

Ésa era la pregunta que ella tanto había temido.

—No te gustará la historia. —Tomó aire profunda y entrecortadamente.

—Quisiera escucharla de todos modos. —Guy le obligó a levantar la barbilla y esperó hasta que lo miró a los ojos—. Cuéntame tus secretos, Claudia. Puedes contarme lo que sea. No afectará a lo que siento por ti.

—¿Y qué sientes por mí?

Guy negó con la cabeza.

—Primero tu historia.

No podía ser consciente de lo que le pedía. Claudia centró su mirada en un punto más allá de su hombro, recordando imágenes de su infancia. Su padre siempre había tenido una presencia imponente. Era alto, con pelo oscuro y unos penetrantes ojos verdes. Sin embargo, Claudia siempre recordaba sus sonrisas. En cambio, el aspecto de su madre era delicado; tenía el pelo claro y los ojos azules de los Lonsdale. De ella, Claudia sólo recordaba su expresión preocupada. Sus padres poseían temperamentos muy diferentes, pero ella nunca dudó que quisieran a sus hijos y que se amaran el uno al otro. Su familia era para ellos lo más importante de sus vidas. Nunca se criticaban en presencia de extraños, y los secretos de familia eran eso, secretos que no se contaban a nadie. Aun así, Guy tenía derecho a saber sobre su familia si realmente pretendía convertirla en parte de la suya propia. Claudia cerró los ojos y recordó la soleada villa donde creció, los viñedos interminables, los olivares y el inconfundible aroma de los almendros en flor en primavera.

—Los problemas empezaron cuando la hermana de mi padre, Giovanna, se casó con el hijo de un noble vecino. Las dos familias estaban enfrentadas por una rivalidad que empezó muchas generaciones atrás y de la que nadie podía recordar el origen. Algunos pensaron que un matrimonio podría ayudar a solucionar los problemas entre ambas casas.

—Me imagino que no fue así.

Claudia abrió los ojos y clavó la mirada en su pecho, anhelando apoyar la cabeza allí para escuchar los reconfortantes latidos de su corazón.

—No, Giovanna sólo fue para su marido un medio para llegar a un fin. Lorenzo deseaba mucho más que una esposa Chiavari. Deseaba todo lo que la familia poseía. Tan pronto como Giovanna le dio un hijo varón, Lorenzo tramó un plan para conseguir el control de todo.

—¿Puso bajo asedio tu hogar? —preguntó Guy.

—Los asedios no son tan comunes en Italia como aquí —le explicó Claudia—. Lorenzo utilizó unos medios mucho más cobardes para conseguir su objetivo.

Una vez que comenzó su historia, casi se sintió aliviada al poder contársela. Había deseado desesperadamente que Guy nunca le preguntara por sus padres, pero tenía derecho a saber sobre su pasado. Ahora sabía que el matrimonio con el hombre que amaba no era más que otra tentadora visión de lo que nunca podría llegar a ser. Descubrir que Roberto era su hermano debería haber hecho que se alejara de ella, pero eso era un asunto que incumbía a sus hermanos y no a ninguno de ellos dos directamente. Lo que Claudia iba a contarle la afectaba de forma irrevocable y también afectaría a Guy. Después de oír su relato, ni siquiera la querría como amante.

No obstante, si se lo ocultaba, Guy podría llegar a sentir afecto por ella, quizá incluso amarla. Pero Claudia acabaría haciéndose daño a sí misma y también a él, porque tarde o temprano Guy descubriría la verdad y la apartaría de su lado. Era demasiado tarde para salvar su propio corazón, pero no podía soportar la idea de hacerle daño con su silencio, así que se sumergió en la peor parte de la historia.

—Mi padre no tenía hermanos varones, pero sí tres herederos sanos. No obstante, Lorenzo era demasiado astuto como para asesinarnos a todos, pues sabía que nadie lo creería inocente del crimen. En lugar de eso, envenenó a mi padre. Disponía de espías entre los sirvientes de nuestra casa para que llevaran a cabo el crimen. Luego, esos mismos espías se presentaron como testigos para jurar que mi madre y su alquimista habían conspirado juntos y cometido el asesinato. Lorenzo usó su matrimonio con mi tía para proclamarse nuestro tutor y sus hombres se llevaron a mi madre al día siguiente de la muerte de mi padre. Quince días después, supimos que había muerto a causa de las torturas que le habían infligido al negarse a confesar su supuesto crimen.

Claudia se esforzó por expulsar las imágenes de aquellos espantosos días de su pensamiento. Cerró su mente a todo, excepto a las palabras. Su voz sonaba casi carente de emoción.

—El alquimista resultó ser más cooperativo. Lo torturaron hasta que suplicó que lo mataran, hasta que supo que su confesión sería lo único que lo libraría del dolor. Juró ante un consejo de sacerdotes y magistrados que había sido el amante de mi madre durante años, que era el padre de todos sus hijos y que mataron a mi padre para poder casarse.

Claudia se humedeció los labios y recordó la presión de la boca masculina contra la suya. A ojos de la Iglesia, ella era la hija de una asesina. Guy no querría volver a besarla nunca.

—Lorenzo solicitó a la Iglesia que anulara el matrimonio de mis padres basándose en el adulterio —continuó—. El mismo Papa firmó el decreto, y mis hermanos y yo fuimos declarados bastardos. Roberto y Dante hicieron todo lo que pudieron por convencer a la Iglesia de la inocencia de mi madre, pero Lorenzo lo tenía todo planeado desde hacía demasiado tiempo y no había olvidado detalle. Su hijo fue designado el pariente varón legítimo más próximo a mi padre y, por tanto, su único heredero. Dante y Roberto decidieron que debíamos huir a Inglaterra cuando uno de mis sirvientes murió al beber una copa de vino que iba dirigida a mí. Era el modo que tenía Lorenzo de decirnos que nunca estaríamos a salvo si permanecíamos en Italia.

Cuando el relato finalizó, un ensordecedor silencio llenó la estancia. Claudia esperaba que Guy se alejara de ella o que expresara algún otro signo de aversión en cuanto digiriese el relato. Aunque quizás a él no le importara que la Iglesia la hubiera señalado como bastarda y que se le exigiera confesarlo ante un sacerdote antes de casarse, si es que llegaban a hacerlo. Se obligó a sí misma a mirarlo a los ojos y su glacial expresión puso un desgarrador final a su vaga esperanza de que todavía la deseara.

Guy recorrió su rostro con la mirada como si buscara algo y extendió la mano para pasar el pulgar por su mejilla.

—¿No tienes lágrimas para tus padres y hermanos?

—Son un signo de debilidad. Aprendí a controlarlas.

—Sin embargo, lloraste por mí.

Claudia bajó la vista, incapaz de mirarle a los ojos por más tiempo.

—Parece que no tengo control cuando se trata de ti.

—Me entristece verte llorar, pero no permitiré que endurezcas tu corazón más de lo que ya lo has hecho. No hay necesidad. —Antes de que Claudia pudiera imaginar sus intenciones, Guy ya había puesto sus manos en su cintura y la atraía irremisiblemente hacia sus brazos—. Te hiciste fuerte para sobrevivir y aprendiste a depender de ti misma y de nadie más. ¿No es cierto? —preguntó antes de besarla en la frente con una ternura infinita

—No vas muy desencaminado —murmuró. De hecho, no podía estar más en lo cierto. Claudia no supo cómo interpretar aquella muestra de ternura. La terrible historia de su familia era más que suficiente para que la rechazara—. ¿Te das cuenta de que hay gente que me considera una bastarda? ¿La hija de una asesina?

—Sí. —Guy no sonaba más preocupado por esa revelación de lo que lo hubiera estado si ella le hubiera dicho que parecía que esa noche iba a llover.

Claudia se mordió el labio inferior, casi asustada de hacer la siguiente pregunta.

—¿Entonces abandonarás esa delirante idea del matrimonio?

—No. —Guy respondió con la suficiente fuerza como para forzarla a echarse hacia atrás para contemplar su rostro. Aparte de su ceño ligeramente fruncido, no pudo ver nada que reflejara sus pensamientos.

—Los barones no se casan con bastardas —le indicó—. No, a no ser que sean las del propio rey. Tú... ¿Por qué sonríes de esta manera?

—Es tu elección de palabras lo que me hace sonreír. —Guy se inclinó hacia ella para darle un dulce y prolongado beso que hizo que olvidara cualquier pensamiento que no se centrara en sus labios. Cuando finalmente se apartó de ella, apoyó la punta de su dedo contra sus labios como si sellara su beso—. No me importa lo que algunos puedan llamarte, porque sé quién eres. Pero sobre todo, sé quién serás. Dentro de poco, nadie osará llamarte otra cosa que no sea «baronesa».

—¿Por qué estás tan decidido a casarte conmigo? —susurró—. Desde luego, no es por el rancio abolengo de mi familia. Tampoco es por mi dote ya que pretendes hacerte con Halford sea como sea, y el oro que pueda obtener con mi collar no afectará en gran medida a tu fortuna. Pero aun así, insistes en casarte. ¿Por qué?

—¿Acaso no lo sabes?

Claudia soltó un suspiro de exasperación.

—Acabo de darte las razones por las que creo que no puedes hacerlo. La única posibilidad que queda es la lujuria, pero ése no puede ser el motivo porque sabes que me entregaré a ti de buen grado sin la promesa del matrimonio.

—¿Lo harás? —Guy sonó asombrado, aunque consiguió mantener un semblante serio—. ¿Vendrás todas las noches a mi lecho de buen grado?

—¿Quién es ahora el que tergiversa las palabras de quién? —Claudia le dio un empujón en el hombro—. ¿Me darás tus razones o no?

—Hmm. —Le dirigió una mirada pensativa—. Creo que no. No sería muy inteligente por mi parte en este momento. Tú misma has dicho que sabes cómo funciona mi mente. Pronto se te ocurrirá la respuesta.

—¿Necesitas un heredero? —probó suerte, aunque al mismo tiempo que lo decía negaba con la cabeza—. Podrías escoger la esposa que desearas. No necesitas casarte conmigo para tener a tu heredero.

—Quizá necesite un heredero con ojos verdes —se burló, mientras le cogía la mano y la colocaba sobre su pecho—. Éste es el camino más rápido para obtener tu respuesta, Claudia. Es donde encontrarás lo que estás buscando.

—¿Encontraré la respuesta tocándote? —Sus labios perdieron la sonrisa—. Entonces la lujuria es la razón después de todo.

Guy simplemente sonrió y sacudió la cabeza.

—¿Te gusta tocarme?

—Ya te he dicho que sí —le respondió, intrigada por el repentino cambio que se había producido en él. La distante mirada en sus ojos había desaparecido, dejando al descubierto la parte de su personalidad que más le gustaba. Debería estar frunciendo el ceño, furioso con ella por haber guardado sus secretos durante tanto tiempo. En cambio, sonreía y bromeaba con ella. Nunca entendería cómo funcionaba su mente.

Los dedos de Guy tiraron de los lazos que había en los laterales de su vestido.

—A mí también me gusta tocarte.

—¿Qué estás haciendo?

—Quiero mirarte. —Guy se inclinó sobre ella para poder usar ambas manos, atrapando su cadera en el proceso. Sentir el peso y la calidez de su cuerpo provocó una respuesta inmediata en ella, un deseo irrefrenable de ser suya de nuevo. Incluso su voz le causaba un cosquilleo en la boca del estómago—. Quiero verte completamente desnuda.

Ella intentó empujarlo, pero él apartó sus manos como si algo no más molesto que una mosca lo descentrara de su tarea. Abandonando sus inútiles esfuerzos, Claudia se recostó y tomó su rostro entre las manos.

—¿Es que lo que te he contado sobre mis padres no te influye?

—En absoluto —le aseguró con un pequeño gruñido de satisfacción cuando consiguió deshacer los nudos. Su mirada volvió a encontrarse con la de ella cuando aflojó los lazos y en sus ojos se pudo leer una intensa emoción—. Intentaré borrar las penas del pasado siempre que esté dentro de mi alcance poder hacerlo, pero nunca te haré responsable de acontecimientos que escapen a tu control. Lo que me has contado sólo me hace darme cuenta de que el regalo que me haces con tu cariño es más valioso de lo que pensaba. Durante años, no has permitido que nadie te importara. Te resistías a lo que sentías por mí porque tenías miedo de perderme, de que te abandonara como lo hizo tu familia.

—¡Mi familia no me abandonó!

—No, ellos murieron —dijo con suavidad—. Aun así, el resultado es el mismo, ¿no? ¿Puedes decirme que nunca te has sentido sola o abandonada durante todos estos años?

Ella se obligó a pronunciar la palabra, que surgió en un susurro quebrado.

—No.

—Ya no estás sola —Apretó la mano de Claudia contra su rostro y giró la cabeza para darle un apasionado beso en la palma abierta—. Yo no tengo ningún pariente celoso que codicie lo que es mío, y tu tío es más una molestia que una amenaza. Seguiría decidido a casarme contigo aunque fueras la hija bastarda de un pescadero o la legítima reina de Inglaterra. Te daré hijos para que los quieras, igual que yo querré a su madre. Y nunca te dejaré. No importa lo que suceda, no volverás a estar sola.

Claudia sacudió la cabeza en un movimiento casi frenético, temerosa de creerle, de que él fuera demasiado consciente de su miedo y pudiera usarlo contra ella.

—Sí, Claudia. Eres mía y yo protejo lo que es mío. Nuestros hijos nunca conocerán el miedo con el que has vivido todos estos años. —Guy pasó el pulgar por su labio inferior—. Con el tiempo, te haré olvidar tus miedos y los sustituiré por sonrisas. Deseo ver sonrisas adormiladas en tu rostro cuando te despiertes en mis brazos cada mañana. Sonrisas provocativas cuando despiertes mi pasión por las noches. Sonrisas traviesas cuando me digas que soy un terco en mis operaciones comerciales.

Guy le besó las comisuras de la boca. Eran besos suaves, nada exigentes, que derribaban sus defensas.

—Ésa es una de las razones por las que deseo casarme contigo, cariño. Tus sonrisas me hacen sentir cosas que nunca antes había sentido. Son tan adictivas como el mejor de los vinos e igual de excepcionales. Las quiero todas para mí.

Su boca se cerró sobre la de Claudia en un beso profundo y posesivo antes de que pudiera decir nada. Ella podía saborear su poder, percibir su fuerza envolviéndola, manteniéndola a salvo. Volvió a sentir una extraña sensación, la misma que sentía cada vez que Guy la tomaba entre sus brazos. *Es como si hubiera llegado a casa*, pensó mientras deslizaba los brazos alrededor de su poderoso cuello. Ojalá fuera posible permanecer de esa manera para siempre. Nunca tenía miedo cuando él la abrazaba.

—Iremos más despacio esta vez —susurró Guy, alejándose de su boca y recorriendo con sus labios la delicada línea de su mandíbula—. Mucho más despacio.

Siendo fiel a sus palabras, deslizó con lentitud su corpiño y su camisola hasta su cintura. La joven liberó sus brazos de las prendas, mientras mantenía los ojos clavados en los de Guy hasta que él bajó la vista hasta sus pechos. Claudia sintió que la acariciaba con su mirada. Abrumada por una oleada de pudor, intentó cubrirse, pero Guy se lo impidió apresando sus muñecas y sujetándola contra la cama en una posición que la dejaba totalmente expuesta a su examen.

—Quiero conocer todo tu cuerpo —murmuró. Sus ojos se mostraban ardientes y ávidos—. Cada seductor y hermoso milímetro.

Guy le dio un beso en el valle que formaban sus senos y movió la cabeza hacia un lado y hacia otro para acariciar la suavidad de su piel con sus ásperas mejillas. Claudia sintió como si hubiera encendido un fuego dentro de su corazón. Deseaba tocarlo. Pero con las manos sujetas e inútiles a sus costados, lo único que podía hacer era arquear las caderas hacia él.

—No, mi amor. Hay más cosas que debo enseñarte. —Sus labios recorrieron sus pechos, acariciándola, besándola, provocándola. Atormentó con su lengua la turgencia de uno de sus senos, hasta que atrapó el pezón entre sus dientes.

Claudia intentó respirar pero no lo consiguió. Volvió a intentarlo y al fin consiguió hacerlo entrecortadamente. Al tocarla con su lengua, hizo que un estremecimiento de placer la atravesara. Guy empezó a succionar y a dar golpecitos con su lengua en su pezón, consiguiendo que una marea de emociones inundara el cuerpo de Claudia. Se arqueó bajo él, desesperada por llegar a un lugar al que sólo Guy podía acompañarla y cuya existencia desconocía. De pronto, él se irguió dejando huérfanos de sus besos a sus pechos y liberando sus muñecas. Claudia abrió los ojos y lo descubrió de pie junto a la cama deshaciéndose con rapidez de su pantalón. Su oscura mirada la abrasaba, marcándola como suya.

En aquella ocasión no apartó la mirada, sino que se incorporó para poder verlo mejor. Estudió la amplitud de sus hombros, la forma en que sus músculos se flexionaban y tensaban mientras se inclinaba para quitarse la ropa, y la asombrosa visión de la prueba de su excitación. Sin ninguna ropa que lo cubriera, Guy se irguió y permaneció inmóvil permitiendo que lo observara. Todo él parecía envuelto por una fuerza invisible, como un caballo de batalla firmemente refrenado. Su profunda y seductora voz sonó asombrosamente controlada.

—Suéltate el pelo, Claudia.

La joven se llevó las manos a la trenza y ralentizó sus movimientos cuando se dio cuenta de que a él le gustaba observarla mientras se quitaba los lazos que mantenían el cabello recogido en su lugar. Cuando empezó a deshacer su trenza, Guy hizo un gesto negativo con la cabeza.

—El vestido —murmuró con voz enronquecida por el deseo—. Quítatelo.

Claudia sintió cómo el rubor se propagaba por sus mejillas, pero se apresuró a obedecer. Dirigió las manos a su cintura y tiró del vestido y de la camisola empujándolos hacia sus caderas. Luego se recostó, deslizó las prendas por sus piernas y las dejó caer al suelo para no sentirse tentada a cubrir su desnudez con ellas. Guy deseaba mirarla. Después de la oportunidad que ella había tenido de examinarlo, le pareció justo que él pudiera hacer lo mismo. Aun así, tuvo la esperanza de que se reuniera con ella pronto. Deseaba sentir la calidez de su poderoso cuerpo junto al suyo.

Guy ni siquiera se movió. Mantenía hasta la última parte de su cuerpo totalmente bajo control, excepto sus ojos. Su mirada se movía libremente por la esbelta silueta de Claudia, recreándose en cada parte de su ser, observándola con detalle, como si quisiera grabar para siempre en su memoria ese momento. Sus pechos estaban hechos para adaptarse a las manos de un hombre, *las suyas*. La estrechez de su cintura permitiría que sus manos se acoplaran a su alrededor a la perfección y sus caderas se ensanchaban en una suave ondulación con el único fin de ofrecer más suave carne que acariciar. Su mirada bajó hasta el triángulo de rizos caoba entre sus piernas y, al instante, su cuerpo se puso rígido. Se obligó a sí mismo a seguir su escrutinio, siguiendo la línea de sus largas y bien torneadas piernas. Fascinado, contempló cómo Claudia se acomodaba sobre las almohadas, rodaba sobre su costado y apoyaba la mano sobre la cama, acariciando la sábana con la palma a modo de invitación para que se uniera a ella. Era Eva invitándole a entrar en el paraíso.

Se acercó a la cama con lentitud. Sus piernas parecían hechas de plomo; sus articulaciones estaban tan agarrotadas como una armadura oxidada, pues tenía que controlar ferozmente todos los músculos de su cuerpo para evitar tomarla en ese mismo instante. Dirigió la mirada a su rostro, a sus suaves ojos, y a su dulce y acogedora sonrisa. Ella no tenía ni idea de cuánto tenía que reprimirse porque, de lo contrario, se encontraría en el otro extremo de la estancia. No, habría salido huyendo de ella. Aunque era imposible que supiera las cosas que deseaba hacerle. Bueno, quizá una o dos sí, se corrigió, apoyando con cuidado la rodilla sobre el lateral de la cama.

Despacio... despacio... despacio, se recordaba a sí mismo. *Ve con cuidado. Permítele que te acaricie.*

Apresó sus manos y tiró de ella con suavidad para que se irguiera y así conseguir que se arrodillara ante él para poder permanecer frente a frente. Apoyó las manos en sus costados y las deslizó por su cintura, deteniéndose un momento para memorizar sus formas y bajando después hasta sus caderas.

—Acaríciame, Claudia.

La joven puso las manos sobre su pecho con cautela y luego las movió despacio por sus hombros. Nerviosa, se mordió el labio inferior. A Guy le pareció algo delicioso. Tenía que probar de nuevo su sabor. Inclinó la cabeza y rozó su boca con la suya, atrapando su labio inferior y mordiéndolo con suavidad. Claudia gimió y se aferró con más fuerza a sus hombros.

—Acaríciame —murmuró él, animándola a que deslizara sus manos por su cuerpo.

Claudia acarició su cintura y su vientre con las puntas de los dedos hasta que Guy creyó volverse loco, al tiempo que lo besaba trazando un sendero al azar por la poderosa columna de su cuello y de sus hombros. Atrapado en las garras de la pasión, Guy comprobó la forma de sus pechos, descubriendo que se adaptaban perfectamente a sus manos como él había previsto y se deleitó con los pequeños sonidos que ella emitía cuando él cogía un pezón entre sus dedos y lo apretaba con suavidad. Su voz se volvió casi irreconocible.

—Más abajo, Claudia.

Se había vuelto loco. ¿Acaso creía que ella necesitaba conocer nuevas formas de torturarlo? De algún modo, acabó arrastrando la mano de Claudia hasta el centro de su deseo y luego aflojó la presión que ejercía sobre su muñeca para descubrir qué haría ella.

La mano femenina se deslizó por la longitud de su miembro de forma tentativa, provocando que el cuerpo de Guy se tensara anticipándose. El brusco movimiento hizo que Claudia apartara la mano de repente.

—¿He hecho algo malo? —preguntó. Se echó hacia atrás para observarlo con cautela, pero su mirada estaba fija en lo que sus manos habían acariciado.

—No. No pares. —Supuso que fue el áspero sonido de su voz lo que hizo que lo mirara con detenimiento.

Sintiéndose atrevida, envolvió su rígido miembro con sus dedos. Guy gimió y dejó caer las manos a los costados. Podía superarlo, sólo necesitaba concentrarse en ese pensamiento.

Claudia intensificó su presión.

—Despacio, cariño —consiguió decir en un susurro.

Guy mantenía los ojos cerrados para soportar el exquisito dolor, pero cuando los abrió, descubrió a Claudia estudiando su propia mano mientras la movía. No había forma posible de que pudiera sobrevivir a eso.

—Eres tan suave —murmuró ella. Su voz estaba llena de asombro—. Pero tan duro al mismo tiempo... —Sus dedos se volvieron a tensar a su alrededor, como intentando confirmar sus palabras—. Como el mármol, pero diferente. Nunca había sentido tanta dureza y suavidad a la vez.

El corazón de Guy golpeó con fuerza contra su pecho. De alguna forma, logró encontrar su muñeca y le retiró la mano despacio.

—Reservemos esto para otro momento. Déjame que sea yo quien te acaricie.

Guy pretendía seducirla con sus caricias hasta lograr que gritara su nombre para que pusiera fin a su tormento. Esa vez conservaría totalmente el control, pero Claudia tenía otras ideas. Los brazos femeninos se deslizaron alrededor de su cuello, acercándolo a ella. Guy cerró los ojos y soltó una brusca exhalación, deseando sentir sus senos apretados contra su pecho. Como si hubiera leído sus pensamientos, sus pezones lo rozaron con movimientos rápidos y seductores destinados a hacerle gritar de placer. Sin poder contenerse, Guy rodeó su cintura con el brazo y la obligó a tenderse sobre el lecho. La boca de Claudia se abrió en una dulce y atrayente invitación cuando la besó. Una débil advertencia resonó en su cabeza al tiempo que se acomodaba entre sus piernas. Se suponía que aquella ocasión debía ser diferente. Intentó separar sus labios, tratando de recuperar el control.

—Clau...

Ella metió la lengua en su boca, se arqueó contra la dura evidencia de su deseo y Guy supo que estaba perdido. Presionó su cuerpo con el suyo, sintiendo que nunca tendría suficiente de ella. Deseaba perderse en su interior, poseerla, marcarla como suya.

Se obligó a apartar la boca de la de Claudia, volviendo la cabeza cuando ella buscó sus labios. Le dolía rechazarla, pero mitigó el dolor sabiendo que sus intenciones tenían un buen fin.

Privada de sus labios, Claudia besó su cuello de forma tan delicada que Guy sintió como si le rozaran cientos de alas de mariposa, logrando que su corazón latiera con fuerza y que el eco de sus latidos llegara con fuerza a su carne endurecida. Los dientes femeninos se cerraron en el lugar donde su pulso latía con fuerza en la base de su garganta y los besos adquirieron un tinte salvaje, avivando aún más el deseo masculino a la vez que le provocaban una sensación de pánico. Guy sujetó su rostro entre las manos, impidiendo que siguiera con su tortura. Deseaba hacerle el amor durante horas, recorrer y acariciar cada milímetro de su cuerpo hasta que experimentara la misma locura que le provocaba el intenso e insaciable deseo que dominaba su cuerpo. Consiguió pronunciar una palabra, una súplica, una expresión de cariño y una maldición por su propia debilidad.

—Claudia.

Ella arqueó las caderas preparando su cuerpo para aceptar el suyo, abriéndose para él. Su pequeña exclamación y la forma en que sus ojos se ensancharon ligeramente reflejaban que estaba asombrada de su propia respuesta. Ella no tenía más control sobre la explosiva pasión que compartían del que tenía él. Guy empezó a abrirse paso en su interior, mirándola fijamente a los ojos mientras se hundía en su suave y tensa estrechez. Observó cada una de sus emociones, sintiéndolas tan profundamente que las hizo suyas; el miedo a lo que vendría, un profundo suspiro de satisfacción y la certeza de saber que esa vez él la llevaría consigo a aquel lugar desconocido en el que sólo existía el placer. Guy sintió que lo que estaban haciendo iba más allá de la simple unión de sus cuerpos, y se preguntó por qué se había preocupado por poseer a ninguna otra mujer antes que a Claudia. Se sentía igual de virgen que ella mientras le hacía el amor, igual de perdido en ese vasto e inexplorado océano. De hecho, les llevaría toda una vida conocer todas sus corrientes y remolinos.

En esa ocasión, Guy se movió despacio en su interior y ambos crearon su propia corriente, una creciente fuerza que fluía entre ellos. El conocimiento de lo que sentía por ella se concentró en su interior hasta que se sintió tan poderoso como un rey. Ésa era la razón que ella buscaba, la razón por la que nunca la dejaría ir. Era la fuerza del amor. Estaba encadenado a ella por lazos mucho más fuertes que los que la Iglesia pudiera dictar. Su unión iba mucho más allá de lo que nunca había imaginado

Era algo mágico.

Deseaba decírselo.

Sin embargo, no podía pronunciar palabra.

Los ojos de Claudia brillaban con un resplandor cegador y lo atraía a la humedad y calidez de su interior contrayéndose con fuerza a su alrededor. Sus cuerpos se arquearon y temblaron, aferrándose el uno al otro. Los gritos de Claudia sonaron tan desgarradores como los de él, inmersos en un placer tan intenso que dolía. Guy se vació en su interior en oleadas que parecían no tener fin hasta que se preguntó qué quedaría de él. Fue la experiencia más hermosa y aterradora de su vida. No le importaba. Merecía la pena morir por ella. Merecía la pena...

12

Guy se despertó sobresaltado. Se quedó mirando el techo de su alcoba y se dio cuenta de que debía ser más de mediodía. No recordaba haberse quedado dormido, pero se encontraba bajo las sábanas, con Claudia muy pegada a su costado y la cabeza apoyada sobre su brazo. Parecía muy cómoda, aunque era extraño que no se acordara de haberse ido a dormir con ella. Lo último que recordaba era haber hecho el amor, luego... ¡Oh, Dios! Había perdido el conocimiento. No sólo eso, sino que había dormido durante toda la noche sin interrupción. Él rara vez dormía hasta el día siguiente sin despertarse una o dos veces, y nunca hasta más tarde del amanecer.

Guy miró los despeinados mechones del pelo de Claudia y frunció el ceño como si ella fuera la responsable de esa terrible falta de control. De hecho, era la responsable directa. Ninguna otra mujer lo había saciado al punto de sumirlo en semejante aletargamiento. Parecía que ella se las había arreglado bastante bien. De alguna forma, había logrado que ambos se metieran bajo las sábanas, y su pelo se extendía suelto en suntuosas ondas caoba por encima de las almohadas. Se imaginó a sí mismo atravesado en la cama como un oso derribado mientras ella se preparaba para irse a la cama. Se preguntaba durante cuánto tiempo lo habría observado o si lo habría acariciado. Era lo bastante curiosa y, desde luego, lo bastante atrevida como para haber llevado a cabo algunas exploraciones clandestinas. En silencio, se maldijo a sí mismo por haberse quedado dormido y habérselo perdido.

Se colocó de lado para contemplarla, poniendo especial cuidado en no despertarla. Claudia se movió y se acercó aún más a él, frotando su rostro contra el centro de su pecho. Un pequeño sonido de satisfacción escapó de sus labios y luego su respiración volvió a ser lenta y regular de nuevo. Guy pasó el pulgar por su labio inferior y dejó que los recuerdos lo invadieran; cada beso y cada caricia y, sobre todo, la apasionada respuesta femenina. Sus dedos trazaron la delicada línea de su mandíbula, maravillado todavía por la suavidad de su piel. En ese momento, recordó el comentario que ella había hecho sobre lo suave y duro que era él, y su miembro volvió a la vida. Dios, se estaba volviendo insaciable.

Nunca había deseado otra vez a una mujer tan pronto. La diferencia estaba en el hecho de que, con otras mujeres, sólo se trataba de saciar un apetito físico. Mientras que con Claudia, la unión iba mucho más allá. En ese momento supo que siempre la desearía y que su apetito nunca quedaría satisfecho.

No quería volver a poseerla tan pronto. Le había hecho daño la primera vez y, aunque en la segunda le hubiera dado placer, lo mejor sería no tentar a la suerte. Por otro lado, tenía que admitir que le resultaba muy agradable el hecho de limitarse a abrazarla. La estrechó con más fuerza hasta que quedó pegada a él y su cálido cuerpo dormido se amoldó a las duras superficies del suyo. Una placentera sensación de satisfacción fue invadiéndolo mientras le acariciaba la espalda, un sentimiento de alivio que surgía por el hecho de poseer, al fin, algo que había buscado durante mucho tiempo antes de encontrarlo. El primer día que vio a Claudia, algo en lo más profundo de su ser la había reconocido. Su lugar estaba en Montague, a su lado. Pronto, no habría duda sobre a quién pertenecía o a qué lugar. Llevaría su nombre, y algún día llevaría a sus hijos en su interior.

La idea del suave vientre de Claudia hinchado con su semilla hizo que sus brazos se tensaran a su alrededor. Ella apenas se movió. Sus espesas pestañas permanecieron inmóviles sobre sus mejillas y su expresión siguió siendo tan inocente como la de un ángel. Pero de pronto, sus labios se curvaron formando una sonrisa. Guy se preguntó qué estaría soñando. En él, esperaba.

Deseaba conocerla tan bien y tan íntimamente que pudiera saber cuáles eran sus pensamientos más profundos en todo momento.

Deseaba decirle que la amaba.

Sólo el hecho de reconocérselo a sí mismo hizo que algo en su interior se sintiera más libre. Se lo diría pronto, pero no demasiado. Necesitaba tiempo para ganarse su confianza, para que ella estuviera convencida de que su corazón estaría seguro en sus manos, que él nunca la abandonaría. Claudia no podría amarlo hasta que no aprendiera a confiar en él. No serviría de nada reconocer su amor hasta que ella no estuviera preparada para corresponder a sus sentimientos.

Un suave golpe en la puerta interrumpió sus pensamientos. Guy besó a Claudia en la frente y decidió ignorarlo. El golpe se repitió, más insistente esta vez. Con un suspiro enojado, la apartó con cuidado y la tapó bien con las sábanas. No podía recordar la última vez que se había sentido tan reticente a abandonar su lecho. Quienquiera que estuviera en la puerta estaba a punto de lamentarlo. Llevando consigo nada más que el ceño fruncido, atravesó indignado la estancia y abrió la puerta sólo lo suficiente para descubrir quién osaba molestarle.

Stephen dirigió una única mirada a su barón y luego la clavó en el techo.

—Vuestro hermano se aproxima, milord. El guardián ha vislumbrado su banderín y a una veintena de caballeros a lo lejos, sobre la cima del camino este. Llegarán en una hora.

Esas noticias agriaron aún más el humor de Guy.

—¿Tan sólo una veintena? ¿No hay señales de un ejército tras él?

—No, milord.

—Bien. Dile al cocinero que recibiremos a una veintena de invitados hambrientos en nuestras mesas. Los hombres de lord Kenric suelen comer como si él no los alimentara. —El estómago de Guy resonó y miró por encima del hombro hacia la mesa donde se hallaba su cena ya rancia. Se percató de que Claudia sí había tenido tiempo de cenar y se descubrió distraído imaginándosela por un momento desnuda sentada en la mesa, comiendo lenta y sensualmente mientras lo observaba dormir. Se prometió a sí mismo que permanecería despierto la próxima vez. Luego sacudió la cabeza para ordenar sus pensamientos.

—Informa a Evard de que me reuniré con él en el patio central. También te quiero a ti allí.

—Sí, milord. —Stephen le dirigió una mirada vacilante—. ¿Debo preparar vuestro caballo y vuestra lanza, barón?

Guy se frotó la barbilla con aire pensativo.

—No, esta vez recibiré a mi hermano con la espada.

Claudia se detuvo en la entrada del gran salón. La imagen con la que se encontró hizo que se quedase boquiabierta por la sorpresa. El lugar estaba desierto. Nunca, en ningún momento del día o de la noche, había visto el gran salón vacío. Durante la mañana, los sirvientes permanecían ocupados con las comidas que se servían en turnos interminables mientras los soldados se reunían allí para relajarse y pasar el tiempo cuando no estaban de guardia. Por la noche, los largos bancos se transformaban en camas para los trabajadores de las cocinas. Pero ahora aquella estancia grande y tenebrosa estaba tan vacía que se produjo un eco cuando dejó en el suelo el cubo de madera que cargaba. Sorprendida, se dio cuenta de que tampoco había visto a nadie en los pisos superiores.

Bajó la mirada hacia el cubo y se preguntó dónde debería empezar a buscar a Lenore. En realidad, a todos. Guy le debía haber dicho a su sirvienta que no la molestara esa mañana, ya que había dormido hasta el mediodía. Cosa que no le extrañaba, pues se había pasado media noche despierta observando cómo dormía Guy, pensando en todo lo que le había dicho y lo que habían hecho. Había sido la noche más hermosa de su vida.

La ausencia de Guy cuando se despertó no la había inquietado. Se había quedado dormido bastante pronto, así que asumió que se había levantado para cumplir con sus deberes. Sin saber qué otra cosa hacer, Claudia se había vestido y había decidido ocuparse de sus propias tareas. Seguramente se encontraría con Guy cuando registrara el castillo con Lenore en busca de las ratas envenenadas. Entonces descubriría si la noche anterior no había sido más que un sueño o si había sido tan real como parecía. Por el momento, nada parecía muy real. La extraña e inquietante calma en el gran salón hizo que se estremeciera. De pronto, escuchó a lo lejos un clamor, el apagado sonido de una multitud que aclamaba a alguien.

Asombrada, se volvió hacia las enormes puertas dobles que daban al exterior. La multitud volvió a elevarse en vítores cuando abrió una de las puertas. Intranquila, salió al exterior y observó lo que ocurría en el patio central desde lo alto de las escaleras. Parecía como si todos los habitantes del castillo se hubieran reunido allí. Los soldados formaban un círculo de seis o siete filas, mientras que los sirvientes, escuderos y siervos se subían sobre cualquier cosa que pudieran encontrar para mirar por encima de los amplios hombros de los soldados. Unos pocos sirvientes permanecían cerca de Claudia en las escaleras y ella tiró de la manga de un hombre que reconoció como el panadero.

—¿Qué sucede?

El sirviente respondió sin mirarla.

—Es un ajuste de cuentas. Precisamente ahora lord Guy acaba de anotarse el primer tanto, pero yo he apostado mi dinero por el Carnicero. Nunca ha perdido un combate.

—*¿El Carnicero?* —La mirada de Claudia se dirigió hacia el círculo de soldados y consiguió ver a Guy en el momento en que alzaba su espada para desviar un demoledor golpe que lo hizo caer sobre una rodilla. La visión de quién, o mejor dicho, de *qué* infligía ese golpe hizo que el corazón de Claudia dejara de latir. No era en absoluto un hombre, sino un gigante. Un enorme bárbaro de pelo negro que parecía haber surgido de una pesadilla.

Guy se puso en pie y se movió en el interior del círculo que formaban los hombres de tal manera que sólo pudo verle la espalda. Sin embargo, el bárbaro se hallaba frente a Claudia y su visión hizo que se estremeciera. Su rostro, marcado por una salvaje cicatriz que atravesaba una de sus mejillas, era como una máscara imperturbable que no daba muestras de ninguna compasión. Sólo los animales mataban de una forma tan impasible. O los demonios. Su arma arremetió con la velocidad de un rayo provocando un sonido similar al de un trueno cuando las espadas chocaron con la suficiente fuerza como para hacer saltar chispas.

Era obvio que Guy se enfrentaba a un enemigo a su altura. Un hombre tan grande debería ser torpe y lento, pero en vez de eso, sus movimientos eran ágiles y fluidos, y parecía que su único objetivo era matar. El gigante se había quedado sólo en pantalones y el sol de mediodía brillaba sobre su sudoroso torso. Incluso a esa distancia, Claudia podía distinguir las marcadas cicatrices que surcaban su cuerpo. En ese momento, el Carnicero levantó en alto su espada con un balanceo, esquivando limpiamente la embestida de su contrincante y haciendo descender violentamente la mortífera arma. Guy se dejó caer sobre una rodilla a propósito para sostener su espada sobre la cabeza, pues era su única esperanza de frenar un golpe que le habría destrozado el cráneo.

Claudia se abrió paso por las escaleras en estado de trance, manteniendo la mirada clavada en los combatientes hasta que la multitud los ocultó de nuevo. Miró los absortos rostros de aquellos que la rodeaban sin hacer nada, mientras ese Carnicero intentaba despedazar a su barón. ¿Estaban tan ensimismados en el espectáculo que se quedarían inmóviles sin defender la vida de su señor?

Claudia murmuró una maldición y se abrió paso a empujones entre las líneas de soldados que rodeaban a los combatientes. Unos pocos le respondieron con codazos, decididos a no ceder su lugar, hasta que uno de ellos se dio cuenta de quién era y la multitud se abrió dejándole paso. La joven supuso que su deferencia tenía algo que ver con el puñal que sostenía.

Su arma no era más que la daga que utilizaba para comer y se preguntó si tendría algún efecto sobre el bárbaro. No importaba. El puñal podría detenerlo el tiempo suficiente para que Guy pudiera actuar. Ella no se quedaría allí, como esos traidores, para observar cómo el hombre que amaba moría. Claudia debería haber fulminado con la mirada a sus hombres, pero era incapaz de apartar sus ojos de la pelea. El Carnicero alzó su espada, pero cambió de dirección en el último instante para asestar un golpe que cortó la parte delantera del gambesón de piel de Guy, abriéndolo de arriba a abajo. El barón de

Montague se tambaleó hacia atrás y su ejecutor se acercó para darle muerte.

Claudia gritó de forma estridente y casi inhumana, mientras la mano que blandía la daga se elevaba instintivamente, apuntando directamente a la espalda del bárbaro. La joven tenía la mirada fija en la bestia que pretendía arrebatarle a Guy, sintiéndose poco más que un animal salvaje que luchaba por la vida de su compañero.

Se lo haría pagar caro. No, le cortaría el cuello.

A medio camino de su objetivo, alguien la apresó por detrás. Intentó soltarse, pero una mano se cerró alrededor de su muñeca apretando tan fuerte y tan dolorosamente que se vio obligada a soltar la daga. Claudia sintió la afilada punta de un puñal en su propio cuello y aun así, no se rindió. La afilada hoja del arma se hundió todavía más. Hubiera continuado resistiéndose, pero en ese preciso instante, Guy se volvió para mirarla y la espada del bárbaro descendió hacia su desprotegido cuello, entonces, Claudia cerró los ojos con fuerza.

Guy había observado a Claudia abrirse camino entre la multitud y maldijo en silencio la distracción. No la quería allí. Ningún hombre deseaba que su prometida presenciara cómo lo humillaban, y Kenric era un adversario demasiado poderoso. Si hubiera sabido que Claudia aparecería, habría retado a su cuñado, Roger Fitz Alan, un caballero al que había vencido en varias ocasiones en el pasado. Contra su hermano, la única cuestión que se planteaba era cuánto resistiría antes de darse por vencido.

Kenric ya le había asestado varios golpes que lo habrían lisiado o matado si lo hubiera alcanzado con el filo en lugar de con la hoja. Guy sabía por experiencia que cuanto más tiempo se resistiera, más duros serían los golpes hasta lograr que admitiera la derrota. Aun así, no quería parecer un completo pelele delante de Claudia.

El barón de Remmington, ignorante de las razones por las que Guy continuaba con el combate, había empezado a hacer pasar su filo más cerca de su cuerpo advirtiéndole de que pronto se llevaría un rasguño. La espada de Kenric había abierto en canal su gambesón en un ataque que, de ser real, lo habría destripado. Su hermano jugaba con él. Guy se tambaleó dando un paso hacia atrás para recuperar el equilibrio, dispuesto a comerse su orgullo y proclamar vencedor a Kenric. Hasta allí podía llegar en su intención de impresionar a Claudia con su destreza como guerrero.

Entonces escuchó su grito.

Roger Fitz Alan la sujetaba por la cintura con una mortífera daga contra su cuello. Claudia se resistió y de la larga daga brotó sangre. Ser testigo de aquello hizo que una bruma roja nublara la vista de Guy.

Kenric ya había alzado su espada para el siguiente golpe, pero Guy respondió a la embestida con la suficiente fuerza como para arrancarle la espada de las manos y hacer que saliera volando, creando una pequeña conmoción entre la multitud cuando el arma aterrizó justo en el momento en que un grupo de soldados se apartaba de su trayectoria. Sin embargo, no se detuvo a regodearse en el hecho de que había conseguido algo que ningún otro había logrado nunca, sino que se abalanzó hacia delante para colocar la punta de su espada en la base del cuello de su cuñado.

—Suéltala.

—Tengo motivos para sujetarla —respondió Fitz Alan con voz calmada y un resplandor desafiante en sus profundos ojos marrones—. La moza pretendía matar a alguien.

—Suéltala.

La daga se alejó del cuello de Claudia y Fitz Alan dejó caer los brazos a los lados.

—Pretendía mataros. He visto las suficientes miradas asesinas como para reconocer lo que se reflejaba en sus ojos.

Guy atrajo a Claudia a su lado y le alzó la barbilla con un dedo para examinar los daños mientras seguía manteniendo a raya a Fitz Alan con su espada. Su voz sonó extraña a sus propios oídos.

—Te ha herido.

La joven apartó la barbilla y sus manos se dirigieron con rapidez a la parte delantera del gambesón de Guy. Desconcertada, alzó la mirada.

—No estás herido. Ni siquiera te ha hecho un rasguño.

Él ignoró su comentario, pues tenía puesta toda su atención en la sangre que se derramaba por el cuello femenino. Guy cogió una gota y la frotó entre sus dedos. Su propia sangre golpeaba en sus oídos, produciendo un estruendo ensordecedor en su cerebro.

—La has herido —afirmó mirando al hombre que estaba casado con su hermana Helen.

Los ojos de Fitz Alan se agrandaron.

—Guy, ¿qué haces?

—Eso es lo que me gustaría saber a mí —añadió Kenric, poniéndose a su lado—. Baja la espada, Guy. ¿Es que te has vuelto loco? No le ha hecho más que un rasguño a la moza.

Claudia le suplicó en voz baja, aunque estaba tan conmocionada que le habló en italiano.

—Estoy bien. Este hombre no pretendía hacerme daño.

No era cierto, pero Guy se dio cuenta de que pretendía calmarlo. Cerró los ojos y luego los volvió a abrir muy despacio. Su hermano tenía razón. Se había vuelto loco. Bajó el arma y paseó la mirada de Fitz Alan a Kenric.

—Esta «moza» es mi prometida, y pronto será mi esposa. Nadie la toca aparte de mí.

Fitz Alan intercambió una enigmática mirada con Kenric antes de sonreír e inclinar la cabeza en dirección a Guy.

—Mis disculpas, hermano. No tengo por costumbre dar la bienvenida a nuevos miembros de la familia amenazándolos con un puñal. —Luego hizo una reverencia a Claudia—. Mis disculpas también a vos, lady... —Fitz Alan arqueó una ceja hacia Guy—. Deduzco que es una dama italiana por su forma de hablar. ¿Acaso es lady Claudia, la dama de la cual nos hablaste en tu carta?

Claudia se puso tensa y se acercó aún más al costado de Guy.

—Dio... ¿e tuo fratello?

—No, querida. Fitz Alan es mi cuñado, el esposo de mi hermana Helen. —Su brazo se estrechó a su alrededor, e hizo un gesto con la cabeza hacia el imponente guerrero con el que acababa de luchar—. Éste es mi hermano, Kenric, el barón de Remmington.

Guy observó cómo la mirada femenina iba de un hombre al otro. El fruncimiento de ceño de su hermano tuvo su efecto habitual. Claudia abrió los ojos de par en par aterrorizada mientras negaba con la cabeza.

—¡Pero estaba intentando matarte!

—¿Es eso lo que creíste? —Guy se descubrió a sí mismo sonriendo. El alivio le hizo sentirse mareado—. No era más que un combate.

—¿Un combate? —repitió Claudia, dirigiendo su mirada hacia Kenric de nuevo. Guy sintió cómo se estremecía—. ¿Arriesgabas tu vida por un combate?

—Mi hermano nunca me haría daño —le aseguró—. Es sólo que está decidido a enseñarme todo lo que sabe sobre lucha. Todo el mundo sabe que estos combates son una especie de tradición que llevamos a cabo siempre que nos vemos.

—Pues yo no lo sabía —espetó enfadada.

Guy le sonrió, encantado de ver cómo recuperaba el coraje.

—No puedo creer que te metieras en medio de un combate con la intención de ponerle fin, armada simplemente con una daga. ¿Qué te ha llevado a hacer una cosa tan estúpida?

Guy supo que estaba cometiendo un error en el mismo instante en que pronunciaba sus palabras.

—Son tus estúpidos juegos los que hacen que me ponga en ridículo delante de tu familia —replicó Claudia, todavía hablando en italiano. Alzó la barbilla y se recogió la falda. Parecía una reina reprendiendo a un humilde súbdito—. Esperaré tus disculpas en nuestros aposentos.

Guy se limitó a sonreír y a observar el atrayente balanceo de sus caderas mientras se alejaba. Había intentado salvarlo de su propio hermano. Su sonrisa se desvaneció.

De pronto, se dio cuenta de que el temible aspecto de su hermano no era la única razón que había provocado la expresión de horror de Claudia cuando descubrió su identidad. Sí, se había comportado como una adorable loca ante Kenric y Fitz Alan. Pero también se había encontrado, sin previo aviso, ante los asesinos de su hermano. Y ahora, él se veía en la tesitura de tener que explicar por qué pretendía casarse con la hermana de un traidor. Su boca formó una mueca.

—¿Nuestros aposentos? —preguntó Fitz Alan secamente—. Ha sido muy astuto por tu parte ganarte la confianza de la chica seduciéndola. Es mucho más agradable contar con prisioneros serviciales.

—Te sugiero que la encierres lejos de ti antes de que descubra que no tienes intenciones de casarte con ella —le aconsejó Kenric con voz pausada—. Una mujer desdeñada puede convertirse en un enemigo mortal. Y ésta parece más peligrosa que la mayoría.

Guy paseó la mirada por el círculo de soldados. Los hombres más próximos a ellos seguían la conversación con atención. Los demás estiraban el cuello para intentar escuchar disimuladamente. Se preguntó desde cuándo sus hermanos se habían vuelto tan estúpidos.

—Puede que vosotros tengáis la costumbre de discutir los asuntos familiares delante de vuestros soldados, pero yo nunca lo he hecho. —Hizo un gesto con la cabeza en dirección al gran salón—. Sugiero que nos retiremos a un lugar más privado.

Fitz Alan volvió a envainar su daga mientras un escudero le tendía la ropa a Kenric y cogía su espada. Stephen también acercó a su señor su camisa y su túnica, y Guy se vistió con movimientos rápidos y bruscos. Su mirada recorría la multitud en busca de Evard. Cuando encontró al caballero le indicó que se acercara con un gesto silencioso.

—Haz que el mayordomo les prepare comida y un baño a mis hermanos, y todo lo que necesiten para refrescarse del viaje. También quiero que preparen un baño en mi alcoba.

Evard tuvo el descaro de sonreír.

—Lo más probable es que el agua para el baño que pediste ayer a tu regreso, todavía esté calentándose.

Guy entornó los ojos.

—Eso será todo, Evard.

—Sí, milord. —Su lugarteniente hizo un gesto de asentimiento y se retiró para cumplir sus órdenes.

Guy estuvo tentado de plantar su bota en el insolente trasero de Evard. Pero, en lugar de eso, se volvió hacia Kenric y Fitz Alan. Los dos lo contemplaban con cautela.

—Ahora que considero la situación más detenidamente, creo que será mejor que disfrutéis de mi hospitalidad mientras atiendo otros asuntos. Me reuniré con vosotros en el solar en unas pocas horas. Tenemos muchas cosas que discutir. —Inclinó la cabeza haciendo una reverencia burlona—. Ahora si me disculpáis, tengo que presentar mis excusas a alguien.

Guy ignoró sus miradas de incredulidad y salió del gran salón. No sentía ninguna necesidad de explicar sus inquietudes sobre Claudia. Sabía que su altiva marcha era poco más que una farsa para ocultar sus temores. No quería que sintiera miedo nunca más. Sus hermanos habían sido de lo más inoportunos con su llegada. No pasaría nada si tenían que esperarle unas pocas horas. Pero si dejaba a Claudia sola, su portentosa imaginación se encargaría de crear espantosas perspectivas con respecto a su futuro. En esos momentos, ella era más importante que su familia.

Esa idea le hizo detenerse en las escaleras de caracol que llevaban hasta su alcoba. Hasta ese momento, nunca nadie había tenido prioridad sobre su familia. Claudia no sólo tenía prioridad, sino que, de alguna forma, se había convertido en el centro de su vida. De hecho, era incapaz de imaginar seguir viviendo sin tenerla a su lado.

Antes, le inquietaba que su obsesión por ella pudiera convertirlo en alguien débil y vulnerable. En cambio, ahora le daba un nuevo sentido a su existencia, llenando un hueco en ella cuya existencia desconocía. La fortuna que había amasado y el imperio comercial que había construido no significaban nada sin alguien con quien compartirlo, alguien en quien confiar, alguien que entendiera su forma de ver la vida. Hasta que llegó Claudia, nadie había podido captar la lógica de su interés en el comercio. Ella comprendía lo que le impulsaba mejor que nadie, y parecía darse cuenta de cuándo perdía de vista sus propios objetivos. Puede que Guy pudiera salvarla de una vida plagada de miedos, pero ella, a su vez, podía salvarlo de una existencia vacía.

Había llegado el momento de entregarse completamente a su obsesión, sin reservas. Encontró al objeto de su locura en su alcoba. Claudia permanecía sentada con las piernas cruzadas en medio de las almohadas que había frente al hogar, con una túnica verde y blanca extendida sobre su regazo. Guy cerró la puerta lo bastante fuerte como para anunciar su presencia, pero ella no levantó la vista de su costura. Feliz de poder observar su delicado perfil hasta que se diera por enterada de su llegada, Guy se apoyó contra la puerta y aguardó. La espera se prolongó y desvió la atención hacia el corte de su vestido color vino. Se pegaba a ella en los lugares precisos, y el corpiño era lo bastante bajo para tentar a su imaginación, pero, a su vez, lo suficientemente recatado como para poder lucirlo ante los demás. Su larga trenza atrajo su mirada hacia las elegantes líneas de su espalda y su trasero. Sus manos siguieron mentalmente el mismo camino y su cuerpo se tensó.

—¿Estás aquí para disculparte? —le preguntó finalmente.

—En efecto. Acepta mis más sinceras disculpas, milady.

Las manos de Claudia se detuvieron antes de girar la cabeza para dirigirle una larga y pensativa mirada.

—No creí que fueras a hacerlo.

—¿Y arriesgarme a perder el favor de mi dama? —Guy sonrió y sacudió la cabeza—. Nunca se me ocurriría.

Asombrada, bajó la mirada.

—Quizá he sido un poco precipitada en mi exigencia. Actué sin pensar. Tenías razón al llamarme estúpida.

—Entonces, me retracto de mis disculpas y acepto las tuyas.

Claudia hizo un mohín con la boca.

—Te burlas de mí, milord. ¿Acaso tu disculpa no era más que un intento de seguirme la corriente?

—Sí, ¿ha funcionado?

La altanería de Claudia se disolvió en una sonrisa que caldeó el interior de Guy.

—No alentaré un comportamiento tan poco galante.

Existían toda clase de comportamientos poco galantes que a él le gustaría que Claudia alentara en él. Se sentó a su espalda sobre los almohadones y estiró las piernas de forma que Claudia quedara sentada entre sus muslos.

—¿Esa túnica es para mí? —Rodeó su cuerpo con sus brazos y alisó el tejido de la túnica en su regazo, asegurándose de que no se formara ninguna arruga.

Claudia intentó apartar sus manos, con cuidado de no pincharle con la aguja.

—Sí, es para ti. Cogí las medidas de otra de tus túnicas, así que estoy segura de que te quedará bien.

—¿Esto es un perro? —Sus dedos trazaron la forma del animal que ella había bordado sobre el hombro de la túnica. El emblema yacía sobre la rodilla de Claudia y la presión de su dedo hizo que su pierna se moviera. Guy sonrió al descubrir que tenía cosquillas.

—Creí que se parecía más a un lobo —comentó con voz vacilante mientras inclinaba la cabeza hacia un lado en una clara invitación que Guy aceptó. Sus labios se deslizaron por la suave curva de su cuello.

—Es un perro. —Guy volvió a recorrer el emblema, encantado por los pequeños movimientos que ella hacía para escapar de las cosquillas—. ¿Lo ves? Has hecho el cuerpo demasiado largo y estrecho. Además, el lobo de Montague debe estar sobre un fondo azul, no verde.

—¿No te gusta?

Los dedos de Guy se movieron por la tela que se extendía a lo largo de la cara interna del muslo de Claudia.

—Al contrario, me atrevería a decir que ésta será mi túnica favorita.

Claudia soltó una risita y le cogió la mano.

—Para.

—¿Por qué? —Guy ignoró su orden. Puso la mano sobre su rodilla y le dio un suave apretón. Su risa gutural le hizo sonreír—. ¿Tienes cosquillas?

—No. Oh, para. Te lo ruego. —Claudia le apartó la mano mientras se deshacía en un ataque de risas—. ¡Sí! Lo admito. Tengo cosquillas. ¡Para!

Él dejó de apretarle la pierna.

—Hmm. Me pregunto en qué otros lugares serás tan sensible.

—En ningún otro sitio.

—¿De verdad? —Guy se rió ante la flagrante mentira, apartó la túnica a un lado junto a la afilada aguja y luego deslizó las manos bajo sus codos para probar en su cintura—. ¿No tienes cosquillas aquí?

—No. ¡Oh! ¡Ah, ah! —Sus risas se convirtieron en carcajadas. Claudia hizo un último esfuerzo por controlarse y apoyó ambas manos contra sus piernas—. ¡Para!

Guy le hizo cosquillas sin compasión riendo en voz alta, contagiado por la alegría femenina. Ella se retorció y se arqueó hasta que acabó tendida en su regazo. Su risa se convirtió en gritos de impotencia y las manos de Guy finalmente se detuvieron, una en su cintura y la otra sobre su muslo. Claudia cayó desmadejada sobre las almohadas. Sus ojos resplandecían con lágrimas provocadas por la risa mientras miraba fijamente a Guy. Cuando por fin jadeó en busca de aire y pudo hablar le acusó:

—Eres... despiadado.

—Me gusta verte reír. —Guy se tumbó de costado sobre las almohadas a su lado, apoyándose en un codo—. Podrás vengarte de mí más tarde, esta noche, cuando estemos en la cama. —Colocó un mechón que se había soltado detrás de su oreja—. Yo también tengo cosquillas, pero sólo en un sitio y no te diré cuál es. Tendrás que descubrirlo por ti misma.

Claudia rodó sobre su costado para mirarlo, extendió la mano y deslizó los dedos bajo su brazo.

—Quizá lo descubra ahora mismo.

Guy sacudió la cabeza.

—Dudo mucho que lo descubras si permanezco vestido. Sin embargo, si deseas desnudarme en este mismo instante, estaré feliz de ponerme a tu entera disposición.

—Eso suena muy bien. —La expresión de Claudia se volvió pensativa, y sus ojos quedaron ocultos tras sus pestañas—. Pero no quiero mantenerte alejado de tus huéspedes. Ya tienen una idea bastante negativa de mi carácter.

—Ellos pensaban que intentabas matarme. O que pretendías asesinar a Kenric. Ahora ya saben lo que sucedió realmente. —Guy deslizó la punta de los dedos por la suave curva de su cuello—. Ni siquiera puedes imaginar lo que he sentido al darme cuenta de que estabas preocupada por mi seguridad. Pero te prohíbo que vuelvas a ponerte en peligro por mi culpa. No dejes que mi pobre actuación contra Kenric te confunda. Puedo cuidar de mí mismo en cualquier combate.

—Estabas perdiendo —señaló con voz suave.

—Sí, al igual que cualquiera que ose enfrentarse a mi hermano. Es invencible con una espada o una lanza. Es un hecho —le aseguró cuando ella le dirigió una mirada escéptica—. ¿Nunca has oído hablar de él?

Claudia encogió un hombro.

—Después de que Roberto muriera, oí algunas historias sobre el hombre que lo mató. Ahora que he conocido a tu hermano, puedo decir que lo único que le falta para ser un demonio son los cuernos. Es aterrador.

—Él nunca te hará daño, Claudia. Te lo prometo. Puede que incluso llegue a gustarte algún día. —La expresión femenina le indicó que ese día no llegaría muy pronto. Guy probó entonces a enfocar las cosas de otra manera—. Él y Fitz Alan te aceptarán como mi prometida. Si alguna vez me sucediera algo, siempre contarás con la protección de mi familia.

—¿Saben quién soy?

—No, pero no te harán responsable de las acciones de tu hermano cuando conozcan la verdad.

—Creo que sobreestimas la buena disposición de tu familia a perdonar y olvidar.

—Lo comprobarás cuando los conozcas —afirmó—. Sólo sé tú misma cuando nos reunamos con ellos en el gran salón y los tendrás comiendo de tu mano en unos pocos segundos.

Claudia hizo un gesto negativo con la cabeza.

—No puedo enfrentarme a ellos otra vez. Todavía no.

—¿No me digas que ahora te estás volviendo cobarde? —Guy le dirigió una falsa mirada de horror—. Yo alardeando ante mis hermanos de que tienes el corazón de una leona, de que puedes escalar las murallas de un castillo y enfrentarte a un jabalí sin pestañear, y ahora pensarán que sólo les he dicho mentiras.

—Creo que estás intentando embaucarme —replicó Claudia. Aun así, sonreía. Guy se animó.

—Esta tarde me reuniré con mis hermanos solo. Hay asuntos que debemos discutir y que es mejor hablar en un lugar que no sea el gran salón, donde todo el mundo intentará escuchar nuestra conversación. Mañana organizaremos un banquete para celebrar su llegada. —Guy observó su rostro con detenimiento—. Tú asistirás a ese banquete y ocuparás tu sitio a mi lado.

En lugar de discutir, Claudia posó una mano sobre su mejilla.

—¿Significa tanto para ti?

—Sí —respondió él—. Haré que les demuestres lo valiente que eres, Claudia. Además, no tienes nada de qué avergonzarte, y ningún motivo para esconderte. Por otra parte, comprendo tus razones para temerles y que intentes evitar su compañía. Sin embargo, son mi familia y pronto serán también la tuya. ¿Podrás perdonar y olvidar si ellos hacen lo mismo?

Claudia se mordió el labio inferior. Luego, su boca trazó un mohín malhumorado.

—Hay veces en que desearía que no se te diera tan bien leer mi mente.

—Eso también se te da muy bien a ti, milady —afirmó mientras trazaba el contorno de sus labios con la punta del dedo—. ¿Colaborarás en la organización de las celebraciones?

—Sí. —Claudia soltó un largo suspiro. Estaba claro que no era una perspectiva muy atrayente para ella—. Si prometes que permitirás que abandone el salón tan pronto como acabe la comida. Puede que sean tu familia, pero necesitaré tiempo para acostumbrarme a la idea de que pronto serán la mía. De hecho, aún tengo dificultades para aceptar que voy a convertirme en tu esposa.

—Pues ya es un hecho —le aseguró con la mirada fija en sus labios. No conocía una boca más sensual y atrayente que la de Claudia. Sin poder contenerse, Guy deslizó las puntas de los dedos por el escote de su corpiño, acariciando su suave piel—. Dije en serio todas y cada una de las palabras que pronuncié anoche, mi amor.

Claudia se estremeció bajo su contacto, pero no intentó detener su seductora exploración.

—¿Y si tus hermanos no me aceptan?

—Te aceptarán.

—Pero, ¿y si... ?

Guy se inclinó para interrumpir su objeción con un beso, al que siguió otro.

Claudia consiguió liberar sus labios cuando Guy intentó el tercero.

—¿Cómo puedes estar tan seguro? Tú mismo dijiste que Kenric seguramente me cortaría el cuello cuando descubriera que era la hermana de Roberto.

Guy frunció el ceño ante aquella frase. ¿Qué le había hecho decir semejante estupidez?

—Exageré. En este momento, no puedo recordar la razón que me llevó a hacerlo, pero puedes estar segura de que nadie perteneciente a mi familia te hará daño.

Claudia levantó la barbilla para mostrarle el pequeño corte que Fitz Alan le había hecho mientras mostraba una expresión escéptica.

—Podría parecer que intentaron hacer realidad tu exageración lo antes posible. ¿Estás seguro de que no saben quién soy?

—Eso fue un malentendido, Claudia, nada más.

Ella no parecía convencida.

Guy la estrechó con fuerza.

—Claudia, ¿sabes cómo murió tu hermano? Me refiero a los detalles de lo que sucedió aquel día.

Ella trazó erráticos dibujos en la hendidura de la base de la garganta de Guy con el dedo.

—Sé que Roberto intentó matar a la esposa de tu hermano, pero que, en lugar de eso, fue Kenric quien lo degolló.

Guy le cogió la mano y la sostuvo contra su pecho.

—Tu hermano estaba herido, cariño. Tenía que celebrarse una justa entre Kenric y tu hermano, y Roberto recibió una herida mortal. No había esperanzas de que se recuperara, y sólo le esperaban largas horas de sufrimiento antes de sucumbir a una muerte inevitable. Kenric acabó con su vida para liberarle del sufrimiento, y Roberto confesó sus planes de matar a mi hermano y a su mujer antes de morir.

Todo lo que le estaba contando era cierto, aunque, en realidad, era una verdad suavizada por omisiones deliberadas y unas pequeñas modificaciones de los acontecimientos. Roberto estaba muerto y él no podía cambiarlo. Lo sí podía hacer era convertir a Kenric en algo menos parecido a un monstruo en la mente de Claudia. Su expresión pensativa le indicó que podría estar consiguiéndolo.

—Tu hermano habría muerto de todos modos —insistió—. Kenric no hizo otra cosa que acortar su vida unas pocas horas, un día a lo sumo.

—Yo no sabía eso —dijo con voz triste.

—Descubrirás que la mayoría de las historias que se cuentan sobre mi hermano no son más que exageraciones. Y no importa quién seas para Kenric y Fitz Alan. Cuando conozcan las razones que me han hecho escogerte, apoyarán mi decisión.

Claudia arrugó el ceño.

—¿Otra vez tus enigmáticas razones?

—Sí. —Su mirada se deslizó hacia abajo preguntándose dónde encontraría los lazos en ese vestido—. Me temo que sí.

Claudia leyó sus pensamientos con facilidad y extendió la palma de la mano sobre su pecho.

—Tus hermanos estarán impacientes por hablar contigo.

—Vine aquí para presentarte mis disculpas —le informó, al tiempo que se incorporaba para quitarse la túnica y le dedicaba una maliciosa sonrisa—. Y pienso tomarme todo el tiempo que sea necesario.

—Seguro que se imaginan el motivo de tu tardanza.

—Sí. —Se quitó la última prenda de ropa, se recostó sobre la pila de almohadas y estiró las piernas—. ¿Te preocupa?

—Oh, sí —susurró ella, y Guy supo que su respuesta no tenía nada que ver con sus hermanos.

O Claudia no tenía ni idea de la expresión que reflejaba su rostro, o no le importaba que él descubriera su interés por su desnudez. En el pasado, había deseado encontrar una amante que lo mirara con deseo, pero nunca se habría atrevido a esperarlo en una esposa. En ese momento, la mujer perfecta estaba sentada junto a él, y era suya. La vida era demasiado buena, pensó Guy mientras apoyaba las manos bajo la cabeza.

—Estoy a tu merced, milady. Haz conmigo lo que desees.

—¿Quieres que te posea, barón?

—Ése es mi mayor deseo.

—No estoy muy segura de cómo hacerlo. —Claudia lo recorrió de pies a cabeza. Su voz sonó pensativa—. Nunca pensé que una mujer pudiera poseer a un hombre. Tendrás que darme algunas instrucciones, milord.

—¿Quieres acariciarme?

—Ése sería mi mayor deseo. —Se arrodilló a su lado y puso la palma de su mano sobre su pecho—. ¿Puedo acariciarte como se me antoje?

Su pulso se aceleró con la excitación.

—Sí.

Guy yació inquieto bajo sus manos. Al menos, en espíritu. Sus músculos se contraían dondequiera que lo tocara. A Claudia la reacción le pareció fascinante y puso a prueba su control, encantada ante el visible poder que ella tenía sobre su fuerza. La respuesta de su cuerpo cuando rozó con sus dedos la rigidez de su miembro la asustó al principio, pero la curiosidad pronto superó al pudor, logrando que experimentara hasta averiguar qué caricias lo hacían gemir y qué otras hacían que se estremeciese.

El cuerpo de Guy aparecía cubierto por una fina capa de sudor y su respiración parecía forzada.

—¿Quieres que pare? —susurró Claudia.

Deslizó los dedos por su vientre y Guy volvió a estremecerse, pero consiguió hacer un gesto negativo con la cabeza. Claudia se removió inquieta. Sentía su piel ardiendo bajo el vestido. En más de una ocasión, se había imaginado cómo sería recibir caricias tan íntimas como las que le estaba ofreciendo. Estudió la adusta posición de su mandíbula y la expresión de dolor de Guy, y se decidió a trazar una línea descendente en el centro de su pecho.

—No sabría decir si estás disfrutando o si simplemente soportas mis exploraciones para que yo sacie mi curiosidad.

Guy soltó una exhalación tan profunda que Claudia se preguntó durante cuánto tiempo había estado conteniendo el aliento.

—Quiero que conozcas mi cuerpo, que te familiarices con él. Aunque te advierto que yo pretendo conocer el tuyo igual de minuciosamente. —Su ardiente mirada se demoró en la turgencia de sus pechos—. Te desnudarás para mí mientras te observo y luego te tumbarás sobre las almohadas para disfrutar de los placeres que te daré con mis manos y mi boca. Mmm... Creo que empezaré con suspiros.

Claudia acarició con exquisita lentitud los músculos de su pecho y de su vientre.

—¿Con suspiros, milord?

—Sí, acariciaré tus brazos, tu clavícula y tus suaves hombros, y tú me ofrecerás pequeños suspiros de placer. Luego mis manos apenas rozarán la sensible piel de tus costados, donde tienes cosquillas, y descenderán por las curvas de tus caderas hasta llegar a tus preciosas e interminables piernas. Empezarás a temblar, pero acariciaré tus pies para relajarte un poco, al igual que tú has hecho con los míos. Entonces descubrirás que un masaje así no es en absoluto relajante cuando yaces desnuda ante mí. Saberlo te hará gemir.

La voz de ella era poco más que un suspiro entrecortado.

—¿De verdad?

Guy asintió y cerró los ojos.

—Luego volveré a subir muy lentamente, acariciando y besando cada milímetro de tus piernas. Descubrirás entonces, que la tierna piel tras tus rodillas es más sensible de lo que nunca imaginaste, que unas pocas caricias a lo largo del interior de tus muslos bastarán para hacerte temblar. Será la expectativa de lo que vendrá a continuación lo que provocará una sensación de calor en tu vientre, la necesidad de que te acaricie en el mismo centro de tu ser. Pero tardaré en satisfacer tu necesidad, te tentaré, haré que tu interior se contraiga de deseo por mí, mientras juego contigo.

—¿Es esto un juego para ti? —Claudia acarició su muslo, trazando la línea que separaba sus piernas y deslizándose hasta alcanzar la dureza de su deseo.

Guy contuvo la respiración y tragó saliva visiblemente.

—Sí, Claudia. Es el juego más placentero que conozco y nosotros lo practicaremos a menudo.

—¿Qué harás luego?

—Acariciar tu estómago —consiguió responder. Cuando Claudia siguió sus instrucciones, dejó escapar el aire en una larga exhalación. Su voz se quebraba a causa de la pasión contenida—. Pero ya no me bastará con acariciarte. Desearé besarte, probar tu sabor en los lugares donde te acaricie.

Claudia puso los labios sobre su estómago y recorrió con su lengua la firmeza de su piel. Guy pronunció una blasfema maldición que la hizo ruborizarse.

—¿Y ahora qué, milord? ¿Tus labios ascenderán o descenderán?

El cuerpo de Guy respondió a la pregunta, pero sus palabras contradecían su reacción.

—Ascenderán, al igual que mis manos. Los pechos de una mujer siempre fascinan a un hombre y los tuyos son tan perfectos que hacen que desee acariciarlos siempre. Acariciaré tus pezones con los pulgares hasta que...

Un escalofrío recorrió la espalda de Guy y, para su sorpresa, sus lisos pezones masculinos se endurecieron bajos sus pulgares.

Claudia se inclinó para besar la repentina dureza que había creado, atrapó un pezón entre sus dientes y lo mordió con suavidad. Un grave gruñido surgió desde lo más hondo del pecho de Guy y se transformó en un torturado gemido cuando ella amplió la zona de exploración en su pecho, dándole pequeños mordiscos para infligirle más tormento.

—Claudia. —Su voz era apenas reconocible, y ella se echó atrás para mirarlo. Sus brazos continuaban bajo su cabeza, pero sus rígidos músculos evidenciaban su tensión. Su pecho se elevaba con cada inspiración que tomaba, y tenía los ojos firmemente cerrados, como si estuviera sufriendo una agonía mortal—. Te lo ruego, Claudia. Acaba con este juego.

Ella estaba más que dispuesta a complacerle, pero no estaba muy segura de cómo hacerlo.

—¿Debo quitarme el vestido?

Guy sacudió la cabeza.

—No hay tiempo.

—Entonces, ¿qué... ?

—Quítate la ropa interior y ponte sobre mí. Ahora.

—¿Qué? —Nunca se le hubiera ocurrido que pudieran hacer el amor de aquella manera, pero la idea le pareció muy atrayente. Se quitó con rapidez los pantaloncitos que utilizaba a modo de ropa interior y pasó la pierna por encima de las suyas hasta que se sentó a horcajadas sobre sus muslos y colocó sus faldas alrededor de ellos. Cada roce de la tela contra su piel hacía que Guy se agitase bajo ella.

—Apresúrate, mi amor.

Su paciencia, al igual que su control, estaba al límite, de eso estaba segura. Aun así, él no la tocaba ni hacía nada para acelerar sus movimientos. El contacto de sus muslos desnudos bajo ella hizo que su propia piel se estremeciera. Claudia se elevó hasta que su propia carne excitada acarició toda la rígida extensión de la de él y repitió con cuidado los seductores movimientos hasta que humedeció la carne de Guy con su deseo. Al permanecer con el vestido puesto, todo lo que tenía lugar bajo su falda se volvía, de algún modo, más intenso, más perversamente erótico. Claudia inclinó la cabeza hacia atrás e hizo avanzar sus caderas para deslizarse sobre su duro y poderoso miembro una vez más. Al mismo tiempo, Guy arqueó su cuerpo, alejándose primero y elevándose casi inmediatamente para buscar el cobijo de su cuerpo. La mano femenina se colocó entre sus cuerpos en una búsqueda ciega intentando completar la unión. Los largos dedos lo encontraron e intentaron introducirlo en su interior. Después, hizo pequeños y vacilantes movimientos con sus caderas para ayudarle a acomodarse y, por fin, se sentó sobre él, muy despacio.

Los ojos de Guy se abrieron igual de lentamente. La mirada casi violenta de esas profundidades azules hizo que la recorriera un escalofrío. Su expresión la habría asustado si no tuviera un completo control sobre Guy, pero él le ofrecía su fuerza de buen grado. De alguna forma, supo que él no había practicado ese juego en particular con nadie, que no había permitido que nadie dominara su voluntad tan completamente. Claudia sintió que lo que estaban haciendo iba mucho más allá de un simple juego, que había un significado oculto en su intensa mirada, algo importante, aunque no expresado con palabras.

Entonces lo supo.

Él no la tocaba porque ella no le había dado permiso para que lo hiciera. Sus anteriores exploraciones no habían encontrado trabas porque ella no había mostrado ningún deseo de acabar con ellas. Guy haría todo lo que ella le pidiera, y nunca la forzaría. Era un juego, pero un juego que tenía un fin, enseñarle algo importante, que él le pertenecía en cuerpo y alma.

Las lágrimas nublaron su visión mientras lo recibía por completo en su interior, y una sombra de inquietud atravesaba las facciones de Guy. Claudia se inclinó para besarlo en los labios y murmurar palabras tranquilizadoras.

—Nuestros juegos han sido una fuente de sorpresas, milord. Te ruego que me perdones por torturarte y que me tomes como te plazca.

Los brazos de Guy la rodearon y la estrecharon contra su pecho para arrasar su boca con un beso que tenía el sabor de la contención que todavía guardaba en su interior. Pero ni siquiera entonces se convirtió en el agresor. Aflojó la presión hasta que sus manos se deslizaron sobre ella en suaves caricias que guiaron sus caderas y le enseñaron cómo moverse. Los primeros pequeños estremecimientos se transformaron en contracciones en el interior de Claudia, y sólo entonces asumió Guy el control sobre ella. Sus manos sujetaron sus caderas con fuerza contra él, tomando y dando al mismo tiempo. Las susurradas palabras de amor de Claudia se perdieron en el brusco sonido de liberación en el que Guy gritó su nombre.

13

Guy le dio un último tirón a su túnica para asegurarse de que la prenda estaba de nuevo en su sitio, ante de abrir la puerta del solar. Fitz Alan estaba sentado sobre uno de los asientos de las ventanas, mientras que Kenric paseaba frente a la chimenea con las manos unidas a la espalda. Ambos se volvieron al oír el sonido de la voz de Guy.

—Confío en que hayáis tenido tiempo de sobra para refrescaros.

—Hemos tenido tiempo de sobra para conquistar media Escocia —respondió Kenric arrastrando las palabras—. ¿Qué te ha entretenido?

—Cuidado, barón. —Fitz Alan se levantó para servirse otra copa de vino—. Conseguirás que tu hermano pequeño se ruborice.

—Lo que me ha entretenido no es asunto vuestro —contestó Guy a Kenric. Luego, inclinó la cabeza hacia su cuñado—. Y a ti te agradecería que recordaras que ya eras padre a mi edad.

—¿Es ésa la razón por la que tienes tanta prisa por tener descendencia? —Fitz Alan soltó un exagerado suspiro—. Ah, me ha surgido un rival. ¿Una copa de vino? —Puso el recipiente en la mano de Guy y lo llenó sin esperar su respuesta—. Doy fe de que tienes los mejores vinos de toda Inglaterra. ¿De dónde es este lote?

—De Borgoña —respondió el aludido, antes de tomar un largo sorbo esperando calmar su irritación. La ira no le llevaría a ninguna parte en la discusión que se avecinaba. Aun así, le molestó que lo trataran como a un niño. Al ser el más joven de la familia, los demás tendían a olvidarse de que tenía el mismo o mayor poder y responsabilidades que ellos. Por lo general, se tomaba bien sus burlas. Sin embargo, aquella no era una de esas ocasiones—. Antes de que continuemos quiero dejar algo muy claro. No permitiré que ninguno de los dos vuelva a hablar de Claudia como lo habéis hecho en el patio. Mi gente la acepta, y no consentiré que unas cuantas palabras imprudentes los vuelvan en su contra.

Kenric arqueó una de sus oscuras cejas al tiempo que clavaba su mirada plateada en él.

—Ese juego que te traes con la chica traerá problemas. Es evidente que ya has conseguido lo que querías de ella, así que deberías meterla en las mazmorras antes de que descubra tu engaño. ¿O fue esa exhibición en el patio una señal de que ya lo ha averiguado? Era difícil saber a quién pretendía ensartar la daga. Como mínimo, tienes que desarmarla y ponerle un guardián.

En un principio, Guy se quedó demasiado perplejo ante los comentarios de su hermano para decir nada. Luego, se recordó a sí mismo con contundencia que Kenric sabía muy poco sobre Claudia; lo único que conocía era el contenido del mensaje que él mismo había enviado y que había escrito cuando ella parecía culpable de traición. Dejó su copa y se obligó a estirar los dedos antes de acabar abollando el recipiente de plata.

—No estoy jugando con Claudia. Poco después de escribirte, quedó claro que ella no tomó parte en el complot contra mí. De hecho, arriesgó su propia vida para ayudarme a escapar de Lonsdale. Desde entonces, he descubierto que posee todas las virtudes que podría desear en una esposa. Estoy totalmente decidido a casarme con ella y pretendo desposarla dentro de unos días.

Kenric emitió un gruñido de disgusto.

—¿Es que estás ciego? Te ha seducido para que creas que estás enamorado de ella. Estabas dispuesto a quitarle la vida a Fitz Alan porque evitó que la chica te apuñalara. Ha logrado que estés muy cerca de enfrentarte a tu propia familia. —Sacudió la cabeza—. Sigue mi consejo y enciérrala antes de que siga envenenándote.

Guy se esforzó en no gritar.

—A diferencia de ti, yo no pretendo mantener a mi esposa prisionera hasta quedar convencido de que puedo confiar en ella. Ya he tomado una decisión.

Una candente ira brilló en los ojos de Kenric, pero desapareció casi tan rápidamente como surgió.

—Haz entrar en razón a este loco antes de que decida usar otra cosa que no sean palabras para abrirle los ojos —ordenó a su lugarteniente.

Fitz Alan puso un pie sobre el asiento junto a la ventana y apoyó el codo sobre la rodilla. Sostenía la copa por el borde y observaba con detenimiento las diferentes tonalidades de color del vino mientras lo hacía girar en círculos uniformes.

—Tu hermano tiene razón, Guy. Esa muchacha tiene motivos para odiarnos a todos. Es difícil imaginar que pueda llegar a sentir afecto por ti.

—Lo que es difícil imaginar es que una mujer arriesgue su vida para proteger a alguien a quien odia —rebatió Guy—. Esta tarde sacó su daga con la intención de enfrentarse a un caballero que la doblaba en tamaño. Eras un desconocido para ella, Kenric. Pero vio que su prometido llevaba las de perder en el combate y no se detuvo a hacer preguntas. Fue una reacción razonable, pues mi muerte parece ser el mayor de sus miedos. ¿Eso os hace pensar a alguno de vosotros que no siente afecto por mí?

—No —respondió Kenric—, me hace pensar en una mujer que sabe que se encontrará a merced de tus hombres si mueres. Con su acción, la moza ha demostrado ser lo bastante inteligente como para darse cuenta de que, en este lugar, sólo hay un hombre lo bastante estúpido como para dejarse seducir por sus mentiras.

—Su nombre es Claudia —informó Guy, manteniendo los dientes apretados—. No «esa chica», «esa moza» o... —Dejó de hablar cuando se dio cuenta de algo que había dicho Fitz Alan. Le lanzó una dura mirada y le preguntó—: ¿Qué has querido decir con eso de que tiene motivos para odiarnos a todos?

Fitz Alan se encogió de hombros.

—Es la hermana de Roberto de Ravenna. Yo diría que es una buena razón. —Frunció el ceño—. Y estoy seguro de que tú lo sabías.

—Sí, lo sabía. —Guy se pasó una mano por el pelo. Dios. De repente, la hostilidad de Kenric cobró sentido. No era de extrañar que quisiera encerrarla—. ¿Cómo os habéis enterado?

Fitz Alan hizo un gesto hacia Kenric.

—Tu hermano averiguó todo lo que pudo sobre Roberto y su familia hace cinco años. Sabíamos que formaba parte de la familia del barón de Lonsdale. Por eso tu mensaje no nos cogió completamente por sorpresa. Esa familia está llena de traidores.

—¿Por qué ninguno de los dos me habló sobre Lonsdale? —preguntó Guy—. Si hubiera conocido su relación con Roberto, habría negociado Halford Hall en un campo de batalla.

—No te encontrabas en Inglaterra cuando lo descubrimos, y Lonsdale no parecía representar una gran amenaza en aquella época. Fue un grave error por nuestra parte —admitió Fitz Alan. Su tono se volvió pensativo—. ¿Sabes que hay otro hermano?

—Sí, Claudia me habló de Dante. —Kenric y Fitz Alan intercambiaron una mirada de complicidad—. Sé que es uno de los mercenarios de Edward.

Los dos permanecieron en silencio durante un largo momento, luego Kenric se aclaró la garganta.

—Dante Chiavari no es simplemente un mercenario. Él es...

—Entonces, ¿está vivo? —preguntó sin mucho entusiasmo. Dante sólo complicaría las cosas, aunque ni siquiera ese hermano fantasma le impediría casarse con Claudia.

Kenric asintió y Guy frunció aún más el ceño.

—Sí, y desde que el rey visitó Remmington hace unos meses —continuó Kenric—, ya no forma parte de la partida de mercenarios que le acompañan a todas partes. Ahora es el Ejecutor del rey. Si no quieres renunciar a esa mujer por el simple hecho de que es una traidora, deshazte de ella porque te encontrarás con la garganta abierta si su hermano descubre que la tienes aquí como tu amante.

El Ejecutor del rey. Las palabras resonaron en la mente de Guy. Dios Santo. El hermano de Claudia era el asesino personal del rey.

—¿Estás seguro?

—Sí, desde luego. Una vez el rey me pidió consejo en un asunto que tenía que ver con Chiavari. No puedo traicionar la confianza de su majestad, pero puedo decirte que ese hombre es incluso más peligroso que su hermano, Roberto.

—Casi nadie conoce su aspecto —añadió Fitz Alan—. Cuando debe presentarse ante la corte va ataviado como un infiel, con un turbante, una amplia capa y un pañuelo que ocultan todos sus rasgos excepto sus ojos. Los ojos verdes de los Chiavari. —Sacudió la cabeza—. Su aspecto es suficiente para inspirar miedo a cualquier súbdito inglés a quien puedan pasársele ideas traidoras por la cabeza. Dicen que si llegas a contemplar su rostro, será lo último que veas antes de morir.

Guy miró alternativamente a los dos hombres que habían atemorizado a países enteros.

—Parece que es un hombre temible.

—Yo no tengo ninguna razón para temerle —respondió Fitz Alan—. En cambio, tú sí tienes motivos para preocuparte.

—Quizá —reflexionó Guy—. Claudia no ha tenido noticias de Dante desde hace más de un año y tampoco lo ha visto desde que él se marchó de Lonsdale. Si ella le hubiera importado algo, se la hubiera llevado de allí hace mucho tiempo. Aunque recordara sus responsabilidades a estas alturas, no tendría nada que objetar a nuestro matrimonio. De hecho, debería agradecerme que me asegurara de garantizar la seguridad de su hermana; un deber que él ha desatendido en gran medida. Por lo que a mí respecta, ella está sola.

Guy miró a su hermano directamente a los ojos desafiándolo abiertamente.

—Claudia solamente me tiene a mí, y ella es todo lo que yo deseo.

—No la quiero en esta familia —afirmó Kenric de forma categórica—. No confío en ella más de lo que confiaría en sus hermanos. Cometiste un error llevándotela a la cama, pero no es demasiado tarde para reparar el daño. El matrimonio no es la solución. No tiene ningún valor como prisionera, y sabes tan bien como yo que puedes anular ese falso compromiso que su tío te impuso.

—¿Qué me estás sugiriendo? —preguntó Guy en tono amenazador.

Kenric cruzó los brazos sobre el pecho.

—Es peligrosa. Es probable que tramara tu asesinato con su tío. Enciérrala en las mazmorras. Ése es su sitio.

—¿Donde morirá si tenemos suerte? —preguntó Guy sarcásticamente. Su furia creció cuando vio que Kenric le respondía encogiéndose de hombros con despreocupación—. Puede que seas mi hermano, pero no tengo que...

—Basta. —Fitz Alan levantó las manos—. Esta discusión no nos llevará a ninguna parte. Guy, tú nos dijiste en tu carta que sospechabas que lady Claudia era culpable de traición. Explícanos qué ha sucedido para que tu opinión sobre ella haya cambiado tan drásticamente. De esa manera quizá podamos entender mejor tus razones antes de juzgarla. —Finalizó su diatriba, lanzando una mirada de advertencia a Kenric.

Guy consideró la petición y luego asintió reticente. Les relató su huida con más detalles de los que la carta le había permitido explicar, comentándoles el informe que Thomas le presentó unos pocos días después y que confirmó mucho de lo que Claudia le había dicho. Les explicó también que ella se había ofrecido a ayudarlo para liberarse del compromiso, y que tenía un plan para buscar a Dante en Londres. Aunque no había pensado darles más que unas pocas razones lógicas por las que deseaba casarse con ella, parecía no poder evitar ponerse a enumerar las cualidades que más le habían atraído: su coraje, inteligencia, agudeza y muchas más.

Ellos nunca la verían como él la veía, ni la aceptarían como parte de la familia. Así que les dijo más de lo que había pretendido y les lanzó la advertencia de que escogería a Claudia antes que a su familia si le forzaban a decidir entre ambos. Los echaría mucho de menos, pero no concebía su vida sin Claudia y estaba dispuesto a hacer ese sacrificio por ella.

Un largo silencio se impuso en la estancia cuando acabó. Kenric permanecía de pie junto a una de las ventanas, mirando sin ver el cielo despejado de nubes. Fitz Alan estaba sentado con las piernas abiertas en el asiento junto a la ventana y los codos apoyados en las rodillas, mientras sus manos hacían girar la copa de vino entre sus palmas. En sus ojos no había ni rastro de su humor habitual. Aquello no era una buena señal.

Guy se preparó para lo peor, y de pronto se enfureció. ¿Acaso confiaban tan poco en su buen juicio? ¿Realmente lo consideraban lo bastante estúpido como para dejarse seducir por una cara bonita y dulces mentiras? Por Dios, Claudia tenía más fe en él que su propia familia. Ellos deberían...

—Quizá el matrimonio no sea un completo desastre.

Guy volvió bruscamente la cabeza hacia Kenric, sorprendido de que su hermano hubiera pronunciado esas palabras. Había previsto algo de comprensión por parte de Fitz Alan, pero de su hermano sólo esperaba un obstinado silencio.

—No me hace ninguna gracia la perspectiva de acoger a una Chiavari en la familia —continuó Kenric—. De hecho, dudo que algún día me guste esa chica. Sin embargo, es evidente que estás decidido a tenerla, y acepto tu elección. Tus instintos nunca te han fallado en el pasado. Rezo para que no lo hagan ahora.

No era exactamente un voto de confianza, pero sí más de lo que Guy había esperado. Animado, se volvió hacia Fitz Alan.

—¿Aceptarás tú también mi elección?

—Sí. —El aludido soltó un largo suspiro—. Has perdido la cabeza por esa mujer, Guy. Yo también reconozco una causa perdida cuando la veo. Creo que te has vuelto loco, pero tu hermano pensó lo mismo de mí cuando le pedí la mano de tu hermana. Nunca he lamentado mi elección, y espero que tú siempre puedas decir lo mismo. —Se levantó y dejó la copa a un lado para ofrecerle la mano—. Recibe mi más sincera enhorabuena. ¿Cuándo tendrá lugar la boda?

Guy aceptó la mano de su cuñado y sonrió aliviado.

—Hablé con el sacerdote esta mañana. Pronunciaremos nuestros votos dentro de una semana a partir del domingo.

—¿No renegociarás el contrato de esponsales antes? —preguntó Kenric con severidad.

—No, pero lo impugnaré —respondió Guy—. Si Lonsdale me presiona, soy capaz de acudir hasta al mismísimo arzobispo. Tengo contactos que me darán su apoyo y confiarán en que mi versión de los hechos es la verdadera. Lo último que pienso hacer es recompensar a Lonsdale con una fortuna en oro por tramar mi asesinato.

Kenric asintió.

—Bien. Me alegra ver que no has perdido completamente la razón en todo lo que respecta a esa mujer.

—Claudia —corrigió Guy.

—Sí, bien, como quiera que se llame. Me alegra ver que queda un resquicio de sensatez en ti.

Guy inclinó la cabeza en una reverencia burlona.

—Tu confianza en mis capacidades me abruma, hermano.

—Dejadlo ya —cortó Fitz Alan—. No hay necesidad de empezar una discusión cuando todos estamos de acuerdo. Hablemos de algo más agradable. ¿Del asedio a Halford, quizá?

—¡Ah! ¡Estas cosas son asquerosas! —Lenore mantenía su nariz tapada con una mano y con la otra sostenía una cesta rebosante de ratas muertas.

—Sí, pero no tan asquerosas como lo serían si estuvieran vivas. —Claudia vació su propia cesta en la fosa séptica y se apresuró a alejarse del nauseabundo agujero.

Lenore la siguió.

—¿Me enseñaréis a hacer un aceite con aroma a lavanda?

Claudia le lanzó una intensa mirada.

—El aceite de rosas que me enseñasteis a hacer huele muy bien y hace que mi piel esté increíblemente suave —continuó Lenore—. Pero nunca se me ocurriría usar el mismo perfume que vos, y el olor a lavanda me gusta.

Tras liberarse de su lúgubre carga, el rostro de la doncella volvió a iluminarse con una alegre sonrisa y empezó a dar saltitos junto a Claudia mientras avanzaban de regreso al castillo. Últimamente, Lenore parecía ver a su señora como una especie de experta en toda clase de asuntos femeninos. Le pedía su opinión sobre peinados, el corte y el color de los vestidos, sobre dibujos para bordados y también en lo referente a mezclas para perfumes. A Claudia se le hacía raro que alguien le pidiera opinión sobre alguna cosa y, mucho más, que la apreciaran. Parecía como si Lenore la admirara igual que lo haría con una hermana mayor. Era tan halagador e inesperado para ella que no se veía capaz de negarle a Lenore nada de lo que le pidiera.

—Sí, es fácil de preparar. Será mejor que vayas con cuidado, Lenore, o aprenderás tanto sobre aromas que el barón te nombrará fabricante de esencias de Montague.

Lenore se mostró desconcertada y luego interesada ante esa posibilidad.

—No existe ningún fabricante de esencias que se aloje en Montague. ¿Realmente creéis que puedo conseguir ese puesto?

—Si memorizas las mezclas que te enseñe, sí. No veo por qué no.

Claudia se dirigió hacia el sendero que conducía hasta los portones y extendió la mano por encima de los altos setos que flanqueaban el camino separándolo de los parterres de hierbas aromáticas. Era un gesto sin sentido, tan infantil como el de los niños cuando arrastraban palos a lo largo de las cercas. Seguramente ellos tampoco sabían por qué lo hacían. Supuso que sería por el simple placer del momento.

A pesar del hecho de que iba a enfrentarse a sus futuros cuñados en el banquete que tendría lugar en pocas horas, Claudia no se había sentido tan alegre desde hacía años. Los recuerdos de los últimos días con Guy la envolvían como una suave y cálida manta. Le dolían las mejillas de tanto sonreír. Su cuerpo latía con el nuevo descubrimiento de la pasión y su corazón rebosaba de las tiernas emociones que él despertaba en ella. No recordaba haber sido nunca tan feliz. Guy era una presencia tan sólida en su vida que casi creía que nada podría alejarlo de su lado. Sí, era un hombre decidido a conseguir todo lo que quería y totalmente capaz de lograrlo. Y aunque pareciera increíble, él quería hacerla suya para siempre.

Lenore continuó parloteando sobre flores y pociones mientras Claudia sonreía con ojos soñadores y miraba las esponjosas nubes que flotaban sobre ellas, absorta en sus propios pensamientos. No se dio cuenta de que la doncella había aminorado el paso ni de que había dejado de hablar. De pronto, una mano apresó su muñeca cuando pasó por una apertura entre los setos. Claudia se paró en seco y soltó un pequeño grito.

—¿Soñando despierta, pequeña? —Guy la estrechó con fuerza entre sus brazos y luego le hizo una seña a su doncella—. Tu señora se reunirá contigo en el castillo, Lenore. Ahora puedes marcharte.

La sirvienta hizo una reverencia, inclinando la cabeza para ocultar su sonrisa.

—Sí, milord.

—¿Qué... qué estás haciendo aquí? —preguntó Claudia, todavía asombrada por su repentina aparición.

Guy la arrastró dentro del pequeño y aislado hueco que formaban los setos y tiró al suelo la cesta que sostenía la joven. Deslizó las manos de Claudia alrededor de su cintura y la obligó a abrazarle hasta que sus cuerpos quedaron íntimamente unidos. Su perversa sonrisa consiguió que sus blancos dientes brillaran bajo la luz del sol.

—Disfrutar de un momento con mi amante, por supuesto.

Escucharlo hizo que un gran pesar resurgiera en su interior. Había pronunciado esas palabras con tanta ternura, que podría haber dicho que la amaba en el mismo tono. En un intento de alejar la sombra de dolor que cruzaba los ojos de Claudia, Guy acunó su rostro entre sus manos e inclinó la cabeza para besarla. Al principio, ella se resistió a sus intentos de hacer el beso más profundo. Cualquiera que pasara por allí podría descubrirlos. Pero esa idea hizo que su abrazo fuera incluso más tentador. Guy acarició con sus nudillos el tenso pezón de uno de sus pechos a través del vestido y la boca de Claudia se abrió bajo la suya, perdiendo el pudor bajo la intensa pasión que la recorría.

Él fue el primero en recobrar el juicio. Se alejó de su boca con un gemido reticente y hundió el rostro en la curva de su cuello. Luego, deslizó las manos por sus caderas y la sujetó contra la dura demostración de su excitación.

—Santo cielo, nunca me sacio de ti.

—Creí que habías quedado satisfecho esta mañana, milord. —Claudia deslizó la mano entre sus cuerpos, fascinada por el hecho de poder sentir su excitación incluso a través de la ropa y de que su propio cuerpo respondiera humedeciendo sus entrañas—. Si deseas regresar a nuestra alcoba para demostrarme que estoy equivocada, no pondré ninguna objeción.

—No seré capaz de llegar tan lejos —murmuró Guy. Sus dedos rodearon la muñeca de Claudia con la intención de apartarle la mano, pero se detuvo cuando sus caricias resquebrajaron su control—. Te encanta torturarme, malvada bruja —murmuró apretando los dientes.

Claudia rodeó su cuello con sus brazos y se inclinó para depositar pequeños y seductores besos sobre sus firmes labios.

—Me encanta darte placer, milord, como tú bien sabes. Y la culpa es tuya, pues yo no sabía nada sobre cómo complacer a un hombre hasta que nos conocimos. Me has enseñado todo lo que sé y ahora recibes los beneficios de tus enseñanzas.

—Sí, tienes un don natural para la tortura. —Guy deslizó las manos por su cintura y rozó su pelo con los labios—. Esto no ha resultado ser una buena idea. Deja que te abrace sólo un momento.

—Mmm. Abrazarte también es muy agradable —comentó Claudia encantada, mientras estrechaba con más fuerza su cuello—. Me gusta casi tanto como cuando me haces tuya.

—No te confundas, mi amor. Todavía me siento muy tentado de levantarte las faldas. Después, quizás, podría contentarme sólo con abrazarte.

Por su voz, Claudia supo que sonreía, pero fue la expresión de cariño lo que provocó que su corazón diera un vuelco. Desde que le hizo el amor por primera vez, Guy la había colmado con afecto y con toda clase de expresiones de cariño. Pero no le había dicho lo que más deseaba oír. ¿Acaso quería que fuera Claudia la primera en pronunciar las palabras, o sólo sentía cariño por ella? Guy la animaba para que fuera atrevida con su cuerpo, así que decidió que era hora de ser también valiente con respecto a su corazón.

—Te...

—Ssh. —Él levantó la cabeza, con una repentina expresión de alerta—. Alguien se acerca.

Guy le dio un fuerte tirón a su túnica. A pesar de sus esfuerzos, la prenda cubría el estado de su cuerpo a duras penas, y sus intentos de arreglar el desastre en que se había convertido el peinado de Claudia, tampoco tuvieron mucho éxito.

—Ve. Vuelve con Lenore, cariño. Debo regresar con mis hermanos. Los dejé contemplando un rebaño particularmente selecto de ovejas, pero ya deben haberse dado cuenta de mi ausencia. Te veré en nuestra alcoba una hora antes de que empiece el banquete. —Le dio un rápido y firme beso en la boca—. Una hora antes, recuérdalo, mi amor.

Cuando Claudia abrió los ojos, Guy había desaparecido como si nunca hubiera estado allí. Aunque sabía que no era así. Todavía podía sentir un cosquilleo en los labios. Sonriendo, se agachó para recoger la cesta y salió de su escondite. En ese mismo instante, dos soldados hicieron su aparición. Uno de ellos se apartó de un salto y aferró frenéticamente la parte delantera de su túnica para tratar de calmar su corazón.

—¡Lady Claudia! Me habéis asustado.

El otro soldado se tomó su repentina aparición con más calma. Miró a un lado y a otro del camino y luego volvió a dirigir la mirada hacia ella.

—Lord Kenric nos ha enviado a buscar a su hermano. ¿Sabéis dónde podríamos encontrar al barón?

—Yo... bueno... no estoy segura. —Sintió cómo le ardía la cara al invadirla un violento rubor, y sólo pudo preguntarse qué pensarían los soldados sobre esa reveladora reacción—. Creo que mencionó algo sobre un rebaño de ovejas.

—Muchas gracias, lady Claudia. —Ambos soldados le hicieron una cortés reverencia y desaparecieron tras un recodo del sendero.

La joven se dirigió hacia el castillo tras comprobar rápidamente el reloj de sol del jardín. No quería faltar bajo ningún concepto a su cita con Guy en su alcoba, pues sabía perfectamente por qué deseaba que estuviera allí una hora antes. Se sintió la criatura más lujuriosa de la tierra, pero Guy le hacía sentirse demasiado bien consigo misma para que eso le importara.

Todavía sonreía cuando dirigió sus pasos al solar. Ése era el último lugar del castillo que Lenore y ella debían revisar en busca de ratas muertas. En unos pocos días, Claudia esperaba que todas hubieran perecido envenenadas y que dejaran de ser un problema. Odiaba realizar esa tarea, pero, gracias a ello, podía dormir mejor por las noches. Aunque eso también podría tener algo que ver con Guy, por supuesto.

Su secreta sonrisa tenía un extraño efecto en todo aquel con el que se cruzaba en su camino. Todos le devolvían el gesto. Unos pocos incluso le dirigieron saludos que se podrían calificar como amistosos. Sí, le gustaría vivir aquí, haciendo amigos y formando una familia. Su propia familia. Bueno, suya y de Guy. Apartó esos pensamientos de su cabeza cuando entró en el solar. Ya habría mejores momentos para pensar en su futura familia.

Se volvió para cerrar la puerta tras ella y llamó a Lenore por encima del hombro.

—¿Alguna vez habías imaginado que hubiera tantas ratas en este lugar? Juraría...

Avanzó unos pocos pasos, pero la visión con la que se encontró hizo que se detuviera y que las palabras se paralizaran en su garganta. Los hermanos de Guy se encontraban frente a ella, o mejor dicho, su hermano y su cuñado. Kenric se erguía sobre ella a unos pocos pasos de distancia, y Fitz Alan, que estaba sentado al otro lado de la estancia afilando su espada, había interrumpido su tarea al verla.

—Disculpadme, no me había dado cuenta... —murmuró Claudia, llevándose la mano a la garganta.

—No tan rápido. —Kenric avanzó decidido hacia ella y la agarró del brazo cuando empezaba a retroceder hacia la puerta.

Claudia sacudió el brazo liberándose de él y se apartó del gigante. Por desgracia, eso la hizo alejarse aún más de la puerta.

—Se lo ruego, milord. No me gusta que me toquen.

—Muy bien. —Kenric se llevó las manos a la espalda—. ¿Así está mejor?

Claudia asintió. Rodeó con los brazos la cesta y la mantuvo contra su pecho, como si esa endeble pieza de madera pudiera protegerla de aquellos dos hombres. Observó que Fitz Alan dejaba a un lado la espada con movimientos lentos y cautelosos, como si temiera asustarla.

—Lord Guy va de camino al cercado de ovejas en vuestra búsqueda. Quizá debierais reuniros allí con él.

—Ya hemos visto bastantes ovejas por hoy. De hecho, hemos cubierto nuestro cupo para el resto de nuestras vidas. —Fitz Alan sonrió—. Vinimos aquí buscando a Guy, pero vuestra doncella nos informó de que llegaríais en cualquier momento. Nos imaginamos que vuestro prometido os seguiría pronto.

La mirada de Claudia se desvió hacia la puerta, pero su corazón se encogió de miedo cuando vio que Kenric apoyaba la espalda contra la robusta pieza de roble. La tenían atrapada. Se forzó a sí misma a mirar a los ojos al gigante sin pestañear.

—¿Hay algo sobre lo que deseéis hablar conmigo?

Fue Fitz Alan quien respondió.

—Bueno, ya que estáis aquí... Estoy seguro de que se nos ocurrirán una o dos preguntas. ¿Os importaría sentaros y poneros cómoda?

Claudia negó con la cabeza sabiendo que se sentiría más cómoda en una guarida de leones. Guy le había dicho la noche anterior que Kenric y Fitz Alan sabían lo de Roberto. También le había contado que Dante estaba vivo y que era un mercenario de su rey. Su júbilo por aquellas noticias se vio ensombrecido por el miedo. Dante se hallaba muy lejos y no podría defenderla de los dos hombres que la miraban con tanta furia en sus ojos. Las sinceras promesas de Guy de que la aceptaban como su prometida sonaban mucho más tranquilizadoras cuando se encontraba rodeada por la seguridad de sus brazos.

—¿Y qué es lo que deseáis preguntarme?

—Nos gustaría conocer la razón por la que habéis atrapado a nuestro hermano en la trampa del matrimonio —afirmó Kenric sin rodeos.

Sorprendentemente, Claudia se descubrió a sí misma sonriendo.

—Vuestro hermano no comparte conmigo las razones que tiene para atraparme *a mí* en el matrimonio. Así que ¿por qué tendría que deciros yo las mías?

Kenric frunció el ceño mientras continuaba clavando su glacial mirada en ella, pero Claudia pudo oír que Fitz Alan se reía.

—Bien dicho, milady. Si me lo permitís reformularé la pregunta. Creo que a lord Kenric le gustaría saber lo que exigís para dar vuestra aprobación a los esponsales.

—No le exijo nada a vuestro hermano —le informó con voz tranquila—. No codicio sus propiedades ni posesiones al igual que él no codicia las mías. —Claudia arrugó el ceño—. Bueno, eso no es totalmente cierto. Él desea Halford Hall, y esa propiedad forma parte de mi dote.

Los dos hombres intercambiaron miradas de incredulidad. Fitz Alan fue el primero en hablar.

—¿Halford Hall es vuestra dote?

—¿No os lo ha dicho Guy? —Claudia se encogió de hombros—. La verdad es que mi título de propiedad carece de importancia, ya que planea poner bajo asedio el castillo. No cree que el barón de Lonsdale vaya a desalojarlo por propia voluntad.

—Sí, pero ¿Halford Hall es vuestra dote? —preguntó Kenric repitiendo las palabras de su segundo al mando.

—Sí, junto con un collar —respondió Claudia. Ellos pensaban que era poco menos que una indigente codiciosa que intentaba atrapar a su hermano en sus redes. Lo cierto era que no podía culparles. La fortuna del barón de Montague era inmensa, y ella sólo tenía las esmeraldas y un título sobre Halford Hall que no valía nada—. Guy guarda el collar en sus arcas; os lo digo por si tenéis intención de calcular mi valor.

—¿Un collar que Guy de Montague guarda en sus arcas? —preguntó Fitz Alan, incrédulo.

Claudia frunció el ceño.

—¿Tenéis problemas para entender lo que digo? Si es así, hablaré más despacio. Vuestro hermano y su gente me comprenden bien, pero suelo olvidar que mi acento puede confundir a los extraños.

—¡Extraños! —El rostro de Kenric enrojeció—. Milady, os agradeceré que no nos llaméis extraños dentro de las murallas de Montague.

Claudia inclinó la cabeza en un gesto que rozaba la insolencia. A su entender, tenía derecho a tratarlos de la misma forma que ellos lo hacían con ella.

—Habladnos sobre ese collar —pidió Fitz Alan—. ¿Por qué un hombre tan rico como Guy lo considera lo bastante valioso como para mantenerlo bajo llave en sus arcas?

—Es un collar de esmeraldas con una veintena de piedras rectangulares de un tamaño aproximado a huevos de gorrión. No he contado las esmeraldas más pequeñas, pero son del tamaño de guisantes y ocuparían dos metros aproximadamente si las extendiéramos formando una línea recta. Mi hermano Dante me aseguró que eran de la mejor calidad.

Fitz Alan dirigió su sonrisa a Kenric.

—Empiezo a ver el interés. Nuestro Guy es un comerciante hasta la médula. Si lo que dice es cierto, ha conseguido un gran partido.

—¿Me creéis capaz de mentiros? —Claudia elevó su barbilla varios centímetros más—. Si queréis saber la verdad, os diré que yo no convencí a vuestro hermano para que se casara conmigo. De hecho, hice todo lo que pude por disuadirlo. Encuentro la perspectiva de entrar a formar parte de vuestra familia tan halagüeña como vosotros la de darme la bienvenida a ella. Si deseáis impedir el matrimonio, estáis hablando con la persona equivocada. Guy me ha asegurado que no tengo ninguna elección. Ahora, si me disculpáis, hay deberes que debo cumplir antes de que empiece el banquete para celebrar vuestra llegada.

Se dio la vuelta y avanzó decidida hacia la puerta. No tenía la menor idea de lo que haría si Kenric intentaba detenerla de nuevo, pero él se hizo a un lado en el último momento y la dejó pasar. Claudia continuó andando tras cruzar el umbral, rezando para que sus temblorosas rodillas no le fallaran antes de llegar a su alcoba.

Kenric cerró la puerta tras la partida de la joven y se volvió para fulminar con la mirada a Fitz Alan.

—Te felicito por tus dotes diplomáticas. Estoy seguro que después de esto el rey te nombrará embajador de todos los territorios hostiles.

Fitz Alan recogió la espada y comprobó la hoja recién afilada con el pulgar. Al ver surgir un brillante punto de sangre, murmuró una maldición.

—La chica no es como yo esperaba.

—No, desde luego —asintió Kenric—. Al parecer posee todos los atributos que Guy le atribuyó y algunos más. Está claro que es valiente, y apostaría mi caballo a que no participó en el complot de su tío. También me apostaría cualquier cosa a que nos considera groseros e insufribles.

—La reunión no ha ido demasiado bien. —Fitz Alan apoyó la punta de su espada sobre el piso—. ¿Crees que se lo contará a Guy?

Kenric se encogió de hombros.

—Si desea ponerlo en contra de su familia, le repetirá todas y cada una de las palabras que se han pronunciado aquí. Si quiere que reine la paz entre nosotros, seguramente no dirá nada al respecto. Será interesante descubrir hacia dónde sopla el viento.

—¿Te ha hecho sentir como la serpiente más rastrera de la Tierra? —preguntó Fitz Alan—. ¿O ese honor sólo me corresponde a mí?

Kenric le dio una palmada en la espalda mientras su profunda risa resonaba en toda la estancia.

—Oh, ese honor es sólo tuyo, Fitz Alan. Yo sólo me siento como si fuera idiota.

14

—Qué mala suerte la mía —anunció Guy cuando se reunió con Claudia en su alcoba. La tomó en sus brazos para darle un rápido beso, y la apartó unos centímetros para poder verla mejor. La joven apoyó las manos sobre su pecho y su ardiente mirada continuó recorriéndola mientras le explicaba con voz distraída lo que le había hecho retrasarse.

—Ya casi había llegado a nuestra alcoba cuando me notificaron que el emisario del rey estaba esperándome en el salón. Se trataba de una larga misiva de seis páginas, y Edward exigía una respuesta inmediata. ¡Dios mío! —exclamó, cambiando de tema—. Estás espléndida. ¿Dónde has encontrado ese vestido?

—Ha sido mi doncella —explicó alejándose de él con pasos medidos. Incluso Lenore, una mujer llena de recursos, había sorprendido a Claudia cuando le mostró las hermosas prendas que había elegido para ella. El vestido en cuestión era dorado con largas y amplias mangas acabadas en punta y cubiertas por un brocado en color burdeos oscuro. Una túnica entallada hecha también de brocado color burdeos y rematada con hilo de oro, cubría todo el atuendo excepto la parte delantera del vestido. El collar de esmeraldas completaba su atuendo, y el vestido dorado hacía que las piedras brillaran como si estuvieran en llamas. Claudia se había puesto la joya sólo para impresionar a Kenric y a Fitz Alan, y probar que no era una indigente ni una mentirosa. La expresión en los ojos de Guy indicaba que valoraba sus esfuerzos por presentar la mejor imagen que pudiera, aunque no tuviera tiempo de mostrarle su agradecimiento.

—El banquete debería haber empezado hace una hora. Le di a tu... —De repente, Claudia se dio cuenta de lo que él había dicho, y la excusa de su retraso hizo que abriese los ojos de par en par—. ¿El emisario del rey? ¿Traía noticias de Dante?

Guy frunció el ceño.

—Sí, el rey tiene intención de informarle sobre lo que sucedió en Lonsdale, y de que tú estás a salvo . Le dio al emisario unos días de ventaja con el fin de darme tiempo para prepararme, porque está seguro de que tu hermano pronto nos visitará.

—¡Eso es maravilloso! —Claudia batió las palmas encantada, sintiendo como si se hubiera librado de un gran peso. Pero cuando vio que la expresión de Guy seguía siendo sombría, le vino otro pensamiento a la cabeza—. ¡Es horrible! ¿Qué pasará si Dante no sabe que lo que realmente pretendes es casarte conmigo? Se pondrá furioso. Él se...

—Cálmate —murmuró él. Acercó la mano de Claudia a sus labios y le dio un beso en la palma—. El rey se asegurará de que no haga nada precipitadamente, pero sigo decidido a estar casado contigo para cuando Dante llegue. De ese modo, no habrá dudas sobre a quién perteneces.

—Yo... yo no creo que Dante ponga ninguna objeción a nuestro matrimonio. —Claudia cometió el error de acariciar la mejilla de Guy, provocando con ello que la pasión surgiera de nuevo en sus ojos—. Si te ve mirarme así, creo que insistirá en que nos casemos.

—Ya estará hecho. No habrá razón para que insista en algo que ya se habrá consumado. —Se inclinó para besarla, pero Claudia se apartó con una sonrisa.

—No hay tiempo para esto, Guy. Le di permiso a tu mayordomo para que sirviera un refrigerio mientras los invitados aguardaban nuestra llegada. Cenaremos con una pandilla de borrachos si nos demoramos aquí por mucho tiempo.

—Estarán en buena compañía, porque yo ya estoy ebrio de deseo. —La abrazó con fuerza y jugó con los lazos que mantenían en orden sus cabellos—. Sabes que me vuelve loco verte con el pelo suelto.

La joven volvió la cabeza para evitar sus labios, pero, aun así, se estremeció cuando sintió cómo sus manos le acariciaban el pelo y descendían por su espalda hasta llegar a la redondeada curva de sus caderas. Su deseo por ella parecía insaciable, pero ¿era el amor lo que alimentaba su pasión, o sólo la lujuria? Ése no era momento para reflexionar sobre ello. Claudia notó un tono desesperado en su propia voz.

—No podemos hacer esperar más a tu gente.

—Sí, sí podemos —insistió Guy. Luego, estudió su rostro y soltó un profundo suspiro—. Pero supongo que todos adivinarán el motivo. ¿Es por eso por lo que te muestras tan reticente?

Claudia asintió, agradecida y pesarosa al mismo tiempo.

—Habrá tiempo para nosotros después del banquete.

—No. Creo que habrá tiempo para nosotros *durante* el banquete. —Guy recorrió su cuello con los labios formando un camino que llegó hasta el lóbulo de la oreja, donde le mordió con suavidad—. El festín durará horas y muy pocos se darán cuenta si nos escabullimos después de la primera docena de platos. Habrá espectáculos que los mantendrán distraídos y que impedirán que se den cuenta de nuestra ausencia.

Su boca cubrió la de Claudia y se fundieron en un profundo beso que acabó en menos de un segundo. Guy la alejó de él, aunque sus manos le acariciaron el trasero al tiempo que le daba un suave empujón hacia delante.

—Mantente alejada de mí mientras me cambio o nuestro festín privado empezará antes de lo esperado.

Se dirigió a uno de sus arcones mientras Claudia se sentaba junto a la mesa. Mientras él se quitaba la ropa, ella se debatió entre contarle o no el encuentro con sus hermanos. Guy le lanzó una mirada de complicidad y sonrió cuando tiró la camisa a un lado y empezó a quitarse los pantalones, pues ya había descubierto que a ella le gustaba observarlo desnudo. Claudia apoyó los codos sobre la mesa y colocó la barbilla entre sus manos para disfrutar de la deliberada exhibición.

La visión de su poderoso cuerpo nunca dejaba de atraer su atención, y los pensamientos sobre sus hermanos fueron sustituidos por recuerdos de lo que sentía al tener el cuerpo de Guy bajo el suyo. En su mente, Claudia acarició sus amplios hombros y su pecho, y luego descendió hasta sus duros muslos, recordando cómo el negro vello que salpicaba sus piernas le hacía cosquillas en los dedos. Su mirada viajó y finalmente recayó en sus caderas, no pudiendo evitar humedecerse los labios con la lengua. Su boca se curvó en un mohín de decepción cuando Guy se puso unos pantalones de piel azules.

—¿He abierto tu apetito, pequeña? —Lo que vio en los ojos de Claudia le hizo reír. Cogió la camisa y la deslizó por su cabeza—. Tu expresión habla por sí misma. Si me miras así durante la comida, te juro que ese banquete va a ser el más corto que se haya celebrado nunca.

Claudia se ruborizó ante sus palabras, un poco avergonzada por la facilidad con la que podía excitarla.

—Tendré que esforzarme por mantener la mirada fija en mi plato, milord. Tus vasallos pensarán que nunca he probado una comida más suculenta. Estaré pensando en ti en todo momento.

Guy gimió.

—Mi gente creerá que me he quedado sin habla ante tu imagen. Si tienes un mínimo de compasión en tu corazón, te abstendrás de lamerte los dedos. Te advierto que se tomarán medidas inmediatas ante exhibiciones descaradas de ese tipo.

—¿Es eso una amenaza? —preguntó con un tono de insolente inocencia en su voz—. ¿O una petición?

—Eso dejaré que lo averigües por ti sola, milady. —El exagerado movimiento de sus cejas y su sonrisa voraz hizo que sus pensamientos fueran lo bastante fáciles de interpretar.

Guy se enfundó en la misma túnica con perlas incrustadas que llevaba el día que se conocieron, colocándose la piel de leopardo sobre un hombro y sujetándola en su cadera. Después se puso el cinturón con su espada y su daga. Las fundas de ambas armas tenían incrustaciones de zafiros.

—¿Dónde conseguiste esa piel de leopardo? —preguntó Claudia con curiosidad.

Guy acarició la piel con el dorso de los dedos.

—Intentó devorarme, junto al mercader bereber que pretendía convertirlo en una mascota. El mercader me ofreció su piel como obsequio a modo de agradecimiento, por haberle salvado la vida. También me dijo que cualquier hombre que poseyera un leopardo, o incluso su piel, estaría bendecido con la virilidad, la fertilidad y una gran cantidad de atributos masculinos. —Su sonrisa se volvió sagaz—. Tú sabrás mejor que nadie si aquel hombre decía la verdad.

—Oh, sí —musitó Claudia—. No mentía, milord.

Guy le tendió la mano.

—Vamos, cariño. Cuanto antes empiece el banquete, antes podré ponerme a trabajar en los montones de hijos que se me han prometido.

Evard se encontró con la pareja en la puerta de la alcoba de Guy, con una lista de los caballeros que deseaban participar en el torneo que se celebraría al día siguiente entre los soldados de Guy y los del barón de Remmington. Mientras los dos hombres hablaban camino de la celebración, Claudia intentó decidir la mejor forma de contarle a su prometido la reunión con Kenric y Fitz Alan. No quería suscitar problemas entre los hermanos, pero estaba segura de que ellos le mencionarían la conversación. Decidida, apretó con más fuerza el brazo de Guy.

—Hay algo que debo decirte antes...

Las palabras murieron en su garganta cuando contempló el gran salón. Durante cualquier día de la semana aquella estancia parecía un lugar digno de reyes, pero el verla decorada para un banquete la dejó sin aliento. Ella sabía que el mayordomo había planeado adornarla tomando la caza como tema central, pero el resultado de la labor de los sirvientes era algo que parecía directamente salido de un cuento de hadas. Todas las mesas del salón, cubiertas con manteles, casi desaparecían bajo fragantes ramas de hoja perenne engalanadas con flores y lazos dorados, cada arco y cada pilar se habían transformado en un arbusto o un árbol, y una hilera de esbeltos sauces se desplegaba en el lugar de honor destinado a Guy y los ilustres visitantes. La decoración quedaba completa con las grandes ramas rebosantes de hojas que estaban sujetas a las vigas del techo.

Los músicos empezaron a tocar una alegre melodía con sus laúdes, gaitas y tambores en el momento en que Guy y Claudia hicieron su entrada en el gran salón, y la música se unió al barullo de risas y conversaciones que llenaban la estancia mientras los caballeros y soldados del barón de Remmington se ponían al día de los últimos acontecimientos de sus vidas con sus homólogos en Montague. En su recorrido hacia la mesa de honor, Guy se detenía a saludar de vez en cuando a algunos de sus hombres o a los de Kenric.

Aunque Guy parecía haber olvidado la existencia de Claudia mientras hablaba con sus invitados, seguía sosteniendo su mano y acariciaba con el pulgar sus nudillos. Sólo la miró cuando se detuvo a saludar a Thomas y a otro caballero llamado Haskins. Esa breve mirada indicaba que no se había olvidado de ella en absoluto y la expresión de sus ojos era tan tierna que la apenó, ya que tenía que admitir que había veces en las que creía que él la amaba.

El rostro de Guy se convirtió en una máscara de educado interés cuando se volvió de nuevo hacia los caballeros, pero le apretó la mano y continuó con sus tiernas caricias. Sus atenciones la ayudaron a tranquilizarse, pero, aun así, era incapaz de concentrarse en las conversaciones que su prometido mantenía con Thomas o con algún otro. Su mirada se desviaba una y otra vez hacia Kenric y Fitz Alan, que les aguardaban sobre la tarima elevada. Pero Claudia tampoco quería concentrarse en ellos, así que para tranquilizarse empezó a contar hojas.

—Te has vuelto a superar —comentó Fitz Alan a modo de saludo cuando llegaron a la mesa. Tanto él como su barón iban elegantemente ataviados; Kenric vestía de negro, y Fitz Alan de rojo y dorado—. Nunca había asistido a un banquete en medio de un bosque. Incluso los sirvientes van vestidos de cazadores y de ninfas de los bosques. Somos conscientes del honor que nos haces, Guy.

—Esperamos que disfrutéis de nuestra humilde hospitalidad —respondió el aludido con exagerada modestia.

Kenric emitió un sonido gutural que a Claudia le sonó a sarcasmo.

—Tu humilde hospitalidad ha sido suficiente para hacer que mi esposa me suplicara que la trajera conmigo en este viaje. Aunque dio la casualidad de que, en ese mismo instante, estaba en medio del parto de nuestro tercer hijo. —Arqueó una oscura ceja en dirección a su hermano—. Tu mensaje llegó en el momento más inoportuno.

Guy se encogió de hombros a modo de disculpa.

—Tu encantadora esposa y tus hijos siempre son bienvenidos aquí. Estoy impaciente por conocer a mi nuevo sobrino.

—Tess me hizo prometerle que te haríamos otra visita cuando ella y el bebé estuvieran lo bastante fuertes para viajar —respondió Kenric—. Así que los verás muy pronto.

Claudia intentó imaginarse a la esposa del Carnicero de Gales, convencida de que el calificativo de «encantadora» no era más que una mentira educada. Tenía que estar hecha a la misma escala enorme que su marido para poder dar a luz a sus hijos y sobrevivir tras semejante experiencia. Luego se preguntó si su hermana Helen sería tan alta y de constitución tan sólida como sus hermanos. Dios santo, si eso fuera así, todos en esa familia la considerarían diminuta.

Su prometido la condujo hasta el asiento que había a su derecha, mientras que Kenric y Evard se colocaron a su izquierda, enfrascándose enseguida en una conversación con Guy sobre las últimas intrigas en la corte. Por su parte, Fitz Alan y Thomas, que se sentaban a la derecha de Claudia, también parecían absortos en su propia conversación. Un grupo de juglares amenizaba la comida y pelotas de brillantes colores parecían llenar el aire. De vez en cuando, lanzaban algo más peligroso, como dagas o antorchas en llamas, pero ella no estaba de humor para disfrutar del espectáculo. Guy ya no sostenía su mano y Claudia no se había dado cuenta de cuánto significaba para ella ese pequeño consuelo hasta que no lo tuvo. En lugar de sumirse en un infantil estado de autocompasión, localizó el árbol que había estado examinando antes de sentarse y empezó a contar de nuevo.

—¿Hay algún problema, Claudia?

—¿Milord? —preguntó ella, mientras le dirigía una mirada desconcertada.

Guy entrecerró los ojos con recelo.

—¿Qué estás contando?

—¿Contando? Yo... —Se quedó mirando su gesto de escepticismo y reconsideró su respuesta—. Hojas.

—¿Hojas? —repitió Kenric—. ¿Por qué diablos contáis hojas?

Todos en la mesa esperaron su respuesta, lo que hizo que le ardieran las mejillas.

—Es un asunto privado. —Se adelantó Guy, rescatándola del incómodo silencio—. Olvida las hojas, Claudia. Tengo otros números con los que ocupar tu mente. Kenric tiene permiso para construir almenas en una de sus propiedades y los constructores dicen que...

—¿Por qué le cuentas eso a ella? —le interrumpió Kenric mientras lanzaba una breve mirada de desdén hacia Claudia—. Tess se quedó dormida cuando le hablé de Westford. Tu dama encontrará el asunto aún menos interesante.

Claudia se preguntó cómo una mujer podía dormir en presencia de semejante guerrero, pues ella todavía sentía una punzada de miedo cada vez que lo miraba. Aun así, se animó un poco al escuchar que Kenric la consideraba la dama de Guy. Quizás aceptara la elección de su hermano después de todo, aunque no guardaba ninguna esperanza de llegar a gustarle algún día.

—Lo comprenderás enseguida —le contestó Guy antes de dirigirse de nuevo a su prometida—. Como decía, el constructor le dijo a Kenric que completar el proyecto llevaría demasiados meses, a pesar de que la estructura final no tuviera un gran tamaño.

Guy continuó detallándole el número y tipo de artesanos que participarían, cuánto trabajo diario podría llevar a cabo cada uno y el esfuerzo total para acabar el proyecto.

—El constructor de Kenric afirma que tardarán ciento cincuenta días en completarlo y que el coste total será de trescientos florines. —Tras haber expuesto todos los hechos y cifras, se recostó en la silla y se quedó mirando a Claudia expectante—. ¿Está en lo cierto o se equivoca?

—¿Qué estás haciendo? —preguntó Kenric a su hermano. Luego dirigió a Claudia una mirada comprensiva que silenció sus propias objeciones. Era la primera vez que el feroz guerrero la había mirado con una expresión que se acercaba mínimamente a la amabilidad—. Un equipo de tus contables no sería capaz de responder a esa pregunta con cierta precisión en menos de una hora. No hay necesidad de avergonzar a tu prometida con una pregunta que no podrá contestar.

Esa muestra de apoyo dejó sin habla a Claudia. Le costó un momento poder recordar qué quería decir.

—Esto no es una buena idea, milord.

—Confía en mí —murmuró Guy—. Responde a mi pregunta.

—¿Estás seguro? —preguntó mirando a su alrededor. Esta vez todo el mundo excepto Guy evitó su mirada, simulando que no aguardaban su respuesta. Él le dirigió una sonrisa alentadora y ella soltó un pequeño suspiro de resignación—. El castillo estará acabado cuando ha dicho el constructor, pero sólo si emplea a paganos ambiciosos.

Claudia recorrió con la mirada el salón y vio una fila de sirvientes que salían de las cocinas. Forzó una sonrisa y batió las palmas con expresión de placer.

—¡Oh, mirad! Aquí vienen los primeros platos. Doy fe de que los cocineros de Guy son los mejores que conozco. Observad cómo han preparado los sabrosos pasteles de carne en formas de árboles y flores.

Guy ignoró su intento de cambiar de tema.

—Creo que deberías darnos una explicación de tu respuesta.

Claudia empezó a reorganizar sus cubiertos sobre la mesa como si colocarlos correctamente fuera de gran importancia.

—El constructor no tuvo en cuenta los días de precepto. También asumió que nadie se pondría enfermo o sufriría lesiones y que el trabajo seguiría adelante incluso en días de lluvia o nieve.

—Si el tiempo retrasa el trabajo un día cada dos semanas, y si el constructor permite a los trabajadores que descansen durante sus días de precepto, ¿cuánto tiempo tardará en completarse el proyecto, y cuánto costará? Asumiendo, por supuesto —añadió Guy—, que se pagará a los trabajadores lo mismo cada semana sin tener en cuenta el tiempo o los días de precepto.

—Ciento noventa y cuatro días, y trescientos ochenta y ocho florines.

—¿Y qué ocurriría si el constructor sólo les permitiera descansar mediodía los días de precepto y no se les pagara por ese día?

—¿Cuándo empezarán los trabajos? —preguntó Claudia—. Hay más días de precepto en ciertas épocas del año que en otras.

—Digamos que la próxima semana.

Claudia frunció el ceño mientras hacía los cálculos.

—Ciento ochenta y ocho días, y trescientos treinta y cuatro florines.

Guy se volvió hacia Kenric.

—Seguramente desearás conocer la opinión de lady Claudia sobre los números que tu constructor te presente antes de dar tu aprobación final a los planos.

—¿Está en lo cierto? —preguntó Kenric.

—Sí. —Guy sonrió encantado—. Asombroso, ¿verdad?

Kenric asintió con expresión de desconcierto.

—Un gran partido en más de un aspecto, podría decirse. ¿Pretendes hacerla partícipe de tus aventuras comerciales?

Guy ignoró la pregunta.

—¿Qué sabes de mi prometida para decir que es un buen partido?

—¿No te lo ha dicho? —Kenric dirigió una intensa mirada a Claudia. Ella intentó avisarle con un gesto de que no le había contado nada a Guy acerca de su reunión, pero por extraño que pareciera, Kenric sonrió—. Mi lugarteniente y yo tuvimos una breve charla con lady Claudia sobre los términos de vuestro compromiso. Se topó con nosotros en el solar, donde Fitz Alan y yo nos ocultábamos para evitar más visitas a tus animales mientras disfrutabas de una cita con tu prometida. ¿Acaso pensabas que no nos enteraríamos de tu visita a los jardines?

Los dos hermanos parecieron hacer un brusco intercambio de papeles. Kenric parecía relajado y casi jovial, mientras que el rostro de Guy se había oscurecido bajo su ceño fruncido.

—¿Qué le dijisteis?

—Sobre todo, le hicimos comentarios rudos que no me atrevería a repetir —reconoció Kenric. Luego se inclinó sobre la mesa para mirar al otro extremo—. ¿No estás de acuerdo, Fitz Alan?

—Sí, comentarios extremadamente groseros. —Fitz Alan inclinó la cabeza hacia Guy en un gesto de disculpa—. La dulce disposición de tu dama y sus buenos modales nos han recordado los nuestros. Nos comportamos como unos verdaderos estúpidos, pero esperamos que hables con ella a nuestro favor si nosotros prometemos presentarle nuestras más sinceras disculpas.

Guy dirigió su atención a su prometida.

—¿Qué te han dicho?

—No han sido tan groseros —le aseguró Claudia, alarmada por la ira que se reflejaba en su voz. Apoyó la mano sobre su brazo y ese gesto pareció tener un efecto tranquilizador sobre él—. Sólo están preocupados por tu bienestar, Guy. Tienes que reconocer que tu deseo de casarte conmigo le extrañará a cualquiera que lo oiga. Incluso sin tener en cuenta los problemas entre nuestras familias, yo ya parecería una candidata improbable para convertirme en tu esposa.

—Eres mi única candidata —le informó en tono seco. Luego paseó la mirada de Fitz Alan a Kenric—. Creía que había dejado claros mis deseos en este asunto.

—Comprendemos bien tus razones —confirmó Kenric con voz calmada—. Ella hará que tu demanda por Halford sea irrefutable y su talento con los números encantará a cualquier mercader. Es evidente por qué has decidido casarte con ella.

—Sí, es evidente —murmuró Guy, alzando la mano de Claudia para besarla mientras mantenía la mirada fija en sus ojos—. Evidente para todos excepto para una persona.

Claudia no supo qué pensar de ese comentario.

De repente, alguien gritó.

Guy volvió la cabeza bruscamente en busca del origen de aquel penetrante sonido y Claudia lo siguió con la mirada, al igual que los demás. Uno de los caballeros apartó a su esposa de la mesa justo cuando un gran bulto peludo marrón y gris aterrizaba en su plato, seguido de una maraña de vegetación que se había soltado de las vigas a causa de la caída de la bola peluda. La encorvada forma de una rata se hizo visible cuando consiguió ponerse en pie, mareada por la caída y los efectos del veneno. Claudia se tapó la boca con las manos y observó cómo el pequeño animal envenenado reunía la suficiente energía para salir entre las ramas y recorrer la mesa haciendo eses como si estuviera borracho, mientras una espada tras otra surgía y caía a milímetros de él. Un golpe casi certero envió a la rata hacia el borde de la mesa, donde atrajo la atención de varios perros.

Claudia se levantó de su asiento y se apresuró a rodear la mesa. Si los perros decidían darse un festín con la rata, el veneno también los mataría a ellos.

—¡*Vattene!* —Claudia movía las manos con ademanes frenéticos y todos, excepto uno de los perros, se alejaron, apartándose reticentes como si se les hubieran negado un gran festín. El único que se quedó era un enorme mastín que mantenía su atención centrada en la moribunda rata. El repugnante animal estaba tendido sobre su costado, pero conseguía dirigir sus afilados dientes hacia el perro cada vez que el mastín se acercaba demasiado.

—Perro malo. —Claudia lo intentó en inglés, volviéndose más cautelosa cuanto más se acercaba al animal. El perro parecía del tamaño de un caballo pequeño y no tenía un aspecto demasiado amistoso. Volvió su enorme cabeza hacia ella el tiempo suficiente para enseñarle los dientes y lanzarle un gruñido de advertencia. No sonó muy alentador, pero no podía permitir que la estúpida bestia sufriera una muerte atroz por su culpa. Dio otro paso hacia delante y extendió el brazo hacia su collar de púas—. Esa comida no es buena para ti.

Un brazo la rodeó por la cintura y la echó hacia atrás justo cuando el mastín se abalanzaba sobre ella e intentaba morderla. Alguien le dio una patada al perro en el costado que le obligó a retroceder y alejarse.

Claudia soltó un débil y trémulo suspiro de alivio.

—¿Te has vuelto loca? —le espetó Guy. La hizo girar en sus brazos y la recorrió con la mirada como si esperara encontrar alguna herida—. Esa bestia podría haberte arrancado un brazo de un bocado.

—El veneno que ha comido esa rata habría matado a tu perro —le explicó con calma. Hizo señales a uno de los sirvientes para que se llevara a la rata y apoyó una mano sobre el pecho de Guy. Su voz se convirtió en un suspiro—. Estamos montando un espectáculo, milord. Volvamos a la mesa.

Él frunció el ceño, pero la cogió del brazo y la guió hasta sus asientos sin dejar de reprenderla todo el tiempo.

—Juro por lo más sagrado que me harás envejecer antes de tiempo. Nunca vuelvas a ponerte en peligro ante ningún animal con dientes afilados. Me da igual que mueran envenenados todos los perros de este castillo. ¿Nadie te ha enseñado que debes mantenerte alejada de los animales cuando están decididos a comerse algo?

—Ha sido un error por mi parte —reconoció Claudia al tiempo que tomaba asiento—. No volveré a darte motivos de preocupación, milord.

Gracias a la reacción de Guy ante el ataque del perro y su galante rescate, Claudia no se sentía tan arrepentida como parecía. Aunque se sorprendió al notar que todos los demás comensales que se sentaban en su mesa estaban sonriendo. Todos, excepto Guy, que prácticamente expresó con un gruñido la orden que dirigió a Stephen para que empezaran a servir la comida.

En su deber como anfitriona, Claudia se aseguró de que un paje rellenara todas las copas con vino.

—Es muy mala señal que una mujer te diga que no te dará más motivos para preocuparte —comentó Kenric a Guy—. Sólo espera a tener hijos. Ellos harán que las preocupaciones que te dé tu esposa parezcan algo insignificante en comparación.

—No me imagino a Tess al borde del desastre cada vez que tú te das la vuelta —murmuró Guy.

Los labios de Claudia se convirtieron en una fina línea, pero Kenric estalló en carcajadas.

—Eso es que no ves a mi esposa muy a menudo. ¿No te he contado dónde la encontré la semana pasada antes de dar a luz a Phillip?

Kenric contó una historia sobre las aventuras de su esposa que aplacó el ánimo de Claudia. Lady Tess no parecía un dechado de virtudes después de todo. Esa historia derivó en otras y pronto Fitz Alan se unió con relatos de su propia esposa y sus hijas.

Claudia escuchó las historias disfrutando de la alegre camaradería que existía entre los hermanos. A pesar de su desacuerdo con el matrimonio de Guy, parecía evidente que la familia estaba muy unida y que pasaban mucho tiempo juntos. Se descubrió a sí misma realmente impaciente por conocer a Helen y a Tess, al igual que a sus hijos. Ellos también formarían parte de su familia.

A la vista de las educadas sonrisas que Kenric y Fitz Alan le dedicaron, empezó a pensar que era posible que algún día pudieran aceptarla después de todo. Contaron historias que Guy parecía haber oído con anterioridad, lo que hizo que la joven se preguntara si las contaban por ella; para conseguir que se sintiera parte de su familia. También parecía que las esposas de Kenric y Fitz Alan eran amigas íntimas, y Claudia empezó a tener la esperanza de que algún día ella también pudiera ser su amiga. Qué extraño sería poder hablar con mujeres que sabían cómo llevar grandes hogares, criar hijos y cuidar a sus esposos. Sonrió y se metió un dulce en la boca, lamiéndose inconscientemente las puntas de los dedos.

La mano de Guy encontró la suya por debajo de la mesa y se inclinó para susurrarle al oído:

—Te advertí de las consecuencias de tentarme. —Frotó con el pulgar el centro de la palma de su mano y su voz hizo que un escalofrío recorriera su espina dorsal—. Los actores aparecerán pronto para interpretar una falsa cacería. En ese momento podremos escabullirnos sin llamar mucho la atención. Tan pronto como salgan a escena, di que debes comentar con el mayordomo lo que se servirá al final del banquete. Poco después, me excusaré y nos reuniremos en nuestra alcoba. ¿De acuerdo?

Claudia asintió e intentó mirar a Guy como si estuviera murmurando algo intranscendente en su oído. Pensar que su espera para estar solos no sería muy larga hizo que se le ocurriera una idea. Consiguió mantener una sonrisa contenida mientras acordaban la cita.

—Sí, milord.

Cuando Guy se apartó de ella, la joven cogió otro dulce y le dio un pequeño y delicado mordisco. No importaba que ya estuviera más que saciada. Sacó la lengua para lamerse los labios como si estuviera muriéndose de hambre.

—Este dulce es realmente delicioso, milord. —Claudia le ofreció a Guy lo que quedaba del tentador trozo que había cogido y que sostenía con delicadeza entre sus dedos—. ¿Te apetece un bocado?

—Sí, por favor —respondió educadamente.

Cuando ella se lo acercó, Guy atrapó su muñeca con la mano y se metió la punta de sus dedos en la boca junto al dulce. Su lengua obsequió a sus dedos con una caricia que quedó oculta a los ojos de los demás antes de soltar su muñeca. En lugar de acariciar con sus dedos los labios de su prometido como deseaba, Claudia hizo un enorme esfuerzo por volver a apoyar la mano sobre la mesa.

Él se tragó el bocado y su mirada descendió hasta su corpiño.

—Sí, hace mucho que no probaba algo tan delicioso. Una elección excelente, milady.

Guy había conseguido, con mucha habilidad, que se cambiaran las tornas. Eso le pasaba por provocarle, pensó Claudia, soltando un nostálgico suspiro mientras él la desnudaba con la mirada. ¿Dónde estaban esos actores?

—Guy nos ha dicho que vuestro hermano nos visitará pronto. —El comentario de Fitz Alan la distrajo de la silenciosa seducción de su prometido—. ¿Creéis que aprobará vuestro matrimonio?

Claudia se giró hacia Fitz Alan mientras observaba por el rabillo del ojo cómo Guy tomaba un buen sorbo de vino. Al menos, ella no era la única que sufría.

—Creo que acabará aceptándolo.

—¿Entonces os preocupa que lo desapruebe?

—¿Vosotros tuvisteis dudas y lo desaprobasteis cuando Guy os contó sus planes?

—Por supuesto, pero ahora entendemos sus razones.

—Mi hermano probablemente también necesitará un poco de persuasión —respondió Claudia. La verdad es que no estaba muy segura de la reacción de Dante cuando recibiera las noticias. Afortunadamente, el rey se encargaría de asegurarle que el barón de Montague era un hombre honorable y que sería un excelente esposo para ella. Pero, de pronto, se dio cuenta de que el rey ignoraba que Guy tuviera intención de casarse realmente con ella—. Oh, Dios mío.

—¿Perdón? —preguntó Fitz Alan.

—¿Sí? Oh, no pasa nada —le tranquilizó, sabiendo que eso era una gran mentira. Nerviosa, se volvió hacia Guy. Tenía que advertirle que el carácter de Dante estaría lejos de ser agradable cuando llegara, sobre todo, si se enteraba de cómo y dónde dormían. Su prometido la miraba fijamente, con una extraña y especulativa expresión en sus ojos. Inquieta, se dirigió a él bajando la voz—. Debo hablar contigo sobre Dante a solas.

—Ésa no es la excusa que hemos pactado, Claudia. Y todavía no es la hora de que salgan los actores. —Se echó hacia atrás para mirarla—. Por otra parte, ¿por qué esperar a que empiecen?

Claudia abrió los ojos de par en par cuando Guy le alzó la mano y la besó en el interior de la muñeca con una expresión lasciva.

—¡Guy! ¿Qué estás haciendo?

Él le dedicó una lenta y perezosa sonrisa a modo de respuesta, que hizo que una oleada de alarma la inundara. Cuando inclinó la cabeza para saborear de nuevo su muñeca, Claudia apartó bruscamente la mano.

—Eres cruel al rechazarme —afirmó mientras su boca se curvaba en un gesto de disgusto.

Claudia frunció el ceño en señal de advertencia, pero no dijo nada. Su sonrisa torcida le hizo preguntarse cuánto vino había bebido, aunque no recordaba que le hubieran llenado la copa más de una vez. Sólo unos momentos antes, parecía estar bien, pero ahora sus manos temblaban.

—¿Estás bien? —susurró Claudia.

—Sí. —Guy volvió a sonreír, pero sus ojos estaban vidriosos—. Nunca he estado mejor.

—¿Estás seguro?

Por alguna razón, a Guy su pregunta le pareció extremadamente divertida. Su profunda e irregular risa atrajo la atención de Kenric y Evard. Y cuando Claudia miró por encima del hombro, descubrió también a Fitz Alan y a Thomas mirándolos fijamente.

Quizás algo de comida hiciera que se sintiera mejor.

—Este estofado está delicioso, milord. Prueba un poco.

Guy sacudió la cabeza con torpeza.

—Ya no estoy hambriento. Al menos, no de comida. —Guy se frotó la frente—. No, no me apetece nada.

Dirigió su mirada hacia la joven, se inclinó hacia delante y luego se volvió a echar hacia atrás como si pudiera verla mejor desde esa distancia.

—No estás sonriendo, Claudia.

Se echó aún más hacia atrás, y se hubiera desplomado si Kenric no lo hubiera cogido por los hombros. Claudia, asustada, apoyó una mano sobre su frente y la encontró fría y seca; demasiado fría para el calor que hacía en aquella estancia.

—¿Qué te ocurre, Guy?

—No me pasa nada —mascullό—. Sólo estoy cansado. Y quizá un poco borracho también.

Sus ojos se cerraron lentamente, al tiempo que los de Claudia se abrían horrorizados. Kenric gritó su nombre y le dio una suave sacudida mientras ella buscaba su lento pulso en el cuello. Desesperada, miró sus manos. Sus uñas tenían un sospechoso tono azul.

—¡Guy! ¡Despierta! —gritó con tono desgarrado.

—Lo han envenenado —afirmó Fitz Alan con voz acusatoria mientras se levantaba y avanzaba hacia Guy—. Thomas, ordena que cierren las puertas del castillo. Nadie entrará o saldrá de la fortaleza hasta que recibas nuevas órdenes.

El caballero se apresuró a cumplir con su deber. Una forzada calma se instaló en el gran salón cuando doscientas voces se acallaron de repente.

Kenric le dio a su hermano una fuerte sacudida que hizo que sus ojos se abrieran. Guy miró hacia Claudia e intentó hablar, pero su boca se movió inútilmente. Lo que ella vio en sus ojos la aterró. Las pupilas estaban completamente dilatadas y su rostro había perdido todo el color.

—Guy —susurró. El miedo la atenazó de tal manera que apenas podía hablar—. Por favor, Guy, no te duermas.

—Alejadla de él —ordenó Kenric. Rodeó a su hermano con los brazos mientras lo apoyaba aún más en su hombro—. Evard, comprueba la comida y el vino. Quiero saber cómo lo han envenenado. También quiero saber con qué lo han hecho. De esa manera averiguaremos cómo tratarlo.

—Yo puedo ayudar —dijo Claudia sin apartar la mirada del rostro de Guy. Tampoco parecía poder soltar su túnica—. Es una especie de opio, seguramente en el vino. De ese modo, funciona más rápido.

Conocía bien los síntomas gracias a las enseñanzas de su madre, pero le pareció muy extraño encontrarse con un veneno a base de opio en Inglaterra.

En lugar de preocuparse por el origen del veneno, Claudia buscó en su memoria para recordar el antídoto. No se había dado cuenta de lo condenatorias que habían sonado sus palabras hasta que alzó la mirada y se encontró con la de Kenric. La ira glacial que vio en sus ojos hizo que se estremeciera a la vez que sacudía la cabeza negando la silenciosa acusación.

Kenric ignoró su negativa.

—¡Alejadla de él!

Un par de manos se cerraron sobre sus hombros y Claudia intentó aferrarse a la túnica de Guy. Pero no pudo hacer nada contra la fuerza de Fitz Alan, que la obligó a retroceder hasta que se vio obligada a soltar la túnica.

—¡No! ¡Debéis dejarme que le ayude!

—Ya has ayudado suficiente —le gritó Kenric mientras hacía señas a un grupo de hombres—. Ayudadme a moverlo.

Claudia sacudió la cabeza. Nada de todo aquello parecía real. Ni el desvanecimiento de Guy, ni el gran salón con toda aquella vegetación; ni siquiera las sonrisas que Kenric y Fitz Alan le habían dirigido apenas unos momentos antes. Seguro que todo aquello era un sueño. Un sueño que se había convertido en una pesadilla. Sí, no era más que una horrible pesadilla y ella se despertaría en cualquier momento, igual que se había despertado días antes cuando soñó con que las ratas querían anidar en su pelo. Pero la dolorosa presión de las manos de Fitz Alan sobre sus hombros parecía muy real. Empezó a alejarla de Guy y Claudia se resistió.

—¡No, por favor!

Tuvo un momento de esperanza cuando Guy se esforzó por abrir los ojos. Su temblorosa mano se aferró a la túnica de

Kenric, y, por un momento, dio la impresión de que centraba su vista en su hermano. Sin embargo, sus palabras no fueron más que un discordante susurro.

—Custodiadla. Encerradla si es necesario.

Sus párpados se cerraron de nuevo y Claudia sintió que una profunda oscuridad, llena de incredulidad, invadía su corazón. No podía haber oído bien. Era imposible que Guy creyera que ella lo había envenenado. Había malinterpretado sus palabras, al igual que Kenric. La oscura mirada de éste la atravesó y lo que Claudia vio en sus despiadados ojos fue aterrador. El barón de Remmington deseaba matarla.

—Sí, hermano —respondió Kenric, sin dejar de mirarla—. La vigilaré.

Fitz Alan susurró en su oído lo que ella ya sabía.

—Si muere, milady, vuestra muerte será aún más dolorosa.

15

Una fina línea de luz se deslizaba bajo la puerta. Claudia sabía que no debía mirarla. La luz era demasiado tentadora, un rayo de esperanza que sólo podía hacer que su celda pareciera aún más lóbrega. La oscuridad era como un ser vivo que la rodeaba, una manta helada de enormes bloques de piedra que formaban los cimientos del castillo, un lugar que ni el más mínimo atisbo de sol calentaba. Ya había contado los bloques de los muros, usando las puntas de los dedos para valorar su tamaño y forma, y sabía el número exacto de pasos que podía dar en cualquier dirección. Los cálculos mantuvieron su mente ocupada durante unas horas. Pero fue un período de tiempo demasiado corto.

La ira por su injusto encierro iba y venía. El terror era su compañero más constante. Durante las interminables horas que habían pasado desde que Fitz Alan la escoltó hasta allí, Claudia había recordado lo poco que le habían enseñado sobre los venenos a base de opio. Si Guy sobrevivía a la noche sería una buena señal, sin embargo, podría permanecer inconsciente durante días y, aun así, sucumbir a los efectos del veneno. La joven esperaba que le hicieran vomitar. Debían conseguir que expulsara el máximo de veneno posible antes de que llegara a la sangre. Y, sobre todo, tenían que sacarlo de su aletargamiento como fuera.

Claudia le había dicho a Fitz Alan lo que debían hacer, pero dudaba que le hiciera algún caso. ¿Por qué habría de escuchar lo que una asesina recomendara para curar a su víctima?

Ella era culpable ante los ojos de todos. Quizá incluso ante los de Guy.

El aislamiento dio lugar a todo tipo de pensamientos y fantasías. Los bloques de piedra le recordaron la áspera superficie de las mejillas de Guy, y la oscuridad le trajo el recuerdo del brillo de su mirada cuando la acariciaba. No había duda de su deseo hacia ella. Era algo palpable entre ellos. Pero el deseo era una emoción endeble que no soportaría la prueba de un intento de asesinato que parecía urdido por ella. Por otro lado, estaban las razones que Kenric había planteado para que su hermano estuviera interesado en casarse con ella. Guy prácticamente había rechazado esas razones cuando Claudia le había preguntado. Pero, entonces, ¿por qué permitiría que Kenric creyera que eran ciertas si no fueran los motivos reales por los que la deseaba como esposa?

Arañó las piedras hasta que se le rompió una uña y una punzada de dolor atravesó su dedo. Soltó un pequeño grito de angustia y dejó de pasear mientras sacudía con fuerza la mano. Cuando vio que eso no la aliviaba, se chupó la punta del dedo herido y empezó a caminar de nuevo. El escozor empezó a remitir y Claudia recordó las veces que Guy le había besado la punta de los dedos sólo para darle placer. Siempre parecía decidido a hacerla feliz, a conseguir que dejara a un lado sus inquietudes para disfrutar de cada momento que pasaban juntos. Seguro que eso era una prueba de su afecto por ella. Si no la quisiera, ¿por qué iría hasta tales extremos para complacerla?

Sí, sus palabras a Kenric eran una orden para que la mantuviera a salvo. Guy sabía que sería acusada injustamente de ese crimen y había intentado protegerla. Tan pronto como se recuperara y supiera dónde se encontraba, vendría en persona a liberarla. Haría que sus hermanos se arrodillaran ante ella para pedirle perdón. La abrazaría con fuerza y le murmuraría dulces expresiones de cariño mientras ella lloraba.

Si él no se recuperaba...

Claudia desechó ese pensamiento y paseó más deprisa. Guy se recuperaría. ¿Cómo podría vivir sin él? ¿Cómo podría vivir si él la considerara culpable de haberlo envenenado?

Sus labios dibujaron una sombría sonrisa en la oscuridad. Esas preocupaciones no serían un problema, pues si alguna de esas posibilidades se hacía realidad, ella moriría. Sólo la confianza de Guy en ella la salvaría, y sólo su amor sería capaz de crear una confianza lo bastante sólida como para soportar las acusaciones contra Claudia. Aun así, tenía que admitir que las pruebas la inculpaban. No había ningún candidato con más motivos que ella dentro de las murallas de Montague, y ninguno con mayores oportunidades de cometer el crimen. Seguro que Kenric y Fitz Alan recalcarían esos hechos. Guy sería un estúpido si creía en su inocencia, y él no era ningún estúpido.

Claudia cerró los ojos con fuerza y apretó las manos contra su frente. Esos pensamientos la volverían loca. ¿Cómo podía ser tan larga una noche? ¿Cómo podía una celda parecer más pequeña cada vez que la recorría?

Al menos su prisión no suponía ningún temor añadido. Las mazmorras de Montague estaban más limpias que la mayoría. Irónicamente, había sido Claudia quien había ordenado que las limpiaran. Lenore y ella habían llegado incluso hasta aquella remota parte del castillo cuando colocaron los cebos para las ratas. Ese lugar la había atemorizado, pero había descubierto que la mayoría de las oscuras y frías cámaras contenían barriles de vino y alimentos. Una de ellas contenía los tesoros de Guy, y dos soldados la custodiaban a todas horas. Ahora también eran sus guardianes.

Si escuchaba con atención, podía oír fragmentos de las conversaciones de los centinelas. Eso la ayudaba a conservar el sentido del tiempo. Los dos últimos habían llegado hacía varias horas, así que el amanecer debía estar cerca. Tendría que sentirse exhausta. En cambio, se hallaba inquieta y totalmente despejada mientras trazaba infinitos círculos caminando. Las próximas horas podrían ser las últimas de su vida.

—¡Jack!

El apagado sonido de la voz del guardia hizo que se detuviera junto a la puerta de la celda y que se inclinara sobre el grueso roble para tratar de escuchar.

—Te toca a ti tirar los dados —gritó la misma voz—. Date prisa y vuelve aquí.

Había tenido la esperanza de escuchar algo sobre el estado de Guy, aunque, al mismo tiempo, le atemorizaba. Cualquier noticia tan pronto, probablemente no sería buena. Cada hora que pasaba era otra hora que vivía. Tendría que consolarse con eso. Claudia deslizó los dedos por los fríos muros de piedra para contar los bloques de nuevo. Momentos más tarde cerró los ojos y contó el número de veces que Guy la había besado.

Un sonido la hizo volverse otra vez hacia la puerta de la celda; era el ruido metálico del tintineo de unas llaves. Alguien estaba en su puerta. Los guardias no tenían ningún motivo para comprobar cómo estaba, así que sólo podía tratarse de Kenric o Fitz Alan que venían a comunicarle las peores noticias.

Su corazón dio un vuelco cuando la puerta se abrió despacio y la luz de las antorchas que había en el exterior de la cámara se deslizó por la entrada cegándola. Claudia parpadeó varias veces mientras sus ojos intentaban recuperarse de las horas que habían pasado en total oscuridad. La entrada permaneció vacía, aunque ella sentía una presencia en la celda que no había estado antes. Recorrió con la mirada los muros, pero no vio nada. Un movimiento que percibió por el rabillo del ojo la hizo girarse hacia la puerta de nuevo al tiempo que la enorme y negra silueta de un hombre se erguía frente a ella.

A Claudia se le erizó el vello de los brazos al sentir el tangible aura de peligro que envolvía a aquel hombre, y se alejó de él con lentitud. No era tan grande como Kenric. ¿Se trataba de Fitz Alan, quizá? Llevaba una capa, pero sus rasgos se perdían bajo las oscuras sombras de la capucha.

—*Ho fatto questo per liberarti, Claudia.*

La joven se llevó la mano a la garganta. Aquella profunda voz hizo que volvieran a su mente multitud de recuerdos de su infancia. Era el sonido de la voz de su padre, aunque diferente. La sangre empezó a golpearle en los oídos tan fuerte que casi no pudo oírse a sí misma.

—¿Dante?

El hombre se quitó la capucha y se acercó a ella hasta que Claudia pudo ver su fuerte mandíbula, sus altos pómulos y la noble línea de su nariz.

—Sí Claudia, soy yo —afirmó tendiéndole la mano con la palma hacia arriba.

Dante. Casi no podía creer que estuviera allí. Guy le aseguró que vendría, pero una parte de ella no había terminado de creérselo. Lo había esperado en vano durante cinco largos años. Aturdida, notó las manos de Dante sobre sus hombros, sujetándola.

—Ni se te ocurra desvanecerte —le ordenó—. Debemos salir de aquí, y no puedo cargar contigo a través del pasadizo.

—¿Por qué debemos... ? —Claudia apretó los labios con fuerza. ¿Qué le hacía pensar que él habría conseguido que Kenric y Fitz Alan la liberaran? Los hermanos de Guy nunca la soltarían de buen grado. Dante estaba allí para ayudarla a escapar.

Tantos pensamientos invadieron su mente que sólo pudo centrarse en uno. Dante, al fin, había vuelto a por ella. Claudia rodeó su cintura con los brazos y le dio un intenso abrazo. Él dudó por un momento antes de rodearla también con los suyos. La voz de la joven era poco más que un susurro entrecortado.

—Creí que ya no volvería a verte nunca. ¿Por qué me dejaste en Lonsdale durante tanto tiempo?

—Pensé que allí estarías a salvo —le dijo en voz baja—. Lonsdale parecía más seguro que cualquier otro sitio al que yo hubiera podido llevarte durante estos últimos años. Nunca pensé que nuestro tío pudiera hacerte daño.

—Dejaste de escribir, no tenía ni idea de dónde encontrarte. ¿Puedes siquiera imaginar lo preocupada que estaba? —Claudia se separó sólo lo suficiente para buscar sus oscuros rasgos—. ¿Me habías olvidado?

—¡Eso nunca! —Su voz sonó áspera por el remordimiento, y volvió a colocar las manos sobre sus hombros, intentando convencerla de sus palabras—. Nunca te he olvidado, *cara*. Ni un solo día. No he llevado una vida de la que me sienta orgulloso, y si te tenía cerca de mí, lo único que habría conseguido sería ponerte en peligro. Ésas son las razones por las que no fui a buscarte. Todavía no tengo un refugio seguro para ti, pero preferiría verte morir bajo mi cuidado que ver cómo lo haces en manos de un Montague.

—¿El rey te habló del mensaje de Guy?

—Sí —espetó—, y he descubierto más cosas desde entonces. Esta mañana me introduje en el castillo disfrazado de sirviente. Estuve en el gran salón durante el banquete y lo vi todo, incluyendo al barón de Montague poniendo sus sucias manos sobre ti, como si fueras de su propiedad.

—Quiere casarse conmigo —afirmó Claudia saliendo al instante en defensa de su prometido. Debía creer en él. *Tenía que creer en él*—. Tan pronto como Guy se recupere, ordenará que me liberen.

—Él ordenó que te encerraran aquí. Sus hermanos quieren colgarte.

—Guy no ordenó que me apresaran —protestó—. Pidió a sus hermanos que me mantuvieran a salvo, pero ellos malinterpretaron sus palabras. Kenric y Fitz Alan saben que Roberto era nuestro hermano, y están aquí para ayudar a Guy en su venganza contra nuestro tío. ¿Acaso los culpas de que me consideren culpable?

La risa suave y sin rastro de humor de Dante hizo que un estremecimiento le recorriera la espalda.

—Contaba con que te consideraran responsable.

—¿Qué... qué quieres decir?

—He sido yo quien lo ha envenenado —reconoció Dante—. Era la única forma de alejarte de él.

Aterrada, Claudia retrocedió alejándose de él. Dante se había convertido en una máquina de matar. No había salvación para el hombre que fuera su objetivo. Las frágiles esperanzas que había conservado durante horas se desmoronaron a la vez que sentía cómo se rompía su corazón.

—¿Has asesinado a Guy? —Su voz apenas fue un suspiro.

Dante la cogió por los brazos para detener su retroceso.

—No, Claudia. No podía arriesgarme a que te pidiera que compartieras su copa. Además, el rey me hizo jurarle que no mataría a Montague ni a ninguno de sus hombres. Sufrirá, pero no morirá. No todavía, al menos.

Claudia empezó a temblar.

—¿Guy vivirá?

—¿Acaso no acabo de decírtelo? —Dante metió la mano bajo su capa, sacó un fardo oscuro que había atado a su cintura y se lo dio—. Ponte esta capa. Tenemos que salir de aquí o estaremos perdidos.

—No puedo—. Claudia le devolvió el bulto y se abrazó a sí misma, tratando de infundirse valor mientras intentaba pensar. Era su propio hermano quien había hecho que la apresaran y, lo que era mucho peor, quien le había hecho daño a Guy. Deseaba abofetearlo, golpearle el pecho con los puños hasta que él también padeciera algo del dolor que le había causado. Durante un terrible momento, deseó que nunca hubiera regresado a su vida. Ahora no tenía otra elección que apartarlo de ella de nuevo—. Debo quedarme para solucionar lo que has hecho. Guy me liberará cuando se recupere de los efectos de tu veneno y pueda explicarle lo que ha pasado. No te preocupes, no me hará responsable de las acciones de otro.

—¡Te has vuelto loca! —Dante se pasó una mano por el pelo—. Te ahorcará.

—Él... él me quiere. —Nunca se lo había dicho, pero sus actos se lo habían demostrado al enfrentarse a su familia por ella. Él *tenía* que amarla.

Dante sacudió la cabeza y soltó un largo suspiro.

—Te han engañado, hermana. Montague no te ama y tampoco confía en ti. Si no fuera así, no estarías aquí.

—Son sus hermanos los que me mantienen aquí. Guy...

—Tu preciado Guy se ha despertado hace horas. —La cogió por los hombros y le dio una pequeña sacudida—. Es él quien te acusa, Claudia. Piensa que fuiste tú quien lo envenenó. Si te quedas aquí, ordenará que te ahorquen por la mañana.

—Guy...

—Hará que te ahorquen —repitió Dante.

Es él quien te acusa. Las palabras se repetían una y otra vez en su cabeza. Guy no había confiado en su inocencia ni siquiera por un momento. Cerró los ojos, pero la oleada de dolor que esperaba sentir no llegó nunca. En cambio, su entumecido cuerpo empezó a temblar. Pero ni siquiera así podía dejar de aferrarse a sus propias mentiras.

—Guy vendrá a por mí.

—Sí, con una soga. —Su hermano sacudió la cabeza—. Debes venir conmigo. Ahora.

Si se quedaba sería ahorcada. Dante tenía razón. Guy la había engañado. Le había prometido que nunca la haría responsable de las acciones de otro, pero el veneno de Dante había conseguido que se volviera en su contra, y sus hermanos no harían nada por hacerle cambiar de opinión. Casi podía oír las terribles acusaciones que Kenric y Fitz Alan le susurrarían al oído para endurecer su corazón. Claudia era la extraña allí, la única sospechosa, ya que nadie sabía de la presencia de Dante. Abrió los ojos y buscó entre las sombras el rostro de su hermano, intentando encontrar sus ojos.

—Iré contigo.

Guy se despertó al amanecer de la mañana siguiente. En ese mismo instante, se sintió lúcido y con la extraña sensación de que había alguna razón por la que debería estar preocupado. Rodó sobre su costado y buscó a Claudia. Un mareo lo golpeó al mismo tiempo que recordaba lo que había sucedido: el banquete, el veneno, y la pesadilla que vino a continuación y que recordaba a medias. Su médico le había dado un brebaje horrible que le hizo vomitar hasta que no quedó nada en su interior. Sus músculos, débiles e inútiles, apenas le respondían. Jamás se había sentido peor.

—Se ha vuelto a despertar —anunció Kenric.

La vacilante mirada de Guy atravesó la estancia hasta encontrar a Kenric y Fitz Alan sentados junto a la mesa. Ambos se levantaron y se acercaron a la cama. Guy se llevó la mano a la frente en un intento de centrar sus pensamientos, pues no estaba en absoluto tan lúcido como había pensado.

—¿Dónde está ella?

—Ya habrá tiempo para eso más tarde —replicó Kenric. Se volvió hacia un arcón y sacó una túnica y unos pantalones—. El médico dice que no volverás a vomitar. Te vestiré, si lo deseas.

—Puedo vestirme solo —murmuró Guy, preguntándose si realmente podría hacerlo. Se frotó la garganta y miró alrededor buscando algo que pudiera beber y aliviara el escozor. Aunque, en vista de lo que le dolía el estómago, beber cualquier cosa podría hacerle más daño que bien.

Kenric tiró la ropa sobre la cama.

—Tienes que andar para eliminar el veneno de tu organismo.

—Tu médico quería hacerte una sangría anoche —añadió Fitz Alan cuando Guy extendió una mano para rechazar las prendas—. También quería arrancarte unos cuantos dientes como medida preventiva, pero conseguimos convencerle de que reservara esos tratamientos para la mañana si no mejorabas. Si deseas conservar tus dientes, lo mejor que podrías hacer es caminar con nosotros.

Él sólo deseaba quedarse tumbado y dormir. Kenric y Fitz Alan también parecían agotados, como si hubieran estado despiertos toda la noche. Ambos llevaban todavía las ropas que habían lucido en el banquete. Haciendo un esfuerzo, Guy apartó las mantas.

—Tumbaré a ese charlatán si se acerca a mí con unas tenacillas. —Intentó ponerse la túnica, consciente de que le costaría mucho, pero decidido a parecer menos afectado de lo que realmente estaba—. ¿Dónde está Claudia?

—En las mazmorras —contestó Fitz Alan con voz firme—. Aquí tienes las botas.

Las manos de Guy se paralizaron en los lazos de su túnica.

—¿Dónde has dicho que está? —Su voz se había convertido en un susurro glacial.

—En las mazmorras —repitió Kenric. Miró a Fitz Alan y luego de nuevo a Guy—. Tú mismo dijiste que la encerráramos.

—Te dije que la *custodiaras* —gritó Guy. Cogió los pantalones e intentó ignorar la forma en que su estómago protestaba cuando se inclinó—. Quería que la mantuvieras a salvo de cualquiera que pudiera acusarla de envenenarme. Dios. Esperaba que vosotros dos no estuvierais entre esas personas.

Un violento mareo le cogió desprevenido y se hubiera caído de no haberlo sujetado Fitz Alan. Guy apartó su mano bruscamente.

—¿Acaso alguno de vosotros se ha parado a pensar en lo que habéis hecho?

—¡Sí! —exclamó Kenric—. Te hemos vuelto a salvar de esa mujer. Es evidente por los montones de ratas muertas que hay en este lugar que ella conoce muy bien el arte del envenenamiento. Intentó matarte cuando llegamos, y ayer casi lo consiguió. Si hubiera sabido que seguirías tan ciego ante su culpabilidad, yo mismo habría ordenado que la ahorcaran.

Guy cogió a Kenric por la túnica mientras apretaba los dientes.

—Es una suerte que no hicieras nada tan precipitado, hermano. Te habría matado por ello.

—No estás en tu sano juicio —afirmó Kenric mientras se liberaba con facilidad de las manos de su hermano.

En el estado tan debilitado en que se encontraba, Guy habría sido incapaz de resistir un combate. Lo reconoció con un suspiró derrotado:

—Sí, es verdad. No podría haberte matado, pero habría estado muy tentado. —Se sentó en el borde de la cama y empezó a ponerse las botas—. Las ratas son las únicas criaturas a las que Claudia haría daño intencionadamente. ¿No os habéis parado a pensar por qué se habría alarmado tanto ante el hecho de que un simple perro pudiera morir por su veneno si planeaba un destino similar para mí?

En vista de que no recibía respuesta, Guy emitió un gruñido de disgusto.

—¿No se os ocurrió que el barón de Lonsdale podría tener un espía en Montague? ¿Que el veneno podía venir de alguno de sus hombres?

—Sí —contestó Fitz Alan—. Ordenamos que se cerraran las puertas y se duplicaran los guardias en las murallas. Nadie ha entrado ni ha abandonado la fortaleza —explicó, dirigiendo una mirada de amonestación a su cuñado—. No somos los idiotas que crees que somos. Por supuesto que existe la posibilidad de que Claudia sea inocente. Pero también de que sea culpable. Nuestros pensamientos no están embotados por el encaprichamiento que sufres por esa mujer.

—Sólo te envenenaron a ti —señaló Kenric—. Tu escudero probó todas las jarras de vino que se trajeron a nuestra mesa, pero no sufrió ningún daño. Eso significa que el veneno venía de alguien que podía verterlo en tu vino sin ser visto. De uno de nosotros, para ser más preciso. Sabes que nosotros no te envenenaríamos y que tampoco lo harían Thomas o Evard. Eso sólo deja a lady Claudia. Todo hace pensar que siente afecto por ti. Sin embargo, ¿es una coincidencia que venga de una familia a la que le gusta usar el veneno para matar a sus víctimas? —Sacudió la cabeza haciendo evidente su opinión—. Estás embrujado por esa mujer. Todas las evidencias la acusan. El simple hecho de que estés enamorado de ella no la hace perfecta ni la libera de la culpa, sin contar con ninguna prueba que demuestre su inocencia. Hicimos lo necesario para protegerte; lo que tú mismo habrías hecho de encontrarte en nuestro lugar.

Viendo las cosas desde esa perspectiva, Guy podía entender las razones del comportamiento de su hermano. Kenric y Fitz Alan tenían pocos motivos para confiar en Claudia. Frunció el ceño y permaneció en silencio; no estaba dispuesto a admitir la sensatez de la lógica de Kenric. El amor no lo cegaba ante la posibilidad de que Claudia fuera culpable, pero él la amaba por razones que le hacían estar seguro de su inocencia. La conocía bien. Ella nunca le haría daño intencionadamente.

—Aprecio vuestra preocupación por mí —afirmó en voz baja—. Sé que pensáis que estoy confundido, pero, con el tiempo, descubriréis que tengo razón sobre la inocencia de Claudia. El motivo por el que os pedí que la custodiarais es que estoy convencido de que hay un espía en Montague. Quizá más. A estas alturas, es probable que el barón de Lonsdale sepa que vosotros dos estáis aquí. Debe imaginarse que pretendemos poner bajo asedio Halford. Puede que incluso tema que ataquemos el propio Lonsdale. Kenric, sólo con tu ejército podrías tomar Lonsdale. Y no hay ninguna fortaleza en Inglaterra que pueda vencer a nuestros ejércitos unidos.

Miró a sus hermanos alternativamente y vio, por sus expresiones, cómo tomaban conciencia de sus palabras. Satisfecho, les dio la prueba más condenatoria de todas, lo que la droga le había impedido decirles la noche anterior.

—Lonsdale ya creyó una vez que mi familia no tomaría represalias si yo moría bajo extrañas circunstancias en el interior de su fortaleza. Planeó mi asesinato de tal forma que pareciera tramado por su sobrina. Su muerte en manos de mis hombres saciaría cualquier necesidad de venganza. A esto, añadidle el hecho de que Claudia no es una estúpida. ¿Creéis que me envenenaría sabiendo que vosotros dos la consideraríais culpable? Incluso si me odiara tanto como para desear matarme, ¿por qué habría de hacerlo antes de casarnos, cuando en menos de quince días se convertiría en una viuda rica? —Guy sacudió la cabeza—. Lo único que hubiera conseguido al envenenarme ahora sería morir de forma angustiosa.

Sus hermanos intercambiaron incómodas miradas. Pero fue Fitz Alan fue quien habló primero.

—En tu carta, no nos explicaste los detalles del complot de Lonsdale contra ti, ni nos informaste de esos hechos cuando llegamos. Si lo hubiéramos sabido... —Se encogió de hombros, expresando sin palabras que tampoco esos acontecimientos demostraban la inocencia de Claudia.

—¿Y vosotros me acusáis de estar ciego? —Guy lanzó a ambos hombres una mirada de disgusto y avanzó hacia la puerta. La estancia se balanceó ante sus ojos y tuvo que apoyar una mano contra el muro. Ni siquiera podía atravesar su alcoba por sí solo y, mucho menos, llegar hasta los límites más lejanos del castillo. Finalmente, tuvo que tragarse su orgullo y pedir la ayuda que necesitaba—. Estoy listo para ese paseo. Nuestro destino serán las mazmorras.

Dos horas más tarde, Guy se aferraba al pomo de su silla de montar y centraba la atención en el suelo intentando que dejara de moverse bajo él. O mejor dicho, bajo su caballo. Guy sabía que el corcel permanecía inmóvil como una estatua, pero parecía que el mundo no dejaba de girar a su alrededor. Su cabeza le daba vueltas por los efectos del veneno y por el descubrimiento de que Claudia se había ido.

Apenas si habían llegado al gran salón cuando Thomas y Evard aparecieron con las noticias: los soldados que habían sido enviados para relevar a los guardianes de Claudia habían encontrado a estos últimos atados y amordazados, al igual que al guardián del pasadizo que llevaba a las afueras de la fortaleza. Los dos primeros sufrían los mismos efectos del veneno que había ingerido Guy, mientras que al tercero lo habían golpeado dejándolo inconsciente. Ninguno pudo ver a su asaltante. Y lo peor era que Claudia había desaparecido sin dejar rastro.

Incluso cuando ordenó a doscientos caballeros y soldados que montaran en sus caballos, Guy todavía tenía esperanzas de despertar y descubrir que todo aquello no era más que una pesadilla inducida por la droga. Parecía imposible que Claudia estuviera fuera de su alcance, fuera de su poder para protegerla. Cada vez que cerraba los ojos se la imaginaba como la había visto la última vez, con una expresión de terror en su rostro al verlo sucumbir ante el veneno. Sin poder contenerse, pronunció la peor maldición que se le pasó por la cabeza.

Sólo Kenric y Fitz Alan estaban lo bastante cerca para escucharle, ya que Thomas y Evard cabalgaban a lo largo de las líneas de soldados transmitiendo sus órdenes. Fitz Alan ignoró la maldición, mostrando un aspecto preocupado mientras sujetaba un enorme arco a la parte posterior de su silla.

—La encontraremos —le aseguró Kenric, mirando a Guy desde su propia montura. Su rostro era una máscara impenetrable—. Sólo espero que ahora estés convencido de su culpabilidad.

Guy frunció el ceño y permaneció callado.

—Tienes que afrontar la verdad —continuó Kenric—. Se fue de aquí por voluntad propia. Si la hubieran querido muerta, su cuerpo estaría en las mazmorras. Y si la hubieran drogado o dejado inconsciente, habríamos encontrado alguna señal de ello en el pasadizo. Incluso un hombre pequeño tendría que agacharse para recorrer esos túneles. No había marcas que señalaran que la hubieran arrastrado. Todo indica que escapó de Montague por voluntad propia.

—Puede que la amenazaran con un cuchillo. —Guy sabía que su argumento carecía de convicción. Kenric y Fitz Alan estaban convencidos de la culpabilidad de Claudia y él no podía permitirse el lujo de malgastar la poca energía que tenía en discusiones inútiles. Solucionaría las cosas con sus hermanos cuando encontraran a Claudia. Hasta entonces, necesitaba su ayuda para conseguirlo. Aun así, se preguntaba si podría dirigir una partida de búsqueda. Sólo permanecer sentado sobre su caballo le exigía casi más energía de la que disponía.

—Pasaron por debajo de no menos de una veintena de soldados que vigilaban las murallas —señaló Kenric—. Los guardias habrían oído sonidos de lucha de haberse producido. Tu prometida no salió de la fortaleza amenazada con un cuchillo. Se marchó de aquí por voluntad propia.

—Es un plan muy astuto —añadió Fitz Alan—. Primero, el espía te envenena sabiendo que culparemos a tu prometida y que la encerraremos. Y luego, escapan a través del pasadizo sin encontrar resistencia porque todos los soldados disponibles estaban custodiando las murallas.

Fitz Alan arqueó una ceja mientras asentía en dirección a Kenric.

—Deberíamos haber sospechado que se trataba de una trampa y haber apostado más guardias en las mazmorras.

—La han raptado —insistió Guy—. Ella no se iría de buen grado con los hombres de su tío.

—En efecto, parece improbable —acordó Kenric, observando a Guy con aire expectante. Cuando vio que permanecía callado, soltó un suspiro de impaciencia—. ¿Aún no te has dado cuenta de lo evidente?

Guy no estaba de humor para acertijos. Sentía como si su cabeza fuera a estallar; sus pensamientos estaban tan confusos que no podía pensar con claridad y el solo hecho de mantenerse erguido sobre su caballo ya le suponía un gran esfuerzo.

—No, no he visto lo evidente. Ilumíname, te lo ruego.

Kenric permaneció en silencio mientras aseguraba su espada a la silla. La extraña y preocupada expresión de sus ojos grises cuando sus miradas se encontraron finalmente, hizo que Guy sintiera un nudo en el estómago.

—Ella se iría encantada con su hermano.

Claudia hizo que su caballo acelerara aún más el paso para alcanzar a Dante. El camino se ampliaba en aquella parte del bosque, pero a la velocidad que cabalgaban, las ramas bajas eran una constante amenaza. Se agachó para esquivar la rama de un roble y puso su corcel a la altura del de su hermano. Tuvo que gritar para hacerse oír por encima del ruido de los caballos.

—¡Dante! No puedo mantener por más tiempo este ritmo. ¿Podemos descansar un poco?

Él negó con la cabeza sin mirarla siquiera, con la atención puesta en el camino.

—Pronto, Claudia, pero todavía no.

Ella volvió a dejar que su hermano la adelantara. Su montura sacudió la cabeza a modo de protesta e intentó atrapar el freno entre sus dientes como había hecho en muchas otras ocasiones. A Claudia le dolían los brazos por la tensión de mantener al caballo a un medio galope regular, en lugar de dejar que cabalgara a una velocidad frenética, pues el animal intentaba constantemente tomar la delantera, mientras que Claudia deseaba estar en cualquier sitio que no fuera su lomo.

No habían descansado desde el amanecer, manteniendo siempre un ritmo extenuante. Claudia sabía, por la posición del sol, que cabalgaban hacia el este, pero Dante no le había desvelado su destino. Ella había pensado que irían hacia el sur, hacia Londres o Gales. Quizá seguían ese recorrido para evitar cualquier patrulla que pudieran enviar en su busca. Guy primero pensaría en el oeste y en el barón de Lonsdale, ya que Dante le había asegurado que su huida parecería un trabajo de su tío. Si su lógica era correcta, dirigirse hacia el este les daría el tiempo necesario para ponerse a salvo, lejos de Montague.

De pronto, le vino a la mente la forma en que le sonreía Guy cuando estaban a solas en su alcoba; era una sonrisa tierna y seductora, y recordarla hizo que le doliera aún más el corazón. Claudia miró hacia los árboles que pasaban rápido junto a ella e intentó eliminar esa imagen de su mente. También intentó borrar la idea de que lo que estaba haciendo era un error, de que debería haberse quedado en Montague. Esa mañana había expresado su inquietud a Dante y él volvió a repetirle que Guy pretendía ahorcarla. Las palabras sonaban incluso menos creíbles a la fría luz del día que en las mazmorras. Estaba segura de que Dante no le mentiría, pero no podía deshacerse de la persistente sospecha de que no estaba siendo completamente sincero con ella.

La noche anterior, Claudia había pensado que no habría nada peor que la incertidumbre de no saber si Guy viviría o moriría. Hoy, descubría un tormento equiparable: la incertidumbre de no saber si Guy deseaba que ella viviera o muriera. Si hubiera permanecido en las mazmorras, podría tener una soga al cuello en ese mismo instante. ¿O quizá Guy la estaría estrechando entre sus brazos mientras le susurraba palabras al oído asegurándole que todo iría bien? Casi podía oír su voz cuando cerró los ojos.

Volvió a abrirlos de pronto, cuando su caballo estuvo a punto de chocar contra el de Dante.

Claudia soltó un grito y tiró con fuerza de las riendas, haciendo que el caballo frenara junto al de su hermano. El hombre que cabalgaba tras ellos también se detuvo. Se llamaba Armand y era un caballero al servicio de Dante. Claudia lo había conocido en el bosque que había más allá de las murallas de Montague, donde les aguardaba con los caballos. Era un hombre apuesto y callado que parecía hablar sólo cuando Dante le hacía alguna pregunta.

Claudia dirigió la mirada hacia su hermano, que parecía totalmente agotado. Tenía oscuros círculos bajo los ojos y su hermoso pelo castaño estaba alborotado, como si se hubiera pasado las manos por él repetidas veces. Se quedó mirando fijamente a su cara intentando decidir qué era lo que lo hacía tan diferente del hermano que había querido tanto en su infancia. Sus rasgos eran los mismos, aunque aparecían algunas líneas nuevas alrededor de los ojos y de la boca. Eran sus ojos los que la inquietaban. Por mucho que contemplara sus oscuras profundidades verdes, no veía nada. Era como mirar a un fantasma. El hombre que tenía ante sus ojos era sólo la sombra del hermano que conoció una vez. Las vacías profundidades, donde antes había existido afecto y risas, le provocaban escalofríos.

—El cruce está a unos pocos metros —anunció Dante—. Llevaremos los caballos hasta el arroyo que se encuentra un poco más lejos. Armand, atraviesa el arroyo y sigue el sendero, manteniendo tu caballo al galope durante un kilómetro, luego vuelve sobre tus pasos por el bosque. Nos encontraremos contigo en la cabaña.

—Sí, milord. —Armand le dirigió una pequeña reverencia desde su silla, miró a Claudia con una expresión ilegible y, sin más dilación, se puso en marcha alejándose de ellos.

Dante y su hermana atravesaron un amplio claro hasta llegar a lo que parecía otro camino.

—¿Crees que llegarán hasta aquí para buscarnos?

—Sí. —Su respuesta fue tajante.

Claudia esperó a que dijera algo más, pero él mantuvo un silencio exasperante mientras dirigía su atenta mirada hacia el sendero y los bosques que los rodeaban. Parecía que era un camino muy transitado, pero ellos no se habían encontrado con ningún viajero que pudiera mencionar su paso al barón de Montague o a sus hombres. La joven todavía no podía decidir si eso era bueno o malo. Si al menos pudiera ver a Guy una vez más, si pudiera mirarle a los ojos y preguntarle si la creía inocente o culpable... ¿Merecía la pena arriesgar su vida para descubrir la verdad? Se esforzó por ocupar su mente con pensamientos menos peligrosos.

—¿Adónde vamos?

—A una cabaña.

—Eso ya lo sé —replicó con un suspiro de impaciencia—. Pero, ¿por qué vamos allí? ¿No deberíamos dirigirnos a Londres o a tu fortaleza en Gales?

Dante la miró de soslayo.

—Haces demasiadas preguntas.

—No es ningún crimen —protestó—. Me gustaría saber más sobre mi futuro, que el simple hecho de que me dirijo a una cabaña. Creo que mis preguntas son razonables.

—Permanecerás con Armand en una cabaña dentro del bosque durante unos quince días. Luego, todos viajaremos a Cheshire. Desde allí, te dirigirás a Gales con Armand y Oliver. Yo debo regresar a Londres, pero me reuniré contigo antes de la primera nevada. —Dante arqueó las cejas cuando su hermana le dirigió una mirada mordaz—. ¿Satisface eso tu curiosidad?

—¿Quién es Oliver? ¿Y por qué no te quedarás conmigo cuando lleguemos a la cabaña?

Dante puso los ojos en blanco.

—Oliver es otro de mis hombres. Él y yo tenemos asuntos que atender que podrían demorarnos más de una semana. Armand cuidará de ti hasta que regresemos.

—¿Confías tanto en ese Armand como para dejarme sola con él?

—Armand me ha dado sobradas muestras de que puedo confiar en él. No se aprovechará de ti como hizo Montague. Estarás a salvo bajo su cuidado.

La seguridad de Dante no la hizo sentirse mejor con respecto a los planes previstos.

—¿Qué son esos asuntos que debes atender?

La expresión de su hermano se endureció.

—Tengo una norma que espero que sigas al igual que lo hacen todos los que me conocen. Mis asuntos son sólo cosa mía, y nadie me hace preguntas sobre ellos.

Claudia estudió su sombrío perfil y frunció el ceño. Aquél no era el hombre que ella había imaginado cuando pensaba en su reencuentro. Sus padres siempre comentaban que Dante debería endurecer su corazón, pues sus emociones eran tan transparentes que cualquiera podía leerlas. Ése ya no era el caso. No quedaba ni rastro del alegre joven que sonreía a menudo y con facilidad. Su hermano la miraba ahora con unos ojos que pertenecían a alguien mucho más mayor de lo que realmente era. Parecía un extraño. Claudia suponía que ella también habría cambiado. Ambos habían sufrido demasiadas injusticias.

—¿También tienes asuntos que atender en Cheshire?

—Sí. —Dante hizo detenerse a su corcel en la orilla de un pequeño arroyo que atravesaba el camino—. Tenemos que hacer que nuestros caballos vuelvan sobre sus pasos. Tira con fuerza de las riendas hacia abajo y presiona con tus talones los flancos del caballo.

Dante se volvió y señaló un árbol caído en el lateral del camino a unos veinte pasos por detrás de ellos, cuya corteza estaba cubierta por un suave musgo verde.

—Haz retroceder al caballo hasta que alcance aquel tronco caído.

La joven siguió sus instrucciones y pegó los talones a los costados de su montura. Asombrosamente, el caballo obedeció la orden y empezó a retroceder de forma vacilante.

—¿Por qué estamos haciendo esto?

—Tus preguntas empiezan a hacerse molestas, Claudia. —Apartó la vista del camino que había tras él el tiempo suficiente para dirigirle una mirada que expresaba su malestar—. No recordaba que fueras tan curiosa. Supongo que es normal. A todas las mujeres les pierde la curiosidad.

En lugar de discutir su opinión sobre las mujeres, Claudia le dedicó una exagerada sonrisa.

—Qué cumplido tan encantador. Ya veo que has aprendido los amables y corteses modales de la corte del rey Edward. Se dice que utilizas un disfraz cuando estás allí; supongo que así te es más fácil expresar semejantes elogios, pues nadie sabe quién eres ni puede hacerte responsable de ellos.

—¿Qué sabes de la corte de Edward o de mi presencia allí? —preguntó con voz tensa.

La repentina intensidad de su mirada hizo que la joven aflojara las riendas. Al instante, volvió a tensarlas y urgió al animal a que continuara retrocediendo.

—Sólo sé lo que Guy me dijo, que es más de lo que tú me has contado sobre tu vida en la corte.

—¿Qué te ha dicho ese bastardo?

—¡No es un bastardo! Guy es amable y...

—Me da igual lo que pienses de él —espetó Dante—. Quiero saber lo que te contó.

—Me dijo que eres el mejor caballero del rey —respondió Claudia en voz baja—, que tu destreza con las armas es tan extraordinaria que la mayoría de los caballeros evitan enfrentarse a ti. También me contó que ocultas tu identidad bajo un disfraz para poder realizar mejor tu trabajo.

Dante reflexionó durante un momento antes de dedicarle una sesgada sonrisa.

—Parece ser que el barón de Montague tiene sentido del humor.

—¿Me estás diciendo que mentía?

—No, no te ha mentido. Pero sus palabras están abiertas a muchas interpretaciones. Al parecer tiene el talento suficiente para hacerte creer lo que él desea que creas.

Claudia no tenía paciencia para sus acertijos.

—¿Qué quieres decir?

—Te hizo creer que te quería —replicó—. Y un Montague nunca podría amar a una Chiavari. Jugó contigo porque eras un reto para él. Al estar contigo sólo pretendía saber si podía conseguir tu afecto. Así se divierten los nobles ingleses de su calaña. Sólo has sido una forma de saciar sus hastiados apetitos durante un tiempo. —Dante sacudió la cabeza—. Tienes que apartar al barón de Montague de tu mente, endurecer tu corazón con respecto a él. Hazte a la idea de que ha muerto, pues no volverás a verlo nunca.

Las palabras de su hermano la atravesaron como puñales, logrando que sintiera un dolor en las entrañas que jamás hubiera imaginado que existiera.

—Te equivocas. Yo sí le importaba.

—La equivocada eres tú —replicó él. Habían llegado hasta el árbol caído y Dante detuvo a su caballo—. Llevabas una vida muy protegida en Lonsdale, sin contacto con la realidad, y sabes muy poco acerca de los nobles ingleses y su forma de comportarse. En ese aspecto, tienes que confiar en mi juicio. Soy tu hermano y sólo haré lo que sea mejor para ti, a diferencia de hombres como Montague que te mentirán para poder utilizarte.

—Yo no llevaba esa vida tan protegida que tú crees —le informó Claudia—. Nuestro tío celebraba fiestas a menudo para sus amigos de la corte, y lo que vi me hizo mantenerme lo más alejada posible de ellos. Tú crees que Guy es como los nobles viciosos que has conocido en la corte del rey, pero ni siquiera has hablado una sola vez con él. No me parece que tus prejuicios sean muy sensatos, al igual que no me pareció sensata tu decisión de abandonarme en Lonsdale durante todos estos años.

Claudia deseó poder tragarse esas palabras. No pretendía ofenderlo, pero el breve brillo de emoción que al fin iluminó los ojos de su hermano reflejaba un sentimiento que ella habría deseado no ver. La profunda y ardiente ira que contempló la asustó.

—Se suponía que no tenías que permanecer en Lonsdale tantos años —afirmó con tono glacial—. Nuestro tío estuvo de acuerdo en enviarte a un convento en cuanto yo le enviara el oro que cualquier buen monasterio exigiría para aceptar a una dama en su interior. Envié el dinero hace un año. Y desde entonces, he mandado más al obispo Germaine para que se ocupara de tus necesidades. En las cartas que te escribí te lo explicaba, pero Germaine me dijo que no te escribiera más, pues te encontrabas aislada del mundo exterior. —Estudió su rostro en busca de alguna reacción, pero Claudia se había quedado sin habla a causa de la sorpresa—. Te advertí en las mazmorras que tenía muchos enemigos —continuó Dante—. Hombres que no dudarían en hacerte pagar a ti por mis crímenes contra ellos. Un convento era el único lugar que se me ocurrió para mantenerte a salvo, fuera del alcance de cualquier hombre.

Finalmente, Claudia consiguió recuperar la voz, a pesar de que tuvo que esforzarse para no gritar.

—¿Alguna vez se te ocurrió pensar que yo no deseaba hacerme monja? ¿Que quizá me gustaría tener un esposo e hijos? ¿Una familia propia?

Las líneas alrededor de la boca de Dante se endurecieron.

—No permitiré que te cases con un lord inglés ni que tengas hijos de uno de ellos. Lo único que podría suceder es que se hicieran mayores y se parecieran a sus padres. El mundo no necesita más bastardos ingleses, y, menos, de mi hermana.

—Ya veo que mi seguridad tenía poco que ver con tu decisión de enviarme a un convento. —Su ira igualaba a la de Dante, la única persona en la que siempre había confiado sin dudar ni un instante. El hermano al que siempre había adorado pretendía encerrarla en un convento y abandonarla allí para el resto de su vida—. Afirmas que es la idea de verme casada con un inglés lo que hizo que tomaras esa espantosa decisión, pero te olvidas de que por tus venas corre la sangre inglesa de nuestra madre y de que has prestado juramento al rey Edward. Tu odio a este país y a esta gente es un error, hermano.

—He jurado defender con mi espada a Inglaterra, pero mi corazón no le debe lealtad a ningún hombre. Por lo que respecta a nuestra sangre inglesa... —Dante negó con la cabeza—. Nuestra madre se convirtió en una Chiavari cuando se casó, y nuestro linaje procede de las mejores estirpes del Imperio Romano. Un Chiavari no tiene necesidad de reivindicar su sangre inglesa.

Claudia sabía que sus argumentos no le harían cambiar de opinión. Lo que le hubiera sucedido durante los años que habían estado separados, lo había hecho cambiar hasta convertirlo en un hombre diametralmente opuesto al que ella conoció una vez. De pronto, recordó el injustificado odio de su tío y de su gente hacia ella. Guy le había enseñado que no todos los ingleses eran iguales. Su gente la aceptaba. La mayoría la habían tratado como si ya fuera su baronesa. Le sorprendió darse cuenta de que nunca se había sentido sola en Montague. Por primera vez en muchos años, se había sentido como si realmente perteneciera a un lugar.

Desde que Dante apareció en las mazmorras, había confiado en su juicio, pues estaba demasiado confundida por lo que había pasado para confiar en el suyo propio. Ahora se daba cuenta de que había cometido un error. No podía olvidarse de su amor por Guy ni tampoco pasar el resto de su vida preguntándose si debería haberse quedado en Montague, con dudas sobre si Dante la había engañado haciéndole creer que Guy la consideraba culpable. Además, su hermano todavía podía decidir enviarla a un convento y ella nunca volvería a ver al hombre que amaba.

—Sujeta mi caballo —le ordenó Dante al tiempo que desmontaba y le lanzaba las riendas. Caminó hacia el lateral del camino y rodeó el tronco para examinarlo desde todos los ángulos. Satisfecho con lo que había observado desde el lado opuesto del árbol, Dante volvió a acercarse a los caballos y la ayudó a desmontar—. Quédate aquí con tu caballo. Volveré en un momento.

La joven dudó que pudiera irse a algún sitio. Le temblaban las piernas a causa de las interminables horas que llevaba sentada sobre la silla de montar. Se sujetó con una mano a la crin del animal, mientras que con la otra sostenía las riendas. Dante volvió a montar sobre su caballo, saltó ágilmente por encima del tronco caído y desapareció en el bosque. El caballo de Claudia intentó seguirlos, pero ella plantó los pies en el suelo y sostuvo las riendas tan fuerte como pudo para contener a la bestia. Finalmente, Dante reapareció sin su montura. Llevaba una gran rama llena de hojas en una mano y se acercó recorriendo un amplio círculo a su alrededor para evitar asustar al caballo de Claudia.

—Haré saltar a tu caballo sobre el tronco —le informó—. Borra nuestras huellas desde el camino hasta el árbol y reúnete conmigo al otro lado.

Claudia asintió cuando Dante le dio la rama, pero su mirada estaba fija en el sucio sendero de arena. Sus huellas hacia el arroyo eran bastante fáciles de seguir. Una vez hubiera borrado el rastro que iba hacia el bosque, nadie se daría cuenta de que habían abandonado el camino en ese lugar. Guy nunca la encontraría y Claudia viviría el resto de su vida en la remota fortaleza de su hermano en Gales o aislada en algún convento. Nunca conocería la verdad. Aunque en el fondo de su corazón, estaba convencida de que él confiaba en ella, ¿o lo amaba tanto que prefería creer que su hermano le mentía? Sólo había una forma de estar segura, aunque, de ese modo, pondría en peligro su vida y la de Dante. No obstante, si su hermano la abandonaba pronto en esa cabaña, sólo arriesgaría la suya y la de Armand. Y ella procuraría por todos los medios velar por la seguridad del caballero. No quería que sufriera represalias por su causa.

Claudia tomó la decisión cuando Dante montó en su caballo y se alejó cabalgando. Arrancó varias ramitas de la vara que le había dado su hermano y las colocó frente al árbol, situando el extremo ahorquillado hacia el camino y señalando con la punta hacia el tronco para formar una rudimentaria cruz.

—¡Claudia!

La joven se sobresaltó sintiéndose culpable y se irguió para mirar por encima del tronco. Dante permanecía en el bosque, lejos de ella, sosteniendo las riendas de ambos caballos. Se esforzó al máximo por hablar con tono inocente.

—¿Sí?

—Date prisa —le ordenó—. No tenemos todo el día.

Claudia asintió antes de agacharse como si estuviera borrando las huellas. Sin pensárselo dos veces, metió la mano bajo su capa y sacó el collar de esmeraldas, sintiéndose agradecida de que Fitz Alan no le hubiera arrebatado las joyas cuando la encerró. Si Guy o uno de sus hombres encontraban el collar, sabrían que era el suyo.

—Ya casi he acabado, Dante. Ten un poco de paciencia —gritó por encima del hombro. La joven rezó por que ningún ladrón o viajero se topara con el tesoro. La clave de su destino y su futuro se encontraba en el borde de un camino en medio del bosque. La brillante pila de piedras parecía tan abandonada como ella se sentía en ese preciso instante. Finalmente, Claudia se alejó de la escasa esperanza que representaban y se adentró en el bosque.

16

Claudia abrió los ojos y miró las sombras que poblaban la oscura cabaña. La única luz provenía de las mortecinas ascuas del brasero.

La joven suspiró y rodó sobre su espalda intentando encontrar una posición más cómoda. El sucio suelo que le servía de cama no era precisamente cómodo, al igual que la silla de montar que usaba como almohada. Al menos había dejado de oír los pequeños ruidos que la habían mantenido despierta hasta que Armand se dejó llevar por el sueño y empezó su serenata nocturna de ronquidos y resoplidos. Seguramente, el ruido que profería el apuesto caballero mantenía a raya a la mayoría de criaturas del bosque. Cualquier animal prudente estaría demasiado asustado para buscar cobijo o intentar robar la escasa comida que guardaban en la cabaña. Realmente debería estarle agradecida a su guardián, porque las paredes y la puerta no servirían de mucho a la hora de detener a cualquier animal decidido a entrar. El adobe que recubría los muros hacía tiempo que se había caído, dejando a la vista una maraña de cañas con agujeros lo bastante grandes como para que cualquier pequeño animal pudiera atravesarlos. La puerta colgaba de un único gozne y cada noche permanecía apoyada, más que cerrada, contra la torcida jamba. El pestillo colgaba inútil donde debería haber un picaporte, y el techo de paja apenas ofrecía refugio, pues una gran parte de él se había desmoronado durante alguna tormenta o nevada pasada. Claudia tenía la esperanza de que los ronquidos de Armand también mantuvieran alejados a los murciélagos.

Era extraño que un hombre tan callado durante el día pudiera volverse tan ruidoso por la noche. Cada mañana al amanecer, antes incluso de que Claudia se despertara, Armand salía para colocarse en su puesto de guardia, ubicado en la rama de un gran roble al que trepaba para poder observar los prados y bosques que los rodeaban. Los árboles escaseaban en esa zona, seguramente a causa del leñador que alguna vez vivió en la cabaña que les servía de refugio. Desde su posición estratégica, el caballero podía ver aproximarse a un jinete desde cualquier dirección. Llevaban tres días allí y a Claudia le parecían una eternidad. Procuraba entretenerse buscando bayas, pero su búsqueda era casi siempre infructuosa. Sin embargo, había tenido tanto éxito encontrando frutos secos que empezaba a sentirse como una ardilla. Y siempre, en todas y cada una de esas excursiones en busca de comida, observaba los bosques con la misma atención que Armand, y por la misma razón.

Si al menos supiera si la llegada de soldados sería algo bueno o malo, o si iban a llegar algún día, podría tranquilizarse. Pero las dudas destrozaban sus nervios y hacían que se sobresaltase ante cualquier pequeño sonido: un pájaro emprendiendo el vuelo de repente desde las ramas que había sobre su cabeza, un conejo asustado que surgía de los arbustos o el crujido de una ramita tras el paso de una criatura oculta.

Miles de veces se cuestionó si había sido un gesto inteligente dejar el collar en el bosque. ¿Qué podría conseguir con eso? ¿La muerte de Armand? ¿La de su hermano? ¿La suya propia? Incluso si Guy creía que ella no tenía nada que ver con el envenenamiento, ¿podría vivir atemorizada por Kenric y Dante? Se planteaba innumerables preguntas, infinitos problemas sin solución.

Armand emitió un resoplido al cambiar de posición mientras dormía, pero, una vez se hubo acomodado de nuevo, volvieron los ronquidos regulares. A Claudia le gustaría que pusiera la mitad de esa energía en una conversación o en responder a sus preguntas con algo más que un: «Eso tendrá que contestarlo vuestro hermano, milady». Era indefectiblemente cortés, tan terriblemente educado y correcto que Claudia le consideraba el hombre más grosero que nunca hubiera conocido, pues sólo le ofrecía un silencio mortal o respuestas que no le servían en absoluto. Un día más con aquel hombre y...

En un abrir y cerrar de ojos, una mano se posó sobre su nariz y su boca, mientras una voz suave le susurraba al oído:

—No hagáis ningún ruido o le costará la vida a vuestro caballero.

Claudia asintió con la cabeza para indicar que lo había comprendido e intentó no dejarse llevar por el pánico que le provocaba la falta de aire. La mano descendió para que pudiera respirar, pero permaneció firmemente colocada sobre su boca. Justo cuando un brazo la rodeaba por la cintura y la hacía ponerse de pie, los ronquidos de Armand se detuvieron bruscamente.

—¿Milady? —La llamó el caballero en voz baja. Claudia oyó el suave sonido del roce de metal contra metal cuando Armand se incorporó, y vio el destello gris del acero de la espada que sostenía—. ¿Ocurre algo, lady Claudia?

Por detrás de ella, una antorcha se extendió hacia el brasero, que se encendió en cuanto la llama rozó las ascuas.

Armand se levantó demasiado tarde. Claudia pestañeó ante el repentino resplandor de luz y se sorprendió al ver a una docena de soldados avanzar desde las sombras de la cabaña con las espadas desenfundadas y apuntando a Armand. Con sólo lanzar una mirada a su alrededor, su guardián supo que le superaban en número y que no tenía ninguna oportunidad. Dirigió su mirada a Claudia mientras bajaba su arma hasta el suelo.

—Si hacéis daño a esta dama lo pagaréis con vuestra vida.

—No pretendo hacerle ningún daño. —La voz provenía del hombre que la sujetaba, y Claudia la identificó al instante como la de Fitz Alan—. ¿Dónde están el resto de los hombres de Chiavari?

—No hay más hombres, milord. Sólo yo.

—¿Esperas que crea que Dante Chiavari te dejó solo con su hermana?

—Creed lo que os plazca —replicó Armand, en el educado tono que tanto odiaba Claudia.

—Atadlo —ordenó Fitz Alan mientras apartaba la mano de la boca de su cautiva y la conducía al exterior.

Había más hombres rodeando la cabaña, aunque Claudia no podría determinar cuántos eran bajo la tenue luz de la luna.

Después de enviar a un soldado en busca de sus caballos, Fitz Alan soltó el brazo de la joven y se volvió hacia ella.

—Encontramos vuestro collar, milady. ¿Nos señalasteis vos el camino que nos ha traído hasta aquí o se trata de otra trampa de vuestro hermano?

—No, fui yo quien dejé la señal. —Claudia retrocedió unos pocos pasos, feliz de que Fitz Alan no pudiera ver el temblor de sus manos—. ¿Guy está bien?

—Sí, se ha recuperado y está furioso por las artimañas de vuestro hermano. Salió a caballo para buscaros la misma mañana de vuestra desaparición, a pesar de que estaba tan enfermo que apenas podía permanecer sentado sobre su montura. Estará ansioso por saber si os hemos encontrado.

—¿Por eso no ha venido? —preguntó ansiosamente Claudia—. ¿Está tan enfermo que no ha podido continuar con la búsqueda?

Fitz Alan cruzó los brazos sobre el pecho.

—¿No lo sabéis?

—¿Qué es lo que no sé? —La joven sintió que su corazón empezaba a latir con más fuerza.

—Vuestro hermano ha retado en duelo a Guy. Tienen que encontrarse mañana por la mañana en las afueras de la Abadía de Kelso.

—Pero Dante dijo... —Fitz Alan no conocía las órdenes que había recibido Dante de no asesinar al barón de Montague. ¿Qué pretendía su hermano? Nada que fuera bueno para Guy. De eso, estaba segura—. Debéis llevarme a esa abadía.

—Ése era mi plan —afirmó Fitz Alan con un sorprendente deje de humor en la voz—. Estoy encantado de que estéis dispuesta a colaborar.

—¿Hay alguna razón por la que no habría de estarlo?

—Vuestro hermano se tomó muchas molestias para raptaros —señaló Fitz Alan—, y todo indicaba que os habíais marchado de buen grado.

—Dante me dijo que me ahorcaríais si me quedaba, que el mismo Guy había dado esa orden cuando se recuperó del efecto del veneno.

Fitz Alan no dijo nada durante un largo momento.

—Vuestro hermano os mintió, milady. Guy no se despertó de su aletargamiento hasta mucho después de que os hubierais ido de Montague, y os puedo asegurar que no dio semejante orden durante su delirio.

—¿Cree Guy que participé en el complot de mi hermano?

Fitz Alan se encogió de hombros.

—A estas alturas, no me atrevería a especular nada al respecto. Será mejor que se lo preguntéis personalmente.

Esa respuesta no le fue de mucha más ayuda que las de Armand. Fitz Alan era la última persona en la que debería confiar, pero iría con él de buen grado. Si daba por sentado que el lugarteniente de Kenric no mentía sobre el reto, tenía que llegar hasta Guy y Dante antes de que uno de los dos matara al otro.

—¿A qué distancia estamos de la abadía de Kelso?

Grandes nubes proyectaban un mosaico de sombras sobre el valle donde se había reunido el ejército, pero no conseguían paliar el calor del verano. El barón de Montague aguardaba en un extremo del campamento mientras su corcel agitaba la cabeza para defenderse de las moscas. Guy las ignoró, al igual que ignoraba el calor que hacía que fuera insoportable llevar armadura. A través de las hendiduras del yelmo, observaba las puertas de la abadía, ubicada en lo alto de la colina. Un caballero vestido para la guerra atravesó las puertas a lomos de su corcel, seguido por su escudero. Descendieron la colina sin apresurarse y atravesaron un rebaño de ovejas que se dispersaron esquivando a los caballos. Sus balidos de protesta por aquella brusca interrupción sonaron demasiado lejos de la estratégica posición de Guy para ser oídos. Los dos hombres desaparecieron al llegar a un grupo de árboles.

El bosque se extendía formando una espesa franja que recorría las orillas de un río que atravesaba el valle. Guy envidió al caballero por poder cabalgar bajo aquel fresco cobijo. Se volvió hacia su hermano, pero no pudo descifrar nada sobre su estado de ánimo, ya que mantenía el rostro tapado con la visera de su yelmo.

—Ha sido muy inteligente al acogerse a sagrado en la abadía —comentó Kenric. Su voz sonaba amortiguada por la visera—, y un estúpido por abandonar sus muros.

Guy volvió a dirigir la mirada hacia el bosque.

—Chiavari ha resultado ser muy inteligente hasta ahora. Es más, ha demostrado que los estúpidos somos nosotros. Primero, rapta a Claudia y se la lleva sin encontrar obstáculos. Luego, mientras yo peino los bosques en busca de algún rastro, regresa a Montague y clava una nota retándome a un duelo en la misma puerta de mi alcoba. Me gustaría saber cómo consiguió realizar semejante proeza.

—Eso nos preguntamos todos —acordó Kenric—, pero pronto se le acabará la suerte. Las noticias de la patrulla de Fitz Alan parecían alentadoras. Puede que todavía estemos a tiempo de sorprender a ese zorro con sus propias armas.

—Hace tres días que no sabemos nada de Fitz Alan —repuso Guy—. El zorro todavía lidera la cacería.

Dante y su escudero surgieron del bosque, y el barón de Montague interrumpió su conversación con Kenric para centrar sus pensamientos en el hermano de Claudia. Odiaba a aquel hombre con una intensidad que lo sorprendía. Incluso su odio hacia el barón de Lonsdale parecía insignificante en comparación. Dante había demostrado ser más experto en el arte de la traición que su tío. Lo había envenenado, le había arrebatado a su prometida, lo había empujado a una inútil y desenfrenada búsqueda, y se había mostrado más hábil que él en todo momento. Guy se juró a sí mismo que el hombre que cabalgaba hacia él pagaría por todos y cada uno de esos crímenes. Y el peor de todos ellos era que Dante había sido el responsable de la traición de Claudia. Durante los últimos cinco días, había tenido tiempo suficiente para imaginar lo que había sucedido la noche en que ella escapó. Estaba completamente seguro de que Claudia no estaba involucrada en el complot para envenenarlo. Conocía demasiado bien sus expresiones para confundir la mirada en su rostro el día del banquete, con algo que no fuera conmoción y miedo por su seguridad. Guy pensaba que Dante no le había revelado su presencia hasta que fue a buscarla a las mazmorras. Seguramente le dijo a su hermana que el veneno no era letal y, de alguna manera, consiguió convencerla de que se fuera con él.

Frunció el ceño y su mirada se volvió sombría al recordar las promesas que le había hecho a Claudia. Habría renunciado a su familia por ella sin dudarlo, habría hecho cualquier cosa por conseguir que lo amara. Pero cuando Claudia tuvo que enfrentarse a su propia prueba de lealtad, había escogido a su hermano dejándolo a él en el camino. Ese descubrimiento lo corroía por dentro como si fuera ácido. Y lo peor no es que le hubiera traicionado, sino saber que nunca podría volver a confiar en ella.

A pesar de todo, seguía decidido a casarse. No importaba lo que hiciera o cómo se comportara, él siempre la amaría. Claudia era su mayor debilidad, su único punto débil, y sólo por esa razón, se casaría con ella. En manos de un enemigo, Claudia se convertiría en un arma que podría ser usada contra él. El desafío de Dante era una buena prueba de ello.

El barón de Montague fijó la mirada en su enemigo, que avanzaba impertérrito cabalgando desde los bosques sin mostrar ningún gesto de vacilación, a pesar de que él y su escudero se aproximaban hacia un ejército de doscientos caballeros y soldados a caballo. Sin duda estaba loco, pero era un loco valiente, decidió Guy, y también parecía ser rico, pues la luz del sol resplandecía sobre los ornamentos de oro y plata de su armadura, y unas plumas blancas poco comunes ondeaban con regio esplendor sobre su yelmo y la brida de su montura a cada paso que daba el caballo. Cubriendo la armadura, Dante llevaba un sobreveste de color rojo oscuro con un escudo del mismo color. Sin embargo, no lucía ningún emblema ni tampoco ningún escudo de armas para proclamar su casa o identidad. Guy sabía la razón por Claudia. Al ser declarado bastardo y no haber prestado juramento a ningún señor feudal, Dante sólo podía luchar en su propio nombre. Por otra parte, parecía adecuado que el color que hubiera elegido fuera el de la sangre, pues como Ejecutor del rey, seguramente habría derramado más de la que le correspondía.

El barón de Montague esperaba que su enemigo mantuviera la distancia, que hiciera detenerse a su caballo no muy lejos del límite del claro para poder huir hacia la abadía y acogerse a sagrado ante la más mínima señal de problemas. En cambio, siguió avanzando hasta que su corcel quedó a pocos metros de Guy. Maldito bastardo fanfarrón.

—Traigo noticias de vuestro rey —anunció Dante. Las hendiduras de su yelmo formaban una cruz y su profunda voz se escuchaba bien aunque, sorprendentemente, carecía de cualquier rastro del acento italiano que caracterizaba a la de su hermana. Despacio, se quitó un guante, metió la mano bajo su sobreveste, sacó un pequeño pergamino y le tendió el documento a Guy—. Yo mismo os informaré de su contenido, aunque supongo que deseareis verificar el mensaje.

En silencio, Kenric hizo avanzar a su caballo y cogió el rollo antes de retroceder hasta su posición junto a Guy. Sin aparentar ninguna inquietud, desenrolló el pergamino y empezó a leer.

—El rey desea que solucionemos este asunto de forma pacífica —continuó Dante—. Antes de abandonar Londres, me hizo jurarle que no os mataría por los daños infligidos a mi hermana. Sin embargo, no dijo nada sobre un reto.

Con un movimiento brusco, Dante lanzó el guante que se había quitado sobre el suelo que les separaba. Los caballos, nerviosos, agitaron las cabezas, y los cuatro hombres tensaron las riendas para controlarlos mientras Dante les transmitía su propio mensaje.

—Por tanto, yo os reto, Guy de Montague.

El aludido levantó su visera, deseando asegurarse de que su voz llevara todo el peso de su advertencia.

—A la vista de mi estado de ánimo actual, sería muy desacertado por vuestra parte provocarme para que participara en un combate a muerte.

—No importa si es o no desacertado. No deseo ninguna otra cosa —respondió Dante.

Las comisuras de los labios de Guy se elevaron en una sonrisa que carecía de humor.

—¿Por qué debería aceptar vuestro desafío, Chiavari? Podría mataros ahora mismo por los daños que me habéis infligido. Yo no he hecho ninguna promesa a Edward con respecto a vuestra vida.

—Quizá debierais leer el mensaje del rey antes de precipitaros —aconsejó el italiano con voz calmada.

Guy miró a su hermano, que también se había levantado la visera para leer la misiva.

—¿Y bien?

—Edward te ordena respetar los mismos términos del acuerdo al que llegó con Chiavari —le informó Kenric—. También menciona que Dante es el tutor legal de lady Claudia y que su tío no tenía derecho a realizar ningún contrato de esponsales en su nombre. —Lanzó a Guy una mirada significativa—. El rey cree que te agradará la noticia en vista de que el compromiso te fue impuesto. La cuestión de la tutela lo invalida.

Si no había compromiso, no podría reclamar legalmente a Claudia. A Guy se le hizo un nudo en el estómago y desvió la mirada hacia Dante. ¿Era el reto una forma de negociar los términos de un nuevo contrato de esponsales? Ahora que tenía a Claudia, Dante podría conseguir de él lo que le pidiera. Un combate a muerte carecía de sentido.

—¿Qué quieres de mí, italiano?

La respuesta fue rápida y firme.

—Tu sangre.

—No he hecho nada para deshonrar a tu hermana. —Le hubiera gustado mantener esa conversación en algún lugar fuera del alcance de los indiscretos oídos de sus soldados. Por desgracia, dudaba de que Dante fuera lo bastante estúpido como para aceptar un encuentro más privado en su tienda—. Por lo que a mí respecta, estábamos prometidos, lo que la hace mía a los ojos de Dios y de la ley. No hace falta que me desafíes, ya que he tratado a Claudia con el respeto que se le debe a una prometida. Es más, pretendo hacerla mi esposa antes de una quincena.

—Ella nunca se casará contigo —aseguró Dante—. Claudia está de camino a un convento. No volverás a verla nunca, Montague.

La discusión había terminado. Guy hizo un pequeño ademán con la mano y un fuerte siseo llenó el aire cuando doscientas espadas fueron desenvainadas. Al pronunciar su orden, fue consciente de que quizás estuviera decidiendo su futuro.

—Prendedlo.

El barón de Montague estudió con detenimiento a Dante por encima del borde de su copa. El hermano de Claudia no parecía en absoluto inquieto por el hecho de estar atado de pies y manos al palo central de la tienda de Guy. Hacía sólo unos instantes que se le había despojado de su armadura y de su yelmo, desvelando un rostro sobre el cual especulaba toda Inglaterra y que Guy habría reconocido en cualquier lugar.

Dante era el reflejo masculino de su hermana. El pelo era del mismo color, al igual que sus ojos. Se sentía incómodo al reconocer tantos rasgos familiares en el rostro de un hombre al que odiaba tan profundamente. Aunque era la falta de cualquier emoción en los ojos de Dante lo que le inquietaba más. Había visto esa misma mirada en algunas mesas de negociación, y él mismo se esforzaba por imitarla cuando lo consideraba necesario. Era la mirada de un observador, alguien que estudiaba todo lo que sucedía a su alrededor sin un interés evidente en las consecuencias de los hechos. Dante había aceptado que lo capturaran sin oponer resistencia. No había protestado cuando le quitaron su armadura, ni mostrado la más mínima señal de curiosidad sobre cuál podría ser su destino. Por otra parte, Guy era consciente de que era casi imposible mostrarse más hábil que el enemigo si no se sabía cómo funcionaba su mente y, por el momento, no tenía ni idea de cómo funcionaba la de Dante. Era de lo más frustrante y un rasgo que no podía evitar admirar.

Guy sospechaba que si le exigía cualquier tipo de respuesta sólo conseguiría un distante silencio. La paciencia era la clave para descifrar una mente así y a él se le daba muy bien esperar. Así que se recostó en su catre y bebió vino. Los dos hombres se observaron fijamente; uno, atado en lo que tenía que ser una posición muy incómoda, el otro, relajado y tranquilo. Pasaron más de una hora concentrados en aquel enfrentamiento silencioso, y, finalmente, fue el italiano quien habló.

—Con esto no conseguiréis nada, barón.

Guy intentó no sonreír ante su pequeña victoria.

—¿Con qué?

Dante ignoró la pregunta.

—No podéis matarme y no os diré dónde está. Nunca la encontraréis.

—¿Eso creéis? —Guy hizo la pregunta como si realmente deseara escuchar la respuesta—. Los lugares más probables para encontrarla parecen ser el oeste y el sur. A un estúpido como yo nunca se le ocurriría buscarla por el camino del este que lleva hacia Alstead, ni en un sendero oculto a través del bosque que conduce al Tiñe.

Con sus palabras no consiguió la reacción que había esperado. De hecho, no hubo ninguna reacción en absoluto. Los rasgos de Dante permanecían imperturbables y en sus ojos no se podía leer nada.

—¿Deseáis una oportunidad para derramar mi sangre, Chiavari?

—Sí.

—Haré un trato con vos —propuso Guy en tono reflexivo—. Aceptaré vuestro reto, pero los términos serán diferentes y ambos debemos estar acuerdo con ellos.

—¿Cuáles son vuestras condiciones?

—Espadas —respondió el barón—. A pie, sin armadura ni cota de malla.

Las comisuras de la boca de Dante se elevaron en la vaga sombra de una sonrisa.

—¿Así que deseáis morir rápido?

—No, no deseo morir de ninguna forma a vuestras manos. Ni tampoco daros muerte —añadió Guy—. No gano nada con ella. El combate no será mortal. Pararemos cuando uno consiga derramar la sangre del otro. La contienda acabará ahí, y Claudia será el premio. Si vencéis, podréis salir de este valle y marcharos dónde os plazca. Tenéis mi palabra de que nadie os seguirá, y de que interrumpiré la búsqueda de vuestra hermana. Ella también será libre de abandonar estas tierras y no la veré ni hablaré con ella para intentar recuperarla. Si gano yo, Claudia se convertirá en mi esposa con vuestra bendición y no volveréis a interferir en nuestras vidas. —Guy cruzó los brazos sobre el pecho—. Esos son mis términos.

Mantuvo los ojos fijos en los de Dante mientras esperaba una respuesta. Quería que el italiano supiera que era sincero, que no le ocultaba nada y que le ofrecía un trato justo. Esperaba que eso fuera suficiente para convencerlo de la mentira. Si Dante aceptaba el combate, Guy saldría vencedor de todas formas, pues no había hecho ninguna promesa sobre elevar una petición al rey. Si Edward ordenaba que Guy y Claudia se casaran, Dante no tendía alternativa si deseaba permanecer al servicio del rey, o en cualquier lugar de Inglaterra. Si vencía, lo único que conseguiría sería simplificar mucho más las cosas.

Finalmente, Dante hizo un gesto de asentimiento con la cabeza.

—Acepto.

—Dadme las riendas —pidió Claudia—. Tenéis mi palabra de que no intentaré escapar. Lo único que deseo es llegar hasta la abadía.

Fitz Alan la miró por encima del hombro con una expresión especulativa en sus ojos.

—Ésa es la razón por la que sujeto vuestras riendas, milady. Hoy es el día más caluroso del año y si os diera el control de vuestro caballo haríais que corriera hasta que cayera reventado.

—No, no lo haría —murmuró Claudia con voz poco convincente—. ¿Podemos al menos ir al galope durante un rato? Este prado es llano y el sendero que lo atraviesa está en muy buenas condiciones. Es una pérdida de tiempo que los caballos vayan a este ritmo por un suelo tan uniforme.

—Estuve de acuerdo en que cabalgáramos por delante de mi patrulla para llegar antes. Conformaos con eso.

—Pero yo...

—Mirad el cuello de vuestro caballo y decidme que no hemos presionado ya demasiado a los animales.

Claudia dirigió la mirada hacia el sudor que cubría el cuello de su montura y se desanimó. El animal parecía estar sin resuello. Aun así, Claudia fulminó a Fitz Alan con la mirada, reacia a admitir que tenía razón.

—Los caballos deben caminar después de una carrera tan larga —añadió él—. Sólo entonces, podremos dejar que pasten.

—¿Qué? ¡No pretenderéis deteneros antes de llegar a la abadía!

Fitz Alan le dirigió una sonrisa.

—No, milady. ¿Por qué deberíamos detenernos cuando estamos tan cerca? Casi hemos llegado.

Claudia entornó los ojos.

—No hace ni una hora os pregunté cuánto faltaba y me dijisteis que todavía quedaba medio día. ¿Por qué me habéis mentido?

—Porque sabía que protestaríais por hacer caminar a los caballos si erais consciente de que estábamos tan cerca de la abadía. Y no os he mentido exactamente. Si nos hubiéramos visto obligados ir a pie desde allí, habríamos tardado medio día. Si lo recordáis bien, admitiréis que no preguntasteis cuánto faltaba yendo a caballo.

—Sabíais perfectamente a qué me refería —espetó Claudia—. Dadme las riendas.

Fitz Alan sacudió la cabeza.

—No, milady. Los caballos no soportarán otra carrera y todavía estamos a una hora a pie.

Claudia apretó la mandíbula y permaneció en silencio. Qué hombre tan odioso.

Frente a ellos se extendía un frondoso grupo de árboles que bordeaba el prado y que se convirtió en un bosque de considerables dimensiones cuando se adentraron en él. El aroma a pino llenaba el aire y los escandalosos trinos de los pájaros marcaban su paso a través de la espesura. Pronto, el terreno empezó a inclinarse y los ruidos del bosque dejaron paso a otros mucho más fuertes; se trataba de los gritos distantes de una gran cantidad de hombres y del característico chasquido del metal al golpear contra metal.

A Claudia se le paró el corazón.

—Son Guy y Dante. ¡Debo detenerlos!

Espoleó a su caballo, pero Fitz Alan tensó las riendas, deteniéndola.

—Tened paciencia, milady. No debéis precipitaros lanzándoos en medio del combate. Si lo que oímos es un enfrentamiento entre Guy y Dante, será peligroso intervenir. Una distracción por vuestra parte podría costarle la vida a uno de los dos, y he visto el efecto que tenéis sobre Guy. Es probable que sea él quien se distraiga. Cuando lleguemos al claro, haré señas a uno de los soldados para que detenga el combate, y nos acercaremos a ellos sin causar incidentes.

Llegaron al claro justo cuando Fitz Alan acababa de comunicarle sus planes y Claudia le dirigió un gesto de asentimiento distraído.

—Sí, muy bien, pero apresurémonos.

A sus pies había decenas de tiendas con los banderines de Montague ondeando en lo alto. Más allá del campamento, parecía como si todo el ejército del barón se hubiera reunido para formar un gran círculo alrededor de dos combatientes. Claudia todavía estaba muy lejos para ver a los hombres con claridad, pero reconocería a Guy a cualquier distancia. Al igual que en su combate con Kenric, no sostenía ningún escudo ni llevaba ninguna protección. Su oponente, que sólo podía ser Dante, estaba en las mismas condiciones. ¿En qué estaban pensando para prescindir de su armadura en un combate así? La joven sacudió la cabeza. Los dos se habían vuelto locos.

Fitz Alan emitió un largo y grave silbido que hizo que la montura de Claudia agitara las orejas. Si esperaba llamar la atención de los soldados de Guy de esa manera, el resultado no podía ser más decepcionante. Ninguno se volvió hacia ellos; los sonidos de los gritos y de las espadas eran demasiado fuertes como para permitir que se oyera la señal del lugarteniente de Kenric. A causa del terreno escarpado y rocoso de la colina por la que descendían, se vieron forzados a dejar que sus agotados caballos redujeran el ritmo y avanzaran con cuidado a pesar del deseo de Claudia de abalanzarse sobre la multitud de hombres a toda velocidad.

Observaba la contienda con un fascinado terror, sabiendo que no podía hacer nada por detenerla desde esa distancia. Por lo que podía ver, Guy y Dante parecían muy igualados. Eran más o menos de la misma altura y tamaño, y ambos blandían la espada con gran destreza. Primero, Guy esquivó y retrocedió ante una serie de fieras embestidas, luego fue él quien atacó forzando a su oponente a retroceder ante sus golpes. Dante los esquivó hasta que llegó a la multitud y después lanzó otro ataque. Parecía un baile macabro, si es que se le podía llamar así. Sus movimientos eran ágiles y bien estudiados, pero el precio de un error, por pequeño que fuera, sería la muerte.

—Se están poniendo a prueba el uno al otro —explicó Fitz Alan con la mirada también puesta en el combate—. Eso significa que no hace mucho que han empezado. Si están tan igualados como parece, esto puede durar horas. No os inquietéis, milady. Alguien se dará cuenta de nuestra llegada antes de que cualquiera de ellos resulte herido y, además, los caballos ya han caminado lo suficiente.

Sus palabras la habrían tranquilizado si Fitz Alan no pareciera tan preocupado.

Claudia esperó hasta que casi llegaron a los pies de la colina y su oportunidad llegó cuando Fitz Alan se irguió sobre los estribos para soltar otro silbido, centrando su atención en el grupo de soldados que se alzaba frente a ellos. Entonces, espoleó a su caballo para que se colocara junto al de Fitz Alan, agarró las riendas al tiempo que instaba con sus talones a su montura y consiguió arrebatárselas cuando el animal se abalanzó hacia delante.

—Maldita sea, Claudia. ¡Volved aquí!

Casi había llegado hasta las tiendas cuando Fitz Alan la alcanzó, cogió las bridas del caballo e hizo que ambos animales frenaran derrapando. Claudia consiguió descender del caballo antes de que acabara de detenerse. El camino que tomó entre las tiendas se retorcía y giraba, pero podía oír que Fitz Alan la seguía de cerca pisándole los talones. De pronto, se encontró con una pila formada por ballestas. Claudia aminoró el paso lo suficiente para tirar de la más próxima al centro e hizo desmoronarse toda la pila, consiguiendo que las ballestas se esparcieran por todas partes. Miró por encima del hombro y vio a Fitz Alan dar un ágil salto evitando una de ellas, sólo para tropezarse con la siguiente y caer despatarrado al suelo, justo cuando Claudia chocaba contra un soldado que se encontraba entre la multitud. Ambos, tanto ella como el soldado, cayeron hacia delante.

—*Mi scusi* —farfulló la joven, mientras se apoyaba en el hombre para levantarse. El impulso de la caída los había llevado hasta el interior del círculo. En medio de su aturdimiento, pudo oír a otros soldados gritar su nombre, pero los ignoró.

Los dos combatientes estaban a pocos pasos de distancia de ella, tan concentrados en el combate, que hicieron caso omiso del alboroto. Ninguno hablaba, pero el barón emitía un profundo gruñido cada vez que arremetía contra su contrincante. A pesar de su desconocimiento en el arte del combate, Claudia notó algo diferente en el ataque de Guy que lo diferenciaba de los que había presenciado desde la colina. Finalmente, había descubierto el punto débil de su oponente y estaba tratando de cercarlo.

La espada de Guy trazó una serie de círculos cada vez más rápidos alrededor de la hoja de Dante a los que siguió una estocada hacia arriba, otra hacia abajo y un amplio movimiento con el brazo que hizo que la espada de su rival saliera volando por los aires. Casi antes de que el italiano pudiera reaccionar ante aquel contratiempo, el barón de Montague arremetió con su espada trazando un arco lateral que obligó a su contrincante a lanzar sus hombros hacia delante y su estómago hacia atrás para esquivar el filo. La espada de Guy falló su objetivo por muy poco, pero consiguió que Dante perdiera el equilibrio y cayera al suelo dando una voltereta que lo alejó de su enemigo.

—¡Deteneos!

Guy se volvió al instante al oír el sonido de la voz de Claudia; su cuerpo todavía estaba colocado en posición de ataque y su rostro mostraba una gran sorpresa. Al verla, pasó por sus ojos una sombra de alivio y bajó la espada al tiempo que avanzaba hacia ella.

—¡Montague!

El grito de Dante hizo que Guy se detuviera a pocos pasos de Claudia. Entonces, ella recordó la advertencia de Fitz Alan acerca del peligro que podría implicar interferir en el combate. Justo en ese momento, captó un movimiento por el rabillo del ojo. Su hermano todavía permanecía agachado en el suelo, con una mano cerca de su bota. Claudia sabía que siempre llevaba una daga oculta allí. En cuanto el barón se girara, Dante dispondría de un blanco fácil en su corazón. El pánico la invadió y la hizo correr hacia el hombre que amaba en el preciso instante en que la daga aparecía en la mano de Dante. La mortífera arma salió disparada en un vago destello de acero, justo un instante antes de que ella protegiera el cuerpo de Guy con el suyo.

17

Claudia se quedó mirando la enjoyada empuñadura que sobresalía de su pecho y pensó que era extraño que pudiera ser consciente de su magnífico diseño. Pequeñas esmeraldas incrustadas formaban la letra C en la empuñadura, y el intrincado grabado sobre el guardamano mostraba la primera mitad del lema de los Chiavari: «*En nombre de Dios*». El otro lado que no podía leer debía decir: «*Ningún enemigo quedará impune*». Aquella era la parte del lema a la que Dante dedicaba su vida.

El bramido de rabia de Guy pareció venir de muy lejos, aunque la joven sabía que estaba muy cerca de ella. ¿Acaso no eran sus manos las que rodeaban su cintura? Claudia alzó la mirada y vio el rostro de Dante pálido como la cera. Era bueno contemplar una emoción sincera en su cara, a pesar de que fuera de horror. Guardaba sus emociones en su interior y se esforzaba demasiado por acabar con lo que quedaba de su corazón. Sí, necesitaba algo que le recordara que era humano después de todo, y no una bestia sin alma que no lamentaba sus actos. Al menos sí se arrepentía del que acababa de cometer. Podía verlo en sus ojos. Claudia le dirigió una dulce sonrisa para decirle que todo iría bien.

¿Por qué le costaba tanto respirar?

Notó en medio de una nube cómo Guy la depositaba con gran cuidado en el suelo. Dante también se abalanzó sobre ella y se agachó a su lado, pero Guy le golpeó con el puño con toda la fuerza de su ira y el italiano cayó hacia atrás.

—¡Aléjate de ella!

El odio glacial en el rostro del barón de Montague desapareció en el momento en que volvió su mirada hacia Claudia. Su mano temblorosa le apartó algunos mechones sueltos de la frente con exquisita ternura.

—La hoja está en tu hombro, Claudia. Es doloroso, pero no es una herida mortal. Quédate muy quieta mientras la saco.

—La hoja contiene veneno, Montague. —El italiano luchaba por liberarse de Kenric, que mantenía sus brazos sujetos a su espalda, y en su rostro se podía leer una expresión de dolor a causa de algún golpe oculto que le había propinado su captor—. Soltadme, por Dios, o morirá.

Guy habló en un tono aterrador que Claudia nunca había escuchado con anterioridad.

—¿Tienes el antídoto?

—Sí —respondió Dante antes de gritar por encima de su hombro—. ¡Oliver! Trae mis cosas y un poco de vino.

Guy y Kenric intercambiaron una mirada, luego Guy asintió. El barón de Remmington soltó a Dante, que inmediatamente se arrodilló junto a ella. Claudia le sonrió.

—Hola, de nuevo.

—¿Qué le ocurre? —preguntó Guy.

—Es el veneno —explicó el italiano. Luego alzó la mirada hacia Kenric—. Traed todos los trapos limpios que podáis encontrar. Sangrará más de lo normal.

—Tengo que sacarle esa maldita daga —dijo Guy al tiempo que se disponía a coger la empuñadura.

Dante le apartó la mano de un golpe.

—Esperad a que lleguen los vendajes y enviad a alguien a por agua limpia. Debo lavarme antes de tocar la herida. —Dante se inclinó aún más sobre el rostro de su hermana mientras Guy ordenaba que trajeran agua—. ¿Puedes verme todavía, *cara*?

La expresión en el rostro de Dante era tan tierna y afectuosa que a Claudia se le llenaron inmediatamente los ojos de lágrimas. Éste era el hermano querido al que ella recordaba.

—*Si, Dante. Mi sento mancare.*

—Es normal que te sientas mareada —la tranquilizó—. ¿Puedes notar cómo te aprieto la mano?

—¿Me la estás cogiendo?

Dante frunció el ceño.

—Aquí están los vendajes. —El rostro de Kenric apareció en el campo de visión de Claudia del revés, cuando se arrodilló y se agachó para mirarla. Su sonrisa también estaba al revés, ¿o acaso era un gesto de disgusto? Insegura, le sonrió.

—Hola.

Kenric ignoró el saludo.

—¿Por qué sonríe?

Nadie le respondió. Claudia sintió un pequeño pinchazo en el hombro y una fuerte presión.

—¿Has sentido eso? —preguntó Dante.

¿Por qué le pinchaba su hermano el hombro con una aguja? Por alguna razón, eso le recordó la túnica que había cosido para Guy. Tenía que cambiar el emblema y bordar un lobo antes de que decidiera ponérsela.

—¿Dónde he dejado mi costura? —preguntó—. ¿Me ayudarás a encontrar la aguja y el hilo, Guy?

Mientras esperaba pacientemente una respuesta, la joven se esforzó al máximo por centrar su mirada en su rostro, a pesar de que las lágrimas hacían que su visión fuera totalmente borrosa. ¿O era algo más? ¿Por qué no le respondía?

—Hay algo que debo acabar en esa túnica que cosí para ti. ¿He vuelto a dejar la aguja en la repisa de la chimenea?

La voz de Guy sonó extraña, como si algo oprimiera su garganta.

—Yo buscaré tu aguja, mi amor. Ahora descansa.

—¡No, Claudia! No lo hagas. —Dante apareció de repente ante su rostro cuando empezaba a cerrar los ojos—. Es el veneno, *cara*. No debes dormirte.

Pero tenía que dormir. Era muy tarde y se sentía muy cansada. Lo último que oyó fue el sonido de la voz de Guy, rota por una emoción desconocida. Sus palabras le parecieron inquietantemente familiares.

—Si muere, tú morirás con ella.

El impulso de matar fluía rápido y con fuerza por sus venas. Guy se asombró de que pudiera haber tanta violencia en su corazón cuando nunca se había considerado un hombre agresivo. Contemplar el tormento de la mujer que amaba sólo intensificaba su deseo de destruir algo o a alguien. Durante los dos últimos días, Claudia había vomitado demasiadas veces como para poder recordar cuántas, y lo había hecho de una forma tan violenta que su herida se había abierto una y otra vez, hasta que tuvieron que cerrársela con un cuchillo al rojo vivo. Todos hicieron caso omiso de las desesperadas afirmaciones de Claudia de que no le importaba un poco de sangre. Dante realizó la espantosa tarea mientras los demás la sujetaban.

Guy escucharía aquellos gritos en sus pesadillas durante el resto de su vida. Cada vez que miraba a Dante, recordaba la imagen de la suave y blanca piel quemada volviéndose de un rojo oscuro. Guy tenía miedo de que Claudia no pudiera soportar por mucho más tiempo las curas de su hermano.

Llevaba inconsciente más de dos días y Guy seguía sin ser capaz de apartarse de su lado, no hasta que estuviera seguro de que viviría. Aquélla era la mayor prueba a la que se había visto sometida su fuerza de voluntad a lo largo de toda su vida. Era un tormento mirar el pálido óvalo del rostro de la joven mientras soportaba una vigilia interminable junto a su cama en compañía de Dante. Guy no podía revelar su tortura interior ni el miedo que sentía por Claudia. Y, mucho menos, acariciarla o decirle palabras de consuelo que harían evidente su amor por ella. El hermano de Claudia la observaba con detenimiento en busca de alguna señal de recuperación, pero también estudiaba a su enemigo en busca de algún signo de debilidad.

Guy no podía permitirse el lujo de proporcionarle facilidades para que pudiera negociar con él. Además, no confiaba en Claudia más de lo que lo hacía en Dante. Le había salvado la vida y sería recompensada por ello, pero también le había traicionado y escogido a su hermano cuando tuvo ocasión. Cuando se recuperara, no le daría ninguna razón para creer que todavía controlaba su corazón. Pero, ¿qué haría si no se recuperaba? No podía imaginar su vida sin ella, sin sus sonrisas, sin su horrible acento italiano.

Intentaba contentarse imaginando al hermano de Claudia sometido a toda clase de horribles torturas. Pero, aunque pareciera extraño, la silenciosa presencia de Dante no sólo alimentaba su rabia, sino también cierta esperanza. Cuando la expresión de profundo y desesperado dolor en aquellos familiares ojos verdes se vio sustituida por un adusto alivio, Guy supo que Claudia viviría.

Aliviado, hizo girar su cabeza de un lado a otro en un intento de desentumecer los músculos endurecidos por las horas de tensión. Una lámpara de aceite, colocada sobre un arcón de campaña en la entrada, proporcionaba la única luz en la gran tienda. La llama chisporroteaba y proyectaba extrañas y misteriosas sombras contra las paredes de tela mientras que una brisa nocturna agitaba el toldo abierto. Aquella brisa traía consigo un débil aroma a lluvia, seguido por el estruendo distante de los truenos. De repente, un rayo anunció la llegada de la tormenta, y las paredes de la tienda se estremecieron ante una repentina ráfaga de viento.

Claudia gimió y Guy apretó los puños resistiéndose a su necesidad de abrazarla, de buscar el consuelo que sólo sentiría tocándola. Cualquiera que fuera el dolor que hizo que la joven frunciera el ceño desapareció y Guy sintió cómo se dejaba arrastrar por un sueño profundo en lugar de por la inconsciencia. La tormenta se hizo más fuerte, pero ella ni se inmutó.

—¿Cuándo despertará? —preguntó Guy.

Desde su asiento frente a su enemigo, Dante se frotó el rostro con las manos como si quisiera despejarse y arrastrar con ellas su cansancio.

—Mañana, quizás antes. La pócima que le di para dormir no es muy fuerte. Aún quedaba demasiado veneno en su interior para arriesgarse con algo más potente.

—Todavía quedaba demasiado de *tu* veneno dentro de ella —aclaró Guy. El sonido de la creciente tormenta hizo que hablara más alto para que escuchara con claridad sus palabras—. Cada vez estoy más impaciente por verte pagar por este crimen. Podría matarte ahora mismo. Ya no te necesito para que ella sobreviva.

—Puedes intentarlo. —Dante cruzó los brazos sobre el pecho, pero parecía más cansado que desafiante—. En este momento, no ofrecería mucha resistencia.

—Debería hacerlo ahora mismo. Así no tendría que preocuparme en el caso de que Claudia se interponga de nuevo ante otra daga del cobarde de su hermano.

—Sí, deberías.

Guy se quedó en silencio durante un largo momento.

—Ya veo que no sirve de nada provocarte. Nunca había conocido a un hombre a quien le importara menos vivir o morir. Es increíble que todavía sigas con vida con esa actitud.

—Viviré lo suficiente para frustrar tus planes con mi hermana —afirmó Dante—. Claudia es lo único que me importa en esta vida. Es la única familia que me queda, y la tuya ya ha matado a un Chiavari. No os entregaré a otro de los míos.

Guy arqueó una ceja.

—¿Crees que permitiré que la alejes de mí de nuevo?

—No fue una hazaña muy complicada la primera vez. —El italiano estiró los brazos y bostezó—. En cuanto la deje entre las murallas de un convento, estará a salvo de ti y de tu familia para siempre.

—Pareces muy seguro de ti mismo —comentó Guy—. Me pregunto por qué, ya que tanto tú como tus caballeros sois mis prisioneros. Lo único que evita que estés encerrado en mis mazmorras es el sufrimiento que has infligido a tu propia hermana. Una vez se recupere, dejarás de serme útil. A pocos les parecerá extraño escuchar que un hombre como tú ha sufrido un accidente mortal. De hecho, estoy convencido de que muchos se sentirán aliviados al oír la noticia.

—Piénsalo bien antes de matarme, barón. Los hombres a los que retienes no son los únicos a mi servicio, y sus órdenes son claras. Si me matas, firmarás tu propia sentencia de muerte. —Una vaga sonrisa surgió en los labios de Dante—. Aparte de eso, Claudia nunca perdonaría la muerte de un segundo hermano a manos de un Montague. Y tampoco se irá contigo de buen grado si sabe que eso significa la muerte de uno de nosotros o de ambos.

—¿Acaso crees que me importa lo que ella piense al respecto? —Eso borró la petulante expresión del rostro de Dante—. Una esposa dispuesta no es un requisito indispensable para el matrimonio. Lo que deseo de tu hermana es su dote y su herencia.

—Ella te importa más de lo que te gustaría que yo creyera —respondió Dante—. Os he visto juntos en Montague. Sé que no te es indiferente en absoluto.

—Admito que siento cierto afecto por todas las mujeres que llevo hasta mi lecho. Sin embargo, el hecho de ser envenenado tiende a hacer estragos en el afecto de un hombre. Tomaré medidas para asegurarme de que no vuelva a hacer nada tan estúpido en el futuro. —Guy esperó a que Dante negara la participación de Claudia en su envenenamiento, a que dijera algo que él sabía que era cierto. Se trataba de una antigua táctica de negociación. Escuchar a Dante decir la verdad le daría una referencia para poder determinar cuándo mentía. Por desgracia, el italiano no parecía dispuesto a caer en la trampa tan fácilmente.

—No te casarías con Claudia sólo por Halford.

—¿Debería dejar que Halford cayera en manos de otro cuando todos saben lo que significa para mí? Tu tío pidió cuatrocientos florines de oro, y yo acepté su precio antes de que me traicionara. Si ahora el precio es una novia poco dispuesta, será un trato mucho más provechoso para mí.

—Maldito bastardo.

—No, no hay dudas de mi legitimidad, Dante. Sin embargo, tu hermana me ha contado que sí las hay sobre la vuestra. Además, mencionó tu intención de vengarte del hombre que os tachó de bastardos. ¿Es ésa la razón por la que te pusiste al servicio de Edward?

Dante entornó los ojos.

—¿Qué sabes de mi trabajo para el rey?

—Sé que eres el Ejecutor de Edward —respondió Guy—, un asesino contratado por él para deshacerse de aquellos que le dan problemas. ¿Encuentras algún placer en lo que haces? ¿O es el oro que Edward te paga lo que te atrae?

Dante frunció el ceño y dirigió la mirada hacia Claudia.

—No soy un animal que ofrece sus servicios para matar simplemente con el fin de saciar su sed de sangre. Y tampoco lo hago por el oro.

—Hay muchos en la corte que no van en busca del oro, y que no permanecen en ese nido de víboras por su propio placer. Buscan el favor de Edward, una forma de hacer que el rey ceda a sus deseos. Un soberano podría influir en gran cantidad de asuntos, por ejemplo, en un decreto de la Iglesia que declare que un hombre es ilegítimo. La revocación de una decisión así te convertiría en heredero de un gran patrimonio, ¿no es cierto?

Las comisuras de la boca de Dante se tensaron. Fue una pequeña reacción, pero reveladora al fin y al cabo. Guy había encontrado el punto débil del italiano, y todo hombre con una debilidad tiene un precio.

—No hay nada que puedas hacer para evitar mi matrimonio con tu hermana, pero soy consciente de que serás una amenaza para mí mientras permanezcas en Inglaterra. Desde mi punto de vista, hay dos posibles soluciones al problema que planteas. O me deshago de ti para siempre, o tomo medidas para asegurarme de que estarás tan lejos de Inglaterra que no me causarás ninguna molestia. —Guy extendió sus manos en un gesto afable—. Eres consciente, al igual que yo, que tu ejecución complicaría las cosas. Tu exilio ofrece unas posibilidades más tentadoras.

—Y ahora, ¿quién suena petulante? —Se burló Dante—. Edward valora demasiado mis servicios como para quedarse de brazos cruzados mientras tú le privas de ellos haciéndome desaparecer.

—Sería un error por tu parte subestimar mi influencia en asuntos que conciernen al rey. —Guy le dio un momento para que asumiera su silenciosa advertencia antes de continuar—. Dispongo de suficientes medios para hacerte abandonar Inglaterra por voluntad propia, y me interesa asegurarme de que estés demasiado ocupado con tus propios asuntos como para interferir en los míos. Quizá estás subestimando también mi influencia en Italia. La venganza que buscas está al alcance de tu mano, Dante. Yo puedo hacértela más fácil.

Un rayo hizo que las paredes de la tienda se volvieran de un extraño e inquietante tono azul, pero aquello no inquietó a ninguno de los dos hombres. Ambos se miraban mutuamente en silencio mientras el aire se cargaba a su alrededor. Finalmente, fue Dante quien apartó la vista.

—No me harás ceder a tus deseos, barón, ni vivirás lo suficiente para ver cómo trato de ganarme el favor de un Montague. Antes preferiría cortarte el cuello.

Guy se encogió de hombros. Lo mejor era darle tiempo para que reflexionara sobre ello. El tiempo y la paciencia harían que Dante cediera a sus deseos.

Claudia volvió a cerrar los ojos antes de que ninguno de los dos se diera cuenta de que estaba despierta. Las palabras que habían pronunciado le hicieron sentir ganas de llorar, pero sus ojos estaban secos e inyectados en sangre y eran incapaces de derramar lágrimas. La tormenta fuera de la tienda se intensificó hasta que se equiparó a la que rugía en el interior de su corazón. Dante la quería en un convento y lo único que deseaba Guy de ella era su dote. Era una carga para su hermano y una posesión para el hombre que amaba, cuyo valor calculaba en oro y tierras.

La presencia de Guy a su lado no era más que otra parte de su tortura. Tenerlo tan cerca, saber que casi siempre estaba allí, la angustiaba. Le dolía simplemente mirarlo. Se casaría para conseguir Halford y había sido lo bastante estúpido como para decírselo a Dante. Eso era lo que más la asustaba. Si se casaba con él, inevitablemente, uno de los moriría a consecuencia de ello.

El silencio entre los dos hombres continuó, y la tormenta estival se disolvió en el regular golpeteo de una suave lluvia. El dolor en su cuerpo competía con el dolor de su alma y Claudia finalmente, se sumergió en un intranquilo sueño. Cuando volvió a despertarse, los apagados rayos de la luz del sol de la mañana entraban a través de las paredes de la tienda y Guy se había ido, dejándola sola con su hermano.

Dante estaba sentado en una silla que había acercado a la cama. Mantenía la cabeza agachada y sus dedos se entrelazaban entre su pelo. Tenía los ojos cerrados y el devastado aspecto de su rostro indicaba que había dormido poco.

Ella intentó hablar, pero en lugar de ello, emitió un pequeño gemido. Dante alzó la cabeza y abrió los ojos despacio.

—¿Necesitas el cubo otra vez?

Claudia consideró el estado un tanto estable de su estómago y sacudió la cabeza.

—Agua.

Después de beber un largo sorbo, su voz no sonó tan ronca. Era débil, pero comprensible.

—¿Por qué, Dante?

Una expresión de dolor y arrepentimiento brilló en los ojos de él.

—Nunca te haría daño a propósito, *cara*. La daga iba dirigida a Montague.

—Lo sé —le aseguró—. Lo que quiero saber es por qué lo retaste. ¿Por qué lo odias tanto? —Estaba muy cansada, pero se obligó a seguir hablando—. ¿Qué te hace odiarlo tanto como para llegar a mentirme? Sabes muy bien que fueron tus mentiras las que me convencieron para marcharme de Montague. ¿Por qué dijiste unas cosas tan horribles sabiendo cuánto daño me harían?

—¿Esperabas que te dejara allí? Él cree que lo envenenaste, Claudia. Las mentiras que te dije se hubieran hecho realidad si te hubieras quedado.

—Te equivocas —susurró—. Guy habría creído en mi inocencia si hubiera permanecido en Montague. El hecho de escaparme sólo confirmó mi culpabilidad en su mente. Nunca volverá a confiar en mí.

—Su falta de confianza no importa. Él no es digno de una Chiavari. Voy a llevarte muy lejos de aquí, donde nunca pueda encontrarte. No tendrás que volver a verlo nunca más.

—Somos sus prisioneros —le recordó Claudia—. En Montague, sus hermanos estaban convencidos de que se casaría conmigo sólo para conseguir Halford y mi dote, pero yo no les creí. Ahora sí. Halford significa más para él de lo que tú crees. Nunca me dejará marchar.

Dante apretó su mano.

—Mientras yo viva, Montague no te tendrá.

Sus palabras invadieron de terror su corazón. Se casaría con un hombre para el que no significaba nada y su hermano moriría. Podía ver ese futuro tan claramente como la determinación en los ojos de Dante. Estaba segura de que moriría por ella, pero su muerte no cambiaría nada.

—Guy te matará si tiene que hacerlo. Es posesivo, Dante. Más posesivo que cualquier otro hombre que haya conocido. Es tan testarudo que no ve las consecuencias de su terquedad. Una vez se fija un objetivo, no hay nada que le haga cambiar de opinión. Su seguridad en que lo he traicionado sólo lo hace estar más decidido a casarse conmigo. No hay mejor venganza. Su control sobre mí será absoluto.

—¿Y crees que debería dejarte correr esa suerte? ¿Sabiendo que te pasarás la vida pagando por un crimen que no has cometido? —Dante sacudió la cabeza—. ¿Qué clase de monstruo crees que soy?

—No entiendes lo que quiero decirte, Dante. Es poco probable que Guy me pegue o me haga sufrir daños físicos. No es un hombre violento.

—Es un hombre —espetó él—. Sufrirás en sus manos.

Tenía razón. Guy la haría sufrir. Claudia se obligó a apartar la mirada de Dante antes de que pudiera leer sus pensamientos. Necesitaba tiempo para ordenarlos.

—Estoy muy cansada. ¿Te importa que cierre los ojos y descanse un rato?

Guy se alejó de su tienda y se dirigió a ciegas hacia la de su hermano. Apartó la cortina de entrada y se adentró en el interior. Kenric y Fitz Alan estaban sentados en sendas sillas de campaña con un arcón entre ellos que les servía de mesa improvisada. Sobre él, había hogazas de pan recién hecho provenientes de la abadía y una jarra de cerveza. Lo que vieron reflejado en el rostro de Guy hizo que ambos hombres dejaran a un lado su desayuno. Kenric sacó de debajo de su catre otra copa y un recipiente con vino. Sirvió una buena ración para Guy y luego preguntó en voz muy baja:

—¿Ha muerto?

Guy consiguió negar con la cabeza. Acercó la copa a sus labios, la inclinó y dejó que el soporífero líquido fluyera en su interior con un largo sorbo. Apenas había acabado cuando volvió a extender la copa.

—Más.

Kenric lo estudió con la mirada.

—No creo que debas. Has pasado los últimos dos días en tu tienda, pero dudo que hayas comido o dormido algo durante ese tiempo. El vino no es la solución para lo que te aqueja. Otra copa te hará vomitar.

—Como siempre, tienes razón —reconoció Guy. El vino empezaba a arder en su estómago. Dejó la copa, tomó asiento sobre uno de los catres y se inclinó hacia delante con los brazos apoyados sobre las rodillas—. Necesito una cura más fuerte que el vino para lo que me aqueja. Claudia está despierta y se recuperará pronto.

—Eso hay que celebrarlo —sugirió Fitz Alan—, pero a juzgar por tu expresión, sospecho que no es una celebración lo que tienes en mente.

—La dejé durante no más de media hora —explicó Guy—, justo el tiempo suficiente para dar las órdenes a la patrulla de la mañana. Cuando regresé a mi tienda, la oí hablando con Dante. Estaba preguntándole por qué le había mentido en Montague. Sea lo que sea lo que ese bastardo le dijo fue suficiente para hacerla huir con él.

—¿No lo sabes?

Guy levantó la cabeza de repente y entornó los ojos en dirección a su cuñado.

—¿Tú sí?

—Sí —respondió Fitz Alan—. Dante le dijo que te habías despertado poco después del banquete y que estabas enterado de su encierro. Le aseguró que sería ahorcada a la mañana siguiente por orden tuya.

Las manos de Guy se convirtieron en puños.

—¿Por qué no me lo contaste el día que la trajiste de vuelta?

—Ésta es la primera vez que puedo hablar contigo sin que su hermano esté presente. —Fitz Alan partió un trozo del crujiente pan, provocando que su sabroso aroma llenara la tienda, y le lanzó la mitad a Guy—. Y también es la primera vez que tú me lo preguntas. De camino hacia la abadía, lady Claudia me explicó que la repentina aparición de Dante en las mazmorras y la historia que le contó la aturdieron bastante. Estando encerrada en las entrañas del castillo, no es difícil imaginar lo reales que debieron parecer a sus oídos las palabras de Dante. Además, es su hermano, y no tenía motivos para no creerle, aunque insiste en que tuvo dudas sobre lo que le contó desde el principio. Según me dijo, fue el miedo por la seguridad de su hermano y por la suya propia lo que la hizo huir.

—¿Y el collar? —preguntó Guy, casi con miedo a escuchar la respuesta—. ¿Lo dejaron para tendernos una trampa de algún tipo?

—Pero, ¿qué tipo de trampa podría ser? Dante ocultó muy bien a su hermana. Sin la señal, nunca la habríamos encontrado. Sería absurdo tenderle una trampa a alguien y dejar después a un solo caballero para proteger al cebo. Me atrevo a afirmar que fue Claudia quien dejó el collar, como ella misma afirma, con la esperanza de que la encontráramos. Sabía que Dante se iría para hacerse cargo de algún asunto del rey, así que guiándonos hacia ella, sólo ponía en peligro su vida y la de su guardián. No tenía ni idea de que Dante te había retado.

—Ya veo. —Guy veía las cosas ahora con mucha más claridad de la que le hubiera gustado. Se imaginó a Claudia en sus mazmorras, su desesperado miedo e incertidumbre. Lo único que hizo Dante fue confirmar sus peores temores. Qué equivocado había estado. No lo había abandonado hasta que no escuchó que él la había condenado, hasta que oyó las palabras condenatorias que le llegaron a través de la única persona en el mundo en la que confiaba. Dante le había mentido, y ahora Claudia pensaba que él también lo había hecho, que la quería como esposa sólo para conseguir el control sobre Halford y sobre ella. No era de extrañar que lo considerara un hombre cruel. Dante tenía razón. No era digno de su confianza, no se merecía a una mujer como ella. Tenía que reparar el mal que había hecho de alguna forma. ¿O ya era demasiado tarde?

Se puso en pie de repente y salió de la tienda sin decir palabra a sus hermanos. Fuera, se detuvo el tiempo suficiente para dar órdenes a dos soldados que le siguieron mientras continuaba avanzando. Al oír el sonido de la voz de Dante mientras se aproximaba a su propia tienda, su ira aumentó hasta límites que le hicieron estar a punto de estallar.

—No puedo negar la posibilidad, Dante.

—¿Cuándo lo sabrás seguro?

Claudia vaciló. Todavía se sentía aturdida por los efectos de la pócima que su hermano le había dado, pero la dirección que había tomado la última tanda de preguntas que le había hecho la hicieron ponerse alerta al instante.

—¿Por qué?

—Es comprensible que desee saberlo. Si estás embarazada, un viaje a Gales quedaría totalmente descartado. Encontraremos un lugar más adecuado para permanecer allí hasta que des a luz.

Claudia soltó un suspiro de alivio. Durante un horrible momento, había sospechado que tenía otros motivos para sentir curiosidad. Existían varios venenos que harían que un niño se soltara del útero materno y Dante los conocía todos. La idea de que pudiera llevar en su seno al hijo de Guy le alegraba y aterrorizaba al mismo tiempo. No tenía ni idea de lo que sería de su vida, y mucho menos de la del bebé que tuviera.

—Si hubiera sabido que un Montague deshonraría a mi hermana, te hubiera metido en un convento hace años.

—Él no me ha deshonrado. —Claudia nunca consideraría las experiencias más maravillosas de su vida como una deshonra para ella. Los aspectos más íntimos de su relación con Guy no tenían nada que ver con Halford o su dote. Ella le había importado realmente. Quizá incluso la hubiera querido un poco—. Nada de lo que ocurrió entre nosotros fue pecado. Estamos prometidos.

—*Estabais* prometidos. No permitiré...

—No creo que estés en posición de permitir o prohibir nada —anunció Guy mientras entraba en la tienda. La expresión de su rostro hizo preguntarse a Claudia cuánto había escuchado de la conversación. Parecía furioso—. Hay dos guardias que te escoltarán hasta un lugar donde podrás desayunar, Dante. Les avisaré cuando puedas volver con tu hermana.

Guy hizo un gesto con la cabeza señalando la entrada de la tienda.

—Déjanos solos.

El italiano frunció el ceño.

—Yo no...

—Te lo ruego —susurró Claudia—. Estaré bien.

—¿Tienes hambre? —preguntó Dante.

—No, sólo estoy un poco sedienta.

Guy cogió un jarro de agua.

—Ve a comer. Yo cuidaré de Claudia.

Frunciendo el ceño en dirección a su enemigo, Dante los dejó solos. Guy centró su atención en servir una copa de agua y ella aprovechó la oportunidad para estudiarlo. Tenía tan mal aspecto como su hermano y sus ropas estaban tan arrugadas que Claudia se preguntó si había dormido con ellas puestas. Las oscuras sombras alrededor de sus ojos indicaban que había dormido poco o nada durante días. Cuando finalmente se giró hacia ella, en su mirada no quedaba ni rastro de su cólera hacia Dante. Después de no haber visto más que malos gestos y ceños fruncidos desde su regreso, la evidente ansia en su expresión la sorprendió tanto que no pudo apartar los ojos de su rostro.

Guy se aclaró la garganta.

—Tienes mejor aspecto.

Claudia se preguntó lo horrible que debía haber estado antes para que él creyera que ahora estaba mejor. Entonces recordó las veces que la había visto vomitar. Demasiadas para su vanidad.

—Pareces cansado, milord.

—Estoy bien.

¿Por qué parecía tan incómodo? Si no lo conociera bien, habría creído que estaba nervioso por algo. Guy bajó la mirada hasta la copa y una expresión de sorpresa surgió en sus ojos, como si hubiera olvidado lo que sostenía en la mano.

—¿Quieres un poco de agua?

¿Acaso no era eso lo que había pedido?, pensó Claudia. Cuando asintió, él tomó asiento junto al catre y la sostuvo por los hombros mientras bebía, con cuidado de no rozar su herida.

Su ternura la sorprendió. La sostenía como si tuviera miedo de que se fuera a romper.

Guy dejó a un lado la copa cuando la joven acabó de beber, pero no la soltó. En lugar de eso, le cogió una mano, le dio un beso en la palma y giró la cabeza para mantener su mano pegada a su mejilla.

—No pude protegerte, Claudia. Pero te juro por lo más sagrado que nunca volverá a pasar nada parecido. El pensar que arriesgaste tu vida por la mía... —Su voz se quebró—. Nunca vuelvas a hacerlo. Tú vida es infinitamente más valiosa para mí que la mía propia. Estos días han sido una agonía. Cada vez que cerrabas los ojos y pensaba que quizá ésa fuera la última vez que los veía, me robabas el alma.

No pudo continuar hablando, e intentando encontrar alguna actividad que le ayudara a recuperar la serenidad, Guy la ayudó a recostarse suavemente sobre las almohadas y se reclinó en la silla con expresión atormentada, manteniendo todavía cautiva su mano entre las suyas. Entonces, con exquisita ternura, le dio la vuelta a su muñeca y recorrió el delicado e intrincado mapa que dibujaban sus venas en el interior de su brazo.

—Y lo que más me pesa es que tampoco confié en ti. —Sus palabras sonaron desgarradas.

Esas palabras le recordaron a Claudia otras que él ya había pronunciado, su promesa a Dante de que no le daría otra oportunidad para envenenarlo. El contacto con su mano también le hizo recordar otros momentos llenos de pasión. Le costó un gran esfuerzo apartar esos pensamientos.

—¿Por qué tendrías que protegerme o confiar en mí, barón? Tú crees que te envenené.

—No, Claudia. —Guy le dio un beso en la muñeca y estrechó su mano entre las suyas—. Sé que nunca me harías daño, mi amor.

—Pero te oí decírselo a Dante.

—Lo que le dije fue para provocarlo y obligarle a que me contara la verdad. Nunca pensé que me hubieras envenenado. Ni por un segundo. Puedes preguntar a mis hermanos. Pensaban que me había vuelto loco al creer en tu inocencia cuando todo apuntaba a tu culpabilidad.

—No tardaron mucho en condenarme. Si hubieras muerto, tus hermanos me habrían ahorcado. —Un escalofrío recorrió su espalda cuando recordó la noche que había pasado en las mazmorras de Montague y la expresión del rostro de Kenric cuando ordenó que la encerraran—. No creo que pueda confiar en nada de lo que puedan decirme.

—Mis hermanos no te conocen ni saben cómo eres, y el tuyo se aseguró de que yo no pudiera defenderte. Kenric y Fitz Alan se han dado cuenta de su error y jamás volverán a actuar en tu contra. En cuanto nos casem...

Claudia retiró su mano de las de Guy.

—¿Por qué estás haciendo esto, barón? ¿Es éste otro de tus extraños castigos, forzar un matrimonio entre nosotros para verme sufrir durante todos los días de mi vida?

Guy pestañeó como si Claudia lo hubiera abofeteado.

—Haré todo lo que esté en mis manos para lograr que seas feliz cuando estemos casados, Claudia.

—Dante encontrará una forma de matarte si nos casamos. ¿Acaso crees que eso me hará feliz?

—Yo me encargaré de tu hermano.

—Sí —susurró—. Lo sé.

Guy abrió la boca para responder, pero la cerró sin decir palabra. Cogió la copa que había dejado a un lado, se puso en pie y la dejó en su sitio de nuevo. Sus movimientos parecían tensos e imprecisos. Se quedó mirando la copa como si tuviera un gran interés y, cuando por fin habló, pareció hacerlo más para sí mismo que para Claudia.

—Hasta hoy, no he sabido de las mentiras que te obligaron a abandonar Montague. Pensé que sabrías por Dante que me recuperaría, y que tu seguridad sería mi primera preocupación cuando me despertara. Sin embargo, también sabía que habías esperado a tu hermano durante cinco años. Todo me hacía pensar que habías escogido a Dante en lugar de a mí. Que había pesado más en tu corazón el cariño por tu hermano que lo que pudieras sentir por mí. Eso me destrozó. Pensé que me habías sido desleal y no pude soportarlo. —Se pasó una mano por el pelo y la dejó apoyada en su nuca—. Los celos y la ira por una traición que nunca existió fueron las razones que me llevaron a decir mucho de lo que escuchaste. Las mentiras de tu hermano son tan nocivas como sus venenos.

Guy la miró, y la mezcla de esperanza y dolor en sus ojos hirió a Claudia en lo más profundo. La joven bajó la vista para escapar de su penetrante mirada, pero no pudo huir de sus palabras.

—Pídeme lo que quieras. No habrá nada que te niegue. No haré nada contra tu voluntad, excepto en lo que concierne a tu hermano. Está convencido de que sufrirás en mis manos, pero él es el único que te hará sufrir. No me pidas que me aparte para que pueda hacerte más daño del que ya te ha hecho.

¿Sería capaz de casarse con ella para protegerla de Dante? No sabía qué creer. El silencio se extendió por la habitación y, finalmente, Guy se acercó a la entrada de la tienda.

—Veo que estás cansada, así que te dejaré descansar.

—Guy, espera. —Claudia apenas podía hablar a causa de la opresión que sentía en la garganta, pero sus palabras hicieron que se parara en seco—. Me gustaría oír de tus propios labios que Halford no es la razón por la que deseas casarte conmigo.

—¿Acaso te has olvidado tan pronto, mi amor? —Pronunció las palabras con tanta ternura que sonaron como una caricia—. Puedo tomar Halford cuando lo desee, y nuestro matrimonio no supondrá ninguna diferencia en el resultado.

Aturdida, Claudia se dio cuenta de que, en medio de la confusión de todo lo que había sucedido durante los últimos días, había olvidado que Guy planeaba poner Halford bajo asedio, independientemente de quién fuera el propietario. Su dote no tenía nada que ver con las razones que tenía para casarse con ella, y aun así, no había descartado la idea del matrimonio ni siquiera cuando pensó que lo había traicionado. Si sus sospechas eran ciertas, su huida de Montague lo había herido mucho más profundamente de lo que Claudia podría imaginarse nunca. Y ése era un dolor que ella conocía demasiado bien.

—Lo siento, Guy. Perdóname por todo lo que ha sucedido.

Él extendió una mano temblorosa hacia la puerta de la tienda e hizo ademán de marcharse. En el último momento, se volvió y se dirigió a ella con voz baja y torturada.

—No deseo tus disculpas, Claudia. No soy merecedor de ellas. Sólo deseo tu perdón.

18

Durante los dos días que siguieron a su conversación, Claudia se quedaba dormida en cuanto Guy entraba en la tienda, o bien ya estaba durmiendo cuando llegaba. Aquello lo frustraba hasta límites insospechados, aunque era una actitud muy egoísta por su parte y lo sabía, pues necesitaba descansar todo lo que pudiera para recuperarse de sus heridas. Dante la había herido físicamente, pero Guy le había roto el corazón. Cada vez que la miraba a los ojos, veía en ellos una tristeza tan profunda que le dolía.

Eran las heridas que no podía ver las que más le preocupaban. Siempre que pudo intercambiar algunas palabras con ella, la joven no hizo ninguna mención a la traición de su hermano. Pero, a pesar de su silencio, Guy sentía la frustración que Claudia sentía con respecto a Dante, e incluso llegó a interrumpir más de una conversación en voz baja entre ellos. No importaba cuánto lo intentara, la joven nunca compartía con él lo que ella y Dante discutían, y usaba el sueño para eludir sus preguntas. Aquellas silenciosas negativas a confiarse a él eran lo que más le molestaba. ¿Habría conseguido Dante, después de todo, arrebatársela?

—Tu humor cada vez es peor —comentó Kenric. Había compartido su tienda con Guy durante las últimas noches, y se encontraban en ella desayunando—, a pesar de que tu dama cada día está más fuerte. A finales de semana, estará lo bastante recuperada como para poder llegar hasta la abadía y celebrar el matrimonio, si eso es lo que deseas.

—En efecto, eso es lo que deseo. Hablé con el abad Gregory hace dos días, y aceptó casarnos —explicó Guy—. Pero Claudia todavía parece reacia a hablar sobre el tema. Creo que Dante se está esforzando al máximo para convencerla de que no debería casarse.

—Puedes estar seguro de ello —aseguró Kenric—. No ha ocultado su odio hacia nosotros en ningún momento. Sin embargo, no necesitas su permiso ni el de lady Claudia. El abad estará de acuerdo en celebrar el matrimonio sin el consentimiento de nadie cuando sepa que has consumado tu unión con ella. La has poseído y tienes derecho a desposarla. Pero si permites que Dante se marche de aquí con ella, perderás todos tus derechos y será él quien decida sobre su futuro. Así que si estás decidido a casarte, hazlo ahora que tienes a su hermano prisionero.

—No es tan sencillo —replicó Guy—. Dante está resuelto a vengarse. No escuchará ninguna oferta que pueda hacerle sobre Italia, aunque sé que está decidido a llevar a cabo su venganza también allí. Responde a todas las ofertas que le hago con silencio o insultos, y ha dejado claro que no pretende quedarse de brazos cruzados ante nuestro matrimonio. Tendría que matarlo para asegurarme de que mi vida no corre peligro.

—Entonces, hazlo.

Guy puso los ojos en blanco.

—Simplificas demasiado la situación. ¿Sinceramente crees que Claudia me perdonaría algún día si matara a su hermano para poder casarme con ella?

—Sí. —Kenric sonrió—. Si haces memoria, recordarás que mi propia esposa resultó ser muy indulgente cuando maté a su hermano.

—Su hermanastro —le corrigió—. Gordon MacLeith maltrató a tu esposa y no le unía ningún lazo de sangre con ella. El caso de Dante no tiene nada que ver con el de Tess.

—Entonces, rétalo en otro combate —sugirió Kenric—. Le observé luchar y puedo mostrarte sus debilidades. Ganarás la contienda, y se verá forzado a dar su bendición a vuestro matrimonio.

Guy sacudió la cabeza.

—No puedo confiar en que Dante mantenga su palabra. Es un hombre que sobrevive a base de mentiras.

—No puedes matarlo ni confiar en él, y es probable que arriesgues tu propia vida si te casas con su hermana —resumió Kenric—. Sólo hay una forma de que puedas vencer a un enemigo así.

—Sí —acordó su hermano—. Sé lo que debo hacer. Un hombre sabio dijo una vez: «*Mantén cerca a tus amigos y aún más cerca a tus enemigos*».

Kenric pareció satisfecho.

—Bien. ¿Pretendes mantenerlo en tus propias mazmorras, o prefieres que sea huésped de las mías, donde tendrá menos posibilidades de pasar a escondidas mensajes a su hermana?

—No has entendido el verdadero significado del proverbio, hermano. Debo ganarme la confianza de un hombre que no confía en nadie, y hacerle creer que puede sacar provecho de mis mayores debilidades. Eso no pasará si lo encierro en las mazmorras. —Una lúgubre sonrisa apareció en los labios de Guy—. No, debo usar métodos mucho más astutos para superar a un Chiavari. Debo convertirme en su mejor amigo.

Guy preferiría convertirse en el mejor amigo de una víbora. Aunque no es que viera muchas diferencias entre uno y otra, exceptuando el hecho de que Dante era mucho más peligroso que cualquier serpiente. Y tampoco es que tuviera ninguna intención de convertirse en amigo de aquel hombre. Si su plan funcionaba como él esperaba, a Dante no le costaría mucho tiempo descubrir su estratagema. Pensar en ello hizo que su estado de ánimo mejorara considerablemente.

Salió de la tienda de Kenric y se dirigió a la suya con pasos largos y decididos. El sol brillaba con fuerza esa mañana prometiendo otro insufrible día de calor. Casi había llegado a su destino, cuando Dante surgió del interior de la tienda.

El italiano miró por encima de su hombro y luego caminó hacia Guy con el rostro impasible. Éste se forzó a sonreír.

—Buenos días, Dante. ¿Cómo se encuentra tu hermana hoy?

—Continúa mejorando, pero ahora no puedes verla.

La sonrisa de Guy desapareció.

—¿Por qué no debería verla?

—Está tomando un baño.

—¿Y la has dejado sola? —Empezó a avanzar hacia la tienda—. Está tan débil que podría ahogarse. ¿Cómo has podido ser tan irresponsable?

Dante agarró a Guy por el brazo y lo hizo detenerse.

—Sólo se está lavando con una esponja, Montague. Me ha pedido algo de intimidad y no le apetecerá que la veas mientras se asea.

Guy abrió la boca para informar al italiano de que a Claudia le gustaba la forma en que él la miraba, pero se lo pensó mejor. Ya no estaba tan seguro de que a ella le agradara la idea. Aparte de eso, discutir con Dante sobre su deseo por Claudia no era la forma más rápida de ganarse su amistad.

—Sí, bueno, supongo que no. —Se quedó mirando los bosques que se extendían a su derecha—. Hace calor. ¿Me acompañas a dar un paseo hasta el río?.

Dante se llevó la mano al su cinturón en busca de su daga, pero sólo encontró una funda vacía.

—No, gracias.

—¿Acaso tienes algo mejor que hacer?

—Sí, debo hablar con mi escudero.

—Excelente —comentó Guy—. Me encantaría conocer a ese escudero que se parece tanto a un caballero con el que me enfrenté en un torneo hace tres años. Quizá sean parientes.

Dante se volvió y empezó a avanzar hacia el bosque.

—Creo que, después de todo, me apetece pasear. ¿Vienes, barón?

—Sí. —La boca de Guy se curvó formando una auténtica sonrisa, pero no dijo nada más hasta que llegaron al arroyo. Los monjes de la abadía de Kelso habían colocado un abrevadero que se hundía en la orilla donde fluía el manantial. Otro tronco mantenía el extremo del abrevadero por encima del suelo a unos pocos metros de la orilla del río, y el resultado era una pequeña cascada de agua fría. Guy siguió el desgastado sendero que llevaba hasta el terraplén, colocó las manos bajo el agua y bebió. Cuando acabó, alzó la mirada hacia Dante, que permanecía de pie en lo alto de la pendiente, inspeccionando el bosque y el claro que había a su alrededor.

—¿No tienes sed? —preguntó Guy.

—¿Qué pretendes, Montague?

—¿Pretender? —De repente, se le ocurrió que un hombre podría ahogarse sin que nadie lo notara en ese lugar tan aislado o lograr que su crimen pareciera un accidente. Dante parecía lo bastante inquieto como para estar pensando lo mismo—. Estoy seguro de que no estarás pensando en que puedo intentar ahogarte, Chiavari. Sería demasiado evidente, ¿no crees? Sobre todo teniendo en cuenta que tu escudero y la mitad del campamento nos han visto caminar juntos hacia aquí. —Bebió un poco más y siguió hablando—. El asesinato es tu especialidad, no la mía. Además, tienes mi palabra de que no te haré ningún daño.

—No podrías ahogarme aunque lo intentaras —respondió Dante, mientras bajaba por el sendero—. Soy un excelente nadador, y esa espada que llevas haría que te hundieras como una piedra si lograra arrastrarte hasta donde el agua es más profunda.

Guy resistió la tentación de mirar hacia el río.

—No temas, Montague. Tengo mucho que perder con tu asesinato y, como tú bien dices, si alguno se ahogara hoy, sería demasiado evidente.

Guy se inclinó para volver a beber una vez más, pero no antes de asegurarse de que Dante observaba cómo fruncía el ceño.

—Algún día dejarás de sentir la necesidad de matarme.

Ante ese comentario, Dante rió en voz alta y Guy alzó la mirada sorprendido. Decidió que una sonrisa hacía parecer al italiano casi humano. No lo suficiente, pero era una imitación bastante buena.

—Pareces estar de un humor inusitadamente bueno hoy.

—Sí, es cierto, barón. Claudia estará mejor en unos pocos días, lo que significa que tú y yo pronto nos separaremos. Es divertido observarte considerar todas las posibilidades que tienes para poder deshacerte de mí, o al menos, para poder apartarme de tu vida de forma definitiva. Debes sentirte frustrado al saber que no puedes llevar a cabo ninguna con éxito. No puedes matarme ni casarte con mi hermana sin que eso traiga consecuencias para ti. —Dante extendió las manos y recorrió el claro con la mirada—. ¿Es éste otro de tus planes, barón? ¿Si todo lo demás falla, intentarás influir en mí con una jovial camaradería? —Sacudió la cabeza—. Vosotros los ingleses sois tan simples.

Guy apretó los puños, intentando contener su rabia.

—Tú eres el estúpido.

La sonrisa de Dante se apagó un poco antes de encogerse de hombros.

—No lo creo, barón.

—Sí, lo eres. Media Inglaterra daría un brazo por estar en tu posición en este momento. Sin embargo, estás tan cegado por tus ideas de venganza que no eres capaz de ver lo que tienes al alcance de tu mano.

—¿Te importaría explicarte mejor?

Guy ignoró la pregunta.

—¿Qué es lo que más deseas en el mundo? ¿Por qué continúas siendo el esbirro del rey si los actos que llevas a cabo te atormentarán cada noche del resto de tu vida?

Dante permaneció en silencio. No había ni rastro de emoción en su rostro, nada aparte de la fría mirada de un hombre a quien le importaba poco lo que le deparara el futuro.

Guy no se dejó engañar por su máscara.

—¿Acaso no deseas ver cómo el asesino de tus padres se enfrenta a la justicia y recuperar lo que te pertenece por legítimo derecho? —Dante le lanzó un rápido asentimiento de cabeza—. Mientras tanto, no te importa venderte a un rey que te mantendrá a la espera durante, como mínimo, una decena de años antes de que puedas llevar a cabo tu venganza, en lugar de ver cómo tu hermana se casa con un hombre que no desea otra cosa que hacerla feliz.

—Tienes una extraña forma de hacerla feliz —rebatió el italiano—. Ella llora cada noche hasta quedarse dormida y se niega a hablar cuando menciono tu nombre.

—¿Y quién es el mayor culpable de su pesar?

Incrédulo, Dante apoyó una mano sobre su pecho.

—¿Crees que llora por mi culpa?

—¿Acaso tú no? —espetó Guy—. Fueron tus mentiras las que destruyeron la confianza que Claudia tenía depositada en mí; tus engaños los que me hicieron creer que me había traicionado. Con el tiempo, creo que me perdonará, pero no estoy seguro de que vuelva a abrir su corazón, a mí o a cualquier otra persona. Confiaba en nosotros más que en nadie, y ambos la hemos traicionado. —Le dirigió una mirada de disgusto—. Lo único que logras con tus amenazas es destruir lo que queda de su corazón.

—Estás enamorado de ella —afirmó Dante con tono de incredulidad. Dio un paso hacia atrás, como si se hubiera quedado estupefacto ante el descubrimiento—. No es Halford lo que deseas, sino a Claudia.

Guy intentó conseguir el mejor tono ofendido que pudo.

—Los hombres de mi posición no se casan por amor. Sabía desde el principio que Halford formaba parte de la dote de Claudia. Es la única razón por la que decidí casarme con ella.

—Eres muy bueno, barón. —Dante le señaló con el dedo como si reconociera el mérito del engaño—. Nunca lo imaginé. Todo este tiempo pensé...

—No hay nada que tengas que imaginar —le interrumpió Guy con voz entrecortada—. Me casaré con Claudia hagas lo que hagas o digas lo que digas. Sin embargo, tú deseas verla sufrir todos y cada uno de los días de su matrimonio, haciendo que se pregunte si ése será el día en que me asesines. ¿Sabes qué era lo que más temía antes de que llegaras a Montague? —Le miró fijamente a los ojos—. Que yo muriera y volviera a quedarse sola.

—Pensaba que te daba igual cómo se sintiera.

—Yo no permitiría que fuera infeliz.

—¿En serio? —Había un resplandor de comprensión en los ojos de Dante—. Afirmaste que no te importaba que fuera una novia poco dispuesta. Te ruego que me expliques cómo pretendes hacerla feliz entonces.

—Tergiversas mis palabras —protestó Guy malhumoradamente—. Es evidente que también enseñaste esa habilidad a tu hermana.

—Yo no tergiverso nada, barón. Halford no puede ser tan valioso como para que te enfrentes a una muerte segura por poseerlo. Tus propias palabras dejan claros los motivos por los que insistes en el matrimonio. Fuiste muy astuto ocultando tus sentimientos. —Extendió las manos en un expresivo gesto—. Esa información hace que mis planes sean mucho menos complicados.

—¿Sinceramente crees que le permitiré marcharse contigo? La vida que llevas la convierte en un blanco fácil para cualquiera de tus enemigos.

—La protegeré —insistió Dante.

—¿De verdad? ¿Es ésa la razón por la que estás tan decidido a meterla en un convento? ¿Porque estás tan convencido de que tendrás una larga vida como asesino a sueldo? —Guy emitió un sonido de disgusto—. ¿De dónde crees que provienen sus temores? Tú eres todo lo que queda de su familia, y no creo que vivas más allá de un puñado de años al servicio de Edward. La oferta que te hago no es una muestra de generosidad por mi parte, sino fruto de la necesidad de hacer que Claudia se libere de parte de sus temores. Te ofrezco la oportunidad de dejar que tu hermana viva su vida en paz. Al mismo tiempo, aumentarás en gran medida tus probabilidades de vivir hasta hacerte viejo. La única forma que tengo de poder recuperar la confianza de Claudia es asegurándome de que no tenga que preocuparse por ti.

Dante frunció el ceño mientras una inquietante luz surgía en sus ojos.

—¿De qué estás hablando?

—Estoy hablando de que tengo más poder del que puedas imaginar. —Guy supo por experiencia que el trato estaba prácticamente hecho e intentó rematarlo—. Si quieres llevar al hombre que os tachó de bastardos ante la justicia, tienes que saber que yo tengo más influencia en asuntos italianos que los reyes de Inglaterra y Escocia juntos. Hay mercaderes, nobles, clérigos y funcionarios italianos que me deben favores. Y puedo comprar los favores de muchos más. Te he dejado claro que estoy dispuesto a ofrecerte cualquier cosa que desees si dejas en paz a tu hermana. —Guy preferiría utilizar los puños en lugar de simples palabras para hacer entrar en razón a Dante, pero se obligó a seguir hablando—. Eres el hombre más estúpido que he conocido. Sólo alguien tan estúpido como tú no se daría cuenta de que estoy dispuesto a hacer lo que esté en mi mano para asegurarme de que tu plan para arruinar la vida de Claudia no progrese. No me importa nada en absoluto tu vida, pero no dejaré que la arrastres a ella hasta el infierno que has escogido para ti. Puedes estar contento de que te importe tan poco vivir o morir, porque si no entras en razón y aceptas mi oferta, cualquier hombre en su sano juicio se estremecería ante lo que tengo reservado para ti.

Guy giró sobre sus talones y se alejó, consciente de que Dante, desconcertado, lo miraba fijamente en silencio. No empezó a sonreír hasta que un recodo del camino lo dejó fuera del alcance de la vista del italiano.

Cuando llegó al campamento, Guy se fue directo a su tienda. No se molestó en anunciar su llegada, sino que se limitó a echar a un lado la tela que tapaba la entrada y se adentró en el amplio espacio. Claudia se giró hacia él; llevaba un vestido de color rojizo y un pequeño cabestrillo blanco alrededor de su brazo izquierdo para mantener su hombro herido inmóvil. Le sorprendió tanto verla fuera de la cama que se detuvo en seco.

—Has traído mis ropas —comentó la joven mientras pasaba la mano por la falda de su vestido. Todavía parecía un poco pálida, pero su aspecto era mucho más saludable que la última vez que la había visto. La noche anterior apenas podía mantener los ojos abiertos y se quedó dormida en el mismo instante en que él intentó hablar sobre su matrimonio, pero en ese momento le dirigía una vacilante sonrisa—. Pensé que me vería obligada a tomar prestada la ropa de alguno de tus escuderos o un hábito de uno de los monjes de la abadía. ¿Qué te hizo traer mis cosas aquí?

—Sabía que terminaría por encontrarte y que las necesitarías. —Guy dio por zanjado el tema encogiendo un hombro. Tenía cosas mucho más importantes en mente que su ropa—. ¿Por qué me has evitado durante estos dos últimos días?

Claudia paseó la mirada de un extremo al otro de la tienda.

—No me he movido de aquí en todo este tiempo. ¿Cómo podría haberte evitado?

—Quedándote dormida o simulando que dormías cada vez que me acercaba. —La miró detenidamente—. Anoche estabas tan agotada que no podías ni siquiera incorporarte en la cama para hablar conmigo y, en cambio, hoy te encuentras lo bastante bien como para bañarte y vestirte tú sola. Me parece que has mejorado demasiado rápido.

—Bueno, verás... —Claudia se dio la vuelta y le regaló una visión de su espalda desnuda. El vestido estaba abierto hasta la cintura y no llevaba ninguna camisola debajo. El cuerpo de Guy reaccionó al instante ante la visión de la exquisita piel color crema—. No he podido atarme los lazos. ¿Te importa ayudarme?

La sola imagen que tenía ante él le hizo avanzar, convirtiendo la petición de ayuda en un simple incentivo añadido. Sus manos se dirigieron hacia los lazos que colgaban en la cintura del vestido, pero no los ajustó.

—Primero dime por qué no hablas conmigo.

—Estoy hablando contigo ahora —protestó en un tono demasiado alegre.

Guy apartó su trenza a un lado para poder recorrer su columna con los dedos. El estremecimiento de su cuerpo le dejó satisfecho.

—Sabes muy bien a qué me refiero.

—Y tú seguramente sabes el daño que me hizo el veneno. —Su voz sonó vacilante, y Guy continuó rozando su aterciopelada piel con ligeras y tentadoras caricias—. Jamás me había sentido tan enferma.

Su reacción a sus caricias le hizo sonreír. Durante los últimos días, Guy había empezado a preguntarse si su hermano había envenenado algo más que su cuerpo, si las palabras de Dante habían conseguido endurecer su corazón contra él. Comprobar que su contacto todavía ejercía el efecto de siempre en ella calmó sus inquietudes. Aliviado, se inclinó y le dio un beso en la esbelta curva de su cuello.

—Me alegra encontrarte tan recuperada, porque tenemos que hablar sobre muchas cosas.

—Lo sé. —Su voz sonaba vencida.

Guy rodeó su cintura con los brazos y la estrechó con delicadeza, teniendo cuidado de no rozar su hombro herido. Claudia apoyó la cabeza sobre su hombro y dejó escapar un suspiro en el que se reflejaba su tristeza.

Guy apoyó la mejilla en su pelo.

—Todo se arreglará, mi amor. No permitiré que Dante te aleje de mí.

Claudia se tensó entre sus brazos e intentó apartarse, pero él la retuvo con fuerza.

—No puedo quedarme contigo, Guy. Lo que tú deseas es imposible. Ahora lo veo claro.

Él respiró profundamente.

—¿No hay ninguna esperanza de que me perdones?

Claudia habló tan bajo que Guy tuvo que inclinarse para poder oírla.

—Te perdoné hace dos días.

—Dios santo, me preocupaba que pudiera costarte mucho más. —Se sintió como se hubiera quitado del corazón una gran losa que le impedía respirar, y cerró los ojos para pronunciar una silenciosa plegaria de agradecimiento. Acarició con sus dedos el suave terciopelo de su mejilla, y supo que ella no compartía el alivio que a él lo invadía—. ¿Qué ocurre, mi amor? ¿Por qué no me lo habías dicho antes?

Claudia sostuvo su mano en su mejilla e inclinó la cabeza hasta que quedó apoyada en su palma.

—Porque nada cambiará el hecho de que no puedo casarme contigo.

—Sí, sí puedes y lo harás. —Guy sólo deseaba estrecharla con fuerza contra él, pero se conformó con darle un breve aunque apasionado beso tras la oreja.

Claudia aumentó la presión que ejercía sobre su mano.

—Te lo ruego, Guy. Si te importo algo, no fuerces un matrimonio entre nosotros. Si tú o mi hermano acabarais muertos por mi culpa, no podría perdonármelo nunca. Si nos casamos, uno de los dos morirá. Dante juró que así sería.

—Pretendo hacerle cambiar de opinión.

—Tú no lo conoces —rebatió Claudia. Su voz contenía una nota de desesperación—. Ni siquiera yo le conozco ya. No escuchará nada de lo que intentes decirle. Eres un Montague. Sólo eso es motivo suficiente para que él te odie. Su promesa al rey te protege por ahora, pero pronto te retará a un nuevo desafío y, si tampoco así consigue su objetivo, se asegurará de que alguna enfermedad o accidente acabe contigo de manera que todos sospechen de él, sin que nadie pueda probar que lo hizo. —Lo miró por encima del hombro—.

Aun así, tus hermanos sabrán a quién deben culpar, y pronto estaremos todos muertos.

Guy deseaba zarandearla por tener ese tipo de pensamientos. Sabía muy bien quién se los había metido en la cabeza. Debería haber empujado a Dante al río cuando tuvo la ocasión.

—Mis hermanos nunca volverán a cometer el mismo error que cometieron en Montague —le aseguró—. Ahora saben que tú darías tu vida para salvar la mía, y me están brindando todo el apoyo que necesito para convertirte en mi esposa. Respecto a Dante, me aseguraré de que no interfiera en nuestro matrimonio. —La forma en que se tensó entre sus brazos le hizo fruncir el ceño—. Por mucho que me tiente hacerlo, tu hermano no morirá a mis manos. Si no entra en razón pronto y acepta nuestra unión, haré que su vida sea tan miserable como él haría que fuera la tuya.

Eso no hizo que su tenso cuerpo se relajara.

—¿Qué le harás?

Guy se imaginó al italiano atado al muro de su mazmorra y luego sobre uno de sus barcos, también atado, rumbo a los confines del mundo. Por el bien de Claudia, Guy esperaba que Dante escogiera Italia, donde podría saciar su sed de venganza con la familia de su padre.

—Se me han ocurrido varias ideas, pero todavía no lo he decidido. Hasta que pueda solucionar los detalles, seguirá siendo mi prisionero.

—¿Y esperas que yo acepte ese plan?

—Es sólo un plan que llevaré a cabo si Dante rechaza mi última oferta —le explicó—. Tu hermano tiene la llave para su propia libertad.

—¿Y si rechaza tu oferta?

—Imagino que no estarás de acuerdo con nada de lo que decida hasta que recuerdes que Dante preferiría encerrarte en un convento durante el resto de tu vida, que se esforzará al máximo por convertirte en viuda y que muy posiblemente hará extensible su venganza a cualquier hijo que yo pueda darte. —Su mano atrapó un mechón suelto cerca de su sien, acarició el sedoso rizo entre sus dedos, y dejó que lo invadiera el familiar aroma a rosas—. Con el tiempo, estoy seguro de que tu ira por mi decisión dará paso a la lástima por tu hermano. Te entristecerás por él, pero sabrás que no me dejó otra elección.

—He intentado por todos los medios hacerle cambiar de opinión y ha sido inútil. Me temo que es tan testarudo como tú, milord.

—Sí, lo es —admitió Guy—. Yo también lo he intentado durante los últimos cinco días. He utilizado todas las tácticas razonables que conozco y algunas verdaderamente desesperadas para hacer posible que pudieras verlo de vez en cuando. Pero hasta ahora, Dante se niega a aceptar una tregua y a dejar de verme como su enemigo. Si no cambia de opinión al respecto, pagará un alto precio por ello.

—¿Y yo? ¿Acaso no tengo ningún poder de decisión sobre mi propia vida? —preguntó Claudia—. Primero Dante pretende encerrarme para siempre en un convento y tirar la llave, y ahora eres tú quien quiere ser el dueño y señor de mi destino.

La dura expresión de Guy se desvaneció y la hizo volverse entre sus brazos para mirarla a los ojos.

—¿Realmente quieres ser tú quien elija qué hombre va a ver arruinada su vida? ¿Quieres cargar con el peso de decidir el destino de tu hermano o preferirías decidir el mío? Mi corazón es tuyo, Claudia. Podría vivir sin ti, pero nunca me sentiría completo. Quiero poseerte por entero, estar dentro de ti, encima de ti, a tu lado, debajo de ti, llenarte hasta que sientas que vas a romperte en dos, amarte, hacer mío cada milímetro de tu suave piel, cada suspiro, cada mirada. Lo quiero todo Claudia, tu cuerpo y tu alma, tener hijos contigo, envejecer a tu lado. Mi vida sin ti sería una existencia vacía, sin rumbo ni sentido. Quédate a mi lado, Claudia. Déjame hacerte feliz. Sé mía para siempre.

Una repentina ráfaga de viento sacudió las paredes de la tienda como si la misma tierra suspirara al verla tan triste. Las lágrimas brillaban en los ojos de Claudia cuando alzó la mano para acariciar la mejilla de Guy.

—¿Cómo pueden unas palabras tan bellas sonar tan crueles?

—La verdad rara vez es agradable, mi amor. —Acunó su rostro entre sus manos y secó sus lágrimas con los pulgares—.

Por un lado, sé que quieres a tu hermano a pesar de todos sus defectos, y, por otro, he llegado a albergar esperanzas de que me ames. A mi parecer, sería peor hacerte decidir entre nosotros que tomar la decisión por ti.

Guy sintió su desgarradora indecisión y supo que su corazón se estaba partiendo en dos. Él ya le había abierto el suyo y, si se equivocaba con respecto a su amor por él, acababa de ofrecerle las armas suficientes para destruirlo. Sin embargo, no había otra forma de hacerlo. El comerciante que había en él había intentado hacer un pacto con el diablo y, el guerrero, la otra parte de su ser, había llevado consigo un ejército para mostrar la fuerza que había tras sus palabras. Si Claudia no estuviera herida, habría usado todas sus habilidades de amante para seducirla. No obstante, él no sólo deseaba poseer su cuerpo, sino también su alma. Quería que supiera que haría todo lo que fuera necesario para conseguir esos tesoros y recuperar su confianza.

—Si pensara que Dante tiene posibilidades de mantenerte a salvo, no haría esto —continuó—. Pero sé cómo sería tu vida bajo su cuidado, los peligros a los que quedarías expuesta por culpa de sus enemigos. Tú no te mereces pagar por los errores que él ha cometido a lo largo de su vida. Dadas las circunstancias, te prometo que seré tan indulgente con tu hermano como me sea posible, pero debo asegurarme de que no vuelva a encontrarse en posición de poder interferir en nuestras vidas.

Claudia bajó la mirada, ocultándole así sus pensamientos. Guy contuvo la respiración y esperó. Si ella insistía, pondría la decisión en sus manos. No podía forzarla a quedarse con él, pues lo que deseaba era que le diera su amor libremente. Pero tenía la horrible impresión de que Claudia elegiría al miserable de su hermano a causa de algún equivocado sentido de lealtad. Si Dante rechazaba su última oferta, ¿cómo podría dejarla ir?

—¿Y qué hay del rey? ¿Qué hará Edward cuando descubra que mantienes a Dante prisionero?

Guy se quedó mirándola, intentando asumir el hecho de que le permitiría decidir su destino. Claudia confiaba en él. Realmente lo amaba, y nada de lo que su hermano dijera o hiciera podría cambiar eso. Deseaba gritar aliviado, aplastarla contra su pecho y mantenerla en esa posición para siempre.

—¿Y el rey? —lo incitó.

—Oh. Sí, bueno... —Se aclaró la garganta e intentó centrarse en su pregunta. Él habría preferido oírle decir que lo amaba—. Tu hermano cree que su conexión con el rey lo protegerá, pero no es consciente de la mía con su majestad. Edward pondrá objeciones a mis planes para Dante, pero es consciente de que me debe un favor. Después de considerarlo, me hará saber que considera sus deudas saldadas a cambio de hacer la vista gorda sobre este asunto.

—¿El rey te debe dinero? Creía que era un hombre rico.

—Y lo es —asintió Guy—, pero la mayoría de hombres ricos tienen deudas de algún tipo. Incluso los reyes tienen su precio.

—¿Has comprado a un rey?

—No me he explicado bien. —Guy se rió al pensarlo—. No le he prestado dinero. Un rey contrae deudas con mucha más sutileza. A causa de mis negocios, viajo a las cortes de muchos reyes y nobles, al igual que los hombres que me representan. Y en ocasiones, tengo conocimiento de informaciones de interés para Edward que no podría conseguir a través de nadie más: un rey que tiene los ojos puestos en las posesiones inglesas de Normandía; un noble con interés en su hija; un primo que codicia su trono. Es mi deber informar a mi soberano y señor feudal de cualquier amenaza. Y alguien tan inteligente como Edward, sabe que es conveniente premiar a sus vasallos cuando cumplen con su deber. Un rey necesita los ojos y los oídos de un súbdito leal mucho más a menudo que su oro.

—No me extraña que pienses que se puede comprar a todo el mundo.

Ella no parecía sobrecogida en lo más mínimo por el poder que tenía. Ésa era otra razón por la que la amaba. Tenía legiones de hombres a su servicio que seguirían sus órdenes sin preguntar, gente que estaría de acuerdo con cualquier cosa con tal de ganarse su favor o que se encogería de miedo ante él para aplacar su ira. Sin embargo, Claudia se mantendría siempre orgullosa, incluso desafiante, a su lado. Sería su igual en todos los aspectos. Se quedó mirando el brillo de sus ojos y supo que había encontrado la otra mitad de su alma.

—Tú eres la única persona en el mundo que no tiene precio para mí.

—Hiciste alguna mención a tu corazón —comentó Claudia. Una tímida sonrisa empezó a asomar de sus labios—. Es un hermoso tesoro para mí. ¿Crees que mi propio corazón sería una justa compensación?

—Sí —murmuró Guy al tiempo que inclinaba la cabeza y atrapaba sus labios en un largo y suave beso—. Me parece más que justo.

—Te quiero, Guy. Te amo. Siempre te amaré.

Le pareció como si hubiera esperado toda una vida para escuchar esas palabras, y se quedó muy quieto mientras dejaba que lo recorrieran como un dulce bálsamo. Su garganta se estrechó y no pudo devolverle las palabras de amor que lo invadían. Claudia pareció percibir su angustia y le rodeó el cuello con su brazo sano, atrayéndolo hacia ella para poder disfrutar de su contacto. Guy aceptó el ofrecimiento sin dudarlo, como lo haría un hombre hambriento ante un festín. Sus manos se movieron con voluntad propia rodeando primero la cintura de Claudia y deslizándose después hacia abajo para explorar la tentadora curva de sus caderas. De alguna forma, consiguió resistir el impulso de envolverla entre sus brazos, de sentir su suave cuerpo apretado contra la dureza del suyo. El cabestrillo alrededor de su brazo izquierdo le recordó que le haría daño si cedía a esos impulsos. La tortura a la que ella le sometía con sus labios hizo difícil que se aferrara a ese pensamiento. Claudia lo cautivó con sus besos, y él se lo permitió, sabiendo que su frenética urgencia tenía tanto que ver con su deseo como con la necesidad de asegurarse de que Guy no se iría a ninguna parte, que siempre estaría con ella. Él le devolvió los besos con el mismo apremio. Era un placer volver a sentir las cálidas y femeninas curvas pegadas a su cuerpo.

La determinación de Guy se debilitó, y se obligó a imaginarse el aspecto que había tenido su hombro unos pocos días antes; una imagen que quedaría grabada para siempre en su memoria, igual que siempre quedaría marcada la señal del cuchillo de Dante en la piel de su hermana. Después de todo lo que había sucedido recientemente en su vida, Claudia necesitaba que la reconfortaran con ternura, que la abrazaran con suavidad, sentirse amada, protegida y a salvo. Guy disfrutó con sus seductoras caricias en su cuello y en su pecho, pero, de repente, le entró el pánico cuando notó que su mano empezaba a descender decidida. Trababa de seducirlo deliberadamente.

Y estaba a punto de conseguirlo.

Haciendo un esfuerzo, Guy apresó su mano y la arrastró de nuevo hacia su pecho.

—No, mi amor. Esta vez no.

—Te necesito —susurró con voz quebrada. Los besos que le daba en el cuello hacían que le hirviera la sangre, pero, de alguna forma, también eran dulces e inocentes. Lo estaban volviendo loco—. Hazme tuya, mi amor. Te lo ruego. Hazme olvidar todo excepto lo que siento cuando estoy en tus brazos.

Guy se oyó a sí mismo gemir.

—También sentirías mucho dolor, pequeña bruja. Y lo último que quiero es hacerte daño.

—Entonces, bésame —le respondió al tiempo que se apretaba contra él—. Sólo un beso más, o dos.

O tres, como resultó ser. Guy intentó recuperar su autodominio, pero su voluntad se resquebrajó y acabó sucumbiendo ante ella. Su mente se apresuró a pensar en formas de hacerle el amor sin tocar su hombro o sin ejercer ninguna presión sobre su herida. Fue perverso por su parte incluso considerar la idea. Sus besos convirtieron su sangre en fuego líquido.

Una voz desde la apertura de la tienda la transformó en hielo.

—Tus manoseos no le hacen ningún bien a la herida de mi hermana, Montague.

Claudia jadeó y se giró para encarar a su hermano. Emitió un pequeño grito y, actuando rápidamente, cogió los lazos olvidados de su vestido y los extendió hacia Guy, que permanecía a su espalda.

—No es lo que parece, Dante. No podía atarme el vestido sola y le pedí a Guy que me ayudara. Luego, bueno, una cosa llevó a la otra y le pedí que me besara.

Guy ignoró los frenéticos movimientos que ella hacía en su espalda con los lazos. En lugar de eso, rodeó su cintura con los brazos y la abrazó de forma posesiva.

—No tienes necesidad de explicarle a nadie nada de lo que hacemos, Claudia.

Los dos hombres se miraron y el aire pareció cargarse de un silencioso desafío. Finalmente, Dante abrió las manos que se habían convertido en puños y las unió en su espalda.

—Tiene razón, Claudia. Lo que vosotros dos hagáis ya no es asunto mío.

—¿Qué quieres decir? —La joven parecía incapaz de creérselo. Incluso Guy dudó de lo que había oído. ¿Acaso había dado al fin con el precio de Dante?

—Había pensado en hablar primero con mi hermana —continuó el italiano, como si no la hubiera oído—, pero como estáis los dos aquí, me ahorraré el desagradable trabajo de decirlo dos veces.

Su mirada volvió a dirigirse hacia Guy.

—Tenías razón al llamarme estúpido. Como tú dijiste, todo lo que deseo está al alcance de mi mano. Estoy preparado para aceptar tu oferta.

—¿Cuáles son tus condiciones? —preguntó el barón de Montague sin vacilar.

—Tu palabra de que puedo irme de aquí —respondió—, de que no interferirás en mi vida más de lo que tú deseas que yo me inmiscuya en la tuya.

Guy lo observó inquieto.

—¿Y el resto?

—No tengo otras exigencias por el momento. Es suficiente saber que estás en deuda conmigo. —Una sonrisa cínica se dibujó en sus labios—. No te equivoques, Montague. Llegará el día en que querré cobrarme esa deuda.

Guy sabía exactamente lo que implicaba eso. Aun así, ayudar a Dante a recuperar su derecho de nacimiento también significaría ayudarle a abandonar Inglaterra y, afortunadamente, sería para siempre.

Lo consideró un trato excelente, pero Claudia no pareció dispuesta a aceptarlo.

—¿Me venderás? —le preguntó a su hermano. Su voz era apenas un susurro—. ¿Es eso todo lo que soy para ti?, ¿una posesión que puede intercambiarse por favores?

Una expresión de dolor iluminó los ojos de Dante, pero desapareció casi tan rápido como había surgido. Su voz se volvió enérgica y decidida.

—Hace mucho tiempo te prometí un hogar y seguridad, un lugar donde siempre estarías a salvo. Considera esa promesa cumplida, hermana.

Claudia se volvió para mirar a Guy con una sombra de dolor en sus hermosos ojos, pero él le dirigió una sonrisa tranquilizadora. Guy sostenía en sus brazos todo lo que siempre había deseado, y por fin iba a conseguirlo. Su mirada no abandonó la de Claudia cuando selló el trato con Dante.

—De acuerdo.

19

Esa tarde, Guy y Dante se prepararon para partir en dirección a la abadía de Kelso. Allí, firmarían los contratos de esponsales y se encargarían de los preparativos para la ceremonia que tendría lugar al día siguiente.

Guy alzó la mano de su prometida para darle un suave beso en el dorso.

—¿Estás segura de que prefieres quedarte aquí?

Claudia asintió todavía profundamente herida por la cruel forma en que Dante la había intercambiado. No deseaba estar en compañía de su hermano por más tiempo.

—Mi firma no es necesaria en los contratos y el viaje parece agotador. Prefiero quedarme aquí y descansar.

—Hace mucho calor. No te sentará bien quedarte en mi tienda toda la tarde. —Guy hizo una señal con la cabeza hacia Kenric y Fitz Alan, que aguardaban a unos pocos pasos de ellos—. No muy lejos, río arriba, el cauce dibuja una curva y es poco profundo. Les pediré a mis hermanos que te lleven allí. Podrás descansar a la sombra en la orilla o caminar por el río mojándote los pies si lo deseas. Te vendrá bien pasear y refrescarte.

La idea de pasar la tarde con los hermanos de Guy sólo era un poco más atractiva que la de pasarla con el suyo. No confiaba en ninguno de ellos. Aun así, la promesa de escapar del insoportable calor hizo que se decidiera.

—Muy bien.

—Me reuniré contigo allí en unas pocas horas —la animó Guy. Su preocupación por su tristeza era evidente. Le apretó suavemente la mano y la vio alejarse antes de montar en su caballo y ponerse en marcha.

Dante siguió a Guy sin dirigir ni una sola palabra a su hermana. Claudia pensó que sería un alivio verlo partir al día siguiente, ya que su presencia sólo le recordaba al hermano amable y considerado que conoció una vez. Ahora Dante era un extraño al que sólo le importaba lo que pudiera conseguir negociando con el destino de su hermana. De hecho, pareció muy satisfecho de sí mismo cuando Guy liberó a sus caballeros, Oliver y Armand, y les permitió prepararse para su viaje. Tenían intención de partir al amanecer, antes de que se celebrara la ceremonia. Claudia intentó convencerse a sí misma de que eso no le entristecía, pues no deseaba que su hermano ensombreciera el día de su boda.

El barón de Remmington dio órdenes de preparar sus monturas mientras observaba a Guy y a Dante alejarse.

—¿Lady Claudia? —Ella lo miró y Kenric hizo un gesto en dirección al caballo cuyas riendas sostenía—. Os ayudaré a montar, si lo deseáis.

Con su brazo izquierdo en cabestrillo, Claudia tenía pocas opciones. Kenric la levantó por la cintura como si no pesara más que una pluma, e incluso la ayudó a colocar sus faldas cuando pasó una pierna por encima de la silla para cabalgar a horcajadas. Al infierno el pudor. La joven no deseaba caerse del caballo y hacerse todavía más daño en el hombro herido.

Una vez estuvieron instalados en sus monturas, Kenric marcó un ritmo lento y pausado, en consideración a la herida de la que pronto sería su cuñada. No había prisa por llegar a su destino, y Claudia intentó disfrutar de la fresca sombra que ofrecía el bosque que atravesaban. Fitz Alan intentó mantener una conversación sobre el tiempo, pero finalmente se rindió cuando sus comentarios sólo encontraron como respuesta el silencio.

Al bifurcarse el sendero, Kenric tomó el camino que conducía río arriba, y cuando llegaron finalmente a su destino, Claudia tuvo que admitir que el lugar parecía sacado de un cuento de hadas. Una oscura franja azul de agua serpenteante fluía con fuerza a lo largo de la orilla opuesta, pero en la parte del río en la que ellos se hallaban la corriente se suavizaba y corría sobre un banco de arena amplio y poco profundo. Todo era de color dorado, gracias a la luz del sol que caía de plano sobre las claras aguas.

Kenric y Fitz Alan ataron a los caballos mientras Claudia se aproximaba a la orilla. Un enorme árbol había perdido su endeble sujeción en la erosionada ribera, y reposaba sobre el sumergido banco de arena desde hacía tanto tiempo que su corteza había desaparecido y la madera desgastada tenía la apariencia de la plata. Claudia se descalzó, se recogió las faldas con cuidado y se metió en el agua, que le llegaba hasta los tobillos, para sentarse sobre el tronco. El agua fría era deliciosa.

—Tened cuidado con el sol —le advirtió Fitz Alan mientras tomaba asiento en la parte del tronco que quedaba en la orilla.

Claudia movió los dedos de los pies en la arena y observó cómo un banco de peces pequeños salía disparado. A pesar de todos los motivos que tenía para que los hermanos de Guy no le gustaran, no podía evitar el hecho de sentirse protegida por su evidente fuerza y poder. Aun así, se negaba a sentirse cómoda con ellos.

—Este suave sol inglés no es una amenaza para mi piel.

Fitz Alan se encogió de hombros y se adentró en el río hasta que empezó a arrastrar por el agua la funda de su espada. Se desabrochó el cinturón y dejó el arma sobre el tronco del árbol para continuar avanzando hacia el lugar donde el banco de arena desaparecía en las oscuras profundidades azules de la corriente. Claudia miró hacia el margen del río donde Kenric permanecía todavía de pie con un hombro apoyado contra el tronco de otro enorme árbol que se inclinaba hacia las aguas. La joven se preguntó si no le preocuparía que su peso pudiera hacer que el árbol se desmoronara, pero su expresión no revelaba otra cosa más que aburrimiento. Sí, aquél sería sin duda un lugar muy agradable si no fuera por su presencia y la de Fitz Alan.

Claudia volvió a dirigir su mirada al cuñado de Guy. Estaba inclinado sobre la superficie del río con las piernas flexionadas y las manos dentro del agua como si se las estuviera lavando, aunque permanecía completamente inmóvil. Después de contemplarlo durante largos minutos, la curiosidad la hizo hablar.

—¿Qué estáis haciendo?

—Pescar —susurró.

Kenric soltó una carcajada.

—Ian Duncan es el único hombre que conozco capaz de pescar de esa forma.

—¿De qué forma? —preguntó Claudia.

—Con las manos —respondió Kenric—. Fitz Alan cree que su cara es irresistible incluso para los peces. ¿Observáis cómo les sonríe? Cree que podrá seducir a una trucha y que la hará caer en sus manos.

Claudia no pudo evitar reír y Fitz Alan amplió su sonrisa.

—El abad Gregory me dijo que este río está lleno de truchas, y he practicado esta técnica en varias ocasiones desde que Ian nos la mostró.

Kenric emitió otro sonido que Claudia imaginó que tenía algo que ver con el humor.

—¿Has conseguido alguna vez pescar algo?

—No, pero yo... —Los ojos de Fitz Alan se movían de un lado a otro siguiendo el progreso de algo que sólo él podía ver.

Interesada, Claudia se puso de pie, intentando mantener su falda por encima del agua.

—¿Es un pez?

Fitz Alan no contestó. Claudia miró por encima del hombro y observó que Kenric también parecía interesado en lo que sucedía. Una serie de rápidos movimientos producidos en el agua hicieron que su atención volviera a centrarse en Fitz Alan. Éste hundió las manos en el agua para atrapar al pez invisible produciendo un gran alboroto, y las sacó con rapidez trazando un brillante arco de agua cuando lanzó al pez a la orilla. Asombrado, Kenric se quedó clavado en el sitio cuando la pieza aterrizó a sus pies. Sus hombros se relajaron visiblemente, se agachó para recoger la supuesta trucha y comprobó que no era más que una larga y plana piedra de río. Le dirigió a su cuñado una mirada de disgusto y volvió a lanzar la roca al arroyo mientras Fitz Alan se doblaba sobre sí mismo a causa de la risa.

—Muy gracioso —dijo Kenric arrastrando las palabras—. Es lo único que vas a atrapar, aparte de sanguijuelas entre los dedos de los pies.

—¿Sanguijuelas? —Claudia se sentó bruscamente y sacó los pies del agua. Se examinó cada dedo con atención mientras se apoyaba como podía con su único brazo sano en el precario tronco.

—Es poco probable que haya sanguijuelas donde estáis sentada —le aseguró Kenric—. Esas criaturas tienden a...

De pronto, se quedó callado y todos pudieron oír el inconfundible siseo de una flecha que acabó en un fuerte golpe cuando se clavó a sólo unos pocos milímetros de la cabeza de Kenric. El barón de Remmington se abalanzó hacia delante, agarró a Claudia por la cintura y siguió corriendo a lo largo del árbol caído, con paso sorprendentemente firme teniendo en cuenta su tamaño y el peso añadido del cuerpo femenino. Oyeron el sonido de más flechas justo cuando alcanzaron el final del tronco, lo que provocó que Kenric diera un salto y se hundiera en el río llevándose consigo a Claudia.

Una punzada de dolor atravesó su hombro y la dejó sin aliento cuando el agua le cubrió la cabeza. Volvió a surgir a la superficie, farfullando y agitándose, pero el brazo de acero de Kenric rodeaba su cintura y la arrastró hacia la parte del tronco caído donde les esperaba Fitz Alan.

Las ramas sumergidas del árbol mantenían al tronco por encima del nivel del agua incluso en la parte más profunda del río, convirtiéndolo en un buen refugio. Claudia estiró los dedos de los pies tanto como pudo para intentar tocar fondo mientras que su mano se aferraba a una rama resbaladiza a causa de las algas que la rodeaban. El agua corría con fuerza, lo que hizo que se sintiera agradecida de la firmeza con la que Kenric la sujetaba por la cintura. Permanecieron parcialmente ocultos bajo una enorme rama ahorquillada que sobresalía del tronco, mientras los dos hombres examinaban con precaución la orilla desde su escondite.

—Allí —anunció Fitz Alan cuando una patrulla, formada por unos veinte hombres, surgió del bosque.

Los soldados que se acercaban vestían con túnicas verdes y marrones para confundirse con el paisaje que les rodeaba. La mitad iban armados con mortíferos arcos; los demás sostenían espadas. Claudia se aterrorizó cuando descubrió quién los lideraba.

—¡Es mi tío, el barón de Lonsdale!

Kenric y Fitz Alan intercambiaron una silenciosa mirada antes de recorrer con la vista los alrededores buscando una vía de escape. Sus espadas no podían hacer nada contra los arcos y las flechas. Estarían muertos antes de que pudieran tener al alcance de su arma a cualquiera de los soldados de Lonsdale.

—Si dispusiera de más hombres, no tendría motivo para ocultarlos —reflexionó Kenric—. Puede que haya algunos más, cuidando de los caballos, pero dudo que sean muchos. No creo que se haya arriesgado a traer más de una veintena de soldados tan cerca de nuestro campamento.

—Sí, pero nos hemos alejado mucho —apuntó su lugarteniente—. Ni siquiera el soldado que esté de guardia en nuestro campamento podrá oír nuestra señal a través del bosque.

La mirada de Kenric siguió a la de Fitz Alan hasta el río, y lo que vio hizo que su boca se convirtió en una fina línea.

—Ni se te ocurra. Aunque ella pudiera nadar, está el problema de su falda y de su hombro herido.

—Podemos cortar la falda —sugirió su lugarteniente.

Kenric negó con la cabeza.

—Tendríamos suerte si nosotros lo consiguiéramos, y eso que contamos con dos brazos sanos. Además, necesitaríamos tu espada.

Fitz Alan lanzó una maldición cuando dirigió la mirada al lugar donde había abandonado su arma, con cuidado de mantener la cabeza por debajo del tronco.

—¿Qué haríais si yo pudiera nadar? —preguntó Claudia.

Kenric mantenía su atención centrada en la orilla y sonó distraído cuando le respondió.

—Podríamos abrirnos camino hacia la parte más profunda del río, nos sumergiríamos y bucearíamos hasta la siguiente curva que describe el cauce. El terreno que los soldados de Lonsdale se verían obligados a recorrer está bloqueado por la vegetación. Cuando quisieran darse cuenta de lo sucedido, ya habríamos alcanzado el sendero que hay río abajo y que conduce hasta nuestro campamento.

De repente, Kenric aumentó la presión que ejercía sobre su cintura y giró la cabeza hacia Fitz Alan. Éste se abalanzó hacia el lugar donde se hallaba su espada y su movimiento fue respondido por una andanada de flechas. Una vez hubo recuperado el arma, se pegó al tronco y empezó a deslizarse de nuevo hacia la parte más profunda del río. Lonsdale hizo una señal y dos arqueros corrieron a lo largo de la orilla para posicionarse mejor y tener una clara perspectiva de Fitz Alan.

Kenric soltó una maldición en voz baja y luego gritó en dirección a Lonsdale.

—¿Qué es lo que quieres?

—A la chica —respondió—. Dadme a mi sobrina y os dejaré ir.

Los dos arqueros dispararon sus flechas en el preciso instante en que Fitz Alan alcanzaba una zona de agua lo bastante profunda como para poder nadar. Se sumergió un solo segundo antes de que las flechas se clavaran en el lugar del tronco donde había estado su cabeza. Volvió a salir a la superficie junto a Kenric, y se abrió paso entre las ramas que les protegían de los arqueros de ambos lados. Claudia soltó un suspiro de alivio.

—Debéis nadar río abajo para conseguir ayuda —les dijo la joven con voz tranquila y segura, en un intento de ocultar su miedo—. No me asusta quedarme aquí sola. Mi tío no me hará ningún daño.

Los dos hombres se miraron guardando un silencio lleno de incredulidad. Kenric fue el primero en hablar.

—¿El mismo tío que ha ordenado a sus hombres que disparen flechas contra los tres? ¿El que pretendía matar a Guy y ahorcaros a vos por ese crimen? ¿Es ése el tío que no os hará daño?

Claudia soltó un suspiro de exasperación.

—Lo que quiero decir es que no me hará daño hasta que se halle a salvo, lejos de aquí. Seguramente ha tramado algún complot para pedir un rescate por mí a Guy o a Dante, y por eso me necesita viva.

—No os abandonaremos aquí. —La voz de Kenric no daba pie a ninguna objeción.

—Es cuestión de tiempo que ordene a sus arqueros que se acerquen más para tener un buen blanco de los tres —protestó ella—. Os matará a los dos si os quedáis.

—Correremos ese riesgo —respondió Fitz Alan.

Kenric la dejó a un lado para poder desenvainar su espada.

—Creedme, nos hemos enfrentado a situaciones peores.

Claudia pensó que se habían vuelto locos.

—Tenéis la oportunidad de salvaros. ¿Por qué no os marcháis mientras podéis hacerlo?

Ambos la miraron como si debiera saber la respuesta, pero fue Kenric quien contestó.

—No dejaríamos a ninguna dama en semejante peligro, milady. Y mucho menos a un miembro de nuestra familia. Nos ofendéis sugiriéndonos que lo hagamos.

Claudia abrió la boca para protestar de nuevo, pero la cerró de inmediato. ¿La consideraban parte de su familia?

Kenric sonrió.

—Pensé que eso os haría callar.

—Guy regresará en una o dos horas —apuntó Fitz Alan—. Es posible que podamos contenerlos hasta entonces.

—No disponemos de tanto tiempo. —Kenric miró hacia la orilla de su izquierda—. Tenemos que hacerles entrar en el agua, tentarlos a que prueben por ese lado. El río es más profundo allí y podríamos tener la oportunidad de...

De pronto el bosque se llenó de gritos. Guerreros con los colores de Montague, protegidos con escudos para evitar las flechas enemigas, cargaron contra los soldados de Lonsdale. Estos se deshicieron de sus arcos y desenvainaron sus espadas. Justo en ese momento, Claudia vio salir del bosque a Guy y a Dante con más soldados pertenecientes a Montague.

—Dios —espetó Fitz Alan—, sólo le acompañan seis hombres.

—Sígueme. Podemos atacar a los soldados de Lonsdale por detrás. —Kenric ya avanzaba junto al tronco dirigiéndose hacia la parte menos profunda del río. Se detuvo cuando el agua les llegó hasta la cintura—. ¿Podréis manteneros en pie si os dejamos aquí? —preguntó a Claudia mientras aflojaba la presión que ejercía sobre su cintura.

Ella se aferró con su mano sana al tronco.

—Sí.

—Bien. Manteneos agachada. Nos ocuparemos de los arqueros de la izquierda. Procurad no ofrecer un buen blanco al que disparar.

Después de dirigirle una significativa mirada, Kenric y Fitz Alan se abrieron paso a través del agua hasta la orilla. Se movían despacio, poniendo especial cuidado en no hacer movimientos bruscos que pudieran atraer la atención de los arqueros que se habían dado la vuelta para unirse al ataque contra los soldados de Guy. Cuando los arqueros fueron conscientes de su error, ya era demasiado tarde. Kenric y Fitz Alan acabaron rápidamente con ellos y salieron del río para encontrar nuevos objetivos a los que atacar.

Claudia observó por encima del tronco y descubrió que ningún soldado de Lonsdale le prestaba atención. Estaban demasiado ocupados defendiéndose de sus atacantes. Buscó a su tío, pero no lo vio por ninguna parte. Entonces, observó a Guy. Corría hacia ella, pero tuvo que detenerse para luchar contra un soldado enemigo que cayó un instante antes de que otro lo atacara por detrás. Guy se giró justo a tiempo para frenar un golpe mortal que le hubiera abierto la cabeza. Ver lo cerca de morir que había estado el hombre que amaba, hizo que el corazón de Claudia dejara de latir por unos segundos. Sólo pudo soltar un trémulo suspiro de alivio cuando el soldado de Lonsdale cayó.

El estruendo producido por los cascos de una gran cantidad de caballos se entremezcló con los sonidos de la batalla. Se acercaba otra partida de hombres Montague, mucho mayor que la primera. Guy empezó a avanzar hacia Claudia de nuevo, pero se detuvo bruscamente. Miró a su izquierda y a su derecha, y salió corriendo a lo largo de la orilla, dirigiéndose río arriba. La maleza y los arbustos eran más frondosos allí y Guy desapareció tras un muro de vegetación.

Claudia supuso que había descubierto a un soldado de Lonsdale intentando escapar en esa dirección, quizá incluso a su tío. Varios gritos hicieron que desviase su atención hacia la batalla que tenía lugar frente a ella. Los hombres de Guy habían rodeado a los soldados de Lonsdale, y aquellos que todavía continuaban en pie empezaban a bajar sus armas al ver que llegaban refuerzos fuertemente armados. Dante miró por encima de su hombro y empezó a correr hacia ella, pero, al igual que Guy, se paró de repente.

—¡Claudia! ¡Detrás de ti!

La advertencia llegó demasiado tarde. En el momento en que giraba la cabeza, pudo ver cómo surgía una oscura figura del agua. Solamente llegó a vislumbrar el claro pelo rubio y los penetrantes ojos azules de su tío, antes de que la agarrara por la cintura y colocara un puñal contra su garganta, usándola como escudo.

—Abrid paso para mí y para aquellos de mis soldados que todavía estén en pie —gritó Lonsdale a los hombres que había en la orilla—. ¡Obedeced si no queréis que la mate! ¡Tirad las armas!

Dante fue el primero en cumplir la orden. Lanzó su espada a un lado dirigiéndole una mirada de desprecio.

—Es propio de ti ocultarte tras las faldas de una mujer, tío. Me sorprende que tu viejo amigo el obispo no esté aquí también. Se le da igual de bien usar a mi hermana para llenar sus arcas. ¿Pensabas que no descubriría dónde se encontraba?

—Iba a enviarla al convento después de cerrar el trato sobre Halford con el barón de Montague. No habría sufrido ningún daño si Montague hubiera mantenido su palabra, y tú nunca habrías descubierto que había pasado más tiempo de lo planeado en Lonsdale. Te compensaré por los inconvenientes que todo esto te haya causado.

Claudia notó un rastro de miedo en la voz de su tío. Era un hombre desesperado que tomaba medidas desesperadas. No le cabía ninguna duda de que si conseguía escapar con ella, no sobreviviría mucho tiempo bajo su cuidado. Le apretaba con fuerza el hombro herido y no pudo evitar que se escapara de sus labios un pequeño gimoteo.

—Sólo sabes mentir, tío. —Dante sacó una daga del interior de su túnica y deslizó la hoja entre sus dedos. De pronto, inclinó la cabeza hacia un lado y apartó la vista de la daga como si hubiera tomado una decisión—. Es hora de que pagues por tus crímenes.

—Le cortaré el cuello —gritó Lonsdale—. ¡Juro que lo haré!

—¿Acaso crees que permitiré que te alejes de aquí? —Dante hizo un gesto negativo con la cabeza, respondiendo a su propia pregunta—. Primero tendrás que matarme, tío.

Lonsdale retrocedió un paso, arrastrándola con él. Pero en ese mismo instante, un par de fuertes brazos los rodearon a ambos. Claudia observó con los ojos muy abiertos por el terror que la daga de Lonsdale se alejaba de su cuello y se balanceaba frente a su rostro. La mano de su tío temblaba intentando volver a colocarla contra su garganta, mientras una mano grande y familiar sujetaba su muñeca con fuerza. Lonsdale la soltó en el preciso instante en que Guy gritaba sus órdenes.

—Aléjate de él, Claudia. ¡Ahora!

Inclinando la cabeza para evitar la daga de Lonsdale, Claudia se revolvió y se hundió en el agua. Hizo caso omiso del punzante dolor que le causó la caída y se irguió rápidamente. Se puso en pie con dificultad y se tambaleó mientras se alejaba de su tío. Temerosa de darle la espalda a Lonsdale, Claudia se giró justo a tiempo para ver a Guy de pie tras él, luchando por arrebatarle el puñal de la mano. Entonces, en medio de un borroso destello de plata, apareció otra daga que se hundió en la garganta de Lonsdale y que le hizo caer de rodillas en el agua con una mirada de asombrada incredulidad en el rostro. Claudia apartó la vista de la horrible visión.

—¿Te ha hecho daño? —preguntó Guy cuando la cogió entre sus brazos golpeándola sin querer en el hombro al hacerlo.

—No es nada. Estoy bien.

Pero con eso no consiguió suavizar la expresión del barón de Montague, que se dirigió decidido hacia la orilla. Sus hombres tenían la situación bajo control, pero aquello todavía no había acabado. Guy le hizo una señal a Kenric con un pequeño ademán de cabeza.

—Descubre dónde están sus caballos y los hombres que los custodian y envía una patrulla para capturarlos.

—Sí —contestó Kenric—. Uno de los heridos ha mencionado que en el siguiente valle les aguardaban otra veintena de soldados. Fitz Alan y yo vamos a darles una pequeña sorpresa.

—De acuerdo. Claudia y yo regresamos al campamento. Nos reuniremos allí —dijo al tiempo que se acercaba a su caballo.

—¡Montague, espera! —Aquellas palabras hicieron que Guy se detuviera en seco y que se diera la vuelta. Dante dirigió a su hermana una mirada preocupada—. ¿No estás herida, *cara*?

—No, no estoy herida. —Claudia lo miró fijamente a los ojos—. Pero tú si podrías haber herido a Guy con esa daga que lanzaste. Si nuestro tío se hubiera movido sólo unos milímetros en cualquier dirección, Guy estaría muerto.

La mirada en los ojos de Dante adoptó una decidida frialdad.

—No había posibilidad de que eso sucediera, te lo aseguro.

—¿De verdad, Dante? —Quería creerlo, volver a confiar en él, pero el amor que sentía por Guy se lo impedía—. ¿Puedes garantizarme que nunca intentarás quitarle la vida a mi esposo, y jurarme que dices la verdad?

—Éste no es momento ni lugar para discutir. —El reproche que se reflejaba en el tono de Guy la sorprendió tanto como la mirada reprobatoria que le dirigió—. Vosotros dos podréis hablar de esto más tarde, en mi tienda.

—No lo creo. —Dante envainó su espada con un movimiento rápido y eficaz—. Mis hombres están listos para partir, y ya me he demorado aquí demasiado tiempo. Los papeles que firmé en la abadía establecen que ya no eres mi responsabilidad, Claudia. Te deseo que seas feliz junto al hombre que has elegido.

Sin pronunciar una sola palabra más, giró sobre sus talones y se dirigió hacia Armand y Oliver, que le esperaban sosteniendo las riendas de su caballo. Claudia desvió la mirada de su hermano.

—Llámalo —le pidió Guy.

La joven sacudió la cabeza.

—Es él es quien me ha obligado a elegir. Mi lealtad está contigo.

—Yo no te pedí que escogieras entre nosotros, yo te pedí que...

—No insistas, por favor. No deseo hablar de él. —Claudia no pretendía convencerlo con lágrimas, pero sus ojos se llenaron de ellas igualmente—. Deja que se vaya en paz. Sólo nos ha traído problemas.

La boca de Guy se convirtió en una fina línea recta.

—No me agradecerás que ceda ante tu testarudez, porque sé que tarde o temprano te arrepentirás de tus palabras.

Aquel momento llegó antes de lo que Claudia podía imaginar. Una compañía de soldados cabalgó con ellos de regreso al campamento, y Guy le indicó que no quería hablar delante de sus hombres. Intentó con todas sus fuerzas apartar a Dante de sus pensamientos, pero no tuvo mucho éxito, al igual que no consiguió contener sus propias especulaciones sobre lo que había sucedido en el río. Después de recibir una mirada de advertencia de su prometido, Claudia consiguió reprimir su curiosidad hasta que llegaron al campamento y pudieron estar a solas dentro de su tienda, con órdenes expresas de que no se les molestara.

—¿Tienes preguntas que plantearme? —Guy sonreía ante su evidente impaciencia por quedarse a solas con él.

—Sí, algunas. —Claudia apartó un rizo húmedo de su frente con un gesto inquieto—. Antes que nada, ¿qué te hizo abandonar la abadía tan pronto? ¿Cómo supiste que nos estaban atacando? ¿Cómo llegaste hasta mi tío en el agua? Y, ¿por qué intentaste rescatarnos con tan pocos hombres?

Claudia hizo una pausa para tomar aire.

—¿Sabías que tus hermanos no me abandonaron a pesar de que hubieran podido salvarse de hallarse solos? ¿Por qué... ?

Guy extendió una mano para pedirle silencio.

—Claudia, te lo ruego. Sólo puedo contestar tus preguntas de una en una. Date la vuelta y te desabrocharé el vestido mientras te lo explico.

—¿Quieres desvestirme? ¿Ahora? —Claudia se quedó mirando su ropa empapada—. Oh. Supongo que debo cambiarme de ropa.

—Sí, y pretendo cambiar también tu vendaje —afirmó—, pero tienes razón en ser cautelosa.

Sus ojos se quedaron cautivados por la visión que se presentó ante ellos. Su vestido mojado se pegaba a ella como una segunda piel revelando la plenitud de sus pechos, la esbeltez de su cintura y las femeninas curvas de su cadera.

Las ropas de Guy también estaban empapadas y delineaban a la perfección los fuertes y duros músculos que Claudia tanto deseaba acariciar. Se humedeció los labios y descubrió lo atentamente que él seguía el movimiento de su lengua.

Guy se aclaró la garganta.

—Tengo que revisar tu herida para asegurarme de que no hay más daños. ¿Dejó Dante algo del bálsamo que utilizaba para curarte?

Claudia asintió y señaló hacia un pequeño tarro que reposaba sobre un arcón.

—Bien. Ahora date la vuelta. —Ella obedeció la orden y las manos de Guy se dirigieron hacia los lazos. Los deshizo lenta, cuidadosamente. En más de una ocasión, Claudia sintió que sus dedos rozaban su piel desnuda—. Para responder a una de tus preguntas, te diré que todavía estaba en la orilla cuando vi a Lonsdale nadar rodeando el árbol caído. Me di cuenta de que pretendía tomarte como rehén para conseguir su libertad, y supe que nunca podría alcanzarte antes que él. Cambié de estrategia y me abrí paso por la orilla hasta que me sumergí en el río, luego buceé y salí a la superficie a su espalda. Ya sabes lo que ocurrió a partir de ahí.

—Sí, ¡Dante casi te mata! —Volvió a recordar el terror que sintió cuando vio la daga volar por los aires sin saber a quién alcanzaría.

Guy desató el cabestrillo y lo deslizó por su hombro con exquisito cuidado, sujetándole el brazo izquierdo para que no cayera de repente.

—Dante tenía un blanco claro, y no había nadie que se interpusiera entre la daga y tu tío. Él mismo me confesó un día que yo soy su primer error, que ningún otro hombre al que hubiera sentenciado a muerte vivía todavía.

—Se ha convertido en un monstruo —susurró Claudia.

—Quizá —asintió Guy—, pero creo que en algún lugar de su interior hay un alma torturada, capaz de sentir más emociones de las que jamás le permitirá ver a nadie.

—¿Qué quieres decir?

—Firmó los contratos de esponsales porque desea que seas feliz. Dudo mucho que lo admita alguna vez, pero creo que también aceptó el hecho de que yo puedo mantenerte a salvo mientras que él sólo puede ofrecerte una vida llena de peligros. Y apostaría la mitad de mi oro a que heriste sus sentimientos cuando le acusaste de haber intentado matarme.

—Él ya no tiene sentimientos —rebatió ella—, y sólo firmó los contratos de esponsales porque quiere que estés en deuda con él.

—Te equivocas, Claudia. Si ése fuera su único motivo, habría exigido que pagara la deuda de inmediato. O como mínimo, habría demandado que dicha deuda se hubiera plasmado por escrito. Una vez seas mi esposa, sabe que sólo mi palabra me atará a esa deuda. Dada la total ausencia de amistad entre nosotros, es un riesgo que pocos hombres correrían.

Claudia reflexionó durante un momento.

—Pero él intentó matarte el día que combatisteis. Yo misma escuché cómo os amenazabais mutuamente cuando estuve enferma.

—Creo que ha cambiado de opinión. —Él deslizó el vestido por sus hombros, y la joven dejó que cayera a sus pies.

Guy sintió que se le paraba el corazón ante tanta belleza.

—Puede que tengas razón —reflexionó en voz baja—. Quizá lo he juzgado mal. No puedo imaginar lo que sintió al darse cuenta de que tú eras mucho más adecuado que él para proporcionarme el hogar y la seguridad que siempre me había prometido. —Claudia se apartó del vestido caído en el suelo y se dirigió al pequeño arcón colocado junto al catre, intentando no sentirse demasiado incómoda con su desnudez—. Yo, bueno... Él... él...

Levantó la mirada hacia Guy y se dio cuenta de que no tenía la más mínima idea sobre qué estaban hablando.

—¿Dante? —animó Claudia.

—Sí, Dante. —Guy sacudió la cabeza para alejar la distracción que representaba su cuerpo y le lanzó una avergonzada sonrisa—. No te preocupes, mi amor. Volveremos a ver a tu hermano. Estoy seguro de que el rey querrá que le presente a mi nueva esposa en la corte, y lo más probable es que lo veamos allí. Últimamente, Edward no se separa de tu hermano.

Guy se aproximó a ella para trazar con la mano una línea descendente por la elegante línea de su espalda, hasta que Claudia se estremeció.

—Tienes hoyuelos en los lugares más sorprendentes.

La joven sintió cómo el rubor se extendía desde sus mejillas hasta sus pechos, y se dio la vuelta precipitadamente.

—¿Cuándo crees que... ? —No pudo seguir hablando porque su mirada estaba fija en la parte delantera de sus pantalones. La prenda parecía estar a punto de romperse por la presión que ejercía su fuerte erección. A Claudia se le secó la boca de repente. Quizá se estuvieran precipitando un poco, pensó mientras se dirigía al catre. Se sentó, cogió una de las túnicas de que estaban allí extendidas e intentó taparse.

—¿No querías cambiar mi vendaje?

Guy asintió, pero no hizo ningún movimiento.

—Hay vendajes limpios en el arcón —comentó—, y el bálsamo también está ahí.

Guy se dirigió hacia el cofre. El agua goteaba por su manga, y se tomó un momento para enjugar su túnica. Claudia retiró la mayor parte del vendaje mojado de su hombro hasta que sólo quedó la tela cuadrada que cubría la herida.

—Espera, deja que lo haga yo. —Se arrodilló junto a ella, se deshizo con cuidado de la venda, y luego retiró la pequeña tela—. Ha salido con más facilidad de lo que esperaba. Temía que se hubiera pegado a la herida. La cicatriz no parece tan enrojecida e hinchada hoy, aunque todavía le falta mucho para curarse. Quizá el agua fría del río hizo más bien que mal a tu hombro.

Guy extendió el bálsamo por la herida con tanta delicadeza, que Claudia apenas lo notó. Pensar que podría utilizar esa ternura haciéndole el amor, hizo que se desvanecieran todas sus inquietudes.

—En respuesta a la última de tus preguntas —continuó él—, te diré que supimos que corríais peligro gracias a tu hermano. Al parecer no le gustaba que te quedaras sola con mis hermanos, y ordenó a sus hombres que os siguieran esta tarde.

Armand cabalgó hasta la abadía para avisarnos cuando vio a los soldados de Lonsdale introduciéndose en los bosques, mientras que Oliver puso sobre aviso a la patrulla más próxima de nuestros hombres, que se apresuró a acudir al lugar del enfrentamiento. Una partida mayor de mis soldados se puso en marcha en cuanto fueron informados, pero ya teníamos la situación casi bajo control cuando llegaron.

—Eso debió de ser cuando un soldado de Lonsdale casi te parte en dos el cráneo mientras estabas ocupado acabando con un compañero suyo.

—Sí, debió de ser entonces. —Su sonrisa desapareció al resbalar la túnica de los dedos de Claudia. Guy se dio la vuelta mientras desenrollaba los vendajes limpios y mantuvo la mirada apartada cuando le tendió un nuevo trozo de tela cuadrado—. Sujeta esto en su lugar mientras vendo tu hombro.

—Asegúrate de que quede bien sujeto —comentó Claudia con un tono de diversión en su voz—. Si el vendaje está bien hecho, el hombro apenas me molesta cuando llevo a cabo una actividad extenuante.

—Hoy no tendrás que realizar ninguna actividad de ese tipo.

Claudia deslizó el dorso de sus dedos por su mejilla hasta llegar a su mandíbula y esperó a que Guy la mirara a los ojos para hablar.

—Hay una que sí me gustaría realizar. —Su voz sonó cálida y provocativa.

—No, no me tientes. —Intentó taparla con la túnica, aunque sin mucho éxito. Claudia se lo impedía al tirar de ella.

—Debes atar el vendaje, Guy.

Él se esforzó al máximo por llevar a cabo la tarea, pero el hecho de que la joven le acariciara el pelo lo distraía continuamente.

—No haremos el amor, Claudia. Deja de jugar conmigo.

—No estoy jugando contigo —murmuró ella. Había abandonado su pelo y ahora sus dedos exploraban su pecho—. Pero te necesito de una manera que nunca hubiera imaginado. Después de todo lo que ha sucedido hoy, lo único que deseo es que me hagas tuya una vez más.

—Te abrazaré el tiempo que necesites, te consolaré cuanto desees, te sostendré entre mis brazos hasta que te quedes dormida, pero no te haré el amor. Es demasiado pronto. —Guy se quedó mirando sus pechos—. Tu herida... Me siento perverso sólo pensando en...

Claudia apoyó los dedos contra sus labios, convirtiendo ese gesto en una caricia.

—Nada de lo que hacemos es perverso. Si haces memoria, recordarás que mi hermano aceptó nuestro matrimonio. Eso significa que estamos prometidos de nuevo.

Guy terminó de atar el vendaje y se aseguró de que estuviera bien sujeto.

—Cada pensamiento que provocas en mi cabeza es pecaminoso. —Guy atrapó su mano con la suya y le dio un beso en la palma, luego depositó otro en la sensible piel de su muñeca, y avanzó por su brazo. Sus miradas se encontraron, y Claudia vio su propio deseo reflejado en sus ojos—. La primera vez que te vi de pie en las escaleras de aquella capilla, pensé que no podías ser real, que debías ser una visión celestial. Pero estoy empezando a pensar que, después de todo, no eres ninguna santa, milady.

Claudia sonrió y se esforzó por demostrarle que tenía razón al respecto.

Epílogo

Castillo de Montague
Tres meses después

—Tenías que haberme puesto sobre aviso. —Claudia estaba regañando cariñosamente a Guy mientras le daba un relajante masaje en la espalda. Sabía que su historia acerca de que había forzado demasiado sus músculos en su combate más reciente con Kenric, era una flagrante mentira. Pero la verdad era que a él le gustaba que le masajeara la espalda y a ella también le gustaba hacerlo, así que decidió no cuestionar su historia. Por otro lado, ella también necesitaría atenciones especiales después de aquel duro día con la familia de su esposo—. Deberías haberme avisado. Me he sentido como una tonta.

Guy, que yacía sobre las almohadas apiladas frente al hogar, la miró por encima del hombro y le dedicó una maliciosa sonrisa.

—¿Y estropear la sorpresa? He esperado durante meses para ver la expresión de tu rostro cuando vieras a Tess y a Helen atravesar las puertas del castillo. Mereció la pena.

—Me quedé boquiabierta ante tus hermanas, y seguí así durante más de una hora después de su llegada. Sabías que esperaba encontrarme con gigantes, y tú incluso me animaste a pensar que la esposa de Kenric era tan fiera como él. Tu hermana Helen apenas es más alta que yo, y es muy hermosa. Aun así, fue Tess la que me dejó sin habla. Es pequeña y delicada, y parece un hada con todo ese pelo dorado y esos ojos tan poco comunes. Son del color de las violetas. —Claudia sacudió la cabeza—. Me llevará tiempo acostumbrarme al hecho de que está casada con ese bruto al que llamas hermano.

—Espera unos pocos días —comentó Guy—. Pronto te preguntarás cómo no viste que son perfectos el uno para el otro. Se quieren tanto que no podrían sobrevivir por separado.

—Sí —asintió Claudia—, es evidente por el cambio que se produce en tu hermano cada vez que ella está a su lado. No sabía que Kenric pudiera sonreír tanto. Me costaba trabajo no quitarle la vista de encima al verlo sonriendo, aunque lady Tess me ha sorprendido cada vez que lo he hecho.

Dejó de masajear su espalda y se inclinó para susurrar en su oreja:

—¿Crees que tus hermanas me apreciarán con el tiempo?

—Ya lo hacen —afirmó seguro de sí mismo.

—Yo no estoy tan segura. —Sus manos volvieron a moverse de nuevo—. Están muy unidas y no parecen necesitar otra amiga.

Claudia sintió que Guy se tensaba, pero su voz sonó despreocupada.

—Nadie puede tener demasiados amigos, mi amor. Sólo sé tú misma y dales tiempo para que te conozcan mejor. Helen me ha dicho que acerté al convertirte en mi esposa. Cree que eres muy agradable.

—Lady Tess piensa que soy una grosera. Me frunció el ceño varias veces durante la cena, y lo hizo de una forma bastante deliberada, debería añadir. No tengo ni idea de lo que he podido hacer para ofenderla.

—Cree que deseas a su esposo —bromeó Guy.

Claudia inclinó la cabeza hacia un lado para mirarlo a la cara. Tenía los ojos cerrados, pero no pudo ver ni rastro de humor en su expresión de satisfacción.

—¿Por qué habría de pensar semejante cosa?

Los labios de Guy se curvaron formando una sonrisa.

—Tess cree que todas las mujeres desean a su esposo y que no pueden evitar sentirse atraídas por su apuesto rostro.

—¿El rostro de Kenric? ¿Estamos hablando de tu hermano?

—Sí. Tess cree que su marido es irresistible para todas las mujeres. Le llevará un tiempo darse cuenta de que estás más que satisfecha con el tuyo.

—Bromeas. —Claudia no podía imaginar que alguna mujer pudiera pensar que Kenric era irresistible.

Guy le lanzó una mirada indignada.

—¿Acaso no estás satisfecha con tu esposo, milady?

Claudia apoyó una mano contra su frente y simuló un mohín.

—Oh, milord, me has descubierto. Tengo la desgracia de contar con un esposo que aunque es más alto que la mayoría de los hombres, no los hace parecer hormigas y cuyo rostro no parece salido de una horrible pesadilla. —Claudia se mordió el labio inferior y se quedó pensativa—. Aun así, tiene una o dos cualidades que encuentro muy atrayentes.

—¿Como cuáles? —animó Guy.

Claudia se reclinó hasta que sus palmas se apoyaron contra la parte posterior de las rodillas de Guy.

—Toda mujer desea un esposo que pueda ser despertado a cualquier hora de la noche cuando tiene necesidad de... un poco de compañía. —Deslizó las manos hacia arriba y deseó haberle pedido que se quitara los pantalones antes de haber empezado con el masaje. Aun así, sintió cómo su cuerpo se tensaba bajo sus palmas—. Sí, un hombre que tenga tantas cosquillas tras sus rodillas es bastante útil en esas circunstancias. Una vez que está despierto, no hay mejor tarea para una esposa que deslizar sus manos por sus duros muslos para ver si hay otras partes de él tan sensibles a su tacto.

Guy se movió y rodó para apoyarse sobre su espalda. El deseo encendía sus ojos.

—Os aseguro, milady, que en el cuerpo de vuestro esposo hay partes que son especialmente sensibles a vuestro tacto.

Claudia acarició con una mano su cadera para comprobar esa teoría y fue recompensada con un profundo gemido de placer.

—Hay otro tema que despierta mi curiosidad, milord. ¿Creéis que los hijos de mi esposo serán tan hermosos como los que tienen sus hermanos?

—Mi dulce Claudia, me duele que tengas dudas a ese respecto. —Su sonrisa se volvió maliciosa cuando la colocó a horcajadas sobre sus caderas e hizo desaparecer sus manos bajo su falda para iniciar una lenta y suave caricia en sus muslos—. Ya veo que tendré que ponerme a trabajar en la respuesta a esa pregunta de inmediato.

Claudia extendió las manos sobre su pecho y sus labios se curvaron en una enigmática sonrisa.

—El trabajo ya está hecho, milord. Sabremos la respuesta la próxima primavera.

Por un momento, la seductora expresión de Guy permaneció inmutable. Luego, sus ojos se abrieron de par en par ante la sorpresa.

—¿Estás segura? ¿Hemos concebido un hijo?

—No hace falta que parezcas tan sorprendido —se burló Claudia—. Rara vez me das descanso con respecto a mis deberes como esposa.

—Tus deberes como esposa podrían llamarse exigencias de esposa en más de una ocasión, mi amor. —Sus manos llegaron hasta sus caderas y, de repente, se quedaron inmóviles—. Se dice que un hombre no debe yacer con una mujer que esté embarazada.

—¿Crees que me quedaré de brazos cruzados mientras yaces con otra que no lo esté? —Claudia le dio un mordisco en el cuello para enfatizar sus palabras.

—¡Ah! Deja de fruncir el ceño, bruja. —Guy apresó sus manos y se las llevó a los labios—. Prefiero convertirme en un monje antes de que contemples la idea de transformarme en eunuco. Mi deseo sólo te pertenece a ti, como ya sabes, pero ambos debemos tener cuidado por el bebé.

Guy se incorporó pero se aseguró de que ella permaneciera a horcajadas sobre él.

—¿Cuánto tiempo después de que nazca el niño debe esperar una mujer antes de poder hacer el amor?

—¿Cuánto tiempo... ? —Claudia se quedó mirándolo asombrada—. ¿Es que pretendes no tocarme hasta la primavera?

Él se pasó la mano por el pelo en un brusco gesto de frustración.

—Sé muy poco de niños y embarazos, Claudia. ¿Qué pasaría si te hiciera daño?

—No me hiciste daño anoche —razonó. Apoyó las manos en sus caderas, le dio un inocente beso en la base del cuello y deslizó su cuerpo contra su pecho en una provocadora caricia. Al oír el sonido de su inspiración, Claudia sonrió—. O la noche anterior, o la anterior a ésa.

—Es cierto —reconoció Guy—. No te quejaste de que te hiciera daño.

—Estoy segura de que tus hermanos saben mucho de estos asuntos. —Claudia le dio pequeños y tentadores besos en las comisuras de los labios—. Me da la sensación de que no rechazaron a sus esposas cuando estaban esperando a sus hijos, al igual que tú no lo harás conmigo.

—Sí, eso no parece probable. —Su esposo la rodeó con los brazos y atrapó sus labios con los suyos en un largo y profundo beso—. Debo asegurarme de pedirles su opinión sobre el asunto.

Guy inclinó la cabeza para darle otro beso, pero unos insistentes golpes en la puerta hicieron que se detuviera a milímetros de su boca y que lanzara una maldición en voz baja.

—Se irán —le aseguró Claudia, intentando que se olvidara de los golpes.

Guy apresó sus muñecas y le dirigió una maliciosa sonrisa antes de colocarla a un lado, levantarse y dirigirse hacia la puerta.

—Hay asuntos que pueden requerir mi atención.

—¿Qué asuntos? —Se arregló la falda mientras esperaba una respuesta, pero Guy simuló ignorarla y abrió la puerta tan sólo unos centímetros. Aun así, Claudia distinguió el claro sonido de la voz de Evard al otro lado.

—¡Noticias de Londres, milord! Tal como tú esperabas, el rey ha puesto precio a la cabeza de Dante. Doscientas monedas de plata, vivo o muerto.

Guy salió al pasillo y la puerta se cerró tras él. Claudia se quedó mirándola en un asombrado silencio. Un frío nudo de terror se tensó en su estómago cuando su esposo reapareció momentos después. Su boca formaba una línea recta.

—¿Lo has oído?

Ella asintió en silencio.

Guy atravesó la estancia dando largas zancadas, la levantó en sus brazos y la colocó sobre la cama.

—Confía en mí, mi amor. No es tan grave como parece.

—El rey ha puesto precio a la cabeza de Dante. —Claudia levantó la mirada hacia él e intentó contener las lágrimas—. ¿Y dices que no es grave?

—No, no es más que un inconveniente. —Dirigió sus manos hacia el cierre de sus pantalones y se desnudó por completo.

Claudia abrió los ojos de par en par.

—¿Qué haces?

—No permitiré que te inquietes en tu estado. No es bueno para el bebé ni para ti. —Guy la empujó con suavidad por los hombros hasta que quedó recostada sobre las almohadas—. Hiciste las paces con Dante en la misiva que le enviaste al llegar a Montague. Aun así, te preocupaste durante semanas hasta que recibiste su contestación. Tu hermano no hace más que darte preocupaciones. Pretendo apartar a Dante de tu mente, y hacer que pienses en algo más agradable.

Claudia soltó un suspiro exasperado e intentó incorporarse mientras las manos de Guy se ocupaban de los lazos de su corpiño.

—No soy tan manejable como a ti te gustaría creer. ¿Esperas que ignore una noticia así?

—Sí. —Hizo un firme gesto de asentimiento y deslizó su vestido y su camisola por sus hombros. La obligó a recostarse de nuevo usando sus besos y manteniendo sus labios cautivos bajo los suyos mientras empujaba su ropa por debajo de sus caderas. La sedujo hasta conseguir que abriera la boca...

Y Claudia le mordió la lengua.

—¡Ah! Juegas duro, gatita. —Guy alzó la cabeza—. Preferiría oírte ronronear.

—¿Qué me estás ocultando?

—Nada, mi amor. —Deslizó la mano por su estómago, y apretó uno de sus pechos con suavidad—. No puedo sentir ningún cambio en ti todavía. ¿Estás segura de que llevas en tu seno a nuestro hijo?

Claudia intentó ignorar el calor que sus caricias desencadenaban en su interior.

—Dime la verdad, Guy. ¿Por qué estás tan seguro de que no tengo que preocuparme por Dante?

—¿Confías en mí? —murmuró su esposo en su oído.

Claudia logró asentir.

—Entonces, no temas nada cuando te digo que tu hermano está a salvo. —Recorrió el lóbulo de su oreja con la lengua y sopló con tanta suavidad, que a Claudia se le encogieron los dedos de los pies. El sonido de su voz vibraba en lo más profundo de su ser—. Está en un lugar donde a nadie se le ocurrirá buscarlo.

Las manos de Guy se movieron con urgencia por el cuerpo femenino, despertando su deseo con habilidad. La resistencia desapareció y fue sustituida por una ardiente necesidad de devolverle el placer que él le ofrecía. Claudia empezó sus propias exploraciones con sus manos, avivando en el proceso las llamas de su propio deseo. Guy hizo que abriera aún más las piernas mientras apretaba la dureza de su miembro contra su suave carne y se preparó para tomarla, pero Claudia hizo un gesto negativo con la cabeza, en un intento de que respondiera a sus preguntas.

—¿Dónde está, Guy?

Era demasiado tarde. La mano de su esposo se dirigió hasta el centro de su feminidad y empezó a explorar, acariciándola, tentándola pero sin llegar a satisfacerla, volviéndola loca de deseo. La cabeza de Claudia cayó vencida sobre las almohadas reconociendo su derrota.

—Ábrete para mí, mi amor. —La voz de su esposo reflejaba el tono satisfecho del vencedor.

La joven obedeció sin vacilar. Guy había conseguido su objetivo incluso antes de deslizarse en la humedad de su interior, pues los pensamientos de Claudia en ese momento estaban muy lejos de los miedos o las preocupaciones. Siempre la asombraba lo que llegaba a sentir cuando hacían el amor. Iba mucho más allá de lo físico. Era la unión de dos seres, de dos almas que formaban un todo. Ambos sabían que nunca estarían completos sin el otro.

Después del éxtasis, la increíble calma que la invadió logró que sus inquietudes parecieran estar muy lejos de allí.

Acurrucada contra el pecho de su esposo, Claudia se esforzó por mantenerse despierta. Quería preguntarle de nuevo sobre Dante, incorporarse y exigirle que se lo contara todo. Pero en ese momento, sólo deseaba disfrutar de sentir su mano acariciando con ternura su espalda; se resistía a perderse el sencillo placer de escuchar los regulares latidos de su corazón, y la sensación de total seguridad y bienestar que le proporcionaba el hecho de que él la abrazara.

Hasta que conoció a Guy, jamás creyó que esos placeres fueran posibles. En sus brazos, Claudia encontraba el hogar que siempre había anhelado y un amor más profundo que cualquiera que hubiera imaginado. En pocos meses, un bebé se uniría a la familia que habían formado. Sus labios se curvaron en una sonrisa y sus ojos se cerraron. En ese momento, la voz de Guy le llegó en un suave susurro.

—Montague. —Le dio un beso en la frente con infinita ternura—. Dante está en el interior de las murallas de Montague, mi amor.